LES EXILÉS
DU CAUCASE

ALEXANDRE NAJJAR

LES EXILÉS DU CAUCASE

roman

BERNARD GRASSET

PARIS

Pour Ghada.

Dans ce roman, le mot « Circassien » (ou « Tcherkesse ») désigne les habitants de la Circassie (territoire situé au nord-ouest de la chaîne du Caucase) et leurs descendants.

Cette définition se démarque de la définition ethnolinguistique, beaucoup plus large.

Vous pouvez arracher l'homme du pays, mais vous ne pouvez arracher le pays du cœur de l'homme.

JOHN DOS PASSOS,
Bilan d'une nation.

Vous exilez un homme. Soit. Et après ? Vous pouvez arracher un arbre de ses racines, vous n'arracherez pas le jour du ciel. Demain, l'aurore.

VICTOR HUGO,
Ce que c'est que l'exil.

L'histoire est une galerie de tableaux où il y a peu d'originaux et beaucoup de copies.

ALEXIS DE TOCQUEVILLE,
L'Ancien Régime et la Révolution.

Prologue

L'escadrille contourne le minaret, dessine des arabesques autour d'un pâté de maisons délabrées, frôle le clocher de l'église et, ralentissant, s'apprête à atterrir sur le toit d'un immeuble. Soudain des sifflements stridents fusent; un drapeau noir claque au vent. Renonçant à se poser, les oiseaux s'élèvent dans l'air et poursuivent leur ballet.

Du côté de la mer surgit bientôt l'escadrille adverse qui se met à tournoyer au-dessus de Beyrouth. Les antagonistes s'observent comme des boxeurs sur un ring. Simultanément, ils tracent sur la page fauve du ciel des cercles symétriques. Ils ont l'air de Sioux esquissant une danse de guerre autour d'un totem imaginaire.

Tout à coup, les deux escadrilles foncent l'une sur l'autre. Point de violence dans la mêlée : la scène évoque plutôt le spectacle de deux nuages floconneux qui s'entrelacent et se fondent. Drôle de duel!

Les deux groupes finissent par se séparer. Quelques pigeons, déroutés, errent un instant, puis, se déterminant, rattrapent l'escadrille qui les a distancés. Debout sur le toit de l'immeuble, l'homme au drapeau noir s'agite et sifflote sans cesse. Etrange...

Les notes d'une musique arabe à la fois douce et entraînante m'arrachent à cette vision. C'est un kiosque — quatre planches de bois assemblées — sur lequel on a placardé des affiches de chanteurs locaux. Je reconnais deux ou trois figures, entr'aperçues la veille, à l'hôtel, dans l'émission de variétés précédant le journal télévisé. Le vendeur attend les premiers clients du jour et tente d'aguicher les passants

11

en diffusant les succès de la saison. Ce personnage respire la vie. Et m'inspire confiance.

— C'est la première fois que je vois ce spectacle ! lui dis-je en désignant du doigt l'homme au drapeau noir.

Le vendeur éclate de rire.

— Vous appelez ça « spectacle » ?

— Oui, fais-je naïvement. Je n'avais jamais...

Un bruit assourdissant couvre ma voix : de l'aéroport d'à côté un avion vient de décoller.

— Cet homme, enchaîne mon interlocuteur, se prénomme Kayssar. Il travaille dans une bibliothèque, je crois. C'est aussi un *kéchéch hamém* : un voleur de pigeons, un détrousseur de pigeons si vous préférez ! La société rejette les *kéchéch hamém*... Même les clochards sont traités avec plus d'égards que ces gens-là. On les considère comme des brigands, des oisifs... Chez nous, pour signifier « bon à rien », on utilise souvent le mot *kéchéch hamém*. On parle aussi de *kottaf ward* : « Cueilleur de roses » !

Il ajoute sur le ton de la confidence :

— Le *kéchéch hamém* n'est pas autorisé à témoigner en justice... On refuse son témoignage sous prétexte qu'un voleur, fatalement, ne peut pas dire la vérité... Et puis, Kayssar est un étranger. Un Tcherkesse. Un métèque, quoi !

*
* *

Je gravis les marches déjetées de l'escalier en colimaçon qui mène jusqu'au toit. Des graffiti multicolores sur le mur célèbrent Abdel Nasser ou jurent fidélité à l'imam Moussa Sadr, mystérieusement disparu en Libye. J'arrive essoufflé au sommet de l'immeuble. Devant moi, une porte métallique, entrebâillée. Je la pousse et me retrouve sur une vaste terrasse chaulée. Un homme est là. Très grand, avec des cheveux grisonnants, un nez très fin surmonté de besicles rondes, des yeux bleus, un teint doré légèrement échauffé aux pommettes : Kayssar.

— *Marhaba !* fais-je poliment.

— *Ahlén !* répond-il avec entrain.

— Je suis journaliste. Je suis fasciné par ce que vous faites...

12

Mon interlocuteur me dévisage d'un œil surpris.

— Asseyez-vous là-bas, m'ordonne-t-il en désignant du menton un tabouret paillé. Vous allez voir...

Il se dirige vers une immense volière, en ouvre la grille et sort brutalement trois douzaines de pigeons — des pigeons au bec épais, court et crochu, au corps ramassé, à la poitrine forte et aux ailes vigoureuses. Les oiseaux se bousculent sur le parapet du toit, blanchi par la fiente.

Rou-Rou-Rouk... Rou-Rou-Rouk... Leur roucoulement s'accompagne d'un tintement métallique : au lieu des traditionnelles bagues que les colombophiles attachent aux pattes de leurs pigeons, Kayssar a entouré le cou de ses oiseaux d'une chaînette argentée — une sorte d'amulette — qui lui permet d'identifier chaque membre de son escadrille.

— Y a-t-il beaucoup, comme vous, de...

— *Kéchéch hamém* ? interrompt l'étranger, un peu agacé. La réponse est oui. A Beyrouth, nous sommes innombrables. Au Nord, à Tripoli, on compte près de cinq cents *kéchéch* : parfois deux ou trois dans une même rue !

— Vos pigeons ne se perdent-ils pas ? Lorsqu'ils s'éloignent du quartier, sont-ils encore capables de rentrer ?

— Mes pigeons peuvent aller en Syrie et revenir sains et saufs ! me répond-il d'un ton amusé. Ils peuvent voler une journée entière en longeant la côte... C'est l'habitude et l'affection qui font que mes pigeons rentrent toujours au bercail. C'est aussi, peut-être, la nostalgie, la peur de la solitude, le refus de l'exil...

Kayssar se dirige vers une petite cage isolée. Il en sort un oiseau d'apparence fragile.

— C'est la seule femelle du groupe, m'explique-t-il. Tous les autres sont des mâles. Un *kéchéch hamém*, c'est bien connu, n'a que des mâles dans son armée.

— A quoi sert cette pigeonne ?

Kayssar brandit l'oiseau vers le soleil, comme une offrande.

— Elle est la clé de tout, murmure-t-il, l'air songeur. Sans elle, rien ne serait possible !

Il empoigne la pigeonne par les ailes, la balance un moment, puis la ramène à sa cage.

— Tous mes pigeons sont mariés à cette femelle. Lorsque je souhaite qu'ils regagnent leur base, je me contente de l'exposer. D'instinct, comme attirés par un aimant, ils convergent immédiatement vers elle.

Kayssar rassemble ses effectifs à la manière d'un chasseur qui ameute ses chiens et, tout d'un coup, frappe le sol avec la hampe de son drapeau. L'escadrille prend aussitôt son envolée et amorce son manège. Je mets ma main en visière et lève la tête au ciel pour suivre ses mouvements. Quelques minutes plus tard, de derrière un immeuble criblé de balles, jaillit un essaim évoluant de façon compacte. Branle-bas de combat : visiblement excité, l'étranger fait tournoyer son drapeau au-dessus de sa tête comme une fronde.

— Le tout est de détrousser l'adversaire, de lui ravir ses pigeons, m'explique-t-il en haletant. C'est une simple question de chance : dans la mêlée, tout peut advenir. Il m'arrive d'y perdre deux ou trois oiseaux et, dans le même temps, de capturer quatre ou cinq pigeons adverses !

Les deux escadrilles passent à l'attaque, s'entrecroisent, s'entremêlent, se fondent l'une dans l'autre, une fois, deux fois, trois fois... Lorsque au bout du compte elles finissent par se détacher, deviner quels sont les volatiles pris au piège et quel « détrousseur de pigeons » a remporté la manche est impossible : le bilan est pour la fin.

Jugeant la partie terminée, Kayssar va à la petite cage et en sort la pigeonne. Instantanément, le cercle dessiné par son escadrille commence alors à se rétrécir. Répondant à l'appel de la femelle, les mâles descendent peu à peu et viennent se poser sur le parapet. L'étranger n'a qu'une poignée de secondes pour reconnaître — et capturer — les pigeons dont le signe distinctif est différent de celui de son escadrille.

— La chasse a été bonne aujourd'hui ?

— Oui, répond Kayssar. J'ai perdu deux oiseaux, mais j'en ai capturé quatre...

Un pigeon blanc, lui échappant des mains, s'élance dans les airs.

— Trois ! rectifie-t-il.

Il marque une pause, puis poursuit en grommelant :

— Après la bataille, l'adversaire envoie toujours son escadrille rôder autour de ma base dans l'espoir de récupérer des captifs !

Je me lève et promène mon regard sur Beyrouth, ville orgueilleuse dont la terre porte, comme une mère son enfant, des strates de souvenirs ; ville martyre dont chaque pierre raconte une tragédie.

> *Péninsule des bruits, des couleurs et de l'or,*
> *Beyrouth est en Orient le dernier sanctuaire,*
> *Où l'homme peut toujours s'habiller de lumière...*

Je fais quelques pas sur la terrasse en récitant ces vers de la poétesse libanaise Nadia Tuéni.

— Est-il vrai qu'un *kéchéch hamém* ne peut pas témoigner en justice? dis-je tout à coup.

— C'est absurde! tempête Kayssar en secouant la tête d'un air contrarié. Nous sommes mis au ban de la société; notre témoignage en justice est réputé irrecevable: nous sommes considérés comme des menteurs, des brigands! Notre occupation n'a pourtant rien de malhonnête... Elle est mille fois moins répréhensible que les parties de poker qui se jouent de nuit dans les tripots de la ville! Je suis un homme respectable, monsieur. Je suis bibliothécaire de profession... Les pigeons, c'est ma passion. Comme la peinture ou le piano, pour d'autres!

Le timbre de sa voix est cassé. Il s'éclaircit la gorge, puis enchaîne:

— Ecoutez, monsieur. J'aimerais bien que vous restiez un moment avec moi, le temps que mes gosses rentrent de l'école. Je souhaite qu'ils voient bien que leur père suscite l'intérêt des journalistes... Vous savez, j'aime ce que je fais, mais face aux moqueries et au mépris des gens, il m'arrive d'avoir honte. Honte pour mes enfants, surtout. Croyez-moi: je pourrais très bien me contenter de vendre des pigeons pour nourrir ma famille. Si je suis bibliothécaire aujourd'hui, ce n'est pas par passion des livres; c'est pour qu'à l'école mes gosses puissent répondre à la question de leur professeur: « Profession du père? », autre chose que: « *Kéchéch hamém* »! Grâce à vous, monsieur, je me sens fier pour la première fois. Avant vous, ma fierté, c'était le passé. Un passé que je n'ai même pas vécu. Mon présent n'a jamais été pour moi source de fierté!

— Votre passé?

Kayssar a un moment d'hésitation. Il puise dans un grand sac de jute une poignée de grains qu'il laisse filer entre ses doigts. Il me fixe de ses yeux clairs, puis déclare d'une voix presque inaudible:

— Je suis tcherkesse... Vous le saviez, n'est-ce pas?

— Tcherkesse?

Un peu surpris de mon ignorance, Kayssar s'explique:

— C'est au Caucase que j'appartiens. Mes ancêtres vivaient au Caucase. Ils ont préféré l'exil à la soumission. Dans quelque lieu qu'ils soient allés, ils ont été ignominieusement exploités. Toute l'histoire des Tcherkesses est une succession d'exils. Comme si une malédiction les pourchassait sans relâche, comme si le Très-Haut ne leur avait donné que l'exil perpétuel pour destin.

— Il y a des peuples, comme ça, déracinés...

— Oui... sans doute. Mais aucun peuple, vous entendez, aucun peuple au monde n'a enduré ce que mes ancêtres ont enduré !

— Que reste-t-il de ce passé, finalement ?

— Ici, au Liban, il ne reste des Tcherkesses qu'un vague souvenir : on n'ignore pas que Hosn Jihan, la femme de l'émir Bachir II Chéhab, figure de proue de l'histoire du Liban, était tcherkesse. Et puis... certains ne sont pas sans savoir que Walid Joumblat — le chef des Druzes — a des ancêtres tcherkesses : sa grand-mère, l'épouse du prince Chakib Arslan, était une Tcherkesse du Caucase, tout comme d'ailleurs la mère du prince Chakib. Walid Joumblat lui-même a été marié à une Tcherkesse de Jordanie...

— Je voulais dire : que *vous* reste-t-il de ce passé ?

L'étranger lâche un long soupir.

— Des tas de souvenirs, des images folles, des histoires que me racontait mon père : mes ancêtres galopant dans les plaines du Caucase, défendant farouchement leurs terres convoitées par le tsar, trouvant refuge dans l'Empire ottoman, affrontant la mort dans les Balkans, luttant contre les flots à Chypre, ressuscitant une cité défunte à l'est du Jourdain, combattant Lawrence d'Arabie, chevauchant derrière un Emir français, subjuguant les Druzes en Syrie, escortant le général de Gaulle à Beyrouth, fuyant l'armée israélienne dans le Golan...

Kayssar se tait un moment, puis s'exclame en se frappant le cœur :

— Toute l'histoire des Tcherkesses est là !

Il tire de la poche intérieure de sa veste un portefeuille de cuir. Il en sort une photo jaunie qu'il me tend religieusement. Le cliché représente un guerrier au teint clair, à la moustache imposante, aux yeux limpides, coiffé d'un bonnet gris et vêtu d'une tunique noire garnie sur chaque côté de la poitrine d'une dizaine de cartouches. Au dos de la photo, un seul mot :

« *Zulquarneïn* »

— Zulquarneïn ?

— C'est mon grand-père, murmure Kayssar. Je n'ai pas eu la chance de le connaître. On le disait indestructible, immortel : il avait vécu tant de choses, surmonté tant d'épreuves...

16

Il s'interrompt :

— Sais-tu le sens de son prénom ?

La question me surprend. Je secoue négativement la tête.

— « *Zulquarneïn* » est le surnom étrange qu'on donne à Alexandre le Grand. Il signifie tout à la fois « bicorne » et « biséculaire ». Zulquarneïn est un nom assez répandu chez nous : c'est parce que, dans l'Islam, Al-Iskandar — Alexandre le Grand — est considéré comme un prophète.

— Alexandre le Grand, un prophète ?

Kayssar acquiesce.

— Son nom figure dans le Coran : dans la sourate de la Caverne, je crois...

Il marque une pause, puis enchaîne :

— A la mort de mes parents, j'ai éprouvé le besoin de reconstituer le passé de mon peuple, de recoller les morceaux de son destin brisé. J'ai rassemblé tous les documents laissés par mes ancêtres : le journal de Kalimat, l'oncle de mon grand-père ; celui de mon propre père, Omar... J'ai consulté des archives de l'époque, compulsé une multitude d'ouvrages. Lorsque je n'ai pas trouvé de réponses à mes questions, j'ai lu dans le vol des oiseaux, j'ai interrogé les étoiles...

Kayssar reprend la photo et la range dans son portefeuille. Il s'assied en tailleur sur le parapet et pose les mains sur ses oreilles. Fermant les yeux, il murmure d'une voix profonde :

— Au commencement... Au commencement était le Caucase.

Livre Premier

La conquête du Caucase par les Russes est un des chapitres les plus tragiques dans l'histoire des barbaries de la civilisation.

JEAN CAROL,
Les Deux Routes du Caucase.

Ces deux affaires : la répression de l'insurrection polonaise et l'occupation du Caucase sont, à mon avis, les deux événements européens les plus importants depuis 1815.

KARL MARX,
*Lettre à Friedrick Engels
(7 juin 1864).*

Au commencement était le Caucase.

C'est là, dans ces contrées enneigées, que naquit la civilisation.

C'est à une de ces hautes et âpres montagnes que Prométhée, le créateur de l'homme, fut attaché par Vulcain avec des chaînes de diamant, pour avoir osé dérober le feu aux dieux...

C'est là que Cronos — le Saturne des Romains —, chassé par les Géants, vint se réfugier ; c'est là que, d'un coup de faux, il tua le berger scythe Caucasos, qui, au dire des Grecs, donna son nom à la chaîne montagneuse...

C'est là, en Colchide, que Jason et les Argonautes s'emparèrent de la Toison d'or...

C'est là, enfin, sur le mont Ararat, que s'échoua l'Arche de Noé après avoir surmonté le Déluge...

Caucase... massif de légende. Mémoire des hommes.

Au commencement était le Caucase.

Ligne frontalière entre Europe et Asie. Pont entre deux univers.

Serré entre deux mers, la mer Noire d'un côté, la mer Caspienne de l'autre, l'énorme rempart caucasien hérissé de pics se déploie obliquement sur quelque mille verstes, du nord-ouest au sud-est, entre la presqu'île de Taman et la presqu'île d'Apchéron. Ses deux versants présentent des aspects inégaux : le versant méridional, qui donne sur la mer Noire, descend en pente raide vers le rivage et vient affleurer les flots. Des torrents impétueux s'échappent de ses flancs, qui découpent la côte en une multitude de petites criques. Le versant septentrional est tout à l'opposé du premier : il s'incline graduellement par une suite de terrasses avant de se fondre dans une immense plaine encadrée par le fleuve Kouban — l'Hypanis d'Hérodote et de Strabon, et le Vardanes de Ptolémée —, long de 900 kilomètres... D'innombrables rivières descendent des montagnes et, traversant de basses plaines limoneuses, vont à la rencontre de ce fleuve alimenté par les glaciers de l'Elbrouz...

Ce décor, ces cimes auréolées de nuages, ces rivières et les vallées encaissées qu'elles ont sculptées, ces gorges ténébreuses quelquefois éclairées par des coulées de lumière blanche, ces forêts compactes, impénétrables... tel est l'empire des Tcherkesses, empire de liberté au cœur de la nature.

C'est là qu'ils ont construit leurs aouls, formés de maisonnettes bâties en pisé et enlacées de vignes; c'est là que viennent paître leurs troupeaux; c'est là que viennent courir leurs chevaux, plus vifs que l'éclair, plus rapides que le vent... C'est au-dessus de cette aire, enfin, que plane, jaloux, l'aigle de Circassie.

Au commencement était le Caucase.

I

La Circassienne sortit du rang et se dirigea à pas lents vers les guerriers de la tribu adverse, groupés en demi-cercle sous le chêne de l'*aoul*.

— A toi! ordonna une voix.

Le menton baissé, l'un des guerriers s'avança aussitôt en direction de la jeune femme. Coiffé d'une toque épaisse en astrakan — le *kalpak* —, chaussé de bottes molles à bouts pointus, il était vêtu d'une longue *tcherkesska* sombre aux manches amples garnie de cartouches en argent disposées dans des fourreaux de tissu cousus en biais à la hauteur de sa poitrine. Sa main tremblotante agrippait le manche d'un poignard glissé sous son ceinturon.

Le craquement d'une brindille brisa tout à coup le silence des lieux. L'homme sursauta, se figea, hésita un moment, jeta autour de lui un regard inquiet, puis repartit en maintenant les yeux fixés au sol.

Arrivé à proximité de la Circassienne, il leva la tête et l'observa pour la première fois : coiffée d'une calotte de velours brodée d'or du sommet de laquelle pendait un long voile de gaze tombant jusqu'au jarret, elle portait un pantalon de soie serré aux chevilles et recouvert d'une robe aux manches évasées au poignet. Par-dessus cette robe, un corsage orné de deux rangées verticales d'agrafes, pareil à un dolman garni de brandebourgs, visible sous la tunique de velours noir barrée d'une ceinture à grosse boucle et aux manches longues creusées d'une découpe sur l'avant-bras.

L'homme fit encore quelques pas, puis s'immobilisa pour admirer la beauté de la femme qui se tenait devant lui : ses cheveux blonds encadrant son visage ovale, ses yeux bien fendus sous des sourcils à peine dessinés, sa petite bouche, ses lèvres vermeilles, son large front lisse et, surtout, la blancheur de sa peau diaphane, une blancheur aussi éclatante que la neige nimbant le mont Elbrouz.

Plantée dans la nuit ainsi qu'une serpe dans l'écorce d'un arbre, la lune diffusait sur la clairière une lueur bleutée. Autour de l'étoile du soir, brillante comme un diamant, d'autres astres, plus petits, clignotaient. La Circassienne fixa sur le guerrier un regard étrange. Elle semblait absente et présente à la fois. Comme si, au fond d'elle-même, s'affrontaient le désir de se sauver et le devoir de rester. Portant la main à sa poitrine, elle commença à défaire les agrafes de son corsage. Aucun murmure ne vint saluer ce geste : les deux groupes qui se faisaient face contemplaient la scène sans éprouver la moindre gêne. Bien que fasciné par la beauté de cette femme appartenant au clan rival, l'homme resta de marbre. La Tcherkesse plongea ses doigts dans son corsage dégrafé. Sa paume s'attarda sur son sein gauche, en épousa la forme, puis, brusquement, le mit à nu. Le guerrier fixa sans ciller la peau fine de ce globe ferme et bien dessiné, et l'aréole rosée qui frémissait en son milieu. Les yeux clos, il entrouvrit les lèvres et, l'espace d'une seconde, les posa sur le mamelon. La femme tressaillit et reboutonna en hâte son corsage, tandis que les membres des deux groupes se rapprochaient les uns des autres.

— Longue vie à cheikh Mansour !
— Longue vie à cheikh Ismaïl !

Des vivats fusèrent de partout pour célébrer la réconciliation des frères ennemis. Un homme armé d'un bâton martela tout à coup le sol. Instantanément, tous les regards se tournèrent vers lui. Avec sa haute taille, ses épaules larges, son buste droit, ses muscles saillants, il avait la belle et fière allure des Montagnards du Caucase. De sa personne émanait une dignité qui commandait le respect. Sa barbe couleur de jais, son nez droit, ses sourcils épais conféraient à son visage une dureté qui contrastait avec la limpidité de ses yeux clairs.

— Silence !

— Silence, silence, cheikh Mansour a une proclamation à faire ! claironna un gros gaillard affublé de cet immense manteau de feutre velu appelé *bourka*.

Tout le monde se tut. S'appuyant sur son bâton, cheikh Mansour déclara d'une voix caverneuse :

— Frères ! Le moment que nous venons de vivre est un moment historique ! Il met un terme définitif à des années de combats sanglants qui n'ont fait qu'affaiblir notre communauté. Il faut que cesse à jamais cette guerre dans la guerre. Nos violentes discordes ont saigné à blanc la résistance dans le Caucase et font la part belle à l'ennemi commun. Le tsar se gausse de nos querelles et ses troupes profitent des dissensions qui déchirent notre camp. L'heure est venue, mes frères, de tirer des leçons du passé. Il faudra désormais pointer nos flèches et les canons de nos fusils en direction de l'envahisseur !

Le chef tcherkesse marqua un temps puis, forçant la voix, enchaîna d'un ton emphatique :

— Le sang du Tcherkesse est sacré ! Il ne doit plus couler pour une cause autre que la cause de notre patrie !

Adossé à un vieux chêne, Kalimat ne perdit pas un mot du discours de son frère. Il l'écouta jusqu'au bout en caressant sa moustache blonde, en songeant à la futilité des hommes, à l'absurdité du conflit qui, des années durant, avait opposé deux des familles les plus prestigieuses du Nord-Caucase...

II

— Quel nom lui donnerez-vous?

L'accoucheuse se pencha vers la mère et plaça dans sa paume un vieux pistolet à crosse dorée. Etendue sur la paille, la jeune femme pointa le canon de l'arme vers la fenêtre ouverte, visa le ciel et pressa sur le bouton tenant lieu de détente. Le coup de feu partit.

Une agitation indescriptible s'empara aussitôt de l'*aoul* tout entier : « C'est un garçon ! C'est un garçon ! »

L'accoucheuse regarda la mère sourire. Malgré le froid, la sueur perlait sur son front pâle ; son cou était luisant de transpiration.

— Après cela, déclara-t-elle en posant sur le visage de l'accouchée une compresse humide, nous baignerons le nouveau-né dans les eaux glacées du Kouban. Ensuite, il faudra, à l'aide de lanières, lui maintenir le dos appliqué contre une planchette en bois afin qu'à l'avenir il se tienne bien droit. Ainsi le veulent nos *adats*; ainsi nous agirons.

Une clameur monta de l'extérieur. Inquiète, la mère se redressa sur son lit de paille. D'une main, elle se couvrit avec le drap posé sur ses genoux, de l'autre, elle serra l'enfant contre son cœur.

— Cheikh Mansour Ushurma est sur nos terres ! annonça le troubadour de l'*aoul* en poussant la porte de la *saklia.*

Petit de taille, frêle d'apparence, il était toujours attifé de

26

défroques pour — disait-il — « ne pas avoir à partager mes vête-ments avec les mendiants que je croise sur mon chemin ». Bien que d'ordinaire les *nikoakoas* fussent très respectés en Circassie, celui-ci était rarement pris au sérieux.

L'accoucheuse se leva d'un bond, lui barra le passage et lui intima l'ordre d'évacuer les lieux.

— Depuis quand un troubadour se permet-il d'entrer de la sorte dans la demeure d'une femme qui accouche? gronda-t-elle d'une voix terrible.

— Mais vous ne comprenez donc pas! s'exclama-t-il avec indigna-tion. Cheikh Mansour Ushurma, le *Faucon Noir*, le chef de la résis-tance contre le Russe dans le Caucase... Cheikh Mansour Ushurma est sur nos terres! Il rentre d'une campagne menée contre l'ennemi dans la région du fleuve Laba. Il a entendu le coup de feu et a décidé de faire halte dans notre *aoul* pour donner sa bénédiction au nouveau-né!

L'accoucheuse haussa les épaules.

— Son nom ne me dit rien qui vaille, gloussa-t-elle. Je ne sais de lui que ce que les rumeurs colportent. On raconte qu'il s'agit d'un agent secret turc soudoyé par la Sublime Porte pour empêcher tout rapprochement entre la Circassie et le tsar... Les Russes prétendent qu'il s'agit d'un prêtre génois défroqué, que son vrai nom est Gian Battista Boetti!

Le troubadour fronça les sourcils.

— Ah, les femmes! soupira-t-il en levant les yeux au ciel. Où allez-vous chercher ces histoires? Comment pouvez-vous croire à ces bobards? Comment cheikh Mansour Ushurma peut-il être génois, lui qui est né dans l'*aoul* d'Aldy en Tchétchénie? Et comment peut-il avoir été moine en Italie, lui qui a passé son enfance à gar-der des brebis dans les montagnes du Daghestan?

Il secoua la tête de gauche à droite et enchaîna:

— Si les Russes le discréditent, c'est bien parce qu'ils n'ont pas encore digéré la terrible défaite qu'il leur a infligée!

— Quelle défaite?

— En 1785, il y a deux ans, pendant la saison d'été, cheikh Mansour Ushurma et ses guerriers tchétchènes ont taillé en pièces une brigade russe sur les bords de la rivière Sundja! Même le commandant de l'expédition, le colonel Pieri, n'a pas été épargné. « Il ne resta du détachement que les bonnets flottant sur les eaux de la rivière », m'a affirmé un témoin. Depuis cette victoire spectaculaire, le général Potemkine n'a plus fermé l'œil de la nuit!

L'accoucheuse lui adressa un regard incrédule.

— Mais tu viens tout juste de me dire que c'était un berger! Par quel miracle est-il donc devenu le chef militaire dont tu vantes les exploits?

— Il y a deux ans, un terrible tremblement de terre avait ébranlé le Caucase du Nord. T'en rappelles-tu?

— Et comment! J'avais eu la trouille de ma vie!

— C'est à ce moment-là que cheikh Mansour Ushurma reçut en songe la visite de deux cavaliers envoyés par le prophète Mahomet. Ils l'appelèrent « imam » et l'invitèrent à porter la bonne parole aux Montagnards. Depuis cette vision, *Faucon Noir* est considéré comme un élu d'Allah chargé de nous guider sur les chemins de l'indépendance. Il visite nos montagnes, incite les musulmans à se conformer aux préceptes de l'islam, à mener une vie austère, à ne pas boire, à ne pas fumer... Il prêche le *jihad*, le *ghazaouat*, la guerre sainte contre le *giaour*, l'infidèle chrétien qui cherche à soumettre le Caucase! Aujourd'hui, il a réussi à mobiliser tout le peuple tchétchène et la plupart de nos trente tribus éparpillées aux quatre coins de la Circassie!

— Combien d'hommes a-t-il sous son commandement? demanda l'accoucheuse.

— Vingt mille peut-être. Du jamais vu dans nos contrées! Cheikh Mansour Ushurma mérite notre respect. J'ai d'ailleurs composé à son intention un chant patriotique que je m'en vais te réciter...

Des éclats de voix interrompirent la discussion. Au milieu des acclamations, *Faucon Noir* venait de pénétrer dans l'*aoul*!

Vêtu à la manière d'un derviche, le visage recouvert d'un voile

28

noir, cheikh Mansour Ushurma sauta à bas de son cheval gris, appela le palefrenier d'un claquement de doigts et lui confia les rênes de sa monture. Le *nikoakoa* accourut, s'inclina et, posant un genou à terre, se mit à chanter d'une voix chevrotante :

> *Mes vers célèbrent la puissance*
> *De cheikh Mansour, le héros de la foi*
> *Ils sont voués à sa vaillance*
> *Fort au combat, sa conduite est sans blâme*
> *Adighé, Daghestan, Schirwan ont même foi*
> *Il parle et dans les cœurs verse une ardente flamme*
> *Des malheurs, des dangers, il préserve nos têtes*
> *Sa marche est une suite immense de conquêtes*
> *Il abreuve, en passant, le saint champ de la foi*
> *Du sang abject du Moscovite esclave !*

Faucon Noir remercia le poète d'un léger hochement de tête et se dirigea droit vers la *saklia* d'où, quelques instants plus tôt, le coup de feu était parti. Sans frapper, il pénétra dans la maison et alla donner sa bénédiction au nouveau-né.

Le père de l'enfant prit la parole. Sa voix sortit avec un son étrange de sa gorge nouée :

— La visite de cheikh Mansour Ushurma nous honore et remplit nos cœurs d'allégresse ! Cheikh Mansour Ushurma est pour nous un exemple. Il n'est pas seulement le symbole de la résistance contre le *giaour* qui, pour obtenir un accès sur la mer Noire, prétend vouloir nous civiliser ; il est aussi le symbole de la revanche des opprimés, des miséreux et des désespérés ! La tradition veut que soit donné au nouveau-né le nom de la première personne étrangère qui entre dans la maison après l'accouchement. Mon fils s'appellera donc comme notre valeureux chef : Mansour, c'est-à-dire : « Le Victorieux » !

Les guerriers présents dans la pièce applaudirent et sortirent répandre la nouvelle dans l'*aoul.* *Faucon Noir* hocha la tête avec satisfaction. De son fourreau de cuir recouvert de garnitures d'argent ciselé, il tira sa *chachka* et, s'agenouillant, la planta dans le sol tout près de l'enfant. Le sabre était d'une grande beauté avec sa longue lame courbe à un tranchant, sa monture sans garde à fusée se terminant en cimier, et sa dragonne.

— Votre fils, déclara cheikh Mansour Ushurma d'une voix d'oracle, est le symbole de la génération de demain qui portera le flambeau de la résistance. Que votre fils garde jalousement cette arme : elle lui sera d'un grand secours dans notre guerre contre le Russe !

Il se tut un moment. Les yeux perdus dans le vague, il enchaîna :

— Votre fils montera à cheval dès son plus jeune âge, il maniera le sabre avec dextérité, il ira à Constantinople apprendre le turc et les lois de l'islam. Arrivé à l'âge où la maturité s'affirme, il prendra le commandement de la résistance. Il épousera une brave guerrière qui lui donnera quatre enfants : trois fils et une fille qui...

Cheikh Mansour Ushurma s'interrompit et ferma les paupières. Son front se plissa comme sous l'effet d'une douleur intense. Il se leva et sortit sans terminer sa phrase.

L'accoucheuse se pencha vers le troubadour et lui chuchota à l'oreille :

— Au seul son de sa voix, mes jambes flageolaient !

— Je te l'avais bien dit : cet homme a quelque chose de surnaturel !

— Soit dit entre nous, fit-elle d'un ton narquois, ton hymne n'était pas fameux. Il était même médiocre !

Le *nikoakoa* ne put réprimer un sourire.

— Soit dit entre nous, rétorqua-t-il, je t'ai menti : cet hymne n'est pas de ma composition. Tout le Caucase, de la mer Noire à la mer Caspienne, le connaît par cœur ! Tout le Caucase... sauf toi !

Une gifle magistrale accueillit sa réplique.

*
* *

Un jour d'avril, un messager vint porter à l'*aoul* une nouvelle terrible.

— *Faucon Noir* vient de rendre l'âme, annonça-t-il. Cerné à Anapa par les troupes impériales commandées par le général Gudovic, il a été capturé par l'ennemi au terme d'un siège de soixante et un jours. On l'a soumis à un interrogatoire serré et, à la suite d'un rescrit de la tsarine Catherine II adressé au colonel Koljubakin, commandant de la forteresse de Schlüsselburg, il a été condamné à la détention perpétuelle dans cette citadelle « pour avoir soulevé les peuples de la montagne contre la Russie et causé un grand tort à l'Empire ». Il vient d'y succomber, dans la misère totale...

Une grande tristesse s'empara des Montagnards qui cessèrent toute activité pendant une semaine.

Bouleversé, le *nikoakoa* s'enferma pour composer une élégie. « Il faut, se dit-il, remonter le moral de nos troupes. Il ne faut pas que nos guerriers cèdent au découragement et renoncent à la lutte contre le *giaour*! »

Il passa deux jours et deux nuits à gratter sa cithare en construisant des vers. Une fois l'hymne prêt, il se mit à parcourir les *aouls* de la région en chantant :

> *Eternelles, éternelles sont les neiges de l'Elbrouz !*
> *Ne pleurez pas la mort de Faucon Noir :*
> *Quand il regardait couler nos rivières,*
> *Le bleu de ses yeux se fondait dans l'eau ;*
> *Et quand de ses pieds il foulait nos montagnes,*
> *La marque de ses pas s'imprimait sur nos rocs ;*
> *Quand enfin au combat il appelait ses hommes,*
> *L'écho mémorisait le timbre de sa voix...*
> *Eternelles, éternelles sont les neiges de l'Elbrouz !*

Le hasard voulut qu'il trouvât l'accoucheuse sur son chemin. Elle sourit à sa vue et prit la peine d'écouter son chant jusqu'au bout.

— Vous faites des progrès, observa-t-elle en applaudissant.

— Je l'ai composé moi-même ! précisa-t-il en levant l'index.

III

David Urquhart se réveilla de bonne heure et erra un moment dans les rues désertes de Constantinople. Arrivé au pied de l'aqueduc de Valens, il accosta la première personne qu'il trouva sur son chemin : un vieux porteur d'eau, occupé à fumer le narguilé sous un platane.

— Pourriez-vous m'indiquer la maison de Mansour, un Tcherkesse du Caucase qui habite dans les parages ?

Le porteur d'eau dévisagea l'étranger d'un air méfiant.

— Que lui voulez-vous ? demanda-t-il d'une voix nasillarde.

— Je suis un ami !

— Si vous étiez vraiment un ami, vous auriez montré plus de respect à son égard, répliqua sèchement le Turc. L'homme que vous cherchez porte le titre de « cheikh ». Ce titre, il ne l'a pas usurpé : c'est grâce à son savoir et à sa sagesse qu'il est devenu cheikh !

— Excusez-moi, balbutia Urquhart. Je savais bien que l'homme que je cherche a étudié le Coran et les lois de l'islam dans ce pays, mais j'ignorais...

— C'est la première maison à droite, coupa le vieillard en déposant un gailletin incandescent sur le cylindre à tabac de son narguilé.

L'étranger le remercia d'un signe de la tête et poursuivit sa route.

Quelques mètres plus loin, il s'arrêta devant une ancienne maison de bois, remarquable par son balcon en encorbellement.

— C'est là, soupira-t-il en frappant à la porte avec un geste retenu.

La servante lezguienne entra à pas feutrés dans la chambre de son maître. Cheikh Mansour entrouvrit les yeux et se redressa sur sa couchette. Une coulée rousse de lumière l'éblouit. Pendant quelques secondes, il se demanda où il était.

— Quelqu'un souhaite vous parler. C'est un Anglais, je crois. Il attend dans le vestibule...

L'homonyme de *Faucon Noir* pesta contre l'Angleterre et les Anglais, se leva de mauvaise grâce, enfila sa tunique et, pieds nus, alla à la rencontre de son visiteur.

L'homme se tenait debout et observait avec un vif intérêt le fusil caucasien accroché au mur. Ses doigts caressaient la crosse de l'arme, sa détente dépourvue de pontet, son fût filiforme, sa monture en bois veiné. Cheikh Mansour toussota. L'étranger sursauta et fit volte-face.

— Belle pièce! bredouilla-t-il en montrant le fusil du menton. On dirait une arquebuse à rouet!

Cheikh Mansour haussa les épaules.

— Vous désirez? questionna-t-il avec la voix éraillée de celui qu'on vient d'arracher à un sommeil profond.

L'étranger s'avança vers lui et s'inclina.

— Cheikh Mansour, je présume? demanda-t-il en turc.

— A qui ai-je l'honneur?

— Urquhart... David Urquhart!

— C'est vous!

Le Tcherkesse ouvrit grand les yeux pour mieux dévisager son interlocuteur. Son nom lui était familier. Il avait entendu parler de cet aventurier écossais, surnommé *Daoud bey* par les Ottomans, qui avait épousé la cause tcherkesse et réclamait à cor et à cri une inter-

33

vention britannique dans le Caucase destinée à mettre la Circassie à l'abri des prétentions du tsar.

— Je rentre d'un voyage à Anapa, dit Urquhart. J'y ai rencontré une quinzaine de beys et quelque deux cents chefs tcherkesses. Ils attendent impatiemment votre retour...

— Mon apprentissage n'est pas encore terminé, répliqua le Tcherkesse. Mon désir le plus cher est de rentrer. Mais mon heure n'est pas encore venue. Il ne faut pas brûler les étapes!

Il se tut un moment, puis demanda d'une voix triste :

— Les dernières nouvelles qui me sont parvenues ne sont pas bonnes. Qu'avez-vous vu en Circassie ?

L'Ecossais prit place au milieu des coussins et s'assit sur ses jambes repliées.

— Vous savez, dit-il, depuis Pierre le Grand, l'interventionnisme de la Russie dans le Caucase ne s'est jamais démenti. Il y a eu l'occupation de Derbent et de Bakou, l'établissement par Catherine II de colonies militaires au nord de l'isthme, l'annexion de la Géorgie en 1801... Et ça continue! Depuis la désignation par le tsar Alexandre Ier du général Yermolov comme commandant en chef de l'armée du Sud, la situation n'a fait qu'empirer!

— Il paraît que Yermolov avait pour surnom « *le Diable Moscovite* » !

David Urquhart grimaça.

— C'est exact, admit-il. Un poète russe, Alexandre Sergueievitch Pouchkine, l'avait côtoyé dans le Caucase. Un de ses poèmes a fait le tour du pays. Il dit ceci :

> *Courbe ton front neigeux, Caucase,*
> *Et soumets-toi... Yermolov vient!*

Cheikh Mansour balaya l'air du revers de la main.

— Encore un vétéran des campagnes napoléoniennes... L'empereur des Français aurait dû exterminer cette race d'égorgeurs! Yermolov a commis en Circassie des crimes abominables; il a profité de la configuration du paysage kabardien, qui obligeait nos frères à se battre à découvert, pour assujettir la Kabardie...

— Nombre d'entre eux ont heureusement réussi à rallier vos troupes dans la partie occidentale de la Circassie, interrompit l'Ecossais. Ils portent désormais le nom de « Kabardes libres » !

— Les Russes, eux, les appellent « Kabardes fugitifs » ! dit cheikh Mansour entre ses dents.

La Lezguienne apporta une bouteille d'eau de rose et servit les deux hommes. David Urquhart but son verre à petites gorgées comme pour mieux préparer sa prochaine intervention.

— J'ai deux grands projets pour la Circassie, dit-il enfin d'une voix déterminée.

Le Tcherkesse dévisagea son interlocuteur d'un air mi-amusé, mi-incrédule. « Quel âge a donc cet aventurier? se demanda-t-il. Trente, trente-cinq ans? Peut-on, à cet âge, nourrir un projet sérieux pour un pays? »

— Le premier, poursuivit l'Ecossais, est la création d'un hebdomadaire que je compte intituler *Portfolio*. Son but sera de divulguer des documents secrets russes qui sont en ma possession et, dans le même temps, de défendre votre cause et de mieux faire connaître votre combat. Je compte d'ailleurs y publier une Déclaration d'Indépendance de la Circassie qui serait adressée à toutes les cours d'Europe. Le brouillon de cette Déclaration est déjà prêt!

Il sortit de la poche de son veston un papier qu'il tendit à cheikh Mansour. Le Tcherkesse le lut attentivement en se lissant la barbe :

> *Les habitants du Caucase ne sont pas les sujets de la Russie... C'est avec l'humiliation la plus profonde que nous venons d'apprendre que notre pays figure, sur toutes les cartes européennes, comme une partie de la Russie; que la Russie soutient en Occident que les Circassiens sont ses esclaves, ou bien des hordes de sauvages bandits qu'aucune bienveillance et aucune loi n'humanisent. Nous protestons très solennellement, à la face du ciel, contre ces faussetés!*

Cheikh Mansour réprima un bâillement. Il demanda d'une voix sourde :

— Quand vous dites « nous », de qui parlez-vous?

35

David Urquhart eut un haut-le-corps.

— Mais du peuple circassien évidemment!

— Est-ce le peuple circassien qui a écrit cette lettre? reprit le Tcherkesse.

— Non... C'est moi!

— Alors, vous êtes « nous »?

— En quelque sorte, oui! bredouilla l'Ecossais en haussant les épaules. Votre combat est le mien. Rester indifférent aux massacres perpétrés par les Russes dans le Caucase — en Circassie, en Tchétchénie ou ailleurs —, c'est devenir complice des assassins. Vous et moi sommes du même bord!

Cheikh Mansour leva ses sourcils broussailleux en signe d'étonnement.

— Parlez-moi de votre second projet, fit-il en se grattant le front.

— Le second projet est encore plus délicat que le premier. Avec le capitaine James Stanislas Bell...

— Je n'apprécie pas cet individu, coupa le Tcherkesse. Ses actes sont trop impulsifs; ses initiatives ne tiennent pas toujours compte des aspirations de mon peuple...

— Ne vous en faites pas, dit Urquhart sur un ton rassurant. Bell et moi comptons envoyer un navire chargé d'armes en Circassie. Etes-vous prêt à nous appuyer?

Cheikh Mansour croisa les bras et réfléchit un moment.

— Votre projet est noble, murmura-t-il. Mais il oublie un facteur important : le blocus organisé par l'ennemi russe!

L'Ecossais secoua la tête.

— J'ai pris connaissance de l'accord d'Andrinople conclu entre les Ottomans et les Russes. Je compte d'ailleurs le dénoncer dans la version définitive de la Déclaration d'Indépendance. Le tsar excipe du quatrième article de ce traité en vertu duquel le sultan lui a cédé tous ses droits sur la Circassie. C'est une aberration! Comment Mahmoud II a-t-il pu donner à autrui un territoire qui ne lui appartient même pas?

Il marqua une pause, puis poursuivit :

— C'est précisément parce que nous refusons que les Tcherkesses cèdent devant le fait accompli que nous projetons de forcer le blocus des côtes circassiennes instauré par l'envahisseur!

Cheikh Mansour fixa intensément son interlocuteur. « Cet homme est, à n'en pas douter, animé de bonnes intentions, songea-t-il. Mais de quel droit se permet-il d'agir au nom du peuple tcherkesse? »

— Je ne vous cache pas, reprit David Urquhart, que mes activités exaspèrent les autorités britanniques. Lord Palmerston me reproche même de « perdre mon temps » et de « gaspiller l'argent du Foreign Office »! Il ne voit en moi qu'un « extravagant turcophile »! Voilà pourquoi je souhaite que vous ne parliez à personne de mes projets...

Cheikh Mansour inspira profondément.

— Je ne veux pas contrecarrer vos plans, dit-il d'une voix calme. Mais je ne puis y souscrire. Je suis encore loin de mon peuple et je ne suis pas habilité à prendre des décisions à sa place. Vous ferez ce que vous jugerez bon de faire pour le bien de ma patrie.

*
* *

Deux années s'écoulèrent. Son apprentissage terminé, cheikh Mansour se préparait à quitter Constantinople quand il reçut la visite d'une Anglaise nommée Sarah Hamilton, journaliste à l'hebdomadaire *Portfolio*.

— Ce journal n'a-t-il pas été créé par un certain David Urquhart? lui demanda le Tcherkesse.

— C'est exact, admit la jeune femme dans un turc approximatif. *Portfolio* a été distribué pour la première fois le 28 novembre 1835. Il est édité par Westmacott et imprimé par James Ridgway. C'est bien David Urquhart qui en est le fondateur. C'est d'ailleurs lui qui m'envoie chez vous : il m'a chargée de vous remettre quelques numéros de son hebdomadaire.

37

Elle sortit de son sac une liasse de papiers qu'elle posa sur les genoux de son interlocuteur.

— *Portfolio* dépasse toutes nos espérances, enchaîna Miss Hamilton. Même le *Times* et le *Morning Chronicle* en publient des extraits! La Déclaration d'Indépendance de la Circassie, publiée dans le neuvième numéro, a fait sensation!

Cheikh Mansour hocha la tête avec satisfaction.

— Monsieur Urquhart est à Londres?

— Non, répondit la journaliste. Il est actuellement premier secrétaire d'ambassade ici même à Constantinople... Mais il risque à tout moment d'être destitué et rappelé en Grande-Bretagne!

— Pourquoi donc?

— L'affaire du *Vixen*... Vous n'êtes pas au courant?

— Non, non. Racontez!

La jeune Anglaise se tut, tortilla un moment ses gants blancs, puis dit d'une voix presque inaudible :

— Messieurs Urquhart et Bell, vous le savez peut-être, ont affrété un navire et l'ont envoyé en Circassie. Malheureusement, leur plan n'a pas fonctionné comme prévu...

Cheikh Mansour sursauta.

— Ne me dites pas que la flotte russe a intercepté le bâtiment!

— Si! C'est d'ailleurs ce que nous escomptions! dit la journaliste d'un ton indifférent.

— Comment? s'exclama le Tcherkesse, interloqué. Le but de David Urquhart n'était-il pas de forcer le blocus et d'approvisionner les résistants circassiens en armes?

Sarah Hamilton éclata de rire.

— Mais pas du tout! dit-elle, les poings sur ses hanches. David *espérait* l'interception du navire pour créer un incident diplomatique entre les Russes et la Grande-Bretagne, et forcer la main à nos dirigeants! Pour lui, la capture du bâtiment était censée apparaître comme un acte de piraterie de la part des Russes et un *casus belli*! En faisant ostensiblement de la contrebande sur la côte de Circassie, il a cherché à provoquer un débat international sur l'illégalité du blocus instauré par le tsar! D'ailleurs... le *Vixen* ne transportait que du sel!

Cheikh Mansour se mordit les lèvres. Lui qui croyait que l'expédition projetée par l'Ecossais avait pour but de soutenir la résistance des Montagnards! Comment avait-il pu être si naïf et croire un étranger sur parole? Il secoua la tête avec consternation.

— Notre plan a échoué, poursuivit l'Anglaise. Le 27 novembre 1836, le brick russe *l'Ajax* a bel et bien intercepté *le Vixen*. L'abordage a eu lieu au nord de la côte circassienne, dans les eaux de la baie de Ghelendjik. Dans un premier temps, cet incident a suscité des discussions animées à la Chambre des communes. Un journal français, le *Journal des Débats*, a même dénoncé la saisie du navire et la transformation de la mer Noire en lac moscovite! Mais Lord Palmerston, que David Urquhart soupçonne d'être un espion russe, a tout fait pour étouffer l'affaire et éviter la confrontation! Lui qui reprochait à David son impulsivité, incompatible à ses yeux avec la mission de diplomate, affirme aujourd'hui dans son entourage qu'« il n'y a pas en Europe un gibet assez haut pour pendre l'homme qui a essayé de brouiller le gouvernement russe avec le gouvernement anglais »!

— Qu'attendez-vous de moi? coupa cheikh Mansour.

— Que vous interveniez auprès de vos amis turcs pour blanchir David Urquhart! lâcha Miss Hamilton d'une voix grave.

Le Tcherkesse blêmit. Il se leva d'un bond et quitta la pièce sous les yeux incrédules de la journaliste. Se ravisant, il revint sur ses pas quelques minutes plus tard et adressa à l'Anglaise un regard foudroyant.

— Je n'en veux pas à Urquhart d'avoir échoué, dit-il en martelant ses mots. Je lui en veux de m'avoir caché la vérité. Sommes-nous donc des marionnettes entre ses mains et entre les mains des grandes puissances? Pour lui, la cause circassienne est une affaire politique, une question d'« intérêts vitaux ». C'est faux : la cause circassienne est une question de vie ou de mort. Le Caucase n'est pas un échiquier où la couronne britannique et la Porte peuvent placer leurs pions en fonction de leurs caprices ou au gré de leurs fantasmes. Le Caucase est un temple que l'ennemi veut détruire et que nous voulons sauver. Ce temple, nous préférons le sauver seuls : l'imbécile indifférence du monde est peut-être moins néfaste pour nous que son interventionnisme maladroit. Dites cela à David Urquhart. Dites-lui surtout de ne plus aimer la Circassie parce que son amour est destructeur, parce que son amour est pire que la haine !

Le Tcherkesse pivota sur ses talons, décrocha le fusil suspendu au mur et disparut. Sa voix retentit dans le corridor. La Lezguienne accourut en levant les bras au ciel.

— Préparez mes bagages, hurla-t-il. Je pars ce soir même pour le Caucase !

IV

Un coup de feu déchira le silence. Cheikh Mansour tressaillit et interrogea son frère du regard. Tous les deux se retournèrent, saisis d'inquiétude.

— Quelqu'un vient de tirer de l'arrière! chuchota Kalimat en *chakobza*, ce mystérieux langage secret utilisé par les Tcherkesses au cours de leurs missions.

— Un espion! grommela cheikh Mansour entre ses dents. Il vient de tirer en l'air pour avertir la garnison du fort qu'une attaque est imminente!

Les deux hommes se jetèrent à terre et s'aplatirent contre le sol enneigé. Un froid vif régnait sur cette plaine recouverte d'un tapis blanc et moelleux, peuplée de cèdres aux branches gainées de cristaux ou ornées de stalactites de glace. Bien qu'ils fussent habitués à l'âpreté du climat, les Montagnards avaient le visage écorché, les lèvres gercées. De leur bouche et de leurs narines se dégageaient des nuages de vapeur...

— Que fait-on?

— Il faut temporiser. Si rien ne se passe, cela signifiera que le coup de feu n'a pas été entendu. Il y a des chances...

— Comment neutraliser le traître? Qui nous dit qu'il ne tirera pas une seconde fois?

Cheikh Mansour secoua son *kalpak* recouvert de flocons.

— Tu parles! Il doit être déjà loin. Une fois son forfait commis, le félon disparaît toujours. Tout traître est aussi un lâche...

Rampant sur les coudes, Nart vint rejoindre ses deux frères.

— Signal? questionna-t-il à mi-voix.

— Signal! confirmèrent cheikh Mansour et Kalimat.

Il frappa le sol d'un poing rageur.

— Je vous l'avais bien dit, maugréa-t-il. Le lièvre, tout à l'heure, qui a traversé le chemin devant nous... Cette journée est maudite!

Kalimat eut un geste d'impuissance.

— La félonie est une ennemie aussi redoutable qu'imprévisible dans la guerre que nous livrons!

— L'adversaire est généreux et corrompt les plus faibles, renchérit cheikh Mansour.

— Qu'attendons-nous? demanda Nart avec agacement.

— L'ennemi n'a peut-être rien entendu! murmura Kalimat.

— Et s'il a entendu quelque chose?

— Alors, pour nous, ce sera l'enfer! fit l'homonyme de *Faucon Noir* en frappant du plat de la main la crosse de son fusil.

Un crissement fit sursauter les trois hommes.

— Que doit-on faire? demanda une voix féminine.

Cheikh Mansour écarquilla les yeux. Derrière lui, tapies derrière un fourré, deux jeunes Circassiennes en tenue de combat. Il reconnut Jenset, l'épouse de Kalimat, et Seteney, la fille de l'armurier de l'*aoul.*

— Que fabriquez-vous là? gronda-t-il en leur décochant un regard inquisiteur. Mes instructions étaient pourtant claires: pas de femmes sur le champ de bataille!

Levant les yeux au ciel, il soupira:

— Allah m'est témoin: si nous perdons un jour la guerre, ce sera à cause de notre propre indiscipline! Il n'est pas un seul de mes ordres qui soit exécuté à la lettre!

— Ton frère était d'accord, protesta Jenset en désignant son époux du menton.

Cheikh Mansour se tourna vers Kalimat:

— Trouves-tu normal que ta femme vienne se faire tirer dessus au milieu de ce champ de patates? demanda-t-il d'une voix irritée.

Il secoua la tête avec lassitude, puis fit signe à Seteney de se rapprocher. La jeune femme obtempéra, quitta le fourré et vint s'accroupir près de son chef.

— Et toi, Seteney, quelle excuse vas-tu me donner? Tu n'es pas encore mariée, que je sache! As-tu reçu l'autorisation de ton père pour participer au combat?

Seteney sourit. Ses beaux yeux bleus, brillants comme des escarboucles, lancèrent à cheikh Mansour un regard mutin.

— Il n'y a pas si longtemps, rétorqua-t-elle en secouant sa chevelure blonde, Chamil, l'actuel imam du Daghestan, a lancé avec son compagnon Ghazi Mollah une attaque contre l'Avaristan, parce que cette contrée, gouvernée par la veuve du dernier souverain, la *khanum* Pakou-Beké, composait avec les Russes et refusait de soutenir les deux hommes. Six mille guerriers ont déferlé sur Khunsak aux cris d'« Allah est grand! ». Pris de panique, les Avars ont commencé à se replier. La princesse Pakou-Beké, prenant son courage à deux mains, est alors descendue sur le champ de bataille en hurlant à pleins poumons: « O Avars! Vous n'êtes pas faits pour porter des armes puisque vous vous retirez de la bataille. Remettez vos sabres à vos femmes et cachez-vous derrière leurs jupons! » Piqués au vif, les guerriers avars se sont alors ressaisis et ont réussi à écraser l'assaillant et à infliger à l'imam Chamil sa première défaite!

— Où veux-tu en venir? demanda cheikh Mansour en croisant les bras sur sa poitrine.

— Je veux dire qu'il y a des femmes plus braves que les hommes. Je veux dire que si les ennemis de Chamil, qui sont aussi nos ennemis, autorisent leurs femmes à porter les armes et à prendre part aux combats, il n'y a pas de raison pour que les hommes tcherkesses ne fassent pas de même!

— Je ne...

Cheikh Mansour n'acheva pas sa phrase. Déséquilibrant la jeune fille accroupie, il lui plaqua le visage contre le sol et se coucha sur elle. Au même moment, une explosion terrible secoua la plaine. Une pluie de pierres s'abattit sur les guerriers. Une fumée ocre tomba sur eux comme un rideau et les enveloppa. Une odeur puissante, fétide, de soufre s'engouffra dans leurs narines. La neige autour d'eux prit un reflet orangé, se mit à fondre pour laisser la place à une tourbe calcinée. Les deux jeunes femmes lâchèrent un hurlement si strident qu'il continua de se propager longtemps après la déflagration.

Cheikh Mansour se redressa d'un bond, s'assura que personne au sein de son groupe n'avait été touché, puis jeta un regard inquiet en direction des autres combattants qui l'accompagnaient. Il eut le temps d'apercevoir, à une centaine de mètres de là, une dizaine de corps déchiquetés. Il vit tressauter les jambes d'un combattant touché à mort. Les taches de sang sur la neige ressemblaient à des coquelicots. « Il faut que l'on se sorte de ce bourbier, songea-t-il en serrant les poings. Avant que la mitraille du fort ne se déchaîne... » Il passa sa main sous le menton de Seteney et lui releva la tête. Elle ouvrit les yeux, essuya délicatement son visage maculé de poussière et regarda le Tcherkesse d'un air terrorisé :

— C'est fini ? chuchota-t-elle.

— Ça ne fait que commencer. Nous devons déguerpir !

Il ouvrit sa besace et en sortit un long cor. Gonflant ses joues, il souffla de toutes ses forces dans l'instrument. Une plainte assourdissante en sortit et se répandit dans la plaine comme une traînée de poudre.

Le message parvint à tous les membres de l'expédition. Instantanément, des centaines de guerriers se relevèrent, firent volte-face et, à moitié courbés, se mirent à courir dans la direction opposée au fort.

Le commandant russe de la garnison posa sa longue-vue et lâcha un soupir de soulagement.

— La mitrailleuse est en batterie, annonça son adjoint polonais.

— Ce n'est pas trop tôt! grommela son supérieur. Ils sont à présent hors de portée de la mitraille!

— Une minute de plus, et ils étaient faits comme des rats! bougonna l'autre.

Le commandant hocha la tête avec consternation.

— Ne vous faites pas du mauvais sang, dit le Polonais. Cette fois, ils ont compris!

L'officier russe eut un sourire attendri. Il secoua la tête et fit d'une voix songeuse :

— N'oubliez pas, mon brave Andrzej, l'avertissement du poète :

> *Veille, ô Cosaque!... et crains près de ces eaux*
> *le Circassien caché dans les roseaux!*

Il se racla la gorge, puis enchaîna :

— Depuis le passage d'Alexandre Pouchkine dans cette région de l'Empire, les choses n'ont pas vraiment évolué. En tant que conscrit vous n'êtes pas au courant de la situation. Sachez que le Russe dans le Caucase a trois ennemis : le froid, la montagne, le Tcherkesse. Le Tcherkesse est le plus redoutable des trois!

Le Polonais se gratta le front et déclara d'un air incrédule :

— Après ce premier contact avec l'ennemi, je dois avouer qu'il ne m'a pas du tout impressionné!

— L'adversaire cherche surtout à nous harceler, à user nos nerfs. Il peut s'abattre sur nous, subitement, sans crier gare. Ses montures ne sont pas ferrées et sont dressées à se mouvoir en silence. Tous ses chevaux ont une robe obscure : le Tcherkesse n'ignore pas qu'un cheval blanc est facilement repérable. D'ailleurs, il est si prudent qu'il habille de feutre les fourreaux de ses armes : jamais vous ne verrez une troupe tcherkesse trahie par la réverbération du soleil sur une gaine ou par le cliquetis provoqué par le frottement d'un sabre contre les étriers. Croyez-moi : mes guetteurs sont incapables de localiser une troupe de Tcherkesses au galop!

Andrzej ne put réprimer une moue admirative.

— Comment se défendre?

— Nos espions nous renseignent. Mais ils ne sont pas nombreux. Et ils éprouvent du mal à garder le contact avec nos agents. D'autre part, j'ai pris des mesures exceptionnelles pour parer à toute éventualité : les patrouilles sont doublées, chaque convoi de ravitaillement est toujours flanqué d'une solide escorte... Même le bétail n'est mené au pacage qu'avec cinquante gardes et une pièce de canon!

Le commandant de la garnison regarda son adjoint dans les yeux.

— Nos positions à Ghelendjik, Gagry, Pitzounda, Bambori ont été abandonnées. Les forts Lazarevsk, Véliaminovsk, Nikolaevsk et Mikhailovsk sont devenus pour nos hommes de véritables prisons...

Il se tut, se lissa nerveusement la moustache et ajouta d'une voix sourde :

— ... ou d'immenses cimetières!

Andrzej se passa la main dans ses cheveux blonds.

— Mais pourquoi alors s'acharner contre ces indigènes?

Le commandant eut un haut-le-corps et foudroya son adjoint du regard :

— Ces hommes-là sont des sauvages. Un peu comme les Indiens d'Amérique... Il nous faut les civiliser ou, s'ils refusent, les exterminer! Imaginez-vous qu'ils continuent de pratiquer le commerce des esclaves : les candidates à l'esclavage sont conduites aux ports d'Anapa ou de Poti, sur la mer Noire, et de là sont envoyées en Turquie ou en Egypte. C'est d'ailleurs une tradition bien ancrée en Circassie : les fameux Mamelouks, écrasés en 1798 près des pyramides de Guizeh par Bonaparte, étaient, à l'origine, des esclaves circassiens amenés par les califes ayyoubides en Egypte pour constituer le corps d'élite de leur armée! Face à ces pratiques honteuses, le tsar ne pouvait pas demeurer les bras croisés!

Le Polonais sourit et dit d'un ton narquois :

— Sauf votre respect, mon commandant, il me semble que ce que le tsar recherche c'est moins d'éduquer les Montagnards que d'avoir un accès sur la mer Noire ou d'assurer la liaison entre vos nouvelles provinces chrétiennes d'Arménie et de Géorgie et le reste de l'Empire! Et puis, le tsar n'a jamais caché son désir de prendre le contrôle de la route des Indes si chère à la couronne britannique!

L'officier russe considéra l'effronté avec des yeux étonnés. Esquivant la délicate question soulevée par son interlocuteur, il se contenta de murmurer en contemplant la neige tomber à gros flocons sur la plaine déserte :

— Même la nature compose avec l'adversaire! La lune est la complice des Montagnards. Lorsqu'ils montent à l'assaut, il n'est pas rare de la voir s'éclipser. Mais quand ils surveillent nos mouvements, elle est toujours là, à ouvrir son œil immense et à faire le guet. Le gargouillis des rivières et le friselis suspect des arbres autour du fort déconcentrent nos sentinelles. Les bourrasques se lèvent en même temps que se déclenche une attaque et, étrangement, la neige se met à tomber lorsque la retraite est sonnée pour effacer les empreintes de ceux qui se retirent...

Andrzej arrêta son regard sur les crêtes qui se profilaient à l'horizon. Au milieu d'une brume épaisse, elles semblaient dépourvues d'appui terrestre, irréelles.

Il dit d'une voix à peine perceptible :

— Invisible, insaisissable et pourtant impétueux... Le Tcherkesse est comme le vent.

V

Les Montagnards amorcèrent très tôt leur avancée. Arrivés en vue du fort, ils s'immobilisèrent. Le souvenir de la débâcle, encore vif dans les esprits, les fit frémir. Le spectacle de leurs camarades à moitié ensevelis sous la neige leur glaça les os. Un silence claustral régnait sur les lieux et accentuait l'aspect désolant du paysage qui s'offrait à leurs yeux.

Cheikh Mansour se jeta à plat ventre près de cheikh Ismaïl.

— Cette fois, nous les aurons! dit-il entre ses dents.

Cheikh Ismaïl caressa sa barbiche taillée en pointe de poignard et hocha la tête :

— Tous les combats que nous avons menés ensemble, nous les avons gagnés. Nos forces unies ont toujours été invincibles...

Cheikh Mansour lui donna une tape amicale dans le dos et lâcha un soupir. Bien qu'il fût convaincu de la nécessité de resserrer les rangs des Tcherkesses et de lutter côte à côte avec le chef de l'*aoul* avoisinant, il ne pouvait passer outre à la volonté des habitants de son propre village, trop orgueilleux pour accepter sans réserve de se solidariser avec leurs voisins.

Cheikh Mansour s'accroupit derrière une murette et, les mains en porte-voix, lança un cri rauque pareil à l'aboiement d'un chacal. Ses hommes reçurent le signal et comprirent que l'attaque était imminente. Certains dégainèrent leur *chachka*; d'autres empoignèrent une poire à poudre taillée dans une corne d'animal et commencèrent à charger leur fusil; d'autres enfin sortirent un arc et s'employèrent à le bander en se servant de leur jambe pour vaincre la résistance de la corde.

Au fort, Andrzej, matinal comme à son habitude, faisait des exercices sur le chemin de ronde lorsque le cri poussé par cheikh Mansour lui parvint. Il sursauta et fronça les sourcils. Lui qui se targuait d'être un excellent chasseur, lui qui avait vécu toute son enfance dans les forêts de sa Pologne natale, était capable de reconnaître le jappement d'un chacal. Or, ce cri... Andrzej sortit sa longue-vue et la braqua sur la plaine. Du haut de son observatoire, il dominait le paysage à perte de vue. Il scruta chaque taillis, chaque fourré, mais ne constata rien d'anormal. La plaine était recouverte d'un manteau lactescent moucheté d'étoiles. La lumière aveuglante qui irradiait de cette vaste étendue neigeuse évoquait le brasillement de la mer Noire au coucher du soleil... Soudain, au moment où il s'apprêtait à ranger l'instrument, il vit une masse difforme se déplacer. Il orienta sa longue-vue en sa direction. Ses yeux s'agrandirent d'effroi : un groupe impressionnant de guerriers tcherkesses armés jusqu'aux dents se mouvait d'une position à une autre dans le silence le plus absolu. Il desserra les dents pour donner l'alerte. Mais sa mâchoire se crispa. Un doute l'effleura : « On m'a enrôlé de force dans l'armée du tsar, songea-t-il en fermant les paupières. Pour quelle raison ferais-je avorter l'attaque de ces indigènes qui partagent avec mes frères polonais la même soif d'indépendance et la même haine pour l'envahisseur russe? » Sans plus se poser de questions, le jeune conscrit rassembla ses effets, fit un paquet de son fourniment et descendit dans la cour. Les militaires dormaient à poings fermés. Là-haut, dans la tour de guet, le factionnaire somnolait : le banquet de la veille, organisé pour fêter la victoire sur les Montagnards, avait été bien arrosé. Le Polonais n'éprouva aucune inquiétude. Il n'ignorait pas que le commandant ne se préoccupait pas des sorties de ses propres hommes en dehors de l'enceinte du fort, considérant ces sorties « hautement improbables dans un milieu tellement hostile », et qu'en conséquence aucun dispositif n'avait été mis en place pour empêcher « ceux de l'intérieur » de se hasarder à l'extérieur.

L'attaque des Montagnards fut foudroyante. Tranchées et douves furent franchies sans difficulté. Grappins et cordes permirent aux plus agiles d'escalader les courtines, d'occuper les tours et d'ouvrir, au terme d'un violent accrochage, l'énorme porte du fort. Brandissant *kindjals* et *chachkas*, les guerriers tcherkesses s'engouffrèrent à l'intérieur de l'édifice. Dans la cour, une lutte au corps à corps s'engagea. Surpris au milieu de leur sommeil par l'assaut, de nombreux militaires n'eurent même pas le temps de revêtir leur uniforme et livrèrent bataille en maillot de corps. Les Russes, submergés par cette troupe surexcitée, incapables de tenir tête aux guerriers dans les combats à l'arme blanche, ne résistèrent pas longtemps. A la tombée de la nuit, la garnison se rendit. Son commandant sortit, les bras en l'air, et, symboliquement, remit la clé du fort à cheikh Mansour.

— Epargnez les prisonniers ! lui demanda-t-il d'une voix digne.

Le chef tcherkesse promena son regard sur le champ de bataille pour mesurer l'ampleur des dégâts : des centaines de cadavres jonchaient la cour ; l'incendie qui s'était déclaré dans l'une des tours d'angle menaçait de s'étendre aux autres bâtiments ; les râles des blessés s'élevaient de partout. « C'est assez », se dit-il en caressant sa barbe. Il se tourna vers le commandant et le fixa d'un air dur.

— Les survivants auront la vie sauve, annonça-t-il. S'ils ne sont pas morts, c'est qu'ils sont braves. Et les braves ne méritent pas de mourir !

Le commandant posa la main sur l'épaule de son adversaire.

— Cette guerre est sale, murmura-t-il d'une voix usée. Mais nous ne l'avons pas voulue. Cette guerre est absurde : même si le tsar remporte la victoire, il ne saura que faire des territoires conquis... Je n'ai jamais rien compris au raisonnement de notre état-major...

Il tourna les talons et, tête basse, alla rassembler ses hommes.

Kalimat lâcha un soupir.

— Nous avons compté nos morts, déclara-t-il à son frère. Des huit mille guerriers qui ont participé à l'attaque, mille cinq cents sont tombés...

Cheikh Mansour eut un sursaut.

— Je ne m'attendais pas à un bilan aussi lourd, admit-il.

— Pourquoi tous ces morts? fit Kalimat en levant les yeux au ciel.

Violemment, le chef tcherkesse lui empoigna le bras.

— Il n'y a pas de pourquoi, Kalimat! Il faut briser l'adversaire. A n'importe quel prix!

Revenant sur ses pas, le commandant de la garnison interrompit cheikh Mansour.

— Excusez-moi de vous importuner, bredouilla-t-il. L'un de mes meilleurs hommes est porté disparu. Si vous le...

Il se tut : Andrzej se tenait à quelques mètres de lui. Il conversait avec un cavalier tcherkesse et riait de bon cœur en secouant ses cheveux blonds.

VI

Ce n'est pas sans appréhension qu'Andrzej pénétra en territoire circassien : il n'ignorait pas que nombre d'étrangers avaient déjà été abattus par des guerriers soupçonneux.

L'accueil des Montagnards le surprit :

— Les Polonais sont nos frères, lui dit simplement cheikh Mansour en lui serrant la main.

Andrzej ne tarda pas à comprendre : l'*aoul* qui l'accueillait hébergeait déjà un autre Polonais, déserteur comme lui, qui, visiblement, avait gagné la confiance des Circassiens au point de prendre part à tous leurs combats. Juliusz — c'était son nom — se montra fraternel à l'égard du nouveau venu et l'invita à partager son logis. Dès le premier jour, il se mit en devoir de lui enseigner les rudiments de la langue tcherkesse et de l'initier aux coutumes du pays. Juliusz était un ancien séminariste qui avait été enrégimenté par les Russes. Envoyé au Caucase, il avait profité de la confusion survenue au cours d'une bataille pour rallier le camp circassien. Il avait, au contact de ses frères d'adoption, tout appris de la contrée. Les Montagnards eux-mêmes venaient régulièrement lui demander conseil.

Peu à peu se tissèrent entre les deux hommes de solides liens d'amitié, au grand soulagement des habitants de l'*aoul* rassurés de voir le nouveau venu recevoir la bénédiction de l'ancien.

Un matin qu'Andrzej, suivant l'exemple de Juliusz, faisait sa prière matinale, et au moment précis où il se signait, il fut surpris par Botach, le fils de Nart, qui passait par là. Andrzej sursauta : par pudeur, il s'était toujours refusé à dire ses prières devant les Montagnards, musulmans sunnites pour la plupart. Le Circassien ne sembla pas étonné. Contre toute attente, et le plus naturellement du monde, il fit lui-même le signe de la croix. Andrzej écarquilla les yeux. Botach répéta le geste. Le Polonais se sentit gêné. Il prit l'adolescent par le bras et l'invita à s'asseoir à ses côtés :

— Il ne faut pas m'imiter, Botach, articula-t-il d'une voix grave.

— Je ne vous imite pas! protesta l'autre en haussant les épaules.

— Mais ce geste!

Botach se signa une troisième fois, effrontément. Il dit :

— Ce geste, il est à nous. Mon père le fait toujours!

Andrzej n'ignorait pas que le christianisme avait été introduit dans le Caucase vers le vi^e siècle par Byzance et l'empereur Justinien, puis entre le xe et le xiie siècle par les rois de Géorgie : il suffisait de compter les églises en ruine et les monastères délabrés, disséminés un peu partout dans les montagnes, pour mesurer son expansion. Mais jamais il n'aurait cru qu'après tant d'années et malgré la propagation de l'islam on pût encore se souvenir, spontanément, du signe de la croix!

— Sais-tu au moins à quoi correspond ce signe? demanda-t-il d'une voix calme.

Botach eut un sourire malicieux.

— Mon père m'a appris la signification de ce geste, affirma-t-il avec fierté. C'est l'histoire d'un prophète qu'on cherchait à assassiner. Le jour où il devait mourir, un ange apparut à sa fenêtre et l'invita à s'échapper. Le prophète porta alors sa main à son front pour lui signifier que sa tête ne pouvait passer à travers une ouverture aussi étroite. Comme l'ange insistait, le prophète désigna sa poitrine puis ses épaules afin de le convaincre qu'il lui était impossible de passer!

Cette explication fantaisiste choqua Andrzej. Avait-elle été imaginée par les ennemis du christianisme pour détourner les chrétiens de leur foi?

— Mais ce geste, vous le faites toujours? reprit-il.

L'adolescent ne répondit pas. Il réfléchit un instant, la tête légèrement inclinée sur le côté.

— Suis-moi! s'exclama-t-il tout à coup.

Andrzej obtempéra. Il s'engagea à la suite du Tcherkesse dans un sentier tortueux conduisant à un bocage situé au centre d'une plaine herbeuse. Cette vision ne surprit pas le Polonais: Juliusz l'avait prévenu que chez les Circassiens, depuis des temps immémoriaux, le culte des dieux était lié à la vénération des bois sacrés — les *Tha-Shagh* —, phénomène assez proche du druidisme observé dans d'autres civilisations. « Ici, tous les arbres sont dignes d'adoration, lui avait dit son compagnon. On trouve des chênes, des pommiers, des poiriers, des aulnes, des noyers, des châtaigniers, des lauriers-cerises, des bouleaux... veillant un peu partout dans le Caucase sur les sépultures et les dolmens. Autrefois, là où, à cause de l'altitude, les arbres ne poussaient pas, les bosquets étaient remplacés par des colonnes ou des pyramides de pierre! »

Botach donna à Andrzej un coup de coude dans les omoplates.

— Vois! dit-il en désignant un arbre du menton.

Intrigué, le Polonais s'approcha sur la pointe des pieds du magnifique chêne dressé devant lui. Il sursauta : sur le tronc rugueux de l'arbre était gravée une croix, une croix immense qui, de haut en bas, en fendait profondément l'écorce.

— Ce chêne est sacré, s'empressa d'expliquer Botach. Il est habité par une divinité invisible. Nos ancêtres y grimpaient pour mieux prier. Jamais hache ne doit s'en approcher, et si un criminel pourchassé se réfugie sous son ombrage, il est assuré d'avoir la vie sauve!

Le Polonais n'eut pas le temps de placer un mot. Le Tcherkesse, posant l'index sur ses lèvres, lui intima le silence et, par une forte inclination de la tête, l'invita à le suivre. Andrzej obéit.

Quelques mètres plus loin, Botach s'accroupit. Son compagnon fit de même. Le Circassien écarta alors des deux mains un épais rideau de feuilles vernissées et dévoila une petite clairière, située au cœur du bocage. Andrzej réprima un cri de stupeur : devant lui, là, à vingt mètres à peine, se déroulait une cérémonie étrange, selon un rituel primitif. Face à un poteau coupé en son sommet par une traverse, planté au milieu d'un hallier, un vieux prêtre vêtu d'un long manteau de feutre récitait des prières à voix basse. Autour de lui, une dizaine de fidèles silencieux brandissaient des torches allumées. L'obsécration dura de longues minutes dans une atmosphère de recueillement total. Soudain, deux garçons s'avancèrent. L'un tirant un bœuf au bout d'une corde, l'autre portant un panier contenant du miel, du fromage et du pain azyme. On coucha le bœuf au pied de la croix. On versa sur sa tête un bol de *bouza*. L'animal se débattit, poussa des mugissements terribles. Rien n'y fit : il fut immolé à l'aide d'un *kama*. Le sacrifice accompli, on traîna la bête jusqu'à un bûcher. On en rôtit la carcasse, puis on distribua des quartiers de viande à l'assistance. S'ensuivit une danse endiablée.

Devant ce spectacle impressionnant, Andrzej se figea. Découvrant sa mine ahurie, Botach ne put s'empêcher de sourire.

— Les bons musulmans ont banni ces pratiques-là, dit-il à mi-voix. Seuls les passéistes organisent encore ce genre de festivités !

Le Polonais ne réagit pas. Il demeura là, la bouche sèche, les yeux exorbités, les bras ballants.

La première chose que fit Andrzej, de retour à l'*aoul*, fut d'aller trouver Juliusz pour lui faire part de sa découverte. Il fut désappointé : son compatriote n'ignorait pas la survivance des pratiques sacrificielles. Il expliqua l'existence des croix au milieu des bocages par le souci de l'Eglise grecque d'implanter les lieux de culte, en Circassie, aux endroits mêmes où, traditionnellement, étaient accomplis les rites anciens, afin de surmonter la rétivité des Tcherkesses et de s'attirer le plus de fidèles possible.

— Aujourd'hui encore, ajouta-t-il, pendant les jours de sécheresse, les enfants déambulent dans les venelles de l'*aoul* en exhibant une croix couverte de haillons, pour solliciter la miséricorde divine et obtenir la pluie. Aussi, au moment de Pâques, de nombreux Circassiens jeûnent-ils pendant quinze jours, par habitude, sans savoir en mémoire de quoi ils se soumettent à cette mortification...

Andrzej assaillit son compagnon de questions. Juliusz ne fut pas avare de renseignements et, en quelques minutes, lui brossa un tableau complet de la situation du christianisme dans le pays :

— Saint Georges est toujours vénéré ici. C'est sans doute son aspect chevaleresque qui a dû séduire les Montagnards, affirma-t-il. De nombreux noms patronymiques, de nombreux mots courants trouvent leur origine dans le passé chrétien de la Circassie : les familles Shogen, Shogen-Rum ou Shogen-Girge sont nommées ainsi par référence à *Shogen* qui signifie « curé ». *Aussi-Girge* veut dire le Jésus grec ; *Tha*, le Créateur ; *Aimys*, Moïse : ces mots existent encore dans le vocabulaire tcherkesse ! De plus, vendredi et dimanche se disent *Tha-Meïrem* ou « le jour de la Mère de Dieu » et *Tha-Mafe* ou « le jour de Dieu ».

Ces informations troublèrent Andrzej. Le Polonais était à cent lieues de croire que, quatre siècles après la chute de Constantinople et la fin de l'Empire byzantin, et en dépit de l'islamisation de la contrée par les khans de Crimée au début du XVIIIe siècle, on pût encore, en Circassie, préserver des réminiscences parfois dérisoires d'un christianisme désormais absent !

— Comment donc réussissent-ils à concilier deux religions si différentes ! objecta-t-il.

Juliusz sourit. Il dit :

— La coexistence actuelle des différentes religions qui se sont succédé dans le Caucase est un fait rare dans l'histoire de l'humanité. Ici, aucune religion ne s'est substituée à une autre. Chaque religion nouvelle s'est greffée sur l'ancienne, de façon parfois incohérente, sans réussir à l'assimiler ou à l'expulser. « Notre foi est définitive, elle n'est jamais exclusive », m'a dit un jour un sage bjédoukh.

Il s'interrompit pour balayer du revers de la main le paysage à l'entour.

— Voilà pourquoi même le paganisme se retrouve dans ces contrées, à côté du christianisme et du mahométisme...

La référence au paganisme ne surprit pas Andrzej. Il avait déjà entendu des expressions étranges telles que : « Il est plus riche que *Mezitha* » ou « Que *Chiblé* te foudroie ! », qu'il savait relatives à des croyances païennes. Juliusz lui fournit des explications complémentaires : il lui cita *Tleps*, le dieu du feu dont la fête est l'occasion de danses et de libations autour d'une hache et d'un soc de charrue ; *Yemich*, dieu des troupeaux et des moutons ; *Séossérès*, dieu de l'eau et des vents, auquel la mer et les nuages sont soumis, qui est à l'origine des sources dans les montagnes et provoque les avalanches ; *Mérissa*, protectrice des abeilles qui, le jour où toutes les abeilles furent décimées, cacha dans sa manche la dernière abeille qui redonna vie à son espèce ; *Sekoutcha*, dieu des voyageurs ; *Soubareg*, dieu du brigandage ; *Mezitha*, dieu des forêts et de l'abondance ; *Akim*, dieu du bétail ; et *Chiblé*, dieu de la foudre et de l'orage, représenté chevauchant un serpent.

— Je saisis enfin, dit Andrzej, pourquoi les hommes d'ici considèrent comme un présage de bon augure la survenance d'un orage avant une attaque !

— Et Doudaroukoua, le joueur de flûteau, mort foudroyé la semaine dernière ? fit Juliusz d'un ton énigmatique.

Andrzej se frappa le front.

— Voilà pourquoi le village l'a enterré avec autant d'honneurs ; pourquoi sa tombe est aujourd'hui sacrée !

Juliusz donna à son compagnon une tape amicale sur l'épaule. Il se leva, fit quelques pas, puis se rassit en soupirant.

— L'islam finira par tout absorber. J'en suis convaincu, déclara Andrzej.

L'autre ne répondit pas. Il ouvrit son bissac et en sortit un petit évangile relié de cuir rouge.

— Lisez ce passage de saint Matthieu ! ordonna-t-il.

Andrzej prit le livret et lut à voix haute :

> *Moi je vous dis de ne pas tenir tête au méchant. Au contraire, quelqu'un te donne-t-il un coup sur la joue droite, tends-lui encore l'autre... Aimez vos ennemis et priez pour ceux qui vous persécutent.*

Juliusz dit d'une voix pleine d'amertume :

— Lorsqu'ils étaient chrétiens, les Circassiens avaient bien assimilé ce précepte. Une maxime tcherkesse disait même : « Celui qui te frappe avec une pierre, frappe-le avec un fromage. » « Comment résister aux envahisseurs avec de tels principes ? » avaient pensé certains observateurs qui ne sont pas mécontents, aujourd'hui, d'assister à l'éclosion d'un mouvement fanatique musulman dans le Caucase, en Tchétchénie ou dans le Daghestan par exemple...

Andrzej fronça les sourcils, comme pour mieux se concentrer.

Juliusz enchaîna :

— Mais ces gens-là se trompent. Les Tcherkesses, quoique convertis à l'islam, refuseront certainement le fanatisme. Ils savent dissocier la sagesse de l'aveuglement. Ils savent que la foi doit aider à mieux vivre, et non à mieux tuer...

Il se passa la main dans ses cheveux déjà grisonnants et dit :

— Les Tcherkesses, en conservant précieusement dans leur mémoire collective des reliquats de toutes les religions qu'ils ont, un jour ou l'autre, embrassées, ont largement prouvé que ce à quoi ils croient n'est jamais provisoire, que la fidélité aux idées n'est pas fonction de conjonctures. L'idée d'indépendance et de souveraineté est aujourd'hui leur credo. Pour eux, nul n'est besoin d'Evangile ou de Coran pour défendre la Patrie !

VII

— L'imam Chamil sera là dans quelques minutes, annonça fébrilement le messager.

Cheikh Mansour dissimula mal un sourire. « Depuis sa nomination en 1834 comme troisième imam du Daghestan, Chamil ne s'était pas vraiment intéressé à moi, se dit-il. Aujourd'hui, sa visite est pour mon peuple une reconnaissance de l'apport considérable des Tcherkesses à la résistance dans le Caucase ! »

Il se leva et fit quelques pas dans la pièce en se lissant la barbe. Il n'ignorait rien de l'imam Chamil : sa naissance en 1797 dans le petit village de Ghimri, au nord-est du Daghestan, son enfance passée à pratiquer la gymnastique et l'escrime et à courir pieds nus dans la neige avec une pierre dans la bouche pour exercer sa respiration, son initiation à la prière et au Coran grâce à la bienveillance de son ami Ghazi Mollah et d'un précepteur érudit nommé Jammal Eddin Hodja, ses études en théologie à Yaraghl où le mollah Mahomet lui avait inculqué les principes du muridisme, cette doctrine ascétique, proche du soufisme, devenue le fondement idéologique d'un mouvement de résistance nationale et religieuse... Cheikh Mansour ne put s'empêcher de faire un rapprochement entre sa propre pensée et celle de l'imam : « Nous avons le même idéal : bouter le Russe hors du Caucase et consolider la religion islamique

59

dans cette région, songea-t-il. Mais nos principes diffèrent : si je partage avec lui l'idée que la guerre sainte est un mode de purification, et le martyre une porte ouverte sur le paradis d'Allah, je ne conçois pas, en revanche, que le fanatisme soit la voie obligée pour libérer le Caucase ! » Il appuya ses mains contre le rebord de sa fenêtre et contempla le ciel, un ciel d'airain où se promenait un magnifique faucon aux ailes largement déployées. Il s'imagina l'imam Chamil aux prises avec les Avars de Pakou-Beké ; il se figura les nombreux raids menés avec succès par cet homme surnommé *le Lion du Daghestan*, le sanglant combat qui l'opposa à Ghimri au général russe Véliaminov, la mort tragique de son compagnon Ghazi Mollah, et sa fuite héroïque à l'issue de la bataille... « Que me veut-il ? » se demanda-t-il, intrigué.

Dans un bosquet situé au sommet d'une colline donnant sur le mont Elbrouz, les deux chefs se rencontrèrent pour la première fois. Cheikh Mansour vit s'avancer vers lui un homme d'une quarantaine d'années, enturbanné, vêtu du traditionnel costume caucasien, armé d'un long sabre recourbé. Sa longue barbe teintée au henné, ses yeux gris mi-clos, ses sourcils épais, son regard flamboyant conféraient à son visage un air dur mais rassurant.

Ils se donnèrent longuement l'accolade et, dans le silence, cheminèrent ensemble jusqu'au lieu où devait se tenir la réunion, escortés par le bourreau de l'imam, un géant habillé de noir et armé d'une hache.

— Considérez nos *aouls* comme les vôtres, proclama solennellement cheikh Mansour. Le sol que vous foulez est votre propre sol !

L'imam s'arrêta, posa les deux mains sur les épaules du Tcherkesse et déclara d'un ton solennel :

— Tout le Caucase compte sur vous. Et moi en premier !

Cheikh Mansour bomba le torse et invita son hôte à prendre place à l'ombre d'un chêne centenaire sous lequel nattes et coussins avaient été disposés.

— Regardez autour de vous, murmura-t-il en montrant du doigt les montagnes environnantes. La glace sur nos cimes n'a pas encore fondu. Mais déjà les montagnes dévoilent impudemment leur peau noire. Ce contraste m'a toujours impressionné. Tout le paysage du Caucase est ainsi : clair-obscur. La blancheur éclatante des crêtes, la noirceur des pentes rocheuses où la neige s'écaille comme une mauvaise croûte desséchée ; la sombre parure des cèdres, le scintillement des guirlandes poudreuses qui garnissent leurs branches ; la verdure des pâturages, la couleur ocre des labours ; la limpidité de nos fleuves, l'aridité des steppes sauvages...

— L'Elbrouz, murmura l'imam Chamil en balayant le paysage du revers de la main, l'Elbrouz m'habite, habite le Caucase tout entier. Il a l'air, où que l'on aille, d'un dieu à barbe blanche veillant, tutélaire, sur son univers...

— Il y a d'autres montagnes, renchérit cheikh Mansour. Mais l'Elbrouz... l'Elbrouz, c'est autre chose !

— Avant de se coucher, les Kabardes se tournent vers l'Elbrouz. Ils l'appellent *Oshkamakho* : « Montagne du Bonheur ». Les Abazes, eux, lui ont donné pour nom « la Montagne du Grand Esprit ».

— Les uns et les autres ont raison !

La douce mélopée du pipeau d'un berger berçait les deux hommes. L'air était chargé du parfum des conifères et de l'odeur exhalée par les feux de bois des huttes avoisinantes...

Sortant de sa torpeur, l'imam Chamil entra enfin dans le vif du sujet :

— J'ai pour ambition de réaliser l'unification du Caucase, de la mer Noire à la Caspienne. C'est, à mon sens, un préalable nécessaire à la reprise d'une guérilla de grande envergure !

Le Lion du Daghestan marqua une pause, puis poursuivit :

— Je souhaite placer tous les guerriers du Caucase sous un commandement unique : le mien. Il est impensable de continuer à lutter de façon désordonnée, dans l'anarchie et l'indiscipline...

Cheikh Mansour sursauta : dans le ton de l'imam, il y avait quelque chose d'arrogant et d'accusateur qui l'indisposait.

61

— Vous oubliez que chacun des peuples du Caucase a ses particularités propres, protesta-t-il. Un Tchétchène n'est pas un Géorgien. Un Tcherkesse n'est pas un Arménien. Si la Tchétchénie tombe, pourquoi la Circassie devrait-elle tomber aussi? Si vous embrigadez mes hommes, vous les enverrez combattre loin de leurs terres et défendre des femmes et des enfants qui ne sont pas les leurs. D'un côté vous les enrégimentez, mais de l'autre vous les utilisez comme des mercenaires!

Chamil ne parut pas apprécier la réplique de son interlocuteur.

— Il faut que tous les peuples du Caucase se rangent sous la bannière du muridisme, reprit-il. Tchétchènes, Daghestanais, Ingouches... tous se battent déjà à mes côtés. Nous sommes très bien organisés : nous avons divisé notre territoire en circonscriptions, les *naïbats*; nous avons une armée disciplinée commandée par des *naïbs*; nous avons institué des grades et des décorations...

Cheikh Mansour haussa les épaules. Il n'était pas sans savoir que le muridisme prôné par l'imam imposait à ses adeptes des règles implacablement sévères et tendait à remplacer les coutumes ancestrales et les *adats* par la *chari'a* islamique. « Le Circassien est-il prêt à adopter ces préceptes rigides et à embrasser une vie d'ascétisme? se demanda-t-il. Saura-t-il oublier les rivalités séculaires qui ont toujours opposé les tribus tcherkesses aux tribus orientales? Sera-t-il sensible au discours de cet imam qui s'exprime toujours en turc? »

Cheikh Mansour se prit la tête entre les mains et réfléchit un moment.

— Nous lutterons avec vous... annonça-t-il d'une voix calme.

Il marqua une courte pause, puis enchaîna :

— ...mais séparément! Soutenir deux fronts au lieu d'un seul, dresser en face de l'ennemi deux remparts au lieu d'un seul... n'est-ce pas préférable?

— Il faut absolument coordonner nos efforts, répéta mécaniquement Chamil.

— Je ne puis engager mon peuple tout entier et risquer la peau de milliers de civils, répliqua cheikh Mansour en se croisant les bras.

Ce que je suis capable de vous promettre, c'est un soutien militaire à l'occasion des combats décisifs. Chacun y trouvera son compte : vous pourrez bénéficier de l'aide de mes guerriers, et ceux-ci pourront acquérir l'expérience des grandes batailles !

Un pli sévère barra le front de l'imam.

— J'ai sous mon commandement huit à neuf mille Montagnards, poursuivit le Tcherkesse. Si vous êtes en difficulté, il vous suffira de m'envoyer un messager : à la tête de tous les guerriers disponibles, je volerai alors à votre secours. Mon frère Kalimat est un érudit qui sait lire les cartes et dessiner des plans : il m'accompagnera. Mon deuxième frère, Nart, pourra aisément me remplacer dans l'*aoul* !

Le Lion du Daghestan lâcha un long soupir.

— Ce n'est pas ce que j'espérais, murmura-t-il. Mais j'accepte votre offre. Les années à venir risquent d'être terribles !

Il décroisa les jambes, se leva et fixa le paysage environnant.

— Il se fait tard, dit-il.

Un hululement rauque retentit au lointain. L'imam interrogea cheikh Mansour du regard.

— Ce sont les montagnes qui bâillent, dit le Tcherkesse pour détendre l'atmosphère.

Chamil haussa les sourcils.

— Seul l'Elbrouz demeure éveillé, fit-il en montrant de l'index l'immense montagne bicéphale baignée de clair de lune. Tant que le Russe occupera nos terres, le dieu du Caucase ne fermera pas les yeux...

VIII

Levant sa *nagaïka* gainée de cuir rouge vers le ciel, cheikh Mansour ordonna à la troupe de faire halte.

— C'est là! murmura-t-il en arrêtant sa monture.

Tous les regards convergèrent vers un même point : un petit village divisé en deux plateaux séparés par un gouffre, perché tel un nid d'aigle au sommet d'un pic conique. Le seul accès à l'*aoul* était un pont de bois suspendu au-dessus d'un cours d'eau. Masqué par une brume épaisse, entouré de grands arbres aux branches nues et effilées comme les griffes d'une sorcière, l'endroit était sinistre.

— Voilà Akhoulgo, le quartier général de l'imam Chamil! annonça Kalimat. Et là, plus bas, coule la rivière Koïçou...

Des murmures s'élevèrent de l'arrière. Juliusz ôta son *szyszak*, ce casque polonais recouvert d'écailles métalliques, et plissa les yeux. Assise en amazone sur le cheval de son époux, Jenset se pencha vers Seteney et lui dit à l'oreille :

— On raconte que c'est Satan en personne qui aurait imaginé cette forteresse naturelle pour en faire son repaire!

Seteney poussa un rire nerveux et secoua de gauche à droite sa chevelure dorée.

— Plus bas! gronda Kalimat en foudroyant la jeune femme du regard.

Cheikh Mansour mit ses mains en porte-voix et poussa un cri semblable au jappement d'un chacal. Le signal parvint aux Murides qui, immédiatement, vinrent à la rencontre de la troupe tcherkesse et la conduisirent jusqu'à Akhoulgo.

Un mince sourire étira les lèvres de l'imam Chamil lorsqu'il s'avança pour serrer la main du chef tcherkesse. Flanqué de son fils Djemal Eddin, douze ans, il fit visiter l'*aoul* à ses alliés et leur confia les positions qui leur étaient attribuées. Le village était complètement dévasté : partout, des cratères béants, des *saklias* défoncées. Des exhalaisons fétides empuantissaient l'atmosphère. Des vautours traçaient des cercles au-dessus des cadavres.

— Je vous remercie d'avoir répondu à mon appel, dit l'imam d'une voix émue. Le trajet était long, je le sais, mais j'avais besoin de vous !

— J'aurais souhaité mettre à votre disposition une troupe plus nombreuse, déclara cheikh Mansour. Mais je ne pouvais pas dégarnir nos postes et affaiblir notre défense ! Les hommes qui m'accompagnent sont en tout cas bien entraînés. Trois ou quatre femmes ont tenu à faire le voyage. L'épouse de mon frère Kalimat a même laissé son fils à la maison pour se joindre à l'expédition : depuis l'affaire de Pakou-Beké, il est difficile de...

Le Lion du Daghestan hocha la tête et soupira :

— Je sais... Je sais... Ici, nous avons le même problème !

Il ajusta le volumineux turban à gland rouge qui lui couvrait le chef, puis murmura d'une voix caverneuse :

— Depuis deux mois, le général Grabbe et ses hommes investissent Akhoulgo. Leur étreinte ne s'est relâchée que depuis une semaine. Mais c'est sans doute pour mieux acheminer des renforts et préparer l'attaque décisive... Nos pertes sont importantes et nous manquons de vivres !

— Comment avez-vous organisé votre défense ? questionna cheikh Mansour.

— Akhoulgo est une position inexpugnable, fit Chamil en haussant les épaules. Tous les experts militaires peuvent vous le certifier !

Deux jours après l'arrivée des guerriers tcherkesses dans le village assiégé, aux premières lueurs de l'aube, le général Grabbe passa à l'offensive. Les Murides et leurs alliés gagnèrent aussitôt leurs positions et s'employèrent à lancer toutes sortes de projectiles en direction des assaillants. Pris sous un déluge de pierres, de balles et de flèches, les soldats russes reculèrent, se mirent à l'abri, puis, munis d'échelles et de cordes, revinrent à la charge et montèrent à l'escalade de la falaise. Au même moment, les canons du tsar se déchaînèrent et soumirent le quartier général de Chamil à un pilonnage intensif.

— Prenez garde !

La voix de Seteney retentit soudain dans l'*aoul*. Dix fusiliers russes, profitant de la confusion provoquée par la chute d'une volée d'obus sur les positions des défenseurs, avaient réussi à franchir l'escarpement de la falaise et gravissaient les derniers rochers qui les séparaient encore du village. Seteney et Jenset bondirent hors de leur refuge, rassemblèrent hâtivement un groupe de femmes et d'enfants et s'élancèrent en hurlant en direction de leurs agresseurs. Bravant le danger, Jenset dégaina sa *chachka*, banda ses muscles et se jeta sur les fusiliers. L'un d'eux lui barra le chemin et tenta de la pourfendre avec sa baïonnette. La femme de Kalimat détourna l'arme avec son sabre et assena à son adversaire un violent coup de pied dans l'aine. Le Russe poussa un grognement de douleur et s'écroula, plié en deux. Jenset joignit alors ses deux mains sur la poignée sans garde de sa *chachka* et enfonça la lame du sabre dans le dos de son ennemi. Seteney se précipita, un pistolet dans chaque poing, sur un groupe de soldats qui se hissait sur la saillie surplombant le précipice. Deux détonations retentirent. Touchés ou terrorisés, les agresseurs perdirent l'équilibre, basculèrent dans le vide et allèrent s'écraser vingt mètres plus bas. Trois femmes tchétchènes échevelées, à moitié nues, se ruèrent sur le corps du fusilier gisant aux pieds de Jenset, le portèrent à bout de bras et le projetèrent contre un adversaire qui reçut le cadavre sur le crâne et l'accompagna dans sa chute.

— Vive le Caucase libre! tonna Jenset en levant les bras au ciel.

Une balle tirée par l'un des assaillants la frappa en pleine poitrine. Le visage de la jeune femme se décomposa. La Tcherkesse resta quelques secondes debout, vacilla sur ses jambes, puis s'effondra sur le dos.

Kalimat assista de loin au tragique spectacle. Ses yeux s'écarquillèrent d'horreur. Il lâcha un beuglement terrible et se précipita sur sa femme. Elle gisait dans une mare de sang et fixait de ses yeux sans vie le ciel vers lequel elle avait dirigé son dernier cri. Il la secoua, la gifla, la serra contre sa poitrine : Jenset ne bougea plus. Son époux lui releva le menton et appliqua sur son front un long baiser. Il lui ferma les paupières et la posa dans l'herbe humide. Sa tête retomba mollement sur le côté. Témoin de la scène, une Tchétchène perdit son sang-froid, s'empara d'un couteau et, d'un geste désespéré, trancha la gorge à son propre enfant pour éviter qu'il ne fût pris par l'ennemi. Cheikh Mansour, occupé à contenir une attaque dans un autre coin de l'*aoul*, vit son frère en larmes, agenouillé près du corps inerte de Jenset. La fureur décupla ses forces. Maniant son sabre comme une fronde, il terrassa une demi-douzaine de Russes en poussant des rugissements sauvages.

Les défenseurs d'Akhoulgo finirent par céder. En signe de soumission, l'imam Chamil fut contraint de donner son fils en *amanat* à l'ennemi. Vêtu d'une *tcherkesska* blanche, Djemal Eddin fut conduit jusqu'aux lignes russes, puis envoyé à Saint-Pétersbourg.

Lorsque enfin les hommes du tsar pénétrèrent dans l'*aoul* ravagé, ils ne trouvèrent nulle trace du *Lion du Daghestan*. A la faveur de la nuit, un petit groupe formé de l'imam et de ses proches, ainsi que de cheikh Mansour et des survivants tcherkesses, avait réussi à descendre la falaise à l'aide d'une corde improvisée faite de courroies, de brides et de baudriers. Une fois au bas de la paroi rocheuse, les fugitifs avaient remonté la rivière et s'étaient évanouis dans la nature !

IX

Les populations tchétchènes, démoralisées après la chute d'Akhoulgo, n'en crurent pas leurs yeux lorsqu'elles revirent l'imam Chamil prêcher dans leurs villages. L'état-major russe, pour sa part, ne se consola pas d'avoir laissé s'échapper, une fois de plus, *le Lion du Daghestan*. « Nous n'avons jamais eu un ennemi aussi sauvage et dangereux que Chamil, admit même le général Golovin. Sa puissance a acquis un caractère à la fois militaire et religieux comme celle de Mahomet. »

De retour en Circassie, cheikh Mansour ne baissa pas les bras. La défaite essuyée au Daghestan, loin d'ébranler sa détermination, l'encouragea à multiplier les actes de guérilla. Kalimat, Nart, et même Seteney, bien que très affectés par la mort tragique de Jenset, sortirent d'Akhoulgo plus résolus que jamais à briser les troupes tsaristes.

Dans le courant de l'an 1842, les Tcherkesses remportèrent des victoires éclatantes sur l'envahisseur : le 12 juillet, les Montagnards balayèrent la forteresse russe de Vayé, gardée par un demi-millier de soldats et par une cinquantaine de canons; une semaine plus tard, le fort de Shapsine fut occupé par sept mille guerriers survoltés menés par cheikh Mansour et par cheikh Ismaïl, assistés des commandants Haj Khuzbek et Schirukhiqua. Les forteresses de Touapse et d'Abin, assiégées par les résistants, rendirent bientôt les armes et, dans la vallée du Pschat, dix-huit mille soldats russes furent forcés par les guerriers tcherkesses, commandés par Nart et par un valeureux chef du nom de Jambolat, à rebrousser chemin.

Entre l'imam et le chef tcherkesse, le contact ne s'était pas rompu. Mais ni l'un ni l'autre ne semblait disposé, après la désastreuse expérience qu'ils avaient partagée, à remettre sur le tapis la question d'une coopération militaire entre les Tchétchènes et les Tcherkesses...

Un matin d'avril, cheikh Mansour reçut une missive signée de Chamil, dans laquelle l'imam l'informait des nombreuses victoires remportées par les Murides, de son espoir de voir un jour son fils libéré, de la puissance de l'artillerie russe qui avait introduit dans le Caucase les shrapnells — ces terrifiants obus chargés de balles —, et de la nomination, au poste de vice-roi de la Russie du Sud et *namestnik* du tsar au Caucase, du vieux comte Mikhaïl Semionovitch Voronzov, tacticien très expérimenté qui avait pris part à la lutte contre Napoléon et qui, en mars 1814, aux côtés de Blücher, avait affronté l'empereur des Français à Craonne. Chamil y exprimait la crainte de voir le comte Voronzov — surnommé *le Maudit* — implanter des *stanitzas* de colons cosaques le long des fleuves du Caucase occidental afin de consolider les positions acquises et d'empêcher les Montagnards de reconquérir les territoires occupés.

Cheikh Mansour s'alarma à la lecture de cette lettre. Prenant conscience de la tournure grave prise par les événements, il réalisa tout à coup la vanité des actes de guérilla menés par ses hommes : aux raids contre les *aouls* succédaient à présent l'occupation et l'usurpation ; à la guerre d'usure succédait la guerre ouverte !

*
* *

Seteney entra sans frapper dans la *saklia* de cheikh Mansour et alla se planter devant le chef tcherkesse.

— Je vais avec vous! articula-t-elle d'une voix ferme.

Interloqué, cheikh Mansour éclata de rire.

— Vous n'avez donc aucun respect pour les convenances! fit-il en levant l'index. Vous êtes incorrigible!

— Je sais que vous êtes sur le point d'envoyer un groupe de guerriers à Dargo, en Tchétchénie, pour soutenir l'imam Chamil assiégé par le comte Voronzov. Ne niez pas!

Cheikh Mansour se frappa le front.

— Ma parole! Rien ne vous échappe!

— C'est Juliusz, le Polonais, qui me l'a dit. Il fait partie de l'expédition: il est bien renseigné!

Le chef tcherkesse se croisa les doigts et réfléchit un moment.

— Vous avez la mémoire courte, Seteney! déclara-t-il d'une voix profonde. Avez-vous oublié la mort tragique de Jenset? Votre place est ici, au village, croyez-moi!

La jeune fille secoua la tête et s'écria avec indignation:

— Mais c'est précisément parce que j'ai assisté à la mort de ma meilleure amie que je suis en droit d'aller la venger! Ne comprenez-vous donc pas?

Seteney haussa les épaules et pivota sur ses talons. Cheikh Mansour la rattrapa, se planta devant elle et plongea son regard dans ses yeux bleus. Elle était resplendissante de beauté; sa chevelure blonde semblait nimbée de soleil. Sous l'effet de la colère, ses pommettes s'étaient échauffées.

— Seteney! bredouilla-t-il.

— Oui?

— Je sais que nous sommes à la veille d'une bataille importante, mais ce que j'ai à vous dire est pour moi plus important encore que la bataille!

Le chef tcherkesse respira profondément, puis lâcha d'une voix assurée :

— Accepteriez-vous de devenir mon épouse?

Seteney sursauta. Elle rougit, dévisagea cheikh Mansour avec incrédulité et esquissa un sourire. Ses dents, entre ses lèvres minces, brillèrent comme des perles.

— Aurais-je toute latitude d'accepter ou de refuser? fit-elle d'un ton mutin.

Cheikh Mansour écarta les bras et inclina la tête sur le côté. Son geste voulait dire : « Bien entendu! »

— Alors j'accepte! s'exclama-t-elle en portant la main à son cœur pour en contenir les battements.

X

En pénétrant dans Dargo, à l'est de la Tchétchénie, les guerriers tcherkesses ne purent s'empêcher de penser à Akhoulgo. Le site, érigé sur un pic imprenable, ressemblait fort à l'ancien quartier général de l'imam.

— Ce sont deux sites différents, leur dit Chamil pour dissiper leurs craintes. Les routes qui mènent à Dargo sont impraticables. Impossible d'acheminer canons et munitions sans détruire des forêts entières ! Et puis... Dargo a fait ses preuves : ici même, en mai 1842, nous avons infligé au général Grabbe une défaite cuisante !

Les hommes de Voronzov passèrent un mois entier à harceler Dargo. Le 6 juillet 1845, au terme d'un cheminement difficile, ils réussirent enfin à pénétrer dans l'*aoul*. Mais grande fut leur surprise : pas une âme qui vive dans ce village incendié par ses propres habitants ! Les officiers russes se rendirent personnellement sur les lieux, inspectèrent une à une les *saklias* détruites : rien !

— Pliez bagage ! ordonna *le Maudit* à ses soldats. Nous rentrons au camp de Grozny : il nous reste des dizaines de verstes de forêts à parcourir en sens inverse !

72

Les Russes rassemblèrent leurs effets, se regroupèrent et, en file indienne, prirent le chemin du retour.

— Nous sommes traqués, avertit tout à coup un éclaireur.

— Où est l'ennemi? rétorqua le comte Voronzov en levant la main pour signifier à ses troupes de faire halte.

— Nous le flairons, répondit l'autre. Il est là, présent et invisible à la fois!

Voronzov explora l'endroit du regard. Autour de lui, les branches des arbres se balançaient dans la brise tiède. Leur friselis monocorde ne lui parut pas suspect. Il ordonna à la troupe de poursuivre sa marche.

La colonne reprit son avancée et s'engagea dans une des nombreuses forêts compactes de la région. Mais elle s'arrêta bientôt. Le layon se terminait en cul-de-sac : il était obstrué par des abattis, encombré de cadavres mutilés. Jugeant le moment opportun, l'imam Chamil enfonça deux doigts aux commissures de ses lèvres et poussa un sifflement perçant. Aussitôt, des guerriers sans nombre répondirent à son signal et, surgissant de nulle part, noyèrent la troupe sous une pluie de balles et de flèches. Cheikh Mansour et Kalimat, postés sur une éminence, virent la colonne ennemie se débander et les soldats désorientés s'égailler dans tous les sens.

Les hommes de Voronzov étaient bel et bien pris au piège. Pendant une semaine entière, ils essayèrent en vain de se frayer un passage, de se sortir de cette forêt dont les arbres ressemblaient aux barreaux d'une gigantesque prison. Encerclés par les Tchétchènes, harcelés sans relâche, à court de vivres et de munitions, isolés de leurs arrières, ils finirent par céder au désespoir. Cheikh Mansour et ses hommes ne restèrent pas inactifs et prêtèrent main-forte aux Murides : ils dressèrent un barrage de plomb autour des assiégés et déployèrent des efforts surhumains pour les empêcher de briser l'étau...

Désemparé, le comte Voronzov convoqua son aide de camp et lui confia cinq missives identiquement rédigées.

— Vous chargerez cinq courriers — trois indigènes et deux

Russes — de faire parvenir ces lettres au général Freitag, à Grozny. S'il ne vient pas à la rescousse, nous sommes cuits!

L'aide de camp considéra l'officier d'un air dubitatif :

— Nous sommes pris en tenailles, mon général, répliqua-t-il. Nul ne parviendra jamais à s'échapper de la toile d'araignée tissée par l'ennemi autour de nos troupes!

Le Maudit secoua sa chevelure blanche.

— Quand une porte ne s'ouvre pas de l'extérieur, déclara-t-il d'un ton énigmatique, on l'ouvre de l'intérieur!

— Les renforts risquent d'arriver trop tard, poursuivit l'aide de camp. Dans deux jours, nos vivres seront épuisés. Jamais le général Freitag ne pourra parcourir cent soixante verstes en moins de trois jours!

Voronzov fronça les sourcils et dit de sa voix chevrotante :

— Une guerre ne se gagne jamais sans foi. Il est dommage qu'un soldat comme vous ait si peu de foi!

Le 18 juillet, un guetteur tchétchène vint annoncer aux Montagnards l'arrivée imminente d'une troupe russe commandée par le général Freitag. L'imam Chamil entra dans une colère terrible :

— Comment ont-ils été avertis? tempêta-t-il. Par quel miracle les messagers ont-ils pu échapper à notre étreinte?

Cheikh Mansour secoua la tête et déclara avec flegme :

— Si vous considérez les espions comme des faiseurs de miracles, alors oui : c'est un miracle!

Le Lion du Daghestan caressa longuement sa barbe, puis donna l'ordre à ses Murides de barrer la route aux soldats russes envoyés en renfort. Un violent engagement entre les hommes de Freitag et les Tchétchènes s'ensuivit : il tourna rapidement à l'avantage des premiers. Une brèche fut ouverte dans le dispositif des Montagnards, qui permit aux survivants de la désastreuse expédition de se sauver.

— Nous avons dénombré chez l'ennemi quatre mille morts, dont trois généraux! annonça triomphalement cheikh Mansour.

Une crispation resserra les sourcils de l'imam Chamil.

— Si Freitag n'était pas venu, maugréa-t-il, nous aurions assisté à une véritable boucherie!

Seteney hocha la tête.

— Quatre mille morts, ce n'est pas une boucherie?

XI

Cheikh Mansour écarquilla les yeux.

— Vous?

Sarah Hamilton se tenait là, devant lui, dans l'embrasure de la porte. Un sourire radieux plissait ses lèvres charnues. Vêtue d'un plaid aux couleurs chatoyantes, elle portait un casque colonial qui ne laissait apparaître de ses cheveux qu'une fine mèche qui lui barrait le front. Depuis leur dernière rencontre à Constantinople, elle n'avait pas vraiment changé : le temps ne semblait pas avoir de prise sur ce visage au teint velouté et sur cette peau bien tendue.

— Que faites-vous là? s'exclama le Tcherkesse, tout étonné de revoir la journaliste anglaise.

Sarah Hamilton ôta des deux mains son *topee*, secoua sa chevelure rousse et s'inclina.

— Vous retrouver n'a pas été facile... dit-elle sur le ton du reproche.

— Comment avez-vous fait pour forcer le blocus maritime?

— Le blocus des Russes est une véritable passoire! A bord de bâtiments de faible tonnage, les contrebandiers et les commerçants turcs naviguent de nuit, longent le littoral, puis, arrivés à l'embouchure d'une rivière, se laissent glisser jusqu'au cœur du territoire tcherkesse. A la levée du jour, ils couvrent leurs embarcations de branchages et le tour est joué !

— Prenez place, je vous en...

Cheikh Mansour s'interrompit. Il traversa la pièce à grandes enjambées et ouvrit brusquement la porte de la cuisine.

— Seteney ! chuchota-t-il, l'air ébahi. Depuis quand écoutes-tu aux portes ?

La Circassienne ne rougit pas. Elle se haussa sur la pointe des pieds et, par-dessus l'épaule du chef tcherkesse, darda sur la belle étrangère un regard méprisant.

— Depuis que je suis ton épouse ! rétorqua-t-elle sans sourciller.

Elle marqua un temps, puis questionna d'une voix tremblante :

— Qui est cette *giaour* ?

Cheikh Mansour lui empoigna le bras et l'entraîna à l'écart.

— Plus tard, Seteney ! siffla-t-il entre ses dents. Cette femme est une agente britannique. Elle est là pour du travail, tu comprends ?

La jeune femme lâcha un soupir de soulagement, bafouilla des mots inintelligibles et referma la porte de la cuisine. Le Tcherkesse pivota sur ses talons et revint sur ses pas.

— Qui était-ce ? demanda l'Anglaise.

— Mon épouse... Elle avait juste une question à me poser... fit-il, un sourire gêné sur les lèvres.

— Elle est très belle, dit Sarah Hamilton. D'ailleurs, vos femmes sont les plus belles du monde, tous les esthètes s'accordent à le dire ! Je ne connais pas un seul voyageur ayant visité le Caucase qui ne loue la beauté exceptionnelle de la Circassienne. Au xe siècle déjà, un voyageur arabe du nom de Massoudi écrivait que vos femmes « sont d'une beauté surprenante et très voluptueuses » ! Ce n'est pas un hasard si toutes les favorites du sultan viennent de Circassie !

L'allusion aux esclaves tcherkesses qui peuplaient le harem du calife déplut à cheikh Mansour qui toussa dans son poing et détourna la conversation :

— Où en est la position de la couronne britannique ?

Sarah Hamilton posa les mains à plat sur ses cuisses et déclara :

— Vous n'ignorez pas qu'un conflit oppose actuellement une coalition formée par la Grande-Bretagne, la France, la Sardaigne et la Turquie à la Russie, et que cette coalition vient d'intervenir en Crimée et assiège Sébastopol. Les plans des Alliés prévoyaient au départ une action militaire combinée avec les tribus montagnardes et avec Chamil. Un navire chargé de dix mille fusils avait même été envoyé de Marseille pour équiper les guerriers du Caucase !

Cheikh Mansour s'assit, enfonça son dos dans un coussin et se croisa les doigts.

— Poursuivez ! dit-il, brûlant de curiosité.

— Jusqu'à ce jour, les Alliés n'ont reçu aucune assurance concernant une éventuelle coopération avec les Montagnards ! Ils ignorent tout des intentions de Chamil et de la puissance réelle des résistants !

L'Anglaise marqua une pause, puis demanda :

— Connaissez-vous un certain Mohamed Emin ?

Cheikh Mansour sursauta.

— C'est un lieutenant de Chamil, un *naïb*, qui essaie de placer les tribus circassiennes sous son commandement, déclara-t-il. Personnellement, j'ai le plus grand mépris pour cet individu. Il vous suffit de voir son visage : le démon, s'il devait prendre une figure humaine, choisirait sans doute la face de cet homme-là !

Sarah Hamilton sourit, la tête renversée en arrière.

— Vous êtes impitoyable ! gloussa-t-elle.

— Cet homme est démoniaque, reprit le Tcherkesse avec force. Il exploite les antagonismes et les clivages sociaux en Circassie pour mieux asseoir son autorité. C'est un être cupide et sans scrupules qui se targue d'avoir épousé sept beautés circassiennes !

Visiblement choquée, l'Anglaise appuya sa main droite sur son cœur.

— Ce personnage a l'air repoussant, murmura-t-elle. J'ai bien fait de venir vous voir : les Alliés, c'est malheureux, n'ont aucune idée de la situation intérieure en Circassie. Et quand un homme de la trempe de David Urquhart se propose de les éclairer, ils lui rabattent le caquet!

Cheikh Mansour dissimula mal un sourire narquois. Mais il eut la pudeur de ne pas commenter les propos de son interlocutrice.

— Les Alliés, enchaîna Sarah Hamilton, ont reçu des promesses... Mais ils ne savent pas à quoi s'en tenir! Les Montagnards peuvent-ils vraiment mobiliser quarante mille hommes?

Un froncement apparut entre les sourcils du Tcherkesse.

— Qui a avancé ce chiffre fantaisiste?

— Mohamed Emin, précisément! Le 28 juin dernier, il a rencontré les capitaines Lewis Jones et Saumarez Brock à bord de l'une de nos frégates, le *Sampson*, ancrée en rade de la côte circassienne. Il s'est ensuite rendu à l'état-major allié de Varna à la tête d'une délégation regroupant une quarantaine de chefs tcherkesses. Lors de son entrevue avec le maréchal de Saint-Arnaud, il a promis de mettre à la disposition des Alliés une armée forte de « quarante mille hommes » et a tenté de convaincre l'état-major de débarquer en Circassie au lieu d'attaquer Sébastopol!

— Au nom de qui parlait-il? interrogea cheikh Mansour.

— Au nom de la nation circassienne!

Le Tcherkesse partit d'un grand éclat de rire.

— Mohamed Emin est un imposteur, dit-il en martelant ses mots. Je le soupçonne même d'avoir des accointances parmi les officiers russes! Les Alliés ne doivent pas se leurrer : cet homme-là n'est pas digne de confiance; il n'a pas les moyens de mener la moindre offensive commune et ne représente nullement la nation tcherkesse. Dites à vos stratèges de cesser d'échafauder des projets grandioses qui font peu de cas de la réalité! L'imam Chamil est harcelé par les troupes tsaristes et nous appelle tout le temps à la rescousse. Nous sommes dans une situation tellement difficile qu'il nous est impossible d'aider qui que ce soit! C'est aux Alliés qu'il incombe de nous secourir : nous ne pouvons rien pour eux!

L'Anglaise sortit de sa serviette un calepin, griffonna quelques notes, le referma et poussa un soupir de soulagement.

— Vos renseignements sont précieux, fit-elle. Nous étions complètement désorientées! Cet homme qui se disait le bras droit de Chamil, qui nous promettait monts et merveilles, avait embobiné l'état-major qui s'était mis à rêver d'un débarquement à Anapa ou à Soudjouk-Kale!

— L'Europe pourra compter sur les Tcherkesses le jour où ils pourront compter sur elle, le jour où elle se décidera à libérer le Caucase. Nous ne sommes pas là pour jouer le jeu des grandes puissances!

Cheikh Mansour se tut un moment, puis enchaîna:

— Quant au « bras droit » de Chamil, sachez qu'il n'a pas vu l'imam depuis neuf ans!

Sarah Hamilton hocha la tête, remercia chaleureusement son hôte et, avant de prendre congé, lui remit un coffret en bois.

— C'est un souvenir de Miss Hamilton, fit-elle en rougissant. J'avais remarqué que vous aimiez les armes. Vous aviez un superbe fusil caucasien accroché au mur de votre demeure à Constantinople...

Le Tcherkesse ouvrit le coffret. Un pistolet-tromblon reposait dans le creux d'un écrin écarlate. Il avait, à la manière des tromblons d'Afrique du Nord, le canon fortement élargi à l'embouchure. Sa particularité résidait dans sa crosse, une crosse presque droite, semblable à celle d'un fusil.

— Il est superbe, dit-il en caressant l'arme.

Sarah Hamilton se leva, s'inclina et se dirigea vers la porte.

— Que devient ce cher David Urquhart? demanda cheikh Mansour en l'accompagnant jusqu'à la sortie.

— Il continue de lutter pour les causes désespérées! Tenez, il n'y a pas si longtemps, il a publié un pamphlet intitulé *The Annexation of the Texas* pour s'insurger contre l'occupation de Mexico par les troupes des Etats-Unis. Aujourd'hui, il tire à boulets rouges sur l'intervention des Britanniques en Crimée!

Le Tcherkesse esquissa un sourire.

— Il y a des gens comme ça : passionnés et tenaces !

— Chez nous, on les appelle les *Don Quixote*. Ce sont des chevaliers idéalistes, des exaltés au grand cœur qui s'attaquent aux moulins !

— Vous verrez, dit cheikh Mansour d'un air amusé. Un jour, il n'y aura plus de moulins !

— A moins qu'il ne reste plus de *Don Quixote* ! nuança l'Anglaise.

— David Urquhart ne s'arrêtera donc jamais ?

— Si ! Il compte bientôt quitter la Grande-Bretagne pour aller vivre à Montreux, en Suisse. C'est là qu'il souhaite mourir !

Le chef tcherkesse secoua la tête et, frappant le sol de son pied, dit d'une voix sourde :

— Moi, c'est ici, dans ma montagne, que je souhaite mourir.

XII

Réunis au quartier général, les officiers supérieurs du tsar se levèrent comme un seul homme lorsque pénétra dans la salle le nouveau commandant en chef du corps spécial au Caucase, le maréchal prince Alexandre Ivanovitch Bariatinski, flanqué de son adjoint, le général Yevdokimov — surnommé *l'Homme aux Trois Yeux* depuis qu'une balle lui avait perforé le crâne. Le prince devait avoir la quarantaine. Sa haute stature, ses sourcils bien dessinés, sa chevelure bouclée, ses yeux clairs coupés en amande, son nez très fin justifiaient sa réputation de grand séducteur. Sa démarche un peu boiteuse et les cicatrices qui marquaient son corps, loin de déparer son aspect, lui donnaient cet air d'aventurier qu'affectionnaient les femmes de Saint-Pétersbourg.

— Avant de prendre place, dit-il de sa voix douce, observons un moment de recueillement en mémoire de nos officiers morts pour le Caucase, en particulier les généraux Victorov et Passek tombés à Dargo.

Les militaires présents dans la salle baissèrent le menton et retinrent leur souffle. Au signal du prince, ils s'assirent.

— Les choses vont enfin bouger dans le Caucase, annonça-t-il. La tactique de Yermolov appartient au passé. Je sais que des généraux aussi capables que Golovin, Rayevski ou Grabbe ont toujours blâmé le système de conquête adopté par notre état-major et maudissent le jour où la Russie a franchi la ligne du Caucase. Ils ont raison. Il est temps, je crois, de changer de mentalité. Aujourd'hui, de nombreux facteurs me permettent d'affirmer que nous nous dirigeons dans le Caucase vers le début de la fin : *primo*, l'Empire a un nouveau tsar, Sa Majesté Alexandre Nikolaïevitch, qui a pris la ferme résolution d'en finir avec la résistance des Montagnards ; *deuxio*, la fin de la guerre de Crimée va nous permettre de porter à deux cent mille le nombre de nos soldats dans la région ; *tertio*, le traité de Paris que nous avons conclu avec les Alliés nous accule à pousser notre expansion vers l'est, puisque les Balkans et la Méditerranée nous sont désormais fermés !

— Ne craignez-vous pas une intervention de la Grande-Bretagne ou de la France en faveur des résistants ? demanda un officier en levant la main.

Le prince Bariatinski esquissa un sourire ironique et dit d'un ton sec :

— Les puissances européennes ont été déçues du manque de coopération des Montagnards lors de l'affaire de Crimée : elles ne bougeront pas le petit doigt pour venir en aide aux guérilleros !

Il croisa les bras sur sa poitrine et reprit son exposé :

— Ma stratégie est simple : il faut gagner la confiance de la population civile dans le Caucase, une population lasse de la guerre, dégoûtée des querelles intestines qui minent le camp des résistants. Nous devons multiplier les récompenses pour attirer traîtres et déserteurs. Nous ne devons pas hésiter à défricher systématiquement des forêts pour contraindre les Montagnards qui s'y réfugient à se battre à découvert, et à utiliser, de manière intensive, l'artillerie et les shrapnells. Dernier point important : concentrons toutes nos forces sur Chamil. Si l'imam tombe, tout le Caucase tombe avec lui...

— Pourvu que la chance soit de notre côté ! soupira Yevdokimov en lissant sa moustache blanche.

La remarque n'échappa pas à l'attention du prince.

— Dans le langage de la guerre, dit-il en ouvrant grand les yeux, il n'y a pas de chance. Il y a des concours de circonstances, c'est tout.

*
* *

A partir de l'été 1857, l'empire de Chamil commença à se rétrécir comme une peau de chagrin. Au début de l'an 1858, la basse Tchétchénie fut occupée par les Russes et la partie orientale du Daghestan déposa les armes. Le 12 juillet de cette année-là, Djemal Eddin, le fils de l'imam Chamil, rendit l'âme. Après son enlèvement à Akhoulgo, il avait été éduqué « à la russe » quinze ans durant et avait même été enrôlé dans l'armée du tsar, avant d'être autorisé à réintégrer son foyer à la suite d'un échange d'otages survenu le 10 mars 1855. Ecartelé entre deux mondes, étranger dans son propre pays, le jeune homme n'avait pu se réadapter à la vie des Montagnards et avait profondément déçu son père. Sa mort acheva de briser l'imam.

Bariatinski et Yevdokimov mirent leur plan à exécution. Malgré l'âpreté du climat et les aspérités du relief, les troupes tsaristes réussirent toutes les percées entreprises. Elles défrichèrent des forêts entières en recourant aux explosifs et occupèrent de nombreux *aouls* grâce à la précision de leurs artilleurs.

Retranché dans son imposante résidence de Veden, située au sud de Grozny, sur la rive droite du Khoulkhoulau, Chamil se sentit seul tout à coup : « Des messagers envoyés à cheikh Mansour, aucun n'est revenu ! songea-t-il en caressant sa barbe aux reflets de henné. Mes propres hommes sont désespérés. Mes compagnons les plus fidèles, Kibit Magoma et Daniel Bey, ont contacté l'ennemi et se préparent à m'abandonner ! » Cette nuit-là était chaude. L'imam quitta la mosquée de l'*aoul* et sortit se promener dans les ténèbres.

« Etre délaissé par les hommes est pire que la déréliction, pensa-t-il. On ne demande pas à Allah d'être redevable à l'homme : peut-on reprocher à Dieu de déserter? En revanche, on s'attend toujours à ce que l'homme ne soit pas ingrat! » Le martèlement d'un galop, le son du clairon sonnant la diane lui parvinrent, portés par la brise. Il fit quelques pas dans la cour et s'arrêta pour contempler ses guerriers tchétchènes, couchés à même le sol ou assis sur leurs jambes repliées, adossés à un mur, un fusil au creux du bras, les yeux fermés. « A quoi rêvent-ils? se demanda-t-il. A la liberté? Comment l'imaginent-ils? Quel visage a-t-elle? Le visage d'Allah? Si elle a le visage d'Allah, c'est donc qu'ils sont déjà libres! »

Bariatinski posa sa plume et relut son rapport une dernière fois :

> *Yevdokimov ne donna jamais à l'ennemi une chance de se battre... Les positions les plus solidement tenues par Chamil et ses hordes tombèrent presque sans résistance, grâce à nos mouvements bien planifiés.*
>
> *Contrairement à Akhoulgo, Saltee, Gherghébil et Tchokh, sièges qui, sans être toujours couronnés de succès, nous coûtèrent des milliers d'hommes, la capture de Veden où Chamil avait concentré toutes ses forces en vue d'une résistance des plus farouches ne nous coûta que trente-six morts et blessés...*
>
> *Trois facteurs — la conduite méthodique de la bataille, l'habileté de nos chefs et la distribution de rifles à nos soldats — contribuèrent à réduire au minimum nos pertes dans le Caucase, ce qui, combiné avec le fait que les combats étaient engagés en fonction de mouvements tactiques, fut la principale raison de notre succès.*

Il plia la lettre et appela son aide de camp :

— Vous porterez ceci à l'empereur. Ne traînez surtout pas en chemin : il doit s'impatienter !

Bariatinski rassembla ses effets, quitta sa tente et alla trouver Yevdokimov.

— Il est là, dit le général en désignant du doigt le site de Gounib, perché à plus de trois cents mètres au-dessus des vallées et complètement isolé des montagnes environnantes.

— Combien sont-ils?

— Quatre cents, peut-être. Les derniers des Murides...

— C'est là, dans le Daghestan, qu'est né le muridisme, fit Bariatinski d'un ton solennel. C'est là qu'il livrera son dernier combat!

Il sortit sa longue-vue et inspecta ses troupes postées tout autour du dernier repaire du *Lion du Daghestan*.

— Trente-huit bataillons et sept escadrons : un total de quarante mille hommes... Cent contre un : ce n'est pas beaucoup quand on sait ce dont Chamil est capable!

Des roulements sourds retentirent soudain. Des volées d'obus s'abattirent sur Gounib qu'une épaisse fumée noire enveloppa bientôt.

— Avez-vous trouvé le moyen de pénétrer dans la forteresse? interrogea le prince.

Yevdokimov eut un sourire féroce.

— Dans le camp adverse, les déserteurs ne manquent pas, dit-il. Sentant la fin proche, les lâches vendent leur âme!

Il se tut un moment, se racla la gorge, puis enchaîna :

— Il est un point vulnérable. J'ai donné l'ordre à un peloton de le prendre d'assaut. Avec des échelles et des cordes, le coup est jouable!

— Je vous fais confiance, fit Bariatinski. Simplement, rappelez-vous ceci : je veux Chamil vivant!

Noyé sous un déluge de bombes, Chamil se retrancha précipitamment à l'intérieur de l'*aoul* avec ses femmes et ses enfants. Les derniers résistants se rassemblèrent autour de leur chef, prêts à le défendre jusqu'à la dernière goutte de leur sang.

— Que faire? demanda l'un d'eux à l'imam. Devons-nous nous rendre et sauver nos familles?

— Trois messagers dépêchés par Bariatinski sont venus nous sommer de déposer les armes! déclara un autre.

Chamil demeura inflexible jusqu'au moment où un *naïb* vint lui annoncer qu'un certain colonel Lazarev souhaitait le rencontrer. L'imam connaissait bien cet officier d'origine arménienne, estimé par ses pairs et respecté de ses ennemis. Les deux hommes se rencontrèrent sous une tente assiégée par des femmes en pleurs venues supplier le colonel d'épargner leur chef.

— Une paix honorable vous attend, assura Lazarev.

Chamil fit quelques pas, s'accroupit, souleva un pan de la tente et jeta un regard à l'extérieur. L'*aoul* était dévasté. Des corps démantibulés gisaient çà et là; une puanteur intolérable flottait dans l'air. L'imam avala sa salive et se redressa:

— Je n'ai plus le choix, admit-il en sortant.

Une fois dehors, il mit trois doigts dans sa bouche et poussa un sifflement strident. Aussitôt, une cinquantaine de Murides dépenaillés, aux cheveux hirsutes et aux yeux hagards, répondirent à son appel et se rassemblèrent dans la cour en brandissant leurs bannières. Le colonel écarquilla les yeux à la vue de ces tristes survivants d'une armée de braves qui, hier encore, faisait trembler les montagnes du Caucase. Chamil enfourcha son cheval gris, se porta à l'avant de ses guerriers et prit le chemin des lignes russes.

Assis au milieu d'une boulaie sur un bloc de pierre, Bariatinski demeura impassible à la vue du cortège des vaincus. Ses soldats, rendus muets par la grandeur de l'instant, ne réagirent pas tout de suite. Leurs yeux s'attardèrent sur *le Lion du Daghestan*, sur ce guerrier qui, pendant plus de vingt-cinq ans, avait tenu tête à l'armée du tsar. N'y tenant plus, quelques militaires lâchèrent tout à coup des hourras bien scandés. Chamil arrêta sa monture. Non que ces cris de triomphe l'eussent vexé, mais il avait remarqué, mêlés aux officiers russes entourant le prince, les renégats qui l'avaient trahi! Comprenant la situation, le colonel Lazarev se pencha vers l'imam et lui chuchota à l'oreille quelques mots de réconfort. Chamil hocha la tête et reprit son avancée, les mains croisées sur le pommeau de sa selle. Arrivé à proximité de Bariatinski, il mit pied à terre et s'immobilisa. Deux soldats russes accoururent pour le désarmer.

— Non! cria le prince.

Les militaires reculèrent. L'imam fit quelques pas en direction de Bariatinski.

— Es-tu Chamil?

— Oui.

— Je réponds personnellement de la vie de chaque membre de ta famille, articula le prince. Demain, tu iras à Saint-Pétersbourg. C'est au tsar de décider de ton sort!

Chamil baissa la tête. « Moi qui m'attendais à être injurié comme un chien battu! » songea-t-il. Il déboucla son ceinturon, décrocha sa *chachka* et l'offrit à Bariatinski en signe de soumission.

*
* *

— Je suis heureux de vous accueillir en Russie, dit le tsar en embrassant fraternellement l'imam. J'aurais préféré que cela se produisît plus tôt!

XIII

Sur la berge de la rivière Laba, des femmes d'un certain âge, un foulard noué autour de la tête, confectionnaient des carpettes. Assises en tailleur à même le sol près d'énormes paniers en osier d'où débordaient des pelotes de laine multicolores, elles papotaient, s'esclaffaient, applaudissaient.

— Djantémir, suis-moi!

— Pas si vite, Bahatir, pas si vite!

Des cris joyeux fusèrent. Torse nu, deux jeunes cavaliers montés à cru sur de beaux chevaux kabardes foncèrent dans l'eau. Un rideau d'éclaboussures les recouvrit.

— Vous allez attraper froid! gronda Seteney en levant les bras au ciel.

Les rires insouciants des adolescents lui répondirent. Elle hocha la tête, sourit et tourna son regard vers son troisième fils, Zulquarncïn, debout à quelques pas de là, au milieu d'un vaste plateau caillouteux. Les bras en croix, il fixait le ciel de ses yeux mi-clos. Sur son poing gauche se tenait un aigle; sur le droit, un faucon. Lorsque au lointain une compagnie d'oies sauvages prit tout à coup son envolée, le jeune garçon tressaillit. D'un geste prompt, il lança les deux rapaces qui prirent leur essor en même temps. L'aigle et le faucon commencèrent par repérer le gibier, puis se séparèrent. Le

89

premier se mit à tournoyer au-dessous de sa proie pour l'empêcher de se poser; le second s'éleva au-dessus de l'escadrille et amorça autour d'elle ses mouvements giratoires. Au bout d'un moment, jugeant l'instant propice, le faucon choisit sa proie, fondit sur elle en piqué et, de ses serres fermées, la frappa violemment. Etourdie, l'oie sauvage tomba en vrillant. Zulquarneïn se précipita sur le gibier, le ramassa et, un sourire radieux au coin des lèvres, le brandit triomphalement comme un trophée.

Seteney applaudit. Un sentiment de bien-être l'envahit. « Que demander de plus? songea-t-elle. J'ai épousé l'homme que j'aime, mes enfants sont épanouis, je vis entourée de ma famille dans le cadre le plus enchanteur qui soit: je suis comblée! La guerre ne m'empêchera pas d'être heureuse! » Une mélodie entraînante l'arracha à ses pensées. En contrebas, non loin d'un groupe de cultivateurs conduisant des *arabas* — ces charrettes à deux roues traînées par une paire de bœufs —, sa fille Aminat exécutait la *kafa*, la *zafakwa* et le *wigg*, danses traditionnelles de Circassie. Emerveillés, de nombreux Tcherkesses, un genou posé à terre, frappaient dans leurs mains au rythme de la musique. Assis côte à côte sur un banc vermoulu, cinq vieillards centenaires, tout de noir vêtus, observaient la scène en connaisseurs.

— De mon temps, on ne dansait pas mieux! reconnut l'un d'eux en lissant de ses mains fripées la pomme écarlate que venait de lui offrir un cueilleur.

— Allah a doté cette fille d'un don précieux, observa son compagnon. Je ne connais aucune femme capable de danser comme elle!

Avec jouissance, la jeune fille virevoltait au milieu d'un cercle d'admirateurs, se déplaçait à petits pas rapides. Le mouvement de ses bras tantôt tendus à l'horizontale, tantôt arrondis avait une grâce infinie. Ses doigts d'albâtre pianotaient sans cesse sur des touches imaginaires...

Seteney ferma les yeux. « La mission de toute mère est de rendre son enfant heureux, se dit-elle. Lorsqu'il rencontre le bonheur, vient le moment pour elle de s'éclipser... Je crois avoir tout fait pour que mes enfants puissent être heureux ! » L'épouse de cheikh Mansour flâna un moment le long de la Laba en aspirant à pleins poumons l'air pur de la montagne. Elle ne pouvait rien se reprocher. Malgré les règles de conduite très strictes imposées par les *adats*, malgré les difficultés économiques et les événements militaires qui ébranlaient le pays, malgré la présence fréquente de leur père sur le front, ses trois fils et sa fille avaient eu une enfance sans histoires. Les garçons avaient tout appris : ils s'intéressaient à l'armurerie et maniaient à la perfection l'arc, la *chachka* et le *kama*. Dès l'âge de cinq ans, tous les trois savaient déjà monter à cheval. Avec leur monture, ils avaient tout connu : les chevauchées interminables, la traversée des rivières gelées, le camouflage, la privation, l'endurance et le danger. Ils avaient découvert que, pour échapper à la mire de l'ennemi, ils devaient se balancer tantôt sur le côté gauche du cheval, tantôt sur son côté droit, et que, pour arriver à sauter par-dessus un abîme, il fallait bander les yeux à l'animal. Ils avaient participé à toutes les joutes organisées dans l'*aoul* et excellaient dans les exercices acrobatiques : se tenir la tête en bas sur le dos d'un cheval au galop, ramasser un poignard planté dans le sol ou s'accroupir sur la selle et lancer un javelot sur une cible... rien ne les arrêtait !

Bercée par le crissement du gravier sous ses pas, Seteney poursuivit sa promenade en soliloquant. « Ils feront de bons Tcherkesses ! » pensa-t-elle en retroussant sa robe jusqu'aux genoux pour éviter de trébucher. Ses enfants avaient bien assimilé les trois principes sur lesquels étaient fondées les *adats* : le respect pour les vieillards, l'exercice de l'hospitalité et le droit à la vengeance. Ses fils avaient également appris à respecter le sexe faible : quand, au milieu d'une bagarre, intervenait une femme, ils cessaient aussitôt le combat ; quand, à cheval, ils croisaient une Circassienne traversant une route, ils mettaient pied à terre et attendaient qu'elle fût passée pour poursuivre leur chemin... « Si seulement ils pouvaient s'arrêter de piller ! » soupira l'épouse de cheikh Mansour en ajustant son fichu. Un sourire lui plissa les lèvres. A quoi bon espérer ? Dans le Caucase, le brigandage était vertu. Les Tcherkesses n'avaient-ils pas pour modèle saint Georges, « le saint des Cavaliers Noirs », considéré par les Ossètes comme... le patron des pillards ?

XIV

Sous un ciel constellé d'étoiles, les deux amants s'enlacèrent. L'air était glacé; le silence troublé de temps en temps par le hurlement d'un loup. Un doux clair de lune inondait la clairière, donnant aux frondaisons qui l'entouraient un reflet bleu-gris.

— S'ils savaient, jamais ils ne nous le pardonneraient, murmura Aminat en repoussant son amant.

— Ils ne le sauront jamais! Notre amour est plus fort que tout, répliqua-t-il en caressant les cheveux de la jeune fille, tirés en arrière et retenus en chignon sur la nuque.

— Nous ne pouvons tout de même pas passer notre vie dans la clandestinité!

Il y avait dans ses intonations quelque chose de grave et de fataliste à la fois.

— Le fait que tu sois ma cousine ne sera pas un obstacle à notre bonheur...

La Circassienne se dégagea brusquement et s'écria avec force:

— Pauvre inconscient! Ne réalises-tu pas que nous vivons dans une communauté pour laquelle pareille liaison est impardonnable? Où vis-tu?

Son amant lui plaqua la main sur la bouche.

— Tais-toi! chuchota-t-il. Tu vas ameuter l'*aoul* tout entier! Mon père n'est pas si loin, il pourrait nous entendre!

Ses doigts se posèrent sur le visage de la jeune fille, dessinèrent le contour de ses lèvres, glissèrent lentement le long de son cou, s'attardèrent sur le corset plat qui lui comprimait la poitrine.

— Je t'aime Ahmet, soupira-t-elle en défaisant son chignon et en balançant ses cheveux.

— M'aimerais-tu autant si notre liaison n'était pas interdite? demanda le jeune homme.

La Circassienne raidit son buste.

— Que veux-tu dire par là?

— L'absence et l'interdit attisent l'amour, affirma Ahmet d'un ton solennel.

Aminat haussa les épaules.

— L'absence et l'interdit *tuent* l'amour, rectifia-t-elle. Combien de couples brisés par l'éloignement! Combien d'amants ont renoncé à un amour pour être en accord avec leur raison ou par respect des convenances!

— Crois-tu vraiment que notre amour soit voué à la mort?

La Circassienne baissa les yeux, médita un moment, puis dit d'une voix argentine:

— Je ne sais pas! Tout ce que je sais c'est que je t'aime!

Les lèvres des deux amants se rencontrèrent. De ses doigts fébriles, le jeune homme tenta d'arracher le corset. Aminat grimaça de douleur:

— Arrête, Ahmet, tu me fais mal! Tu sais bien qu'il est cousu sur ma peau depuis ma tendre enfance pour empêcher que mes seins ne se développent et ne m'enlaidissent!

Fronçant les sourcils, elle enchaîna sur un ton faussement sentencieux:

— Seul mon futur époux, lors de la nuit de noces, pourra me le découdre avec la pointe de son poignard!

— Mais je suis ton futur époux! ironisa Ahmet.

— Pff... tu dis n'importe quoi!

Le jeune homme ne s'avoua pas vaincu et souleva la robe de son amante qui se débattit avec mollesse. Le couple roula dans l'herbe. Aminat noua ses mains autour du cou d'Ahmet, planta ses ongles dans sa chair, lui pétrit le dos de ses doigts brûlants. Des gémissements, un cri aigu, des soupirs, dans le silence de la nuit.

Kalimat, occupé à dessiner une carte à l'intérieur de sa *saklia*, entendit le cri de douleur qui avait percé les ténèbres.

— Une femme attaquée par les loups! pensa-t-il instinctivement en posant sa plume.

Il enfila sa *tcherkesska*, emporta sa *chachka* accrochée au mur de la pièce et sortit. Il erra un moment dans la neige, comme quelqu'un qui aurait perdu son chemin. Guidé par les gémissements, il parvint en vue de la clairière où les amants étaient couchés et découvrit avec une stupeur mêlée d'effroi son fils étreignant... la fille de cheikh Mansour! Son sang ne fit qu'un tour : il dégaina son sabre, prêt à commettre l'irréparable. Mais, au dernier moment, il se ressaisit. Allait-il sacrifier son fils unique à cause de l'amour que celui-ci portait à sa propre cousine? Il secoua la tête et ferma les yeux pour ne rien voir des ébats. Revenu sur ses pas, il s'affala devant la porte de sa *saklia*.

— Imbécile Ahmet! se dit-il en serrant les poings. Ton choix ne pouvait-il pas tomber sur une autre femme? Et toi, Aminat... pourquoi avoir cédé aux avances de cet inconscient?

Il s'agenouilla dans la neige et se prit la tête entre les mains.

— Surtout, que personne ne sache...

XV

— Que la paix soit avec vous, Maître, murmura Hekmet en s'inclinant avec déférence.

Kalimat considéra son visiteur avec tendresse : ce jeune homme était pour lui bien plus que le fils de cheikh Ismaïl. Fidèle à la tradition et en même temps soucieux de se rapprocher de la famille de cheikh Mansour, le chef de l'*aoul* voisin lui avait confié, dix-huit ans plus tôt, l'éducation de son enfant. Cette coutume tatare, appelée *atalik*, était très répandue en Circassie.

Hekmet devait tout à son précepteur : Kalimat lui avait appris à monter à cheval, à escrimer, à tirer au fusil, à chasser, à piller. Il lui avait inculqué l'art du raisonnement et de l'éloquence — indispensables selon lui à la formation de toute personne ambitionnant de siéger un jour à la *tamata*, le conseil des sages de la tribu —, et avait poussé le zèle jusqu'à lui enseigner la cartographie !

Hekmet dégrafa son immense manteau de feutre, ôta son *kalpak*, souffla dans ses mains et prit place. Il avait une chevelure abondante, des yeux caves, un nez en lame de couteau. Son teint blafard lui donnait un air maladif que contredisait la robustesse de sa carrure.

— J'ai trouvé la femme qu'il me faut ! annonça-t-il triomphalement.

Kalimat haussa un sourcil et poussa un soupir de soulagement : Hekmet avait enfin trouvé l'élue de son cœur ! Cette nouvelle l'intéressait au plus haut point : son rôle d'*atalik* lui commandait de veiller à ce que son élève ne restât point célibataire — le célibat étant une tare en Circassie —, et, le moment venu, d'aider cet élève à enlever sa promise !

— Cette nouvelle me réjouit. J'espère que ton bon goût ne t'a pas trahi, dit-il en posant sa main à plat sur la tête du jeune homme.

— Non, Maître. Cette femme-là est la femme rêvée. Elle a tout pour plaire. Ses cheveux noirs comme l'ébène, ses yeux flamboyants... Je suis heureux !

Hekmet esquissa quelques pas de danse.

— Je la connais ? demanda Kalimat en s'agenouillant pour attiser le feu de la cheminée.

— Je me suis toujours plu au sein de votre famille. Pouvais-je aller chercher ailleurs ma future épouse ?

Kalimat se redressa d'un bond et plissa les yeux.

— Qui est-ce ?

Hekmet arpenta fébrilement la pièce en fixant son *atalik* d'un œil goguenard.

— Aminat, lâcha-t-il soudain.

Renvoyé de salle en salle, le mot résonna dans la maison tout entière. Kalimat sentit son cœur se contracter sous l'effet d'une douleur intense.

— Qu'en pensez-vous ? demanda Hekmet d'une voix enjouée.

Le frère de cheikh Mansour s'accota au mur, manqua de s'écrouler, balbutia quelques phrases inintelligibles et sortit prendre l'air.

— Que se passe-t-il ?

— Ce n'est rien, c'est juste cette cheminée qui rend l'atmosphère irrespirable...

— Ça ira ?

— Ce n'est rien.

*
* *

Accompagné de son *atalik*, Hekmet alla trouver sa mère, Aïcha, et lui demanda d'annoncer l'heureuse nouvelle à son père. Informé de l'identité de l'élue, cheikh Ismaïl se félicita intérieurement du choix de son fils : son désir le plus cher n'était-il pas de rapprocher sa famille de celle de cheikh Mansour ? Hekmet chargea son oncle et son *atalik* de porter la demande aux parents d'Aminat. Kalimat tenta alors de se dérober, trouva mille prétextes pour échapper à la cruelle épreuve, mais rien n'y fit. Cheikh Ismaïl intervint personnellement pour le prier de remplir jusqu'au bout son rôle de précepteur.

Cheikh Mansour accueillit la demande avec satisfaction : Hekmet n'était pas un mauvais parti, Aminat était en âge de se marier, et cheikh Ismaïl avait certainement les moyens d'acquitter le droit de fiançailles, le *kalym*, soit en argent, soit en chevaux ou en bétail. Mais il ne donna pas sa réponse tout de suite. Il requit un court délai pour se concerter avec la principale intéressée et le reste de la famille.

La réponse d'Aminat fut catégorique : « Jamais ! » Zulquarneïn, Bahatir et Djantémir se groupèrent autour d'elle. A tour de rôle, ils firent l'éloge de Hekmet, vantèrent sa bravoure sur le champ de bataille, énumérèrent les qualités qu'il avait acquises grâce à l'éducation de l'oncle Kalimat. Leur discours achevé, ils fixèrent leur sœur d'un regard interrogateur. Aminat rejeta ses cheveux en arrière sans mot dire. La colère qui contractait légèrement les muscles de son visage et lui échauffait les joues lui donnait un air rebelle qui accentuait davantage encore la beauté de ses traits. Elle dévisagea un à un ses frères : Zulquarneïn, docile et doux, avec son regard limpide et sa grosse moustache ; Bahatir, impulsif et batailleur, avec sa carrure herculéenne ; Djantémir, passionné et néanmoins sage, avec ses yeux bleu myosotis et sa chevelure blonde. Elle les chérissait de tout son cœur !

— Je sais que vous m'aimez, dit-elle enfin d'une voix étranglée. Prouvez-le-moi une dernière fois : laissez-moi choisir moi-même l'homme de ma vie!

Djantémir s'assit près de sa sœur et l'entoura affectueusement d'un bras protecteur.

— Nous n'avons pas choisi Hekmet. C'est lui qui t'a choisie! Nous ne pouvons plus le rejeter. Un refus de notre part serait interprété par cheikh Ismaïl comme un affront!

Sortant de son mutisme, cheikh Mansour déclara d'un ton tranchant :

— Ce mariage, toute la Circassie le souhaite. Il ne s'agit pas de ta volonté ou de la mienne. Ce mariage est une occasion inespérée pour vaincre définitivement la rétivité des habitants de notre *aoul* qui n'ont toujours pas compris que nous ne pouvons pas vivre en autarcie, que la coopération avec nos voisins est vitale pour la survie de notre peuple!

— Je ne me sens pas concernée par vos calculs politiques, rétorqua Aminat avec insolence. Je ne suis pas l'instrument de vos intérêts et...

— Ce ne sont pas *nos* intérêts! coupa Seteney d'une voix indignée. L'intérêt de ta communauté passe avant tes caprices! Tu épouseras Hekmet, voilà tout!

Aminat se sentit défaillir. Convaincre l'un ou l'autre des membres de sa famille ne lui était pas impossible. Mais les convaincre tous! N'était-il pas présomptueux de vouloir infléchir leur décision commune?

En cachette, Aminat alla trouver Ahmet pour lui annoncer la terrible nouvelle.

— Nous n'avons pas le choix. Je ne puis rien contre cette union, lui répondit-il calmement. Mais ne t'en fais pas : notre amour est plus fort que les convenances, plus fort que le mariage!

— Tu imagines la situation? explosa la jeune fille. Ton père faisait partie de la délégation qui est venue demander ma main! Ton propre père t'a arraché la femme que tu aimes, et tu ne réagis pas?

— Que veux-tu que je fasse? bredouilla Ahmet en haussant les épaules. Que je me mette à dos tout l'*aoul*? Comprends-moi : cette mascarade ne nous empêchera pas de nous aimer! Rien ni personne ne peut séparer deux êtres qui s'aiment d'un amour absolu!

Aminat se tut. Des larmes coulaient de ses beaux yeux noirs, ruisselaient sur son visage affligé. Pour la décrisper, Ahmet lui chuchota à l'oreille :

— Connais-tu la coutume qui consiste à dégainer à demi son poignard par trois fois en prononçant une formule sacramentelle?

— Non, gémit-elle en séchant ses larmes du revers de la main. Que signifie-t-elle?

— Elle frappe d'impuissance un rival en amour!

Aminat sourit tristement et secoua la tête. Soudain, son regard s'illumina :

— Et si l'on fuyait ensemble?

— Tu es folle? Où irions-nous? Le Caucase tout entier est en feu!

Déçue, désemparée, la jeune fille éclata en sanglots. Elle donna à son amant un rapide mais fougueux baiser d'adieu et rentra chez elle en courant.

Le consentement officiel de cheikh Mansour fut porté par Kalimat au père de Hekmet qui lui remit alors, en guise de *kalym*, trois coffres chargés d'or sans doute pris aux Russes lors du pillage des forts côtiers. Hekmet se plia sans rechigner au curieux cérémonial du mariage : il donna rendez-vous à sa future épouse à proximité du puits de l'*aoul.* A l'heure convenue, il se rendit à cheval au lieu fixé. Aminat était là, parée de ses plus beaux atours. A sa vue, Hekmet donna de l'éperon, fonça en sa direction, se pencha sur le côté droit de sa monture, la saisit par la taille et, la faisant monter en croupe, détala au triple galop... Il la conduisit au logis d'un voisin où se déroulaient entre les membres des deux familles un simulacre de combat. Lorsque apparurent les fiancés, les réjouissances commencèrent.

Présent à la cérémonie, Ahmet n'arriva pas à dissimuler son émotion. Lui qui, lors de son dernier face à face avec son amante, avait réussi à garder son sang-froid, éprouvait à présent un terrible sentiment d'amertume. Avant ces festivités, la perspective du mariage d'Aminat lui avait paru si grotesque, si improbable, qu'il n'avait pas su en mesurer les conséquences. Difficile à concevoir quelques heures plus tôt, le mariage de la femme adulée prenait corps tout à coup, sous ses propres yeux, le ramenait brutalement à la réalité.

Pour éviter de croiser le regard de la mariée, Ahmet se tint à l'écart des convives. Il s'adossa à un arbre et prêta une oreille distraite au *nikoakoa* de l'*aoul* qui, au rythme de sa cithare, récitait des chansons de circonstance. «Plus rien ne sera comme avant», se dit-il en serrant les poings. Il leva les yeux et dirigea son regard vers une troupe folklorique qui dansait le *kaphenyr* et mimait la conquête de la femme par l'homme.

— Ahmet?

Le jeune homme sursauta et se retourna : c'était son père.

— Prions pour qu'Allah nous accorde sa miséricorde, chuchota Kalimat.

Ahmet ne comprit pas. Il dévisagea son père avec inquiétude : jamais il ne l'avait vu si pâle!

La danseuse attira à elle son partenaire par des œillades langoureuses. Au moment où le danseur s'apprêtait à lui saisir la main, elle échappa à son étreinte en tournoyant sur elle-même. Des guerriers bondissants firent alors leur entrée et se mirent à exécuter la danse du sabre et du bouclier en frappant violemment le sol de leurs bottes ou en pivotant sur leurs genoux en signe de mélancolie.

Kalimat secoua la tête et souffla d'une voix cassée :

— L'Amour et la Mort sont frères. La destinée les mit au jour ensemble...

XVI

Un hurlement de rage retentit dans la nuit. Tremblant de colère, Hekmet déchira sa tunique. Toute sa jeunesse, il s'était astreint à la continence pour offrir à la femme de sa vie un amour vierge et exclusif. Toute sa jeunesse, il s'était félicité du refus par son peuple de la polygamie, pourtant tolérée par l'islam. Toute sa jeunesse, il avait rêvé de cette nuit de noces, et voilà qu'il découvrait que l'élue de son cœur l'avait trahi !

Hekmet erra un moment dans l'obscurité. Que faire ? Que disait la tradition ? Quel châtiment infliger à l'infidèle ? Devait-il agir comme ses compatriotes et renvoyer l'impure à ses parents après lui avoir fendu les oreilles ? Devait-il lui mutiler le visage ? Ou alors la vendre comme esclave au marchand le plus offrant ? Le Tcherkesse ne se résolut pas à défigurer Aminat et opta pour la solution la moins inhumaine.

Il ligota sa femme, la bâillonna et l'emmena dans une *araba* à Poti où il la vendit à un commerçant turc qui, à la faveur de l'obscurité, avait réussi à déjouer la vigilance des canonnières des Cosaques d'Azov qui écumaient la mer Noire.

— A qui la vendras-tu ? demanda le Tcherkesse avant de livrer sa femme à l'acheteur.

— Je n'ai pas l'habitude de dévoiler l'identité de mes clients, lui répliqua sèchement le Turc.

Irrité, Hekmet saisit son interlocuteur par le collet et répéta sa question en articulant.

— Je suis le fournisseur du palais du sultan, bredouilla l'autre en se dégageant.

La *katcherma* quitta l'embarcadère. Le Tcherkesse tomba à genoux, cassé. Qu'avait-il donc fait? Pris de remords, Hekmet se releva et se mit à courir sur la plage en gesticulant. Il se jeta dans la mer en criant comme un forcené. Mais les vagues, déchaînées, le rejetèrent sur la grève.

La rumeur courut dans l'*aoul* : « Aminat a été vendue comme esclave! Aminat est partie pour le harem du sultan! » Elle parvint à cheikh Mansour qui, épouvanté, alla trouver Kalimat. Celui-ci, sans dévoiler à son frère l'identité de l'amant d'Aminat, lui révéla avec consternation que Hekmet avait ses raisons et que son acte était légitimé par la tradition.

Apprenant la nouvelle, Ahmet manqua de s'étrangler. Mais le jeune Tcherkesse ne s'estima pas responsable : s'il y avait un coupable, c'était bien le mari d'Aminat! Il sortit en courant de la *saklia* paternelle, traversa l'*aoul* comme une flèche, entra sans frapper au domicile de Hekmet et se rua sur son rival.

— Monstre! hurla-t-il en le secouant brutalement.

— Ce que j'ai fait, je devais le faire! répliqua l'autre sans se débattre.

Ahmet lui martela la figure et les côtes à coups de poing. Hekmet, prostré, ne réagit pas. Projeté à terre, il ne se releva pas et se contenta d'essuyer du revers de la main le mince filet de sang qui coulait de son nez.

— Quel droit avais-tu sur Aminat? tonitrua Ahmet. Cette femme était mienne!

Hekmet le dévisagea sans comprendre.

— Tu n'es que son cousin, rétorqua-t-il d'une voix cassante. Je suis son mari et j'ai fait ce que je devais faire !

— Aminat était ma vie ! De quel droit as-tu détruit notre amour ?

Hekmet ouvrit grand les yeux : il comprenait enfin ! Retrouvant son aplomb d'un seul coup, il bondit sur son rival et le poussa violemment contre la table de cuisine qui se brisa en deux et s'effondra. D'un coup de pied, Ahmet déséquilibra son adversaire qui chancela et s'affaissa sur lui. Les deux hommes roulèrent à terre. Un corps à corps féroce s'engagea, chacun des antagonistes prenant le dessus à tour de rôle. Soudain, écrasé sous le poids de son rival, suffoquant, Hekmet ne trouva d'autre recours que d'empoigner un long couteau de cuisine qui traînait à portée de sa main et d'en planter la lame dans le dos d'Ahmet. L'amant d'Aminat poussa un cri terrible et tomba sur le côté.

Hekmet se dégagea et, se redressant, contempla longuement le corps inanimé qui gisait à ses pieds. Réalisant tout à coup qu'il venait d'assassiner le fils de son propre *atalik*, il sentit une douleur atroce lui brûler les entrailles.

— Je suis devenu fou ! se dit-il en passant la main dans ses cheveux.

Le meurtrier d'Ahmet n'ignorait pas la signification en Circassie des termes *T'lil ouassa* et *Kanly*. Il savait pertinemment que « tout sang répandu doit être vengé ». Comment alors éviter la vengeance des proches de sa victime ? Hekmet ferma les yeux : il revit l'un de ses amis, obligé de faire de longs détours dans la forêt ou forcé de ne plus assister aux réjouissances pour ne pas rencontrer un clan rival. Il imagina les conséquences que son acte risquait d'avoir sur sa communauté : cycle infernal de violence, règlements de comptes, massacres, état de guerre continuel entre sa propre famille et celle de cheikh Mansour... Il appuya son front sur ses deux poings et s'accroupit près du corps sans vie de son rival :

— Réveille-toi, Ahmet ! Réveille-toi, bon sang !

A l'annonce du meurtre d'Ahmet, une fureur indescriptible s'empara de la famille de cheikh Mansour. Bien que bouleversé par la mort tragique de son fils unique, Kalimat refoula ses larmes comme si, au fond, il excusait cet acte qui n'aurait pu ne pas être commis, comme si la fatalité l'avait prévenu du drame longtemps à l'avance et lui avait donné le temps de se préparer à l'affronter... « Mon fils adoptif a tué mon fils. » Cette pensée lui paraissait si impudente, si impure, qu'il eut presque honte qu'elle lui traversât l'esprit.

Les fils de cheikh Mansour, doublement révoltés par la disparition de leur sœur et par l'assassinat de leur cousin, s'armèrent et partirent à la recherche de Hekmet. Ils le trouvèrent sans peine sur le chemin menant à l'*aoul* de cheikh Ismaïl.

— Le lâche ! Il va trouver refuge chez son père !

— Massacrons-le avant qu'il n'y parvienne ! Autrement, ce sera la bataille rangée !

Sans tergiverser, Djantémir, Zulquarneïn et Bahatir foncèrent au triple galop en direction de Hekmet. Ils l'abordèrent, le désarçonnèrent d'un coup de cravache et le piétinèrent l'un après l'autre. Sa tête se fracassa. Ligotant leur victime, les trois cavaliers la traînèrent jusqu'à la *saklia* paternelle.

— Qu'Allah ait son âme, dit simplement cheikh Mansour. Si tant est qu'il en ait eu une !

XVII

Andrzej s'immobilisa devant la porte d'entrée de cheikh Mansour et jeta autour de lui un regard curieux. La *saklia* était bâtie en clayonnage crépi à la terre glaise; le toit était plat, constitué de planches recouvertes de paille, assujetties avec des perches. La terre couvrant le sol était si bien délayée qu'elle ressemblait à un vaste tapis. A l'intérieur trônait une *wajak*, cheminée en claie enduite d'argile. Des armes de tous genres ornaient les murs; des coussins et des carpettes coloraient le salon.

— Entrez! ordonna cheikh Mansour d'une voix nonchalante.

Le Polonais franchit le seuil de la demeure et salua en s'inclinant le chef tcherkesse qui déjeunait, assis en tailleur devant un plat de cette pâte épaisse à base de millet cuit à l'eau appelée *pasta*.

— Prenez place!

Andrzej obéit: l'hospitalité chez les Circassiens étant sacrée, décliner l'invitation eût été outrageant!

— Goûtez, c'est délicieux! fit cheikh Mansour en pétrissant de ses doigts une boulette de *pasta*. Goûtez-moi aussi ce fromage: ma femme le fait sécher sur le toit!

— Félicitations pour Djantémir! dit Andrzej avec complaisance.

— Je l'ai moi-même encouragé à se marier tôt. Personnellement,

106

je n'ai pas eu la chance de connaître ce bonheur : un demi-siècle me sépare de mes enfants...

Il lâcha un long soupir, puis enchaîna :

— Malgré cela, je crois... je crois que je n'ai pas failli à ma mission de père. Je n'ai jamais voulu confier mes fils à un *atalik* : j'ai tenu à les éduquer moi-même pour les voir grandir et devenir des hommes... Lorsque Djantémir est venu faire part à sa mère de sa volonté de prendre Mervet pour femme, je lui ai simplement dit : « C'est une Bjédoukhe, elle est des nôtres. Si tu l'aimes, n'hésite pas. Une hésitation peut quelquefois détruire une vie ! »

Zulquarneïn pénétra dans la pièce, salua le Polonais d'une inclination de la tête, et se planta devant son père, prêt à le servir. Andrzej ne manifesta aucun signe d'étonnement : « La Circassienne ne sert jamais son mari en présence d'un invité, l'avait prévenu Juliusz. Ce rôle incombe à son fils qui n'est pas autorisé à prendre part au repas. L'*Adygué Khabza*, code coutumier des Tcherkesses, veut que les enfants ne mangent jamais en compagnie de leur père, afin que celui-ci ne s'affaiblisse en renonçant à leur profit à toute nourriture ! »

Le déjeuner terminé, les deux hommes passèrent aux choses sérieuses :

— Je suis déçu, avoua cheikh Mansour. Je croyais qu'un ancien de l'armée russe comme vous allait nous aider à créer enfin une fonderie en Circassie. Notre puissance de tir demeure dérisoire !

— Je n'ai pas la formation nécessaire, bredouilla le Polonais. Ce que vous me demandez...

— Malgré sa bravoure, coupa cheikh Mansour, le guerrier tcherkesse est toujours désavantagé face à l'ennemi russe : le matériel est si vétuste que mes hommes chargent encore leur fusil en chassant les balles avec un marteau ! Pendant qu'un des nôtres charge une fois, le soldat russe a déjà chargé cinq fois !

Il s'interrompit pour avaler une lampée d'hydromel.

— Le manque de munitions handicape mes guerriers qui sont parfois obligés d'aller rôder autour des forteresses russes pour arracher les balles de plomb qui se perdent dans les buttes de terre contre lesquelles s'exercent les fusiliers! Pour dix hommes, une seule charge est réservée, alors que le Russe ne ménage pas ses munitions et se permet de hasarder ses coups. Et puis... nous manquons d'entraînement : pour tirer juste, le guerrier tcherkesse a toujours cette fâcheuse habitude d'appuyer le bout de son fusil sur une fourchette composée de deux baguettes de frêne; les hommes du tsar, eux, ne s'embarrassent pas de cet accessoire inutile et tirent à bras franc avec une aisance surprenante. Et, par-dessus tout, l'absence de canons!...

Le Polonais soupira.

— Construire une fonderie n'est pas chose aisée... Il faut du matériel, des experts qualifiés... Même votre ami, là, mon compatriote Théophile Lapinski, n'a rien pu faire pour vous!

Cheikh Mansour secoua la tête avec lassitude.

— Nous hébergeons un ancien soldat du Tsar-de-toutes-les-Russies qui ne nous sert à rien! articula-t-il en levant les yeux au ciel.

Un sourire contraint plissa les lèvres d'Andrzej. Piqué au vif, le Polonais répliqua de but en blanc :

— Mettez à ma disposition douze de vos hommes et vous verrez ce dont je suis capable!

Le chef tcherkesse haussa les épaules et toisa son visiteur d'un regard narquois :

— Qu'as-tu en tête?

— Il existe des sables mouvants en bordure de la rivière, au nord-est de l'*aoul*...

— C'est exact.

— Pourquoi ne pas les exploiter?

Surpris, cheikh Mansour posa le bol d'hydromel qu'il tenait toujours entre ses mains. Il plissa les yeux comme pour mieux lire dans les pensées du Polonais.

— Tu as mon accord pour tenter l'opération que tu envisages. Mais prends garde! Comme dit l'un de nos vieux proverbes : « La pierre tombe sur la tête de celui qui ne sait pas la lancer! »

Andrzej éclata de rire. Il salua et sortit à grandes enjambées.

*
* *

Les cavaliers tcherkesses passèrent une demi-heure à tourner en rond au milieu de la plaine en faisant claquer les sabots de leurs chevaux sur le gravier.

— J'ai le tournis, souffla le jeune Djantémir dont c'était là la première mission. Ce manège va-t-il durer longtemps?

— Patience! répondit Andrzej en se penchant pour caresser le chanfrein de sa monture qui piaffait d'impatience.

A peine avait-il prononcé ce mot qu'apparurent au lointain des cavaliers cosaques. Inquiets, les chevaux tcherkesses chauvirent des oreilles.

— Patience! répéta le Polonais.

Les Cosaques s'alignèrent sur la crête d'une colline, temporisèrent un moment comme pour mieux repérer l'adversaire, puis, tout d'un coup, dévalèrent la pente en poussant des cris sauvages. D'un geste de la main, Andrzej ordonna à ses hommes de continuer à tracer des cercles au milieu de la plaine. Il tourna son regard vers la ligne obscure qui se rapprochait, attendit qu'elle fût à une vingtaine d'encolures de son groupe, puis, d'une voix tonitruante, hurla à pleins poumons:

— En avant mes braves!

Les cavaliers tcherkesses donnèrent des éperons et détalèrent, au grand étonnement des Cosaques jusque-là habitués à la confrontation directe avec les Montagnards. Pourchassés par leurs ennemis, les Circassiens gravirent à toute allure une éminence connue sous le nom de Thamaha, s'engouffrèrent dans un bosquet, débouchèrent dans une clairière en demi-cercle qu'ils traversèrent en un éclair, et s'enfoncèrent dans une immense forêt de hêtres.

— Maintenant! s'écria Andrzej en levant au ciel son *palach*.

Aussitôt, de tous les arbres environnants, sautèrent des Tcher-

109

kesses armés de brandons qui mirent le feu aux buissons ceinturant les lieux. Les flammes se propagèrent rapidement et enveloppèrent la forêt tout entière. Les Cosaques se retrouvèrent encerclés au milieu de la clairière. Affolés, les chevaux se cabrèrent et lancèrent de violentes ruades. De nombreux cavaliers mordirent la poussière.

— Par là! tonna tout à coup leur chef en désignant de son *bount-chouk* un étroit chemin épargné par le feu.

Sans hésitation, les Cosaques s'engagèrent dans ce sentier providentiel. Mal leur en prit: un cri, puis deux, puis dix retentirent. La terre s'ouvrit: un à un, jusqu'au dernier, les cavaliers furent happés par les sables mouvants!

— Andrzej! Andrzej!

L'euphorie s'empara du camp tcherkesse. Les guerriers victorieux ovationnèrent leur héros et scandèrent longtemps son prénom en savourant comme des enfants le sale tour qu'ils avaient joué aux Cosaques!

XVIII

Recule devant mon tombeau
Et prosterne-toi au pied de l'arbre qui le veille

Kalimat se réveilla en transe. Il se redressa sur sa couchette faite de peaux de mouton et rembourrée de fleurs de roseau. De ses mains tremblantes, il repoussa sa couverture.

La torche qui brûle les hêtres
Réduira en cendres vos corps impies

Kalimat se frotta les yeux. Dehors, la tempête faisait rage. La neige recouvrait la contrée de son manteau glacial. Une bourrasque s'acharnait sur la demeure. La porte vibrait, risquait à tout moment d'être arrachée par le vent. Le Tcherkesse songea instinctivement à Jenset, revit sa mort tragique lors du siège d'Akhoulgo. Etait-ce son esprit qui se manifestait ainsi?

Réduira en cendres vos corps impies
Réduira en cendres vos corps impies

La voix retentit à nouveau : ce n'était pas celle de Jenset. Le Cir-

111

cassien se leva avec peine, tituba, puis s'adossa au mur. Le Spectre lui apparut, braqua sur lui des yeux impitoyables.

— Hénou? bredouilla Kalimat épouvanté.

— Hénou... répondit l'ombre.

L'esprit de la montagne s'était réveillé. Le Tcherkesse ferma les yeux et marmonna des phrases inintelligibles. Il revit Andrzej et ses compagnons, munis de torches et de cognées, fonçant vers le bosquet de hêtres de la colline Thamaha. En vain les avait-il sommés de rebrousser chemin, de préserver ce sol sacré habité d'arbres séculaires! En vain leur avait-il rappelé que brûler un arbre est sacrilège et que, dans le ventre de cette terre fertile, se trouvait le tombeau d'Hénou... « Nous devons briser ces satanés Cosaques! » avaient répondu les profanateurs.

Kalimat se ressaisit.

— Nous ne faisions que nous défendre, protesta-t-il. Notre combat est juste!

Un grognement sépulcral lui répondit :

Terrible sera le châtiment de Mezitha
Des ennemis sans nombre vous engloutiront
Vous qui avez souillé la tombe de vos aïeux!

— C'est un Polonais qui était à la tête du groupe! C'est l'étranger qui est responsable! répliqua le Tcherkesse avec force.

Le Spectre ne répondit pas. Dehors, la tempête faisait toujours rage. Des paquets de neige s'abattaient sur le pays. Le vent rugissait, se ruait contre les fenêtres, s'engouffrait dans la cheminée.

— Hénou... Ayez pitié! Hénou! Hénou!

Le Spectre disparut. Kalimat se laissa choir en sanglotant.

« Une erreur suffit-elle à anéantir une nation? » se demanda-t-il.

A tâtons, il chercha la porte, la trouva, la poussa avec force. De gros flocons lui fouettèrent le visage. La nuit était très noire, et son obscurité à peine éclairée par la phosphorescence de la neige. Submergé par des nuées sombres, l'orbe de la lune était invisible.

A moitié nu, Kalimat s'élança au-dehors et, les yeux fermés, les bras en avant, se mit à courir en direction de l'*aoul* le plus proche. « Je dois avertir mes frères, songea-t-il. Je dois leur faire part de la terrifiante vision, les mettre en garde ! »

Tout à coup, réalisant l'absurdité de son geste, il s'immobilisa : si la menace du Spectre venait à se réaliser, qui, qui pourrait résister ?

Kalimat secoua la tête et revint lentement sur ses pas.

— Une erreur... Une erreur suffit-elle à anéantir une nation ?

XIX

Au lendemain de la réconciliation entre cheikh Mansour et cheikh Ismaïl, toutes les forces russes dans le Caucase se tournèrent vers les Circassiens. Désormais, plus question de razzias sporadiques ! Le prince Bariatinski, déterminé à en finir avec la résistance dans le Caucase, envoya en 1860 des troupes considérables occuper la contrée comprise entre le Kouban et la baie de Novorossisk. La tribu chapsougue, bien commandée, réussit à tenir bon et coupa plus d'une fois les communications de l'envahisseur. Les Natoukhaïs et les Bjédoukhs, mal organisés, ne résistèrent pas longtemps. Pour eux, une seule alternative : vivre sous le joug des *giaours* ou partir ; la terre sans la liberté ou la liberté sans la terre !

Dès l'annonce des premières déportations dans le Nord-Caucase, le tsar Alexandre II décida de se rendre dans la région. Il s'installa en septembre 1861 à Ekaterinodar afin d'examiner de près la situation dans la province du Kouban.

— Le tsar est sur nos terres ! Le tsar est chez nous !

De part en part de l'isthme caucasien, la nouvelle se répandit comme une traînée de poudre. Une agitation indescriptible s'empara de la population.

A la tête d'une importante délégation, cheikh Mansour et cheikh Ismaïl se rendirent au camp de Kamkheta et sollicitèrent une entrevue auprès de l'empereur. Contre toute attente, Alexandre II accepta de les rencontrer sur-le-champ.

A la vue du tsar, cheikh Mansour frémit. Ce personnage occupait toutes les conversations de son peuple depuis des années, hantait jour et nuit ses propres pensées. Et pourtant... son physique ne correspondait pas du tout à l'image qui habitait ses rêves! Il y avait dans ses yeux globuleux cerclés de cernes quelque chose de doux et de tourmenté à la fois qui jurait avec sa moustache conquérante et ses gros favoris moutonneux.

Cheikh Mansour et cheikh Ismaïl s'inclinèrent. Le tsar les invita à prendre place, épousseta ses épaulettes dorées et déclara d'une voix calme :

— Oublions le passé! Je souhaite éviter une catastrophe dans le Caucase... Ma proposition est claire : votre peuple pourra conserver ses privilèges et ses coutumes; il ne sera pas taxé. Toute famille dont la terre a été occupée sera équitablement dédommagée.

Les deux chefs tcherkesses échangèrent un regard incrédule.

Alexandre II s'éclaircit la gorge et poursuivit :

— En échange, j'exige la libération de tous les prisonniers russes tombés aux mains des résistants!

Cheikh Mansour secoua la tête : les propositions du tsar semblaient acceptables.

— Jamais! hurla cheikh Ismaïl. Vous nous demandez de relâcher les prisonniers russes... Mais qu'en est-il des prisonniers tcherkesses ou tchétchènes? Qu'en est-il de Chamil?

— Ne parlez plus de Chamil! coupa le tsar. L'imam est revenu à la raison et coule des jours heureux au sud de Moscou, dans sa résidence de Kalouga.

— Ce n'est pas vrai! hurla cheikh Ismaïl. Vous l'avez transformé de la même façon que vous aviez aliéné son fils Djemal Eddin!

Le tsar se tourna vers cheikh Mansour.

— Je vois que vous êtes un homme pondéré, dit-il. Je vous donne jusqu'à demain pour me transmettre votre réponse définitive.

De retour dans leur village, les deux chefs exposèrent la situation à la *tamata*. Des discussions animées éclatèrent. Certains sages haussèrent le ton, en vinrent même aux mains. Au bout d'une nuit entière de débats, le conseil établit un mémorandum et chargea Kalimat de le porter au camp de Kamkheta.

— Seriez-vous enfin devenus raisonnables? questionna le tsar en le recevant.

Kalimat hocha la tête et lut le mémorandum : les Tcherkesses y réclamaient la retraite des Russes au-delà du Kouban et de la Laba, et la suppression des forteresses disséminées sur leur territoire. Malgré les formules de politesse et de déférence qui l'accompagnaient, le texte fit sur le tsar l'effet d'une bombe.

— De quel droit me dictent-ils leurs conditions? vociféra-t-il.

— Nous pouvons vous envoyer de nouvelles députations, bredouilla Kalimat.

Alexandre II arracha le papier des mains du Tcherkesse et le déchira en deux. D'un geste théâtral, il se drapa dans sa pelisse et quitta la tente. Il appela son cocher d'un claquement de doigts, monta dans sa troïka et disparut, escorté par une dizaine de cavaliers armés jusqu'aux dents. Allongé sur la banquette, le tsar ferma les yeux pour mieux contenir sa colère, et se laissa bercer par le tintement des grelots du traîneau et par le froufroutement que produisait le véhicule en glissant sur la neige. Il chiffonna le papier qu'il tenait toujours dans sa main.

— Ils veulent la guerre, ils l'auront!

XX

Sem-Kolén. Les Sept Tribus. Les guerriers de cheikh Mansour et de cheikh Ismaïl, pourchassés par les troupes tsaristes, finirent par se retrancher sur cette éminence.

— Les tribus Mokhoches et Ezéroukaïs reculent vers la Belaïa! annonça Andrzej. Des villages entiers sont rasés, leurs habitants transportés *manu militari* vers les plaines du Kouban inférieur. C'est la débâcle!

Cheikh Ismaïl le dévisagea avec étonnement. Le Polonais portait une cuirasse recouverte d'écailles métalliques.

— Tu ressembles à un poisson! gloussa le Tcherkesse.

— C'est une *karacena,* bredouilla Andrzej. Tous les soldats polonais en portent une!

Cheikh Ismaïl sourit, puis montra du doigt les positions russes. Des coups de feu retentissaient au lointain.

— Ce sont mes hommes! dit-il avec fierté. Ils lancent des raids contre les bataillons de Yevdokimov!

— Rappelle-les! intervint cheikh Mansour. Ils attaquent en bandes dispersées, sans aucune stratégie! A quoi bon?

Cheikh Ismaïl ne répondit pas. Il emprunta la longue-vue d'Andrzej, la braqua sur le champ de bataille et scruta les lignes ennemies.

— Incroyable! s'exclama-t-il tout à coup. Incroyable!

117

Cheikh Mansour lui arracha l'instrument des mains et appliqua un œil sur l'oculaire. Un cri de rage lui échappa : dans le champ de la lunette apparaissait distinctement une figure massive à la barbe broussailleuse, au nez busqué et au teint cadavérique.

— Mohamed Emin ! grommela-t-il.

— Il a rejoint les Russes, siffla cheikh Ismaïl entre ses dents. Je savais bien que ce traître finirait par...

Il n'acheva pas sa phrase. Un shrapnell explosa non loin des trois hommes, projetant sur eux une grêle de balles. Légèrement atteint à la hanche, cheikh Mansour plongea la tête la première dans une tranchée fraîchement creusée. Le Polonais s'aplatit contre le sol en se félicitant d'avoir revêtu sa cuirasse. Cheikh Ismaïl, lui, ne bougea plus. Il resta couché, le nez dans l'herbe, la bouche ouverte.

Cheikh Mansour bondit hors de son abri et s'accroupit près du corps inerte du chef tcherkesse.

— Alors ? demanda Andrzej en relevant la tête.

— Il a rejoint le paradis d'Allah, souffla cheikh Mansour d'une voix étranglée.

Les hommes de Yevdokimov arrivèrent au pied de l'éminence. La peur au ventre, les guerriers tcherkesses les virent encercler méthodiquement le tertre et fourbir leurs armes en vue de l'ultime assaut.

Tout à coup, la silhouette noire de cheikh Mansour se découpa sur le ciel empourpré. Debout sur un imposant rocher, le chef tcherkesse pointa le sabre de *Faucon Noir* vers le soleil et souffla dans son cor.

De vallée en vallée, de sommet en sommet, le chant du cygne se propagea.

— Malédiction !

Le cri de Yevdokimov retentit soudain dans l'immensité stérile de la plaine. Ses soldats se figèrent, comme pétrifiés. Certains lâchèrent même leurs armes.

Avec des yeux horrifiés, l'officier russe vit des centaines de guerriers dévaler les pentes des collines environnantes en brandissant sabres et fusils. « Qui sont ces hordes surgies de nulle part? Qui sont ces mystérieux guerriers coiffés de bonnets en feutre de forme conique? » se demanda-t-il en frappant de son poing droit l'intérieur de sa main gauche.

— Oubykhs! hurla quelqu'un.

Guidés par le son du cor, les Oubykhs avaient franchi les sommets de la grande chaîne pour venir prêter main-forte à leurs frères assiégés! Debout sur son rocher, cheikh Mansour déploya ses bras, comme un aigle ses ailes. Son ombre, démesurément allongée par les rayons obliques du soleil couchant, s'étendit sur le champ de bataille.

— Sonnez la retraite! hurla Yevdokimov en trépignant de colère.

XXI

— Zulquarneïn est tombé aux mains des Russes, annonça un informateur à cheikh Mansour.

Un frisson parcourut le chef tcherkesse. Depuis la naissance de ses fils, il n'avait jamais cessé de prier Allah de lui épargner cette épreuve : l'emprisonnement de l'un ou l'autre de ses enfants ! Cheikh Mansour se leva d'un bond et secoua son interlocuteur comme un prunier.

— D'où tiens-tu cette information ?

— On a trouvé un document sur le cadavre d'un officier russe !

— Qu'on me l'apporte !

— Le corps ou le document ? bredouilla l'informateur.

— Qu'on m'apporte les deux !

Le chef tcherkesse hocha la tête avec scepticisme. Depuis la captivité du fils de Chamil et ses conséquences, il avait maintes fois expliqué à ses hommes et à ses fils qu'entre perdre sa liberté et mourir, il fallait toujours préférer la mort. Comment Zulquarneïn aurait-il pu oublier ce précepte ? Aussi n'ignorait-il pas que les agents russes faisaient circuler les rumeurs les plus malveillantes pour désorienter les Montagnards. N'était-il pas possible que l'ennemi prétendît détenir son fils pour casser le moral des derniers résistants ?

Seteney fit irruption dans la pièce. Elle avait les cheveux hirsutes, la mine défaite, les lèvres livides. Elle appuya sa tête contre la poitrine de son époux.

— Zulquarneïn... Ils ont capturé Zulquarneïn! susurra-t-elle en sanglotant.

Cheikh Mansour resta de marbre. Il enfouit sa tête dans la chevelure de sa femme.

— Ce n'est pas vrai, murmura-t-il. Ce n'est pas possible!

Deux guerriers portant un cadavre pénétrèrent dans la *saklia*. Ils déposèrent la dépouille aux pieds de cheikh Mansour et remirent à ce dernier un papier faisant état de la capture de « Zulquarneïn, fils de cheikh Mansour ». Le chef tcherkesse plia le document en quatre et le glissa sous sa ceinture. S'agenouillant près du cadavre habillé de l'uniforme des artilleurs de l'armée du tsar, il le tâta en fronçant les sourcils.

— Quand l'a-t-on ramassé?

— Ce matin même. Il gisait près de la rivière avec deux de ses compagnons.

— Déshabillez-le!

Les deux hommes se regardèrent, interloqués. Ils obéirent et, non sans dégoût, dépouillèrent le corps de ses vêtements. Cheikh Mansour examina une à une les pièces de l'uniforme, les palpa, les soupesa.

— Voyez! s'écria-t-il tout à coup.

Les deux guerriers se figèrent. Sur le gilet de flanelle qui couvrait le torse du cadavre, à l'endroit du cœur, était cousu le mot « Allah ».

— C'est bien ce que je pensais: ce cadavre est celui d'un Ingouche ou d'un Tchétchène que les Russes ont déguisé pour nous tromper. Mon fils n'est pas prisonnier!

Il plongea son regard dans les yeux rougis de Seteney et enchaîna d'une voix rude:

— Les hommes du tsar ont perdu tout sens de la morale! Ils veulent nous civiliser alors qu'ils se comportent eux-mêmes comme des sauvages! Travestir un mort... Je n'avais jamais vu ça!

A la fois honteux d'être tombés dans le piège des *giaours* et admiratifs à l'égard de leur chef, les deux combattants emportèrent le cadavre et allèrent l'enterrer aux côtés des martyrs de la résistance.

Le flair de cheikh Mansour ne l'avait pas trahi : Zulquarneïn n'était pas captif. Mais, à l'issue d'une bataille sanglante, il s'était retrouvé seul au milieu des cadavres, encerclé par un régiment entier. Sans perdre une seconde, il avait enfourché son cheval, l'avait lancé à bride abattue dans la forêt et avait disparu sous les hautes futaies de sapins. Pourchassé sans relâche par les voltigeurs, le jeune guerrier avait cheminé longtemps à travers les prairies herbues et les bosquets. Essoufflé, son cheval s'était écroulé non loin d'un long cortège de réfugiés tchétchènes qui fuyait la zone des combats. Zulquarneïn s'était alors mêlé à la foule.

— Puis-je vous aider ?

Zulquarneïn s'était retourné. La jeune fille qui l'avait interpellé était d'une grande beauté. Ses cheveux noirs coupés en frange sur le front tombaient jusqu'à ses épaules, encadrant son visage légèrement hâlé. Sans répondre, le Tcherkesse lui avait arraché son châle et s'en était drapé pour mieux échapper aux regards des observateurs russes escortant le convoi jusqu'aux gorges de Daryal, point de passage obligé avant le départ pour la Syrie, la Mésopotamie ou la Perse.

— Vous avez de l'eau ? Mes lèvres sont desséchées, ma gorge est en feu ! avait-il dit à mi-voix.

— Servez-vous ! lui avait-elle répondu en lui tendant sa gourde.

— Vous n'êtes pas tcherkesse, n'est-ce pas ?

— Non, je suis tchétchène. Le Daghestan et la Tchétchénie sont sous occupation russe : nous avons choisi de plier bagage !

Zulquarneïn s'était brusquement figé puis avait lancé autour de lui des regards inquiets. Que faisait-il donc au milieu de cette sinistre procession d'exilés ? Ne devait-il pas revenir sur ses pas ? Il avait scruté le lointain avec des yeux anxieux. Partout, des cavaliers russes ; sur toutes les collines alentour, les étendards de l'armée du tsar. « Qui me garantit que mon *aoul* existe toujours, que mes parents sont encore en vie ? » s'était-il demandé. Il avait fermé les paupières un moment puis, se décidant, avait repris la marche forcée vers l'exil.

— Mon nom est Kenya, avait dit la jeune fille en posant sa main sur l'épaule du Tcherkesse.

— Le mien est Zulquarneïn.

— Où allez-vous ?

Zulquarneïn avait esquissé un sourire.

— Je vous suis !

XXII

— Le grand-duc Michel souhaite vous rencontrer.

Cheikh Mansour cilla des yeux et toisa l'envoyé du frère du tsar, un jeune homme d'origine tcherkesse.

— Le grand-duc ?

— Le frère de l'empereur, le grand-duc Michel Nikolaïevitch, vient de succéder au prince Bariatinski. Il veut en finir : neuf bataillons de la division des grenadiers sont venus s'ajouter aux troupes déjà présentes dans le Caucase ; des approvisionnements monstres ont été acheminés. La direction des opérations a été confiée aux généraux Heymann et Yevdokimov, mais le commandement supérieur de l'expédition est entre les mains du grand-duc en personne !

Le messager s'interrompit, prit un ton mielleux et déclara :

— Vous devez accepter le dialogue ! En dépit de l'échec des négociations entamées par le tsar en 1861, le grand-duc reste disposé à écouter vos doléances.

Cheikh Mansour ne broncha pas. Il se leva et alla vers les sages de l'*aoul,* assis en cercle autour d'un feu de bois.

— Que veut cet homme ? demanda Djantémir à son père.

— Le frère du tsar veut parlementer. Il veut la paix et nous tend la main.

— Ses mains sont pleines de sang ! répliqua Djantémir.

— On ne te demande pas ton avis. C'est au conseil des sages, et au conseil seul, de prendre la décision qui s'impose !

La *tamata* se réunit sous le vieux chêne de l'*aoul.* Pour une fois, la séance se déroula sans heurts. Au terme des discussions, cheikh Mansour alla trouver le messager. D'une voix majestueuse, il lui annonça :

— Tu diras à ton maître que nous ne craignons pas la paix : nous serons au rendez-vous.

Le jour venu, à l'heure fixée, les vieux Tcherkesses, guidés par leur cheikh, vêtus de leur *tcherkesska,* montés sur des chevaux noirs, se présentèrent, étendard au vent, au campement russe. Ils mirent pied à terre et embrassèrent du regard le paysage alentour. Les Russes n'avaient pas lésiné sur les moyens : des tentes somptueuses, aux coloris tapageurs, avaient été dressées en bordure du fleuve Kouban. Indifférents à cette débauche de couleurs, à cet étalage de chapiteaux et d'oriflammes qui donnaient à l'endroit l'apparence d'un cirque, les Montagnards poursuivirent leur chemin.

— Bienvenue, frères ! s'exclama l'interprète tcherkesse du grand-duc en accueillant la délégation.

A la vue de ce félon à la politesse obséquieuse, cheikh Mansour manqua de s'étrangler.

— Traître ! marmonna-t-il en le repoussant du revers de la main. Tu n'as appris à parler le russe que pour trahir tes frères ! Mieux vaut pour toi ne pas mentir, tout à l'heure, lorsqu'on te dira de traduire nos propos !

— Nous déchirerons tes entrailles ! menaça Bahatir en brandissant un poing rageur.

L'interprète flageola sur ses jambes.

— Je ferai de mon mieux, bredouilla-t-il en s'épongeant le front.

Cheikh Mansour et ses hommes furent conduits à la tente du grand-duc, une immense tente, couleur rouge vif, tapissée de peaux et ornée de boucliers reluisants. Le frère du tsar était là, confortablement assis dans son fauteuil. A la vue de ses invités, il ne se leva pas ; à leur salut, il ne daigna même pas répondre. Avec nonchalance, il joignit le bout de ses doigts. L'aide de camp du grand-duc blêmit. « Ça commence mal », songea-t-il. Prestement, il invita l'interprète à gagner sa place.

— Demande-leur pourquoi ils sont venus et ce qu'ils désirent, lâcha le grand-duc en posant ses mains à plat sur ses genoux.

L'interprète rentra sa tête entre ses épaules et obéit. Les Tcherkesses accueillirent la question avec calme. Bahatir, le plus jeune du groupe, échangea avec son père un regard complice. Il sortit du rang et, les poings sur les hanches, répliqua d'un ton agressif :

— C'est à nous, non à lui, de poser cette question ! Dis-lui que nous voulons savoir ce que lui-même fait ici avec ses soldats. Jamais le peuple circassien ne l'a invité !

Il ajouta d'une voix sépulcrale :

— Dis-lui aussi que nous nous battrons aussi longtemps que nous disposerons d'un fusil ou d'un couteau... Entends-tu, bâtard ?

L'interprète tressaillit, fit oui de la tête et, d'une voix chevrotante, traduisit mot à mot les paroles du Tcherkesse.

Piqué au vif, le grand-duc bondit hors de son siège et desserra les dents, prêt à répliquer. Mais aucune parole ne sortit de sa bouche. Les bras ballants, il toisa un moment ces Montagnards aux cheveux blancs qui le narguaient de leur calme arrogant. Et il réalisa combien inutile était toute cette mise en scène, combien vaine cette tentative d'impressionner l'ennemi... Changeant complètement de ton, le grand-duc se lança alors dans une longue tirade dans laquelle il exprima ses regrets profonds devant le refus des Tcherkesses de reconnaître l'autorité du tsar et leur obstination à rejeter tout compromis. Cheikh Mansour et ses hommes se murèrent dans le silence. Le grand-duc, comprenant que tout dialogue était désormais impossible, accompagna ses invités jusqu'à leurs montures.

— Vous savez, fit-il d'une voix conciliante, j'aurais personnellement préféré garder des rapports amicaux avec des chevaliers aussi nobles, aussi dignes que vous...

Sans mot dire les Tcherkesses se mirent en selle, firent volte-face et disparurent au galop.

Le grand-duc resta là, amer.

*
* *

— L'assaut final est imminent! souffla Seteney en tremblant de rage.

Cheikh Mansour ne détourna pas son regard de l'âtre rougeoyant de la cheminée.

— Un de nos hommes vient de rentrer du marché de Batalpachinsk, poursuivit son épouse. Les soldats russes et les Cosaques parlent d'une offensive prochaine qui serait décisive...

Cheikh Mansour se caressa doucement la barbe.

— Souhaites-tu rencontrer cet homme? reprit Seteney.

— Non, répliqua le chef tcherkesse sur un ton bourru.

— Il sait peut-être quelque chose...

— Il ne sait rien!

Cheikh Mansour se redressa et se dirigea vers le mur auquel étaient accrochées ses armes. Il décrocha le fusil que ses hommes avaient trouvé le matin même entre les mains d'un prisonnier russe : une carabine modèle 1860, calibre 6 lignes. Le chef tcherkesse l'examina avec intérêt. « Face à ce genre d'armes à feu, que peuvent encore mes guerriers? » songea-t-il en secouant la tête. D'un geste brusque, il jeta le fusil par terre et le piétina.

— Nous ne céderons jamais, m'entends-tu? Jamais!

Il regarda sa femme dans les yeux, s'accroupit devant elle, lui prit les mains et les pressa contre son visage.

— Ecoute-moi, Seteney. Tant qu'il y aura un seul étranger sur le sol de Circassie, je ne connaîtrai pas le repos!

— Tu n'es plus jeune, bredouilla Seteney en retenant les doigts de son époux de sa main tremblotante. Tu présumes de tes forces!

Cheikh Mansour sourit. Les flammes qui brillaient dans la cheminée éclairaient de biais sa figure, ciselaient ses traits, entouraient sa tête d'une auréole.

— Dans le Caucase, on meurt toujours centenaire! J'ai donc encore un quart de siècle de résistance devant moi...

*

* *

Au mois de mars de l'an 1864, l'assaut final fut donné. Les troupes russes amorcèrent leur avancée et progressèrent de façon fulgurante jusqu'au cœur de la Circassie.

Réussissant à pénétrer en territoire chapsougue, elles occupèrent toute la région située à proximité du fleuve Touapse, non loin de l'ancien fort Véliaminov. Les Circassiens leur opposèrent une timide résistance : qu'espérer encore, à cent contre un?

Cheikh Mansour convoqua la *tamata* pour arrêter les mesures susceptibles d'éviter la débâcle. Le conseil des sages décréta l'envoi chez les Russes d'une délégation représentative des différentes tribus qui serait chargée de négocier un cessez-le-feu ou, à tout le moins, de gagner du temps. Djantémir se porta volontaire. A la mine qu'il affichait au retour de sa mission, cheikh Mansour comprit que l'ennemi n'avait pas accepté l'arrêt des hostilités.

— Ils sont intraitables! déclara Djantémir devant la *tamata*. Ils demandent que nos derniers résistants évacuent leurs terres, qu'ils se retirent sur le Kouban ou émigrent en Turquie!

— Cette proposition est inacceptable! tempêta cheikh Mansour. Ils nous demandent de choisir entre l'humiliation et l'humiliation, entre l'exil sur nos propres terres ou l'exil sur une terre étrangère!

— Nous n'avons absolument rien à perdre! intervint Bahatir. L'espoir de remporter la guerre est très ténu, c'est vrai. Mais l'espoir subsiste. Nous avons tenu tête à tous les envahisseurs, des années et des années durant, et nous sommes toujours là, fidèles à notre terre. Notre *aoul* a été détruit sept fois. A chaque fois, nous l'avons reconstruit...

— Tu oublies, Bahatir, coupa Kalimat, que, pour la première fois dans notre histoire, nous avons en face de nous une armée considérable. Où est l'Empire britannique? Lord Palmerston n'a fait que nous donner des promesses. On ne sauve pas une nation avec des promesses. Le sultan prie pour nous. Mais nous pouvons prier tout seuls. Nous avons contre nous le silence de l'Europe, un silence *souillé de connivence.* Tu dis que nous n'avons rien à perdre... Je ne suis pas d'accord : nous avons à perdre la vie de nos femmes, de nos enfants... Rien ne vaut la vie d'une femme ou d'un enfant, crois-moi : j'ai perdu mon épouse et mon fils; je sais de quoi je parle!

Un silence religieux accueillit cette réplique. Le conseil des sages se retira pour délibérer. Une heure plus tard, le verdict tomba :

— Il faut poursuivre la résistance : nous n'avons plus rien à perdre.

XXIII

L'armée du tsar continua sa progression dans le Caucase, balayant tout sur son passage. Constamment sollicités, cheikh Mansour et ses hommes prêtèrent main-forte aux derniers défenseurs de la Circassie libre. Mais toutes leurs interventions s'avérèrent vaines. Acculés, ils finirent par rejoindre le dernier bastion de la résistance, celui des Oubykhs, au lieu-dit Kbaadu. Soucieux d'épargner les civils, ils mirent femmes et enfants à l'abri en les envoyant loin du théâtre des opérations, dans des *aouls* situés sur le littoral de la mer Noire. Réduite à une soixantaine d'hommes, la troupe de cheikh Mansour se retrancha avec les valeureux guerriers oubykhs dans une des vallées les plus encaissées du Caucase : la vallée d'Aïbgo.

Dès leur arrivée sur les lieux, les hommes du chef tcherkesse comprirent la gravité de la situation.

— Les Russes seront là le 7 mai, leur annonça un chef oubykh.

— Qu'est-ce qui pourrait ralentir leur progression ? interrogea Djantémir.

— Rien, lâcha l'Oubykh d'une voix d'oracle.

Une pétarade éclata soudain dans la vallée. Par réflexe, tous les guerriers se jetèrent à plat ventre.

— Déjà ? demanda cheikh Mansour, incrédule.

Quelques minutes s'écoulèrent, angoissantes. D'où étaient partis ces coups de feu? Contre qui étaient-ils dirigés?

— Bahatir... chuchota cheikh Mansour en clignant de l'œil.

— Message reçu!

Le jeune Tcherkesse vissa sur son crâne une calotte d'acier surmontée d'une pointe et prolongée sur les épaules par un couvre-nuque de mailles, et s'élança vers l'endroit où la fusillade avait été localisée. Il revint quelques instants plus tard, un sourire énigmatique sur les lèvres.

— Ce sont des brigands de la région, annonça-t-il. Nous sommes sur leur domaine. Mais ils vont se joindre à nous. Ça nous facilitera la tâche : ils connaissent très bien le terrain!

Des applaudissements accueillirent cette nouvelle.

— Combien sont-ils?

— Une poignée...

— Qu'à cela ne tienne!

Les deux groupes, unifiant leurs forces, se mirent à l'œuvre : les chemins menant à la vallée furent obstrués, des chevaux de frise et des hérissons en bois disposés un peu partout. Sur les hauteurs, des tireurs d'élite prirent position.

Le 7 mai, comme prévu, les troupes russes menées par le remplaçant du général Yevdokimov, le général Chatilov, passèrent à l'attaque. Elles se retrouvèrent bientôt noyées sous un déluge de pierres, de balles et de flèches. Postés sur les collines surplombant la vallée, les francs-tireurs tcherkesses ne firent pas de quartier. Les soldats russes, incapables de conserver leur équilibre en dévalant les sentiers escarpés et gênés par les projectiles qui les accueillaient, se retrouvèrent catapultés dans le vide. Pendant quatre jours, l'assaillant fut tenu en échec par les Montagnards et perdit un nombre incalculable de soldats.

Perdant patience, le grand-duc décida de recourir aux grands moyens et envoya sur les lieux une importante troupe dotée d'une puissante artillerie, commandée par le général Barizatoul. Les canons se déchaînèrent et arrosèrent littéralement Aïbgo, projetant sur les défenseurs une avalanche de plomb. Sans demander leur reste, cheikh Mansour, ses frères et ses fils descendirent en catastrophe dans les tranchées qu'ils avaient creusées. Lorsqu'une heure plus tard l'artillerie se tut, ils sortirent précipitamment de leur abri pour reprendre leurs positions. Le spectacle qui s'offrit à leurs yeux les atterra. Des panaches de fumée blanche et de poussière s'élevaient en tourbillons et se fondaient dans le brouillard pellucide qui montait de la vallée. Une âcre odeur de poudre empuantissait l'atmosphère. Partout, des arbres arrachés, sciés en deux, pulvérisés!

— Je me demande si nous pourrons tenir jusqu'à demain, chuchota Nart à l'oreille de cheikh Mansour.

— Pourquoi? Qu'attends-tu de demain?

— Rien... bredouilla Nart. Mais c'est un autre jour!

Les derniers résistants profitèrent des quelques instants de répit que l'artillerie ennemie avait daigné leur accorder pour secourir leurs blessés, reconstruire les barricades défoncées par les obus et renforcer les étrésillons. Les deux Polonais sortirent de leur tranchée en époussetant leurs tenues de combat.

— Il faut beaucoup de foi, pour être résistant, soupira Andrzej en ôtant son *szyszak*. C'est dans des moments pareils qu'on comprend que la résistance n'est pas une aventure, mais un apostolat!

Son compatriote haussa les épaules. Il lui empoigna le bras, desserra les dents, mais se ressaisit au dernier moment. Andrzej l'interrogea du regard. Juliusz passa sa main dans ses cheveux grisonnants, médita un long moment, puis, sans mot dire, ramassa son arme et tourna les talons. Alarmé, Andrzej le rattrapa et lui barra le passage.

— Où vas-tu comme ça?

— Je jette l'éponge, fit Juliusz d'une voix calme.

— Comment? explosa Andrzej. Je te parle de foi et de résistance, tu me réponds que tu jettes l'éponge?

— Tu ne peux pas comprendre!

— Explique-moi!

Juliusz lança à son compagnon un regard terrible. Ses yeux étaient injectés de sang.

— Mieux vaut être avec les *giaours* que mourir pour ces exaltés! Nous nous sommes trompés de camp, Andrzej. Nous avons oublié que nous étions avant tout des chrétiens!

Andrzej écarquilla les yeux. Il sentit un frisson courir de sa nuque à ses reins. Il se précipita sur son compagnon et le saisit aux épaules :

— Tu ne te rends pas compte? Ces gens-là t'ont fait confiance, t'ont hébergé, ont partagé avec toi leurs joies et leurs peines! Comment peux-tu avancer une chose pareille? Tu as toujours été un modèle pour moi et, là, au lieu de te comporter en héros, tu agis comme le dernier des lâches?

— Tu ne peux pas comprendre, répéta Juliusz en se dégageant.

Andrzej secoua la tête avec consternation. «Lui, capable d'une telle vilenie! se dit-il en serrant les poings. Où croit-il aller comme ça? Les Russes savent qu'il a déserté : ils le fusilleront! » Un doute lui traversa subitement l'esprit. Des images confuses se bousculèrent dans sa tête, puis, comme par enchantement, s'imbriquèrent tout à coup pour devenir cohérentes. «Les Russes se seraient-ils servis de cet homme-là pour espionner les résistants? raisonna-t-il. Juliusz serait-il le traître qui, à plusieurs reprises, avait déjoué les plans de cheikh Mansour et de l'imam Chamil? Etait-ce lui qui avait averti la garnison du fort de l'imminence d'une attaque tcherkesse? Etait-ce lui qui, à Dargo, avait permis aux messagers de Voronzov de passer à travers les mailles du filet et d'avertir Freitag? Etait-ce lui qui, à Akhoulgo, avait permis aux assaillants de trouver la faille dans le dispositif défensif de Chamil? Comment diable avait-il survécu au désastre d'Akhoulgo, lors même qu'il ne s'était pas enfui avec l'imam? »

— Juliusz! hurla Andrzej d'une voix puissante.

Son compatriote ne se retourna pas et, tête basse, poursuivit sa marche en direction des lignes russes.

— Juliusz! répéta-t-il en tirant une flèche de son carquois et en bandant son arc.

Un shrapnell s'abattit dans un fracas de foudre. La terre se déroba sous les pieds des deux Polonais qui s'écroulèrent, la bouche en sang, les bras en croix.

Les canonniers russes ayant reçu l'ordre de pilonner le territoire des résistants, le bombardement reprit, plus destructeur que jamais. Tout à coup, par-dessus le tumulte des explosions et de la mitraille, par-dessus les cris des soldats et les plaintes des blessés, retentit le cor de chasse de cheikh Mansour.

Le général Barizatoul sursauta, baissa sa longue-vue et bredouilla d'une voix étouffée :

— La retraite vient d'être sonnée!

— Quelle retraite? s'exclama un officier. Comment diable peuvent-ils se replier?

— Tu oublies les brigands qui se sont joints à eux! grommela Barizatoul entre ses dents. Ils doivent connaître des pistes dont nous ne soupçonnons pas l'existence!

— Que faire?

— Intensifiez le bombardement, hurla Barizatoul en ajustant le col de son uniforme soutaché. Ils ne doivent pas sortir vivants de cette vallée! Aïbgo sera leur tombeau!

A moitié courbés, les derniers représentants de la Circassie libre empruntèrent le sentier repéré par les bandits et se mirent à courir en balayant l'air de leurs mains pour écarter les broussailles qui les gênaient dans leur fuite éperdue.

XXIV

— Où allons-nous? demanda tout à coup cheikh Mansour d'une voix essoufflée.

Les fuyards s'immobilisèrent. Jamais auparavant leur chef n'avait manifesté pareil embarras. Jamais aussi il ne leur avait paru si vieux, si usé : des rides profondes lui labouraient le front, des gouttes de sueur inondaient son visage étique.

— Nous irons là où le destin a voulu que l'on aille, murmura Djantémir en haussant les épaules.

Une pluie très fine se mit à tomber. Cheikh Mansour regarda le ciel, dilata ses narines pour mieux humer le parfum de la terre détrempée. « C'est mon odeur, ma terre et ma pluie », songea-t-il en fermant les yeux. Il s'assit sur un rocher et se prit la tête entre les mains. « Me voici, pèlerin de la honte, menant mon peuple sur les chemins de l'exil, pensa-t-il avec amertume. Où aller? Se réfugier dans l'Empire ottoman? Les émissaires du sultan m'ont assuré que notre peuple serait accueilli à bras ouverts. Ils ont prêché dans nos *aouls* qu'il est impensable de vivre dans un pays gouverné par des infidèles; que celui qui meurt sur une terre non musulmane connaîtra la géhenne et que le Paradis appartient à celui qui meurt sur la terre du califat. Ils ont enseigné à mes compatriotes que l'exil n'est pas trahison,

135

que l'exil est appel d'Allah, que même le Prophète, lorsqu'il s'était réfugié à Médine, avait connu l'Hégire ! »

Cheikh Mansour se frotta le visage, puis se croisa les bras. « Ces envoyés du sultan n'ont-ils pas contribué à ébranler l'esprit de résistance de mes hommes ? se demanda-t-il. N'aurais-je pas dû interdire à ces subversifs de prêcher dans les *aouls* ? N'était-ce la propagande sournoise de ces émissaires fanatiques, la pensée de l'exil aurait-elle germé dans l'esprit de mon peuple, ce peuple qui, jamais auparavant, n'avait désespéré de sa terre ? Mais, d'autre part, accepter l'hospitalité de l'Empire ottoman pour ne pas vivre sous domination russe, se placer sous l'autorité du sultan, commandeur des croyants et chef suprême des musulmans, et bénéficier du soutien de la Porte pour revenir libérer le Caucase... n'est-ce pas au fond la moins pénible des solutions ? »

Il se redressa d'un bond et cambra la taille. Ses hommes s'attroupèrent autour de lui.

— La mer, articula cheikh Mansour. La mer est notre seule issue. La plupart de nos frères ont déjà choisi cette voie. Nous devons retrouver nos femmes et nos enfants. Ensuite... nous prendrons la mer !

Des chuchotements accueillirent cette déclaration. Nul ne protesta. Seul, Nart parut troublé par les paroles de son frère.

— Moi, je reste ! lui dit-il à mi-voix en le prenant à part.

Cheikh Mansour sursauta.

— Il n'y a plus de place pour l'héroïsme ! murmura-t-il.

— Ce n'est pas une question d'héroïsme, répliqua son frère en haussant les épaules. C'est une question de survie. Je ne peux pas vivre ailleurs ; et je ne veux pas que ma femme et Botach vivent ailleurs !

Cheikh Mansour ne répondit pas. Il tendit le bras en direction de l'horizon. De hautes flammes claires se détachaient sur le crépuscule.

— Je sais, admit Nart. Mais ce pays, c'est l'air que je respire. Si tu

136

m'en prives, j'étouffe, je crève, tu comprends? Ailleurs, je suis un homme mort; ici, j'ai encore l'espoir de rester en vie!

Cheikh Mansour n'insista plus. Il serra son frère contre sa poitrine.

— Nous reverrons-nous un jour? souffla-t-il d'une voix brisée par l'émotion.

— Nous avons les souvenirs, dit Nart. En revivant les moments que nous avons partagés, nous aurons l'illusion d'être toujours ensemble!

Au bout de huit heures de cheminement à travers des forêts compactes, le cortège, fourbu, décida de faire halte et bivouaqua dans un *aoul* déserté. Il ne pleuvait plus : la neige tombait à présent, recouvrant le paysage d'une mince pellicule blanche. Les guerriers se couchèrent à même le sol en essayant d'effacer de leur mémoire la tragédie qu'ils venaient de vivre. Cheikh Mansour contempla ses hommes avec tristesse. Que pensaient-ils? Le portaient-ils responsable de la défaite? Mesuraient-ils les souffrances qu'il avait endurées pour défendre jusqu'au bout chaque pouce de la Circassie? Le chef tcherkesse frissonna. Ses doigts étaient gourds, ses membres transis. Il s'emmitoufla dans sa *bourka* et se retira dans un coin pour faire sa prière. Kalimat le rejoignit.

— Ai-je fait le bon choix? lui demanda cheikh Mansour en caressant sa barbe blanche de givre.

Son frère ne répondit pas tout de suite. Il réfléchit pendant un long moment, puis murmura d'une voix grave :

— L'exil et le suicide ont cela de commun que, dans l'un et l'autre cas, ce à quoi on aspire est plus terrible que ce à quoi on veut échapper; que l'on se retrouve, subitement, au cœur d'un vide immense; et que l'on laisse, chez ceux qui sont restés, un sentiment d'incompréhension et de rancœur...

— Crois-tu donc que l'exil est impie?

— Oui! répondit Kalimat. L'exil est impie parce que toute patrie est sacrée et toute apostasie blasphématoire. Parce que toutes les fuites sont lâches, fussent-elles volontaires !

Cheikh Mansour leva la main comme pour effacer quelque chose sur son visage.

— L'un des Polonais m'avait raconté un jour l'histoire du Christ, enchaîna son frère. Il m'avait parlé de saint Pierre qui avait renié Jésus pour sauver sa peau. Je trouve que chacun de nous ressemble aujourd'hui à saint Pierre : conscient de l'indignité de son acte, mais en même temps incapable de résister à la peur...

— La peur ne justifie-t-elle pas la fuite ?

Kalimat tritura sa moustache raidie par le gel.

— Elle *explique* la fuite, dit-il. Elle ne la justifie pas. Quand retentit le chant du coq, vient le dégoût de soi !

Cheikh Mansour n'insista pas. Debout, les paumes tournées vers le ciel, il prononça la formule de consécration, récita la première sourate du Coran, s'inclina et se prosterna. Djantémir vint s'asseoir à ses côtés et attendit patiemment qu'il eût fini sa prière.

— Tout un peuple comptait sur nous et nous l'avons déçu ! murmura-t-il.

Cheikh Mansour s'accroupit près de son fils, lui pressa les mains et déclara d'une voix faible :

— Il nous fallait plus que du courage : il nous fallait un miracle !

— Où était Allah cette nuit-là ? demanda Djantémir en serrant les poings.

Cheikh Mansour secoua ses cheveux devenus aussi blancs que les neiges de l'Elbrouz.

— Où était Allah cette nuit-là ? répéta-t-il.

Il arracha une motte de terre et la lança rageusement au loin.

— Où était l'Europe ! rectifia-t-il. Où était l'Europe cette nuit-là ?

XXV

Sire, je suis heureux de pouvoir offrir mes félicitations à Votre Majesté pour l'issue définitive de la glorieuse guerre du Caucase; il ne reste plus une seule tribu qui n'ait été soumise. Aujourd'hui, en présence des troupes réunies, un service solennel d'action de grâces a été célébré.

Le tsar plia soigneusement la dépêche datée du 2 juin 1864 que lui avait adressée son frère et son lieutenant au Caucase, le grand-duc Michel. Il se renversa sur le dossier de son fauteuil et se mit à caresser ses longs favoris moutonneux.

« *L'issue définitive de la glorieuse guerre du Caucase...* » soupira-t-il en croisant les jambes.

Le tsar ne s'attendait plus à pareille nouvelle. Pour lui, une victoire totale était devenue illusoire, n'était plus du domaine de l'espoir, mais du rêve.

« *Glorieuse guerre du Caucase...* » répéta-t-il.

« *Glorieuse* »? Tant de bataillons décimés, de soldats massacrés, de Cosaques sacrifiés, de villages rasés, de familles déportées... Depuis l'avènement de Catherine en 1762 jusqu'à ce jour, près d'un million et demi de Russes morts dans le Caucase! La campagne avait coûté très cher au Trésor : 100 000 hommes à entretenir sur le Kouban au prix de 25 millions de roubles par an... « *Glorieuse !* »

« *Il ne reste plus une seule tribu qui n'ait été soumise...* » « Plus une seule tribu » ? Abadzèkhes, Chapsougues, Oubykhs, Bjédoukhs, Natoukhaïs, Mokhoches, Ezéroukaïs... tous soumis à l'Empire ? Tous assujettis à la chrétienté ?

Alexandre II relut la missive. Les termes étaient explicites, ne laissaient pas de place au doute. Les deux mains sous la nuque, il lâcha un long soupir de soulagement.

L'entrée d'un officier dans son bureau l'arracha à sa rêverie.

— J'ai quelque chose pour vous, Majesté, dit le militaire en saluant. Un journal qui vient de nous parvenir de Grande-Bretagne. On y annonce la fin de la Circassie !

Le tsar sourit, prit l'enveloppe et la décacheta d'une main fébrile. Le journal qui s'y trouvait était intitulé *Free Press* et portait en sous-titre : « *Founded in 1855 by David Urquhart.* » Le numéro était daté du 1ᵉʳ juin 1864. L'empereur le déplia et le parcourut rapidement. Son cœur fit un bond dans sa poitrine : toutes les pages du journal étaient bordées de noir. Comme un faire-part de décès.

Livre Deuxième

L'exil est rond :
un cercle, un anneau :
tes pieds en font le tour, tu traverses la terre
et ce n'est pas ta terre,
le jour t'éveille et ce n'est pas le tien,
la nuit arrive : il manque tes étoiles,
tu te trouves des frères : mais ce n'est pas ton sang.

PABLO NERUDA,
Mémorial de l'Ile Noire.

Tout au long de ces terres disputées, le gouvernement
ottoman avait placé des immigrants circassiens, origi-
naires du Caucase russe. Ceux-ci ne gardèrent leur
terre que par l'épée.

T. E. LAWRENCE,
Les Sept Piliers de la sagesse.

XXVI

Dans un silence de mort descendait des montagnes un convoi interminable formé de centaines de charrettes bondées, de chevaux surchargés, de troupeaux de chèvres et de moutons. En file indienne, pataugeant dans la boue, transis de froid, les Tcherkesses affluaient lentement vers la côte de la mer Noire. Des enfants sans chaussures portaient des fardeaux plus lourds qu'eux ou contemplaient avec impuissance et désolation des paquets qu'ils étaient incapables de déplacer. Epuisés, la morve au nez, ils serraient les lèvres pour ne pas claquer des dents. Les femmes étaient méconnaissables : de sobres tuniques avaient remplacé leurs habits flamboyants ; les plus âgées étaient drapées de noir, comme pour porter le deuil de leur patrie défunte. Malgré le désordre ambiant, elles étaient toujours traitées avec beaucoup d'égards et étaient placées dans des *arabas* tirées par des bœufs. Parfois, profitant d'une halte, elles mettaient pied à terre, grattaient la neige de leurs mains douces et remplissaient des sacs en chiffon : besoin d'eau pour le nourrisson ou pour les ablutions de la nuit.

Le cortège cheminait sous un ciel écrasant. Le temps se maintenait glacial. Le silence n'était brisé que par les quintes de toux des réfugiés ou par de lointains coups de feu. Les longs sentiers qui zigzaguaient à flanc de montagne étaient étroits, jonchés d'excréments et de viscères de moutons égorgés. Les sabots des bêtes patinaient dans les éboulis. Chaque faux pas provoquait la chute d'une grêle de pierres dans des précipices dont la profondeur échappait au regard.

Les Montagnards, qui avaient pourtant survécu aux épreuves les plus inhumaines, avaient les yeux hallucinés. Certains transportaient sur leur dos de pesants ballots. D'autres n'avaient abandonné ni leurs armes ni leurs chevaux, et se chargeaient d'escorter la colonne en marche. Un peu partout, des guerriers prostrés creusaient de petits trous pour y enterrer leurs enfants morts de froid, d'épuisement ou de faim.

Sales, couverts de boue, les traits creusés par la fatigue, cheikh Mansour et sa famille marchaient en tête de la procession. Seteney tenait dans ses bras Moussa, le fils que Mervet avait donné à Djantémir, afin de permettre à sa belle-fille de porter le paquet contenant tout ce qui avait pu être arraché aux flammes et aux pillards cosaques. Armé jusqu'aux dents, Bahatir soutenait Kalimat qui avançait avec peine, butait contre les cailloux, crachotait sans cesse.

— Je ne souhaite à personne de connaître ce que nous vivons, soupira Kalimat. Il est scandaleux qu'à la fin du XIXᵉ siècle un peuple soit ainsi humilié! Si au moins l'histoire pouvait s'arrêter là, si seulement cet avilissant spectacle pouvait ne plus jamais se reproduire!

Bahatir ne répondit pas: il se contenta de lancer à son oncle un regard sceptique.

Soudain, un cri déchirant retentit. Répercuté par les échos, renvoyé d'une montagne à l'autre, amplifié par le vent, le hurlement s'engouffra dans les vallées, fusa vers les sommets et flotta dans l'air pendant un long moment. Djantémir, Bahatir et Kalimat se figèrent sur place et échangèrent des regards horrifiés: cheikh Mansour! Bousculant leurs compagnons qui s'étaient immobilisés, les trois hommes revinrent sur leurs pas, puis s'arrêtèrent net. Seteney était à genoux. Elle sanglotait en se mordant les lèvres. D'une main elle se masquait la figure, de l'autre elle cachait les yeux de l'enfant qu'elle tenait toujours dans ses bras. Djantémir sentit son sang se glacer dans ses veines. Il s'accroupit près d'elle et lui saisit la tête à deux mains. Son regard désemparé plongea dans les yeux de sa mère.

— Que s'est-il passé? balbutia-t-il.

Seteney suffoquait. Elle aspira de grandes goulées d'air pour échapper à l'asphyxie. Elle montra du doigt la vallée.

— Ton père a perdu l'équilibre, souffla-t-elle d'une voix étranglée. Il... il a plongé dans le vide!

Djantémir se redressa, accablé. Il souleva son *kalpak* et se passa la main dans les cheveux. Un adolescent, debout près de lui, le fixa de ses yeux tristes.

— Il n'a pas perdu l'équilibre, rectifia-t-il à mi-voix. Je l'ai vu sauter, je l'ai vu planer comme un aigle au-dessus du précipice!

Il marqua une courte pause, puis ajouta:

— Il n'a pas perdu l'équilibre: il a perdu l'espoir!

*
* *

Guidés par Kalimat, les réfugiés parvinrent enfin en vue de la mer. Le spectacle qui s'offrit à leurs yeux était intolérable: des cadavres, des cadavres par centaines, gisaient sur le rivage.

— Ils massacrent les réfugiés! grommela Bahatir.

— Non! dit Kalimat. L'attente se fait longue. Les épidémies ravagent les rangs des déplacés...

Le convoi se remit en marche, puis s'arrêta dans une crique. Les guerriers y allumèrent immédiatement des feux pour attirer les navires. Un vieux pêcheur abkhaze, voyant cette foule grouillante occuper l'endroit, aborda, descendit de sa barque et demanda à parler au chef des réfugiés.

— C'est moi! déclara Kalimat.

— Combien êtes-vous? demanda l'Abkhaze.

— Je ne sais pas!

— Où allez-vous comme ça?

145

— Je l'ignore !

Le pêcheur haussa un sourcil et montra du doigt l'horizon.

— De nombreux navires font la navette entre les ports du Caucase et les ports de l'Empire ottoman...

— Des navires turcs ? questionna Kalimat.

— Oui... Mais des navires français et anglais aussi. Les Russes ont même mis des mahonnes à la disposition des émigrants. Mais ces frêles esquifs finissent la plupart du temps au fond de la mer Noire !

— Où vont ces navires ?

— Ils ramassent les réfugiés à Taman, Touapse, Anapa, Tasmer, Sotchi, Soukhoumi, Poti et Batum... Ensuite, ils se dirigent vers Trébizonde, Constantinople, Samsun, Sinope... J'ai appris que certains bateaux se rendaient même à Varna et à Constantza, dans les Balkans !

Il se tut un moment, éructa, puis murmura d'une voix grave :

— J'espère que vous serez vite secourus ! Chaque jour qui passe favorise la propagation des épidémies. Tout retard rend improbable la possibilité d'accéder à des abris convenables dans les ports d'accueil...

Une semaine plus tard, au milieu d'une agitation indescriptible, accosta enfin un navire turc. Le capitaine se présenta aux réfugiés, mais refusa de les accueillir à bord du bâtiment avant d'avoir rencontré le « responsable du groupe ». Kalimat accourut.

— Ce sera une livre-or par tête, lui dit simplement le capitaine.

La phrase n'échappa pas à l'attention de Bahatir. N'en croyant pas ses oreilles, le fils de cheikh Mansour se rua sur le capitaine et le saisit au collet :

— Oses-tu marchander notre droit à la liberté ?

— Ne me parlez pas de liberté, riposta l'autre. Les vendeurs d'esclaves n'ont pas le droit de parler de liberté !

Les deux hommes en vinrent aux mains. Les membres de l'équipage ne s'interposèrent pas : la musculature du Tcherkesse avait de quoi dissuader les plus vaillants d'entre eux ! Djantémir intervint et sépara les adversaires.

— Nous ne pouvons quand même pas l'obliger à nous transporter gratuitement! dit-il à son frère.

— Ce qu'il fait est un devoir! maugréa Bahatir. Celui qui fait son devoir n'a pas droit à salaire!

— Djantémir a raison, coupa Kalimat. Cet homme a besoin de vivre. Rien ne l'oblige à nous aider!

— Je m'en vais l'obliger! gronda Bahatir en secouant le Turc.

Djantémir prit son frère par le coude et l'entraîna à l'écart.

— Calme-toi!

— Nous avons payé de notre sang le droit à la liberté. Nous ne paierons plus rien, tu comprends?

— Tu préfères peut-être rester ici? Un jour de plus et tout le monde crève sur cette plage! Que proposes-tu? Qu'on fasse la peau au capitaine et qu'on gouverne le navire à sa place?

Sans attendre la réponse de Bahatir, Djantémir se dirigea vers le Turc et lui fit signe de le suivre.

— Celui qui n'a pas les moyens de régler le prix du voyage, je paierai pour lui, lança-t-il à la cantonade. Celui qui refuse de payer n'a qu'à demeurer ici!

Un brouhaha accueillit sa déclaration. Bahatir grinça des dents. Exaspéré, il prit la résolution de se séparer du groupe. Il alla trouver sa mère, lui fit part de sa décision et l'étreignit sur son cœur pendant un long moment.

— Nous nous retrouverons devant la mosquée de Trébizonde! lui dit-il en s'éloignant avec une bande d'amis.

— Sois prudent, Bahatir! cria Seteney, les mains en porte-voix. Je t'attendrai!

Les réfugiés commencèrent à monter à bord du navire. Au moment d'embarquer, Djantémir fit volte-face, braqua ses yeux sur les montagnes du Caucase, puis tira en l'air trois coups de feu que l'écho répercuta longtemps. Trois coups de feu... en guise d'adieu.

Deux mille guerriers l'imitèrent.

XXVII

Les mâts des navires amarrés au port marchand, la tour de la citadelle ornée de fresques représentant des portraits d'empereurs, les
clochers et les coupoles des églises construites par les Comnènes
entre le XIIe et le XIIIe siècle, les minarets pointus des mosquées,
l'imposante montagne surplombant la cité et, plus loin, perché sur
un promontoire, le monastère de Miriam Anne... tout dans Trébizonde semblait rivé vers l'empyrée. Malgré ces bras tendus, malgré
ces paumes ouvertes avec ferveur le Créateur fermait les yeux : des
nuages plombés enténébraient le ciel, une humidité pesante flottait
dans l'air, des écheveaux de brume enveloppaient la ville... Trébizonde, port hier encore grouillant d'aventuriers, avait l'air d'un
mouroir.

C'est par une nuit chaude que Djantémir et sa famille débar-
quèrent à Trébizonde. Les passagers du navire furent immédiatement pris en charge par un officier turc qui les parqua dans un
hangar du port, « en attendant — leur dit-il — de trouver une solution à la question des réfugiés ». Seteney et Mervet disposèrent un
petit matelas dans un coin du bâtiment et y couchèrent Moussa.
L'enfant allait mal : constamment secoué par des toux violentes, il

respirait avec difficulté. Seteney le couvrit de son châle noir et s'endormit à côté de lui. Mervet, elle, s'allongea près de l'unique ballot qu'elle avait réussi à ramener avec elle du Caucase.

Enjambant les corps de ses compatriotes encaqués dans ce lieu infect au milieu de leurs bagages, Djantémir sortit prendre l'air. Il fut bientôt rejoint par Kalimat qui n'arrivait pas à trouver le sommeil. Les deux hommes cheminèrent sur les quais. Une odeur de vomissure empestait le port; les embruns alourdissaient l'atmosphère.

— Je n'arrive pas à me figurer le départ de cheikh Mansour! murmura Djantémir en passant sa main dans ses cheveux blonds. Comment a-t-il pu nous laisser seuls?

Kalimat donna à son neveu une tape amicale dans le dos.

— Dans la vie, Djantémir, vient toujours un moment où l'on se retrouve tout seul...

— Crois-tu que notre *aoul* est rasé? Crois-tu que Nart et sa famille sont vivants?

— C'est très simple, répondit Kalimat en lissant sa moustache. Le tsar a obtenu ce qu'il voulait: la reddition de tous les guerriers dans le Caucase. A quoi bon continuer de perpétrer des massacres? Désormais, il va s'ériger en protecteur des Montagnards et tenter de les apprivoiser. Ceux qui sont restés se retrouveront internés. La Circassie sera probablement partagée entre les colons cosaques et une administration locale dirigée par des officiers de l'armée russe. Nos frères ne seront plus inquiétés, c'est vrai, mais que vaut une vie sans liberté? La Circassie est devenue un immense cachot!

Djantémir réfléchit un moment. « Qui est le plus glorieux, du prisonnier qui purge stoïquement sa peine ou de celui qui s'est évadé? » se demanda-t-il en fermant les yeux.

Un cri de détresse retentit soudain. A quelques mètres de là, un vieux rafiot chargé d'une centaine de réfugiés essayait d'accoster. Sans hésiter, les deux Tcherkesses se portèrent au secours des passagers.

— Larguez les amarres! hurla Djantémir en agitant les bras.

Un jeune marin fit tournoyer une aussière au-dessus de sa tête et la lança au Tcherkesse qui la saisit au vol et l'enroula autour d'un bollard. La coque toucha le quai en gémissant.

Djantémir et son oncle écarquillèrent les yeux : l'état des arrivants était lamentable. Minés par la maladie, anémiques, à bout de souffle, de nombreux réfugiés étaient soutenus par leurs compagnons. La plupart semblaient souffrir de la dysenterie et de la variole. Horrifiés, tous les deux s'empressèrent d'aider leurs compatriotes à débarquer. Un septuagénaire, pâle comme un mort, entrouvrit ses lèvres gercées pour les remercier.

— Quelle misère! gémit-il en foulant le sol de Trébizonde. J'ai dû boire de l'eau de mer pour étancher ma soif! On n'avait plus rien à se mettre sous la dent... Une heure de plus et l'on s'entre-dévorait!

Un rire nerveux le secoua. Le vieillard portait toute la détresse de son peuple humilié.

— Pourriez-vous me donner un coup de main?

Les deux Circassiens sursautèrent et firent volte-face. Un homme en blouse blanche était là, une mallette en cuir à la main.

— Qui êtes-vous? demanda Djantémir sur un ton méfiant.

— Je suis le docteur Barozzi, du Conseil de Santé de Constantinople, répondit son interlocuteur en tendant le bras pour saluer. Et voici mon assistant, Ismaïl Bey, un Tcherkesse comme vous!

Il désigna du menton un vigoureux bonhomme portant une grande caisse remplie de fioles multicolores.

— Je cherche du secours, poursuivit-il. Ma tâche est impossible. J'ai besoin de votre aide. Il n'y a pas beaucoup d'hommes valides dans ce maudit port!

— Nous sommes à vos ordres, déclara Kalimat.

— Ce qui arrive à votre peuple est inacceptable. Et ce que nous découvrons ici n'est rien à côté de ce que connaît le port de Samsun!

— Que fait le sultan? s'indigna Djantémir, oubliant qu'il avait affaire à un homme du calife.

— Ne dites pas cela, protesta le médecin. Qui donc peut faire

150

face à un pareil flux d'émigrants? Le sultan a prélevé sur ses propres deniers une importante somme destinée à soulager vos souffrances. Le Comité international de secours aux réfugiés des provinces de l'Empire ottoman, fondé par des Français et des Anglais de Constantinople, se dépense sans compter. Le Trésor et le Comité circassien de Londres ont mis cinq millions de francs à votre disposition !

— Et la couronne britannique? questionna Kalimat.

Le docteur Barozzi se gratta le front et répondit d'une voix gênée :

— Six cents tonnes de biscuits.

Djantémir et Kalimat, bientôt rejoints par Seteney, se mirent au service de l'envoyé du Conseil de Santé de Constantinople. Leur tâche s'avéra ardue. Les épidémies et la pagaille avaient envahi Trébizonde. La population locale haussait le ton et réclamait l'évacuation des voies publiques bloquées par les réfugiés. Le surnombre devenait intolérable : en prospectant un magasin de la côte pouvant accueillir une trentaine de personnes, Seteney avait découvert deux cents cadavres ! Le pain et les victuailles s'épuisaient et les autorités de la ville ne disposaient, pour rétablir l'ordre, que de quelques *zaptiyés*.

— Partout où on les place, les *muhadjirs* sèment le typhus et la variole, et tous les chemins qu'ils empruntent se transforment en cimetières ! leur dit le docteur Barozzi avec lassitude.

— Les « *muhadjirs* »? demanda Seteney en fronçant les sourcils.

— Les réfugiés sont officiellement appelés ainsi.

— Mais nous sommes des Circassiens ! protesta Seteney. Qu'ils nous appellent « Circassiens » tout simplement !

Le docteur Barozzi esquissa un sourire

— Les Circassiens ne sont pas les seuls ! Les réfugiés tcherkesses sont estimés à quatre cent mille... Mais il y a également des Tchétchènes, des Ingouches... En tout, plus d'un million de Caucasiens déracinés !

Seteney haussa les épaules.

— Pour désengorger le port de Trébizonde, reprit le médecin, le sultan suggère d'envoyer les *muhadjirs* à Constantinople ou sur la côte d'Europe... Je trouve cette proposition absurde ! Au lieu de circonscrire les épidémies, on favorise leur extension ! Déjà, les navires chargés de cette besogne refusent d'embarquer les réfugiés : un pyroscaphe européen, *la Tamise*, appartenant à la Compagnie des Messageries Impériales, a quitté l'autre jour Trébizonde, chargé de cent treize Tcherkesses sélectionnés parmi les mieux portants et placés sur le pont loin de l'équipage. Eh bien, après avoir réussi sans dommage sa traversée jusqu'à Constantinople, il a été surpris sur le chemin du retour par le typhus qui a terrassé dix-sept membres d'équipage, le capitaine, deux officiers, le chef mécanicien et le maître d'hôtel !

— Que proposez-vous ?

— J'ai établi un plan pour limiter les dégâts. Je veux croire qu'il portera ses fruits !

XXVIII

Les efforts du docteur Barozzi et des volontaires tcherkesses contribuèrent à améliorer la situation dans le port de Trébizonde : Ismaïl Bey se chargea d'enterrer les cadavres à l'extérieur de la ville ; les réfugiés furent répartis en trois groupes séparés et hébergés à distance de l'agglomération dans des baraquements ou des tentes.

L'action accomplie par l'équipe humanitaire fit bientôt l'objet d'un rapport établi par Barozzi et destiné au Conseil de Santé de Constantinople.

— Nous devons les tenir informés de la tournure grave prise par les événements, expliqua le médecin. Il faut absolument qu'ils sachent !

A sa grande surprise, Djantémir se vit confier la mission de remettre ce rapport à ses destinataires.

— Tu le déposeras à l'adresse indiquée. Tu ne pourras pas te perdre : le navire accoste le long d'un appontement sur la Corne d'Or. Tu n'auras plus qu'à suivre le tracé sur la carte que Kalimat et moi t'avons préparée !

Le médecin remit au Tcherkesse un plan de Constantinople, un laissez-passer, un titre de voyage et une bourse. Djantémir fit ses adieux à sa famille. Il embrassa le petit Moussa, tout à fait rétabli grâce aux médicaments administrés par Barozzi, et donna une série de recommandations à sa femme et à sa mère.

— Tu reviendras, n'est-ce pas? demanda Seteney d'une voix inquiète.

— Mais oui! Une fois le rapport présenté...

— Demain, dit-elle, j'irai faire le tour des mosquées de la ville. Ton frère m'avait dit : « Je vous retrouverai devant la mosquée de Trébizonde. » Il ne savait pas, le pauvre, que Trébizonde compte des mosquées sans nombre!

A bord du trois-mâts qui le transportait jusqu'à Constantinople, Djantémir se mit à parcourir les pages du rapport qu'il avait entre les mains :

> *Les conditions des émigrants durant la traversée sont effrayantes... Une fois à terre, dans les campements, ces conditions ne sont guère meilleures; ils y sont sans abri, abandonnés à eux-mêmes, sans soins, sans police sanitaire, sans assistance aucune. Aussi y vivent-ils dans la plus profonde misère, au milieu de cadavres sans sépulture, décimés par la variole qu'ils ont importée et qu'ils propagent, par les affections typhiques qu'ils ont développées, par tous les états pathologiques que la misère et l'inanition engendrent. Dans les campements, chaque famille compte plus d'un malade; il y en a beaucoup qui s'y sont éteintes. Les malades ne reçoivent aucun secours, ils gisent sur la terre nue, exposés à toutes les intempéries, et la mort vient les frapper dans cet état; la plupart des cadavres, restant abandonnés, se putréfient sur place...*

Ecœuré, il referma le dossier et croisa les bras. « Quel avenir espérer? pensa-t-il. Devrons-nous subir longtemps encore les caprices d'un destin aveugle? Quand donc retrouverons-nous l'Elbrouz et cette terre sacrée où dort cheikh Mansour? » Il ferma les paupières et invoqua le sommeil pour ne plus penser.

Le voyage se fit sans difficulté. Le trois-mâts traversa les eaux argentées de la Corne d'Or, au milieu d'un nombre incalculable de felouques et de caïques conduits par des bateliers vêtus de chemises en soie. Il s'arrêta en bordure d'un débarcadère. Djantémir foula le sol de Constantinople et présenta ses papiers au contrôleur qui le dévisagea avec suspicion avant de le laisser passer. En sortant du port, en pénétrant dans cette ville de légende, le Tcherkesse se sentit tout à coup envahi par un intense sentiment de bien-être. Constantinople ! C'est là que cheikh Mansour avait fait ses études, c'est là qu'il avait appris par cœur le Coran, c'est là qu'il avait appris le turc ! Que de fois avait-il écouté avec passion les histoires que son père avait rapportées de ce lieu magique ! Djantémir circula fièrement dans les rues étroites de la « capitale des trois empires ». La mosquée de Soliman le Magnifique s'offrit en premier à ses yeux ébaubis : avec son grandiose dôme central épaulé de demi-coupoles et flanqué de quatre minarets, avec ses *madrassas* noyées sous un moutonnement de calottes, elle avait l'air d'une véritable cité dans la cité. Le Tcherkesse longea un vaste parc, contourna la tour de Beyazit et emprunta une ruelle bordée d'arcades qui menait au Grand Bazar : matelots, porteurs d'eau armés de leur samovar, vendeuses d'eau de rose, montreurs d'ours, cireurs de chaussures, portefaix, marchands de fruits ou de colifichets se côtoyaient dans cet immense capharnaüm sur lequel planait le chant du muezzin et qu'envahissaient des parfums chaudement épicés. Djantémir se perdit dans ce labyrinthe, avant de déboucher, subitement, sur la « colonne brûlée », appelée aussi « colonne de Constantin ». Il contempla longuement l'énorme socle maçonné et l'obscure colonne, semblable à un palmier dépouillé de ses palmes. Bifurquant vers l'est, il chemina quelques instants à l'aventure avant de se retrouver face à la Mosquée Bleue, avec son magnifique dôme hémisphérique cerclé de demi-coupoles et flanqué de minarets. Il longea un vaste jardin et se planta devant l'éblouissante basilique Sainte-Sophie, transformée en mosquée en l'an 1453. Son dôme massif, gardé par quatre minarets bleutés pareils à des piques effilées, se détachait sur le ciel et enchantait le regard. Parvenant près de Bab-Hümayun — la porte de l'Auguste —, Djantémir s'immobilisa. « Le sérail de Topkapi ! songea-t-il. C'est là que se trouve le harem impérial ! » Il s'assit sur un banc, la gorge nouée, la bouche sèche. Deux chiens vinrent se coucher à ses pieds en jappant. Les sons d'une mandoline s'échappaient d'un kiosque avoisinant. Il ferma les yeux. Les souvenirs l'assaillirent : le beau visage d'Aminat, son rire désarmant, les danses si gracieuses qu'elle interprétait, son regard triste le soir de son mariage... Que ces images étaient lointaines !

Djantémir sursauta. A ses côtés, un vieux mendiant avait pris place, qui le dévisageait avec curiosité

— Je vous importune ? demanda le clochard.

— Absolument pas !

— Vous êtes tcherkesse, n'est-ce pas ?

— Comment l'avez-vous deviné ?

— A votre accent. Et puis...

— Et puis ?

— Souvent, des Tcherkesses viennent s'asseoir sur ce banc. Ils attendent, des heures durant, une amie, une parente... Mais jamais femme ne sort de ce sérail !

— Elles sont donc prisonnières ? demanda Djantémir avec indignation.

— En quelque sorte... Elles mènent en tout cas une existence des plus inactives !

Il se tut un moment, se cura une oreille, puis reprit :

— Au fond, qu'est-ce qui vous prouve qu'elle est bien là ? Depuis la mort de Mahmoud II, les sultans préfèrent habiter sur les rives du Bosphore !

Les chiens se levèrent et se mirent à tracer des cercles autour du banc. Le Tcherkesse se prit la tête entre les mains.

— Je n'aurais pas dû venir ici, murmura-t-il. Cette visite n'a fait que remuer le couteau dans la plaie. Plus jamais je ne reverrai ma sœur Aminat !

— Elle s'appelle Aminat ?

Le Tcherkesse acquiesça. Le mendiant se pencha vers lui et soupira :

— Ma femme s'appelait Aminat.

Il leva au ciel des yeux songeurs.

— En échange d'une livre-or, je pourrais peut-être te rendre service. Je connais une *niné* du palais — une sorte d'infirmière qui s'occupe des esclaves malades. Si elle rencontre ta sœur, elle pourra lui transmettre un petit souvenir !

Le visage de Djantémir s'illumina.

— Tu pourrais vraiment le faire ?

— Au péril de ma vie, répondit solennellement le vieillard.

Il ajouta d'un ton goguenard :

— Comme ma vie ne vaut pas grand-chose, en la risquant je ne risque rien !

— Pourquoi aurais-je confiance en toi ? fit le Tcherkesse, l'air soupçonneux.

— Ma vie ne vaut peut-être rien, mais j'ai au moins le sens de l'honneur. L'honneur est plus cher que la vie ; ma parole vaut plus que tout l'or du monde !

Djantémir fit la moue. Que pouvait-il adresser à sa sœur ? Il fouilla dans ses poches : rien qui pourrait servir d'indice à Aminat ! Brusquement, il porta la main à la cartouchière qui lui barrait la poitrine. Il arracha de sa tunique une cartouche en ivoire et grava dessus, avec la pointe de son *kindjal*, le mot « Trébizonde ».

— Tu lui donneras ce souvenir de ma part, dit Djantémir en posant l'objet dans le creux de la main du vieillard.

— Elle le reconnaîtra. Entre un frère et une sœur, il n'est pas besoin de discours pour se comprendre ! Tiens, peut-être sait-elle déjà que tu es là !

Djantémir passa la nuit couché sur son banc. A l'aube, il se lava à l'eau d'une fontaine, peigna avec soin ses cheveux blonds et se rendit au siège du Conseil de Santé. Après une heure d'attente dans une antichambre ténébreuse, il fut reçu par un fonctionnaire nommé Habib Pacha dans un vaste bureau luxueusement meublé.

— C'est à quel sujet?

— C'est le docteur Barozzi qui m'envoie!

— Le docteur comment?

— Barozzi!

— Ah, oui. Celui qui travaille pour les *muhadjirs*! fit le fonctionnaire en essuyant les verres de ses lunettes avec un mouchoir immaculé.

— Il vous envoie ce rapport, annonça Djantémir en brandissant le dossier. La situation est alarmante!

— C'est vrai, reconnut Habib Pacha. Mais nos possibilités sont limitées et nous avons d'autres priorités! Attention : je ne dis pas que le sort des réfugiés ne nous intéresse pas; je dis simplement que leur cas ne doit pas absorber toutes nos ressources...

— Vous ne pouvez imaginer ce qu'endurent les immigrants! Régler leur sort, c'est régler aussi le sort de la population de Trébizonde qui se sent agressée!

Le fonctionnaire sourit. Il pianota de sa main gauche sur son bureau.

— Trébizonde n'est pas un cas isolé. Je reçois des plaintes de Césarée, de Salonique, de Chypre... Nous ne savons plus où donner de la tête! Ecoutez-moi bien : vous direz au docteur Barozzi que le dossier qu'il m'a envoyé est en de bonnes mains, et que nous ferons tout ce qui est en notre pouvoir pour apaiser la douleur du peuple tcherkesse...

— Le docteur Barozzi veut du concret, bredouilla Djantémir. Il m'a...

Habib Pacha se dirigea vers la porte de son bureau et l'ouvrit d'un geste ostensible.

— Mes hommages au docteur!

*
* *

158

— J'ai fait le tour de toutes les mosquées de Trébizonde. Nulle part je n'ai trouvé la trace de mon fils!

Seteney éclata en sanglots. Elle montra à Djantémir ses jambes gonflées, ses orteils boursouflés, ses ongles ensanglantés.

— Peut-être est-il à Samsun? demanda-t-elle d'une voix étranglée.

Djantémir posa sa main sur l'épaule de sa mère.

— L'exil a dépassé depuis longtemps le cadre de Samsun et de Trébizonde, lâcha-t-il avec lassitude.

Seteney écarta de son front une mèche de ses cheveux cendrés.

— Que veux-tu dire par là?

— Mon frère est peut-être loin d'ici. En Crète, à Rhodes, à Beyrouth... Le complot n'a pas de frontières! s'exclama Djantémir.

— Explique-toi! intervint Mervet. De quel complot parles-tu?

Son époux eut un geste d'exaspération.

— On nous sépare pour mieux nous affaiblir, dit-il entre ses dents. Nos compatriotes sont envoyés aux embouchures du Danube, en Asie Mineure, à Héraclée, Çankiri, Eskisehir... Certains se retrouvent en Thessalie ou aux confins de la Mésopotamie! Cet émiettement n'a rien d'innocent: à long terme, la fragmentation de notre communauté en petits groupes facilitera son intégration dans l'Empire ottoman. Dans l'immédiat, la Porte se sert de nous pour peupler les régions agricoles désertiques, pour former des barrages humains face aux populations rebelles ou pour créer un équilibre confessionnel dans les contrées à majorité chrétienne!

— Tu veux dire que nous sommes devenus de simples pions sur un échiquier? demanda Mervet d'une voix brisée.

— Je veux dire qu'en abandonnant notre terre, nous avons perdu toute emprise sur notre propre destin. Avides de liberté, nous nous sommes fait doubler par la liberté elle-même!

XXIX

Drapé d'une bâche volée sur les quais, Bahatir rasait les murs. Depuis plus d'une semaine, il n'avait mangé que des restes ramassés dans les dépotoirs et n'avait bu que de l'eau de pluie. Il jeta autour de lui un regard inquiet. Ce port de Vidin lui paraissait hostile : la citadelle de Baba-Vida, le vieux quartier de Kaléto, le bâtiment des Postes, les églises de Saint-Petka et Saint-Pantéléimon étaient occupés par une foule en colère. Même le Danube avait un gargouillement inaccoutumé qui lui déplaisait. Des clameurs lui parvinrent tout à coup. Il s'accroupit sous un porche et tendit l'oreille :

— Il faut faire quelque chose ! hurlait une femme. C'est une véritable invasion. Ce sont des fous...

— ... des vampires ! renchérissait quelqu'un.

— Des vampires ! reprenait la femme. Les réfugiés mangent de la viande de cheval. Ils mangent même la chair des enfants qu'ils attrapent. Ils égorgent les bébés, ils les font rôtir !

Bahatir hocha la tête avec lassitude. « N'importe quoi ! » songea-t-il. Affaibli par la traversée de la mer Noire, à bout de forces, il s'agenouilla et baissa le menton. Un toussotement lui échappa. Il plaqua la main sur sa bouche pour l'étouffer. Trop tard : la foule s'était tue.

— Ils sont là ! cria quelqu'un.

— Sus à l'étranger! répondirent en chœur les habitants de la ville.

Bahatir retrouva son aplomb d'un seul coup, passa ses doigts dans ses cheveux, renifla, puis s'élança dans la nuit.

— Le voilà!

Le repérant, des dizaines de Bulgares, armés de bâtons, de torches et de fourches, se jetèrent à sa poursuite.

Le martèlement de leurs bottes sur les pavés ressemblait au roulement du tonnerre. Bahatir ne se retourna pas. Les yeux mi-clos, ruisselant de sueur, il continua sa course effrénée. Inlassables, ses poursuivants ne le lâchèrent pas. La rage semblait leur donner des ailes. Pendant une heure, ils le traquèrent de rue en rue, de quartier en quartier.

Arrivé près d'un khan, le Tcherkesse s'écroula. Sa mâchoire heurta le sol, ses dents s'entrechoquèrent. Il sentit sous sa langue le goût de son sang. Ses muscles se raidirent. «Je ne crèverai pas comme une bête», murmura-t-il en se relevant. Il pénétra dans le caravansérail en vacillant. Un *zaptiyé* était là, allongé sur un banc. A la vue du fugitif, il se redressa, comprit la situation et dégaina son pistolet. Bahatir ouvrit grand les yeux.

— Reste là! ordonna le gendarme.

Il sortit à la rencontre des Bulgares. Un coup de feu en l'air suffit pour calmer leurs esprits échauffés.

— Cet homme est un soldat du sultan! tonna-t-il en brandissant son arme. Le premier qui fait un pas en avant, je l'abats d'une balle en plein cœur!

Les révoltés n'insistèrent pas. Ils baissèrent les bras et s'en retournèrent chez eux en maudissant l'occupant. Le Turc rentra dans le khan et aida le Tcherkesse à s'asseoir. Il lui donna à boire et lui tendit un quignon de pain.

— J'ai du travail pour vous, fit-il en lui tapotant fraternellement la joue.

Bahatir entrouvrit les paupières. Ses yeux étaient cerclés de cernes bistrés. Il se dressa sur les coudes et secoua la tête de gauche à droite. La poussière qui recouvrait son visage lui faisait un masque d'argile.

— Trébizonde... murmura-t-il d'une voix cassée.

Le *zaptiyé* sourit et balaya l'air du revers de sa main.

— Ton apport à la troupe sera précieux, coupa-t-il. Vous avez connu tant de batailles, vous autres, dans le Caucase!

Il marqua une pause, puis poursuivit :

— Tu feras partie des bachi-bouzouks. Ce sont des mercenaires, de vrais guerriers. Il y a déjà des milliers de Tcherkesses, mais aussi des Albanais et des Kurdes, au sein de cette formation... Tu ne seras pas dépaysé!

— A quoi servent-ils? balbutia Bahatir en palpant ses cuisses devenues aussi dures que l'acier.

— Les révoltés bulgares nous donnent du fil à retordre. Menés par des gens comme Panaïot Hitov, Dimitur Ashenov et Stefan Karadja, ils s'organisent. Les troupes régulières installées dans les Balkans ne sont pas suffisamment préparées pour mater ces rébellions. Alors, nous faisons appel aux mercenaires. Même si, par leur férocité et leur goût du brigandage, ils ternissent l'image de notre armée, nous ne pouvons plus nous en passer!

Bahatir vida d'un trait la gourde du *zaptiyé*, se pourlécha les lèvres et lâcha un rot sonore.

— Me laissez-vous le choix? demanda-t-il.

— Après ce que j'ai fait pour vous, rétorqua le Turc en souriant, vous ne pouvez rien me refuser!

XXX

— Marquis Van de Wœstyne de Grammez de Wardes, dit le journaliste en tendant la main. Quel est ton nom, mon brave ?

— Bahatir, dit simplement le Tcherkesse en saluant.

— Appelez-moi Ivan de Wœstyne, fit son interlocuteur en s'asseyant sur un bloc de pierre.

Bahatir dévisagea avec intérêt ce personnage aux longues moustaches, aux cheveux coupés en brosse et aux yeux globuleux surmontés de sourcils circonflexes.

— Je suis rédacteur au *Figaro*, un journal très important en France, expliqua l'étranger. Je suis un ancien capitaine d'artillerie : comme vous, j'ai connu la guerre !

Il sortit de sa gibecière une bouteille de rhum et l'offrit au Tcherkesse. Rapidement mis en confiance, Bahatir la prit d'une main fébrile, la déboucha et en avala quelques gorgées.

— Alors, comme ça, vous venez de Paris... dit-il en essuyant ses lèvres du revers de la main.

— Oui, mon brave ! Le directeur du journal, monsieur de Villemessant, m'a chargé de lui raconter ce qui se passe dans les Balkans. « N'oubliez pas que nous devons tout savoir, et avant tout le monde », m'a-t-il dit.

Il s'esclaffa. Son rire gras, énorme, fit frémir sa moustache.

163

— C'est pour cette raison que j'ai voulu vous rencontrer, déclara-t-il en sortant de sa poche une petite bourse qu'il soupesa en faisant tinter les pièces.

Bahatir s'enthousiasma.

— Que voulez-vous savoir au juste? demanda-t-il d'une voix enjouée.

— Tout! fit le journaliste. Je suis là pour enquêter, pour témoigner... Tout m'intéresse!

Le Tcherkesse posa son fusil sur ses cuisses et croisa les bras.

— Je ne vous parlerai pas de mon enrôlement ni de l'entraînement auquel j'ai été soumis. Disons qu'en un laps de temps très court, j'ai appris à brûler vif un rebelle et à torturer un prisonnier...

Ivan de Wœstyne dissimula mal un sourire. « Ça commence bien », se dit-il en griffonnant des notes sur son calepin.

— En novembre 1875, poursuivit le guerrier, notre troupe de bachi-bouzouks, composée en majorité de Circassiens, a été lâchée sur le village de Soulmchi. La bourgade a été mise à feu et à sang. Nous avons voulu adresser un avertissement aux agitateurs qui se réorganisaient, qui formaient des comités révolutionnaires et distribuaient des armes.

— Les insurgés n'ont pas capitulé?

— Un rebelle est un être qui, quand on essaie de le soumettre, se révolte davantage : le révolté qui se résigne n'est pas un vrai révolté! Pour moi, le propre du révolté c'est d'être entêté, c'est de ne jamais comprendre un autre langage que le sien!

— Ils ont donc poursuivi la lutte!

— En avril — le 20 avril je crois — a éclaté à Koprivchtitsa le coup de feu qui a déclenché la révolution! En réalité, son déclenchement était prévu pour plus tard. Mais un espion turc a réussi à communiquer aux autorités ottomanes les plans des insurgés. Pris de court, les Bulgares ont proclamé prématurément le début de la révolte! A ces actes subversifs, nous avons aussitôt répondu par une répression sauvage. A Pétritch, quelques jours après, nous étions quelque dix mille Tcherkesses à épauler les bachi-bouzouks! Une lutte sans merci nous a opposés aux *comitadjis* bulgares...

164

Il se tut un moment, ferma les yeux et esquissa un sourire féroce.

— Nous les pourchassions partout! Quand ils se réfugiaient dans les montagnes, ils se retrouvaient cernés. Pour les attirer, nous imitions le bêlement des moutons : cédant à l'appel de la faim, ils tombaient dans ce piège grossier!

Il éructa, puis dit d'une voix amère :

— Ces gens-là sont coriaces. Quand nos guerriers les frappaient, ils répondaient : « Pour Dieu et la chrétienté! » Partout dans les Balkans, les rebelles partagent les mêmes idéaux : en Serbie, la révolte couve sous la cendre!

— Quel sort réservez-vous aux insoumis qui tombent entre vos mains? questionna le journaliste.

Bahatir se mordit les lèvres et médita un instant en rajustant le bandeau qui lui ceignait le front.

— Venez! dit-il en faisant signe à son interlocuteur de le suivre.

Les deux hommes cheminèrent un moment le long d'une vaste route bordée de ruines encore fumantes. Ils rencontrèrent un derviche occupé à vendre des talismans à un groupe de soldats, croisèrent des *zaptiyés* poussant à coups de crosse des prisonniers, s'arrêtèrent un moment pour écouter le discours d'un prédicateur turc qui exhortait ses auditeurs à poursuivre la guerre sainte contre les *giaours*. Les deux hommes coupèrent à travers champs.

En cours de route, Ivan de Wœstyne buta contre un objet rectangulaire enfoui dans l'herbe. Il se pencha, le ramassa et poussa un cri.

— Une icône représentant saint Paul! balbutia-t-il.

Bahatir hocha la tête.

— Là où ils interviennent, les soldats irréguliers pillent tout de façon systématique. Même les églises ne sont pas épargnées! Ici, on nous appelle « les sauterelles ». Avez-vous jamais assisté à une invasion de sauterelles?

— Non, reconnut Ivan de Wœstyne en tirant sur ses moustaches cirées aux pointes.

— Elles ne laissent rien sur leur passage!

165

Les deux hommes firent encore quelques pas, puis s'arrêtèrent à l'entrée d'un village. Le journaliste écarquilla les yeux : des gravats à perte de vue, une église déchirée par les boulets, des murs défoncés, des arbres carbonisés, une terre calcinée... Des potences se dressaient çà et là : pieds et poings liés, des pendus se balançaient au bout d'une corde. Sur des pieux disposés autour de cette bourgade ravagée... des têtes avaient été empalées ! Des vieillards et des enfants erraient au milieu des décombres, cherchant leurs proches parmi des cadavres dépecés. Des milliers de corbeaux venus on ne sait d'où enténébraient le ciel. Leur coassement sinistre couvrait les pleurs des survivants et le grincement des potences malmenées par le vent.

— Mes esprits se perdent au milieu de ces cruautés inouïes, bredouilla le rédacteur du *Figaro* en mettant une main sur ses yeux.

Bahatir haussa les épaules.

— Vous êtes sans doute le seul journaliste au monde à avoir vu ce spectacle, dit-il. Mais quoi que vous disiez à vos lecteurs, vous resterez en deçà de la vérité !

Une peine profonde avait décomposé les traits d'Ivan de Wœstyne ; ses yeux avaient un regard halluciné.

— Toi, Bahatir, tu as participé à ces actes de barbarie ?

— Je ne me pose pas de questions, répliqua le Tcherkesse. On dit que « l'âme déracinée pratique l'injustice ». Acculé à me battre comme une bête, je me complais dans cette condition, la seule, peut-être, susceptible de m'éloigner du rêve qui me talonne : le rêve de revenir au bercail... « Le rêve, répétait mon oncle Kalimat, a le cauchemar pour repoussoir. » Pour échapper à l'emprise envahissante de l'un, je me jette aveuglément dans les bras de l'autre ! Je m'immerge pour faire le vide, je m'enfonce dans la souffrance jusqu'à atteindre le point où la douleur n'existe plus, où le cœur et le cerveau s'ankylosent !

Il se tut, se gratta le front, puis avoua d'une voix sourde :

— J'ai agi comme les autres guerriers, oui. Depuis que je me suis enrôlé, j'ai tué seize personnes. Dans un village, un homme nous résista un jour en tirant un coup de fusil. Nous lui coupâmes d'abord un bras, puis, un quart d'heure après, je lui crevai un œil; après quoi, ce furent le nez et les oreilles qui tombèrent. Enfin, nous lui...

— C'est assez! s'exclama le journaliste d'une voix dure. Tu me dégoûtes... Dire que Sir Henry Elliot, l'ambassadeur de Grande-Bretagne à Constantinople, conseille au gouvernement turc d'écraser les mouvements révolutionnaires « sans égards quant aux moyens à employer! »... Je me demande ce qu'il faut attendre de ce monde quand les plus civilisés donnent un si piètre exemple!

XXXI

Newcastle-upon-Tyne, 12ᵗʰ september
1878.
Monsieur de Wœstyne.
Le Figaro,
64, avenue de l'Indépendance,
Paris — France.

Cher Monsieur,

C'est avec intérêt que je me suis penchée sur vos articles relatifs à l'affaire d'Orient. Exerçant moi-même, depuis de nombreuses années, le métier de journaliste, j'ai été sensible à votre témoignage. J'ai lu votre Voyage au pays des Bachi-Bouzouks, paru il y a deux ans à Paris, et que des amis français viennent de m'envoyer. Ce livre est passionnant, je vous en fais compliment. Vous avez été l'un des premiers à rendre compte des atrocités commises par les Turcs dans les Balkans. Votre dénonciation des crimes perpétrés en Roumélie rejoint les thèses développées par mon compatriote, William Gladstone, dont le pamphlet intitulé The Bulgarian Horrors and the Question of the East avait eu un grand retentissement à

168

Londres : quarante mille exemplaires vendus en une semaine! Sensibles aux idées de Gladstone, les Anglais avaient alors voué les Ottomans aux gémonies : à Liverpool où l'on jouait Othello, *toute la salle se levait et applaudissait à la phrase :* « La tempête désespérée a étrillé les Turcs »!

Jusqu'à une période récente, je l'avoue, je doutais de l'impact que pouvaient avoir les mots. Je ne croyais pas qu'on pût vraiment, avec sa plume, changer le monde ou, à tout le moins, faire bouger les choses. J'avais connu, avec le directeur d'un hebdomadaire auquel j'avais collaboré autrefois, nombre de désillusions : notre voix ne portait pas; nous avions l'impression de prêcher dans le désert. Chaque vérité que révélait notre hebdomadaire était aussitôt étouffée; tous les cris que nous lancions ne trouvaient pas d'écho.

Vous avez transformé ma vision des choses. Je ne parlerai pas de Gladstone : c'est un homme politique dont les prises de position ont toujours été calculées. Il n'a qu'un but : renverser Disraeli. *Sa dénonciation des* « horreurs bulgares, œuvre de la race anti-humaine de l'humanité », *n'est sans doute pas innocente. Je doute qu'un homme politique puisse parler avec son cœur...*

Vous, Monsieur de Wœstyne, n'aviez qu'un souci : dire la vérité, toute la vérité. Une fois cette vérité proclamée, l'Europe s'est réveillée. J'ai devant moi des textes écrits par des Russes : Tourgueniev, Dostoïevski... Je sais que votre fameux poète, Victor Hugo, s'est levé au Parlement pour dire son indignation. Je sais qu'il a crié : « Aura-t-il une fin le martyre de ce petit peuple héroïque? Il est grand temps que la civilisation l'interdise! » *Ces penseurs se sont manifestés le jour où vous avez publié votre témoignage : ce n'est pas un hasard. Merci, merci, Monsieur de Wœstyne, de m'avoir réconciliée avec les mots!*

Ces réflexions faites, permettez-moi, Monsieur, d'aborder un sujet autrement plus délicat. Je ne puis vous dissimuler combien j'ai été affligée en découvrant l'idée que vous vous faites des Circassiens. Votre livre fait l'amalgame entre les Tcherkesses et les bachi-bouzouks. Vous oubliez, me semble-t-il, que les Circassiens présents dans l'Empire ottoman sont des exilés qui ont tout perdu et qui se sont retrouvés dans le dénuement total. Je n'approuve pas le parti que vous prenez de faire endosser à une communauté entière les crimes qu'une minorité perpètre sur ordre du sultan. Je n'ignore pas que, depuis la publication de votre livre, de nombreux événements sont survenus dans les Balkans : tirant profit de l'émotion suscitée chez les Européens, fort de l'appui de l'opinion russe désireuse de « libérer les frères slaves assujettis », le tsar Alexandre II a déclaré la guerre à la Turquie et a envoyé ses troupes en Bulgarie. Les Tcherkesses — je veux dire les civils, ceux que vous oubliez — ont connu un nouvel exode. En Serbie, dans les régions de Nis et de Prokuplje, ils ont abandonné tous leurs biens et ont fui en catastrophe... Ce n'est pas sans une peine extrême que j'ai appris que sur la tragédie vécue sur le champ de bataille allait bientôt se greffer une tragédie jouée dans les coulisses : après la capitulation des Turcs, le 3 mars dernier, la convention de San Stefano, puis le traité de Berlin, ont conduit à un redécoupage de la péninsule balkanique. Ces accords n'ont pas ménagé les Circassiens : lassés des débordements des guerriers tcherkesses dans les Balkans, soucieux de garantir définitivement la sécurité des nouvelles frontières dessinées, les Russes ont exigé que tous les réfugiés circassiens installés aux confins de l'Empire russe soient « absolument exclus » de la région. Certains tiennent rigueur au sultan Abdul Hamid II de n'avoir pas défendu les exilés, d'avoir « oublié » que sa propre mère est une Circassienne. Mais avait-il le choix ?

J'ai bien connu les Circassiens, croyez-moi. J'entretenais de bons rapports avec l'un de leurs chefs, un homme remarquable qui a tout sacrifié au profit de la résistance. Il n'est probablement plus de ce monde... J'ai moi-même visité la Circassie. Je sais ce que ce peuple a enduré. Ne nous acharnons pas sur lui, ne l'accablons pas davantage !

Bientôt, en application des accords signés, des milliers de Circassiens seront déracinés des Balkans. Ce qui augmente ma crainte, c'est qu'ils seront, selon toute vraisemblance, envoyés en Anatolie dans des régions insalubres, ou expédiés vers des provinces reculées de l'Empire !

Voilà toutes mes pensées. L'objet de ma lettre est moins de vous montrer que les bourreaux peuvent être aussi des victimes, que de solliciter votre indulgence à l'égard d'un grand peuple qu'on a voulu mettre à genoux. Vous avez sans doute lu le Marchand de Venise. *Relisez cette pièce de Shakespeare. Arrêtez-vous à la première scène de l'acte IV :*

Les exilés du Caucase

And earthly power doth then show likest God's
When mercy seasons justice

Adieu, Monsieur. Merci d'avoir écouté la vieille dame que je suis.

SARAH HAMILTON

XXXII

Journal de mer

Kavala... Trop beau port pour si triste spectacle... On dit que la nature communie toujours avec l'événement. Rien n'est moins vrai : la nature est parfois féroce. Il est des guerres sanglantes qui font rage sous un soleil radieux, et des moments heureux célébrés sous des torrents de pluie !

Kavala... ce port, appelé ainsi en souvenir d'un ancien relais de poste, est l'un des joyaux de la Macédoine. Connu sous le nom de *Néapolis,* puis de *Christopolis,* visité par saint Paul, il est dominé par un couvent aux apparences de château fort, l'*Imaret,* construit sur un promontoire rocheux par le sultan Mehmet Ali, né sur ce rivage.

C'est ce lieu qui a été choisi par la Porte comme premier point de rassemblement de mes compatriotes chassés des Balkans et indésirables en Anatolie, en vue de leur transport vers des contrées lointaines, vers... « les terres saintes de l'Islam ». Djantémir, sa femme, son fils, Seteney et moi-même, Kalimat, faisons partie du voyage.

172

Partir n'est pas un choix facile à faire, mais rester plus longtemps à Trébizonde serait suicidaire !

Commencé à l'aube, l'embarquement sur *le Sphinx*, le steamer de la Lloyd's autrichienne affrété par les autorités ottomanes pour la circonstance, se déroule dans des conditions difficiles. Accueillir à bord les centaines de réfugiés qui se pressent sur les quais du port n'est pas chose aisée. Les passagers qui se bousculent sur la passerelle emportent avec eux tout ce qu'ils possèdent : des couchettes crasseuses soigneusement enroulées, des souvenirs du Caucase — outils, costumes, armes anciennes... — maladroitement mis en ballot... De nombreux guerriers transportent des coffres suspects : le butin récolté dans les églises de Roumélie, sans doute...

Combien sont-ils ? Deux mille, trois mille Tcherkesses ? Difficile à dire... Toujours est-il que le steamer est submergé par une marée humaine impressionnante. Sur le pont, bien que le navire soit déjà bondé, le capitaine Ivanics et quelques membres de l'équipage marchandent avec des réfugiés que les autorités ottomanes ont « oublié » de recenser sur leurs listes, et leur réclament des sommes exorbitantes pour accepter de les prendre à bord. L'histoire se répète.

— Vous profitez de notre détresse ! C'est du chantage, de l'exploitation ! hurle quelqu'un.

— C'est que les places sont limitées ! Et puis, de toute façon, on n'oblige personne à partir ! rétorque un matelot d'un ton bourru.

Le troupeau humain est parqué dans des cales exiguës imprégnées de remugles de moisi, d'odeurs nauséeuses de bétail et de foin. Des disputes éclatent déjà : un adulte qui admoneste un gamin gênant, un voyageur au colis trop encombrant houspillé par ses congénères, deux guerriers qui revendiquent l'un et l'autre la propriété d'une caissette, un vieillard qui exige que les femmes soient regroupées dans une même cale...

La confusion règne à bord de ce steamer surchargé qui finit par quitter Kavala à destination du port syrien de Lattaquieh. La sirène retentit. Une fois, deux fois, trois fois. Comme les coups de feu tirés, il n'y a pas si longtemps, sur les rivages du Caucase. En guise d'adieu.

4 mars 1878

Bétail humain. Voilà ce que nous sommes. Entassés à fond de cale, nous parvenons à peine à nous mouvoir. Nos muscles sont engourdis; d'insupportables fourmillements nous brûlent le corps. Une odeur fétide règne toujours ici, et une humidité pénétrante nous ronge, nous suce les os. Les gens qui m'entourent n'ouvrent pas les yeux. Ils ont décidé de dormir, le temps du voyage. Se réveillant parfois, certains entonnent un air du Caucase pour, croient-ils, donner du courage aux autres. Mais ils finissent par se taire, gagnés par un sommeil contagieux. A l'heure du repas, des miches de pain rassis sont distribuées et une bouteille d'eau circule. Je ne bois pas. Je n'oublie pas les épidémies qui ont décimé des navires entiers à Sivas ou à Trébizonde, et je prie Allah de me préserver, de préserver toute cette cale, de la maladie. Djantémir et moi sommes assis dos à dos. Seteney, Mervet et le petit Moussa somnolent à nos côtés. Depuis la décision du départ prise il y a une semaine, mon neveu est étrangement calme. Il est comme soumis au destin qui l'emporte. Pour ma part, je ne fais que prier. C'est l'acte qui ne requiert aucun mouvement, c'est donc le plus pratique. Ecrire est en revanche laborieux : la compacité des grappes humaines conditionne mes moindres mouvements et l'absence quasi totale de lumière rend illisible tout ce que je note. Des bruits, en provenance des trois autres cales, me parviennent parfois : des éclats de voix, des bagarres qui éclatent entre guerriers irascibles... Mais, à dire vrai, ce ne sont pas ces bruits-là qui m'inquiètent : ce sont les bruits du dehors. Les mugissements de la mer, les hurlements du vent. Et puis, surtout, depuis ce matin, les gémissements des cloisons du navire. Je redoute une tempête. Mais « je redoute » est peut-être trop fort. Que redouter encore après tout ce qu'il m'a été donné de voir !

5 mars 1878

7 h 00

Ce matin, Djantémir et moi avons décidé de sortir coûte que coûte prendre l'air : l'atmosphère est devenue irrespirable dans cette cale qui ressemble à un immense cercueil. Jouant des coudes, enjambant les corps de nos compagnons, nous avons réussi à nous frayer un passage jusqu'au pont. Stupeur : le pont est aussi peuplé que les cales. Partout, une foule agglutinée, des réfugiés couchés à même le plancher comme des marchandises en pontée. Le ciel, menaçant, se couvre au fil des minutes et un vent violent anime la mer.

J'interroge en turc un marin qui passe par là :

— C'est encore loin ?

Il me répond que les conditions météorologiques commandent au capitaine de faire escale au port chypriote de Famagouste où il attendra que la tempête se calme et où le steamer s'approvisionnera en charbon. Il me montre du doigt le cap Aghios Andhréas et le roc Klito émergeant d'un brouillard blanchâtre.

Nous essayons, Djantémir et moi, de revenir sur nos pas. Mais toutes les issues sont désormais bloquées par les réfugiés qui cherchent à s'éloigner du garde-fou par crainte des coups de mer que le steamer commence à embarquer. Coincés sur le pont, il ne nous reste plus qu'à trouver un refuge. C'est à proximité d'un canot de sauvetage que nous finissons par nous abriter, à croupetons, en ramenant au-dessus de nos têtes le prélart servant à couvrir l'embarcation. Par précaution, nous nouons autour de notre taille le grelin de chanvre qui traîne à nos pieds. Nous voulions de l'air frais ? Nous voilà servis !

175

12 h 00

Pelotonnés sous la bâche, nous observons avec effroi la tempête s'acharner contre le steamer. Le navire a l'air d'une coquille de noix sur cette mer houleuse, sur cette mer déchaînée. D'énormes vagues fouettent la coque, des cataractes d'eau salée et de pluie déferlent sur le pont, menaçant de tout emporter sur leur passage. Les tangages se font violents et les embardées de plus en plus fréquentes. La cheminée crache avec un râle des torrents de fumée noire qui se fondent dans le brouillard qui nous engloutit et obscurcissent le ciel bas qui nous écrase.

Oui, je redoute le pire, et je pèse mes mots.

16 h 00

Un accident effroyable, il y a une heure à peine. Une lame monstrueuse a franchi le couronnement du steamer et, balayant le pont de l'arrière à l'avant avec une violence inouïe, a tout charrié dans son sillage, happant une quarantaine de réfugiés.

Je les ai vus, déséquilibrés par la vague, tentant désespérément de s'agripper aux chandeliers et aux filières du bastingage ; je les ai vus disparaître en hurlant, engloutis par les flots !

18 h 45

Comme si la catastrophe de tout à l'heure — à laquelle je n'ai échappé que grâce au cordage qui me lie au canot — n'avait pas suffi, voilà qu'un nouveau malheur frappe *le Sphinx*. Un sifflement assourdissant vient de retentir à bord : le signal d'alarme !

— Tous à la machinerie! Arrière toute!

J'entends crier le capitaine. Autour de moi, les passagers se regardent avec effroi.

Du caillebotis d'une écoutille, à l'avant du steamer, des volutes de fumée se dégagent...

— La vapeur s'échappe par les soupapes de la chaudière! tonne le timonier en agitant sa casquette.

— La chambre aux chauffes flambe! lui répond-on.

Les matelots s'égaillent dans toutes les directions. Une panique indescriptible s'empare des réfugiés. Une bousculade sauvage s'ensuit: des mains qu'on écrase, des jambes qu'on piétine, des corps humains devenus marchepieds... Ceux qui, tantôt, fuyaient les vagues en cherchant refuge dans les cabines et les cales, remontent précipitamment sur le pont toujours assailli par les flots. Deux marins qui essayaient de rétablir le calme sont malmenés par des guerriers à bout de nerfs...

De mon abri, je surveille avec anxiété et la mer courroucée et les tourbillons de fumée. L'eau, le feu. *Séossérès, Tleps.* Lequel de ces deux éléments, de ces deux dieux, nous est le moins hostile?

6 mars 1878

3 h 30

La nuit n'a été que lutte contre le feu et lutte contre les flots. Le cauchemar continue. En griffonnant ces mots, j'essaie de mettre de l'ordre dans mes idées. Je revois des images confuses, des scènes atroces: l'incendie qui s'est déclaré à bord du steamer s'est propagé dans les cales. Mervet et son fils ont réussi à se dégager. Mais Seteney est restée coincée à l'intérieur du *Sphinx*. Tous les efforts ont été déployés pour délivrer les Tcherkesses prisonniers des flammes et sauver le bâtiment. Rien à faire: mille fois, j'ai vu des réfugiés s'enfoncer par les écoutilles dans les profondeurs du steamer, armés

177

de seaux et de couvertures, puis remonter, suffocants, cramoisis, les yeux exorbités.

Rien à faire.

Même date

4 h 30

La tempête a couché *le Sphinx* en dérive sur un écueil, une chaussée aréneuse située à quelques encablures de la côte chypriote. La coque a été sérieusement endommagée. A bord, les tentatives pour l'extinction du feu ont redoublé. Les images se bousculent dans ma tête : une forte odeur de brûlé qui flotte, la chaleur qui fait vibrer l'air, le vent qui rend plus difficile encore la tâche des sauveteurs... Pour acheminer plus rapidement les seaux d'eau, nous avons fait la chaîne. Chaîne humaine dérisoire. Quoi de plus enrageant que la solidarité vaincue par l'impuissance ? Les efforts conjugués voués à l'échec ont cela de désespérant qu'ils vous révèlent, crûment, que l'homme n'est rien, que les hommes ne pèsent pas lourd dans la balance de la destinée.

Même date

5 h 00

Le capitaine Ivanics a finalement pris une décision terrible : rabattre le panneau de l'écoutille menant à la cale en feu pour circonscrire le sinistre et empêcher les flammes de s'étendre aux autres compartiments du navire. En fermant la trappe, il a condamné à une mort certaine plusieurs centaines de réfugiés. Mais avait-il vraiment le choix ?

Massés sur le pont, mes compagnons n'ont pas vraiment mesuré la portée de son geste et ont continué de déverser de l'eau de mer à travers les manches à air et par les autres écoutilles. Les marins, eux, ont tenté pour la dernière fois de renflouer le steamer.

Trop tard.

11 h 00

Les survivants ont été évacués. A l'aide de canots de sauvetage, nous avons été transportés jusqu'au rivage. Etendus sur les dunes de cette plage inconnue, fourbus et hébétés, nous contemplons le navire échoué qui se consume, incinérant dans ses entrailles cinq cents de nos compagnons. Immense brasier dont les reflets rougeoyants impriment sur la mer des marques sanglantes. Beaucoup, autour de moi, se sont pris la tête entre les mains. Pour ne pas voir. Et pour pleurer. Des femmes hurlent leur douleur. Les guerriers, eux, essaient de contenir leur colère. Colère contre la bande d'incapables qui gouvernait le steamer; colère contre Allah; colère contre *Chiblé, Séossérès* et *Tleps*; colère surtout contre le mauvais sort qui nous persécute toujours, même dans notre exil. Djantémir, à genoux, se cogne la tête contre le sol. Sa douleur est la mienne. Mais je n'ai plus de larmes. J'ai du mal à croire que Seteney, cette femme d'exception, a cessé d'exister. Deux images d'elle me reviennent: en robe d'apparat lorsqu'elle fut enlevée par mon frère; les yeux clos au fond de cette cale maudite. Entre ces deux images, a-t-elle seulement eu le temps de connaître le bonheur? Je n'en suis pas certain: la guerre est l'ennemie du bonheur. Seteney aurait voulu triompher de la guerre...

22 h 00

Le capitaine et tous les membres de l'équipage ont abandonné le navire vers 18 heures. Ils sont introuvables. Quelqu'un a cru les voir déguerpir, pris de panique. Les guerriers, qui les soupçonnent d'avoir délibérément mis le feu au *Sphinx* et qui leur font endosser la responsabilité de la double catastrophe, ont fait le serment de venger ceux qui ont péri. Djantémir, plus furieux que jamais, s'est juré d'avoir la peau d'Ivanics et participe activement aux recherches.

— L'adversité ne frappe jamais si elle n'est pas provoquée... m'a-t-il déclaré, comme si cette maxime approximative suffisait à justifier son acharnement ridicule...

9 mars 1878

En attendant les premiers secours qui n'arrivent toujours pas, nous avons dressé des huttes de branchages. La population du village voisin de Bucolida semble terrorisée à la vue des mines hagardes que nous affichons. Elle n'ignore pas la sinistre réputation de mes compatriotes, et a déjà demandé aux autorités de l'île de nous déplacer. Un envoyé de l'Administration ottomane vient de nous informer qu'Ivanics et ses hommes ont été recueillis dans le port de Trikomon par le *HMS Coquette* et par le navire de guerre français *le Linois*, spécialement envoyés de Beyrouth pour leur porter secours. Le fonctionnaire turc a fustigé le comportement irresponsable et les débordements inadmissibles des réfugiés « incapables de dompter leurs instincts ». La vision des coffres gorgés de bijoux que les guerriers ont réussi à sauver de la catastrophe a dû confirmer ses soupçons.

— Votre prochaine destination sera Ashkelon. Ou peut-être Saint-Jean-d'Acre, a-t-il annoncé.

Des destinations qui ne signifient plus rien pour moi. Je vais rester là, sur cette plage, assis à même le sable. Je veux regarder fumer *le Sphinx*, regarder mourir des compagnons qui n'ont fui la Circassie que pour périr à Chypre dévorés par les flammes; et puis, à la manière des Vikings qui, dit-on, couchaient leurs morts dans une barque qu'ils enflammaient en pleine mer, pousser l'épave vers le large afin qu'elle s'enfonce en brûlant dans le ventre de la grande bleue — bûcher grandiose à la gloire des défunts et en offrande aux dieux pour calmer leur courroux !

14 mars 1878

Un navire autrichien, *le Timavo*, avec, à son bord, deux mille Tcherkesses, s'est vu refuser l'autorisation de débarquer ses passagers à Larnaka où la population locale, en raison des conditions de vie qu'elle connaît et par crainte de troubles, a sollicité — et obtenu — le refoulement des nouveaux réfugiés. Le bâtiment a été orienté sur Adalia, à charge de revenir convoyer jusqu'à Saint-Jean-d'Acre les rescapés du *Sphinx* rassemblés à Famagouste.

A quand la délivrance ?

XXXIII

Le désert! Kalimat ouvrit grand les yeux. Une mer de sable s'étendait à l'infini. Le sable roux, lisse comme un miroir, scintillait au soleil. « Des neiges de l'Elbrouz aux dunes du désert! » songea le Tcherkesse. Il fit signe à la caravane d'avancer. Les chameaux, chargés de ballots et de palanquins, se mirent en branle en balançant leur cou flexible, suivis de quelque deux cents Circassiens accablés par la chaleur suffocante.

— C'est encore loin? demanda Mervet en essuyant la poussière qui lui cendrait la face.

Le guide du convoi était un puits de science. Il appartenait au petit groupe ethnique et religieux des Samaritains. Il avait accepté de quitter son village situé sur les pentes du mont Garizim, au sud-ouest de Naplouse, à proximité de l'ancienne Sichem où aurait eu lieu le sacrifice du fils d'Abraham, pour orienter les réfugiés. Il répondit à la question de la Circassienne par un sifflement prolongé.

— Il veut dire que c'est loin, interpréta Kalimat en engageant son chameau sur la piste imprimée par les pas de la monture du guide.

L'air était irrespirable. Un vent chaud fouettait les visages tannés des exilés, soulevait des nuages sableux qui irritaient leurs yeux et bouchaient leurs narines.

— Où allons-nous exactement? chuchota Djantémir à l'oreille de son oncle.

— Après l'accueil hostile que nous ont réservé les habitants de Saint-Jean-d'Acre et de Naplouse, nous n'avons plus qu'une solution : l'est du Jourdain !

Djantémir jeta un regard affectueux à son fils qui s'était dépouillé de ses vêtements, puis contempla l'horizon. Le disque du soleil était rouge. Des vapeurs de chaleur montaient de la terre, déformaient le paysage. Il considéra le Samaritain d'un œil soupçonneux et lui demanda d'un ton sec :

— Savez-vous au moins où vous nous menez? Avant de traverser le désert, nous aimerions...

— Rabbath Ammon, interrompit le guide. Certains appellent le lieu « Amman ». C'est l'ancienne cité romaine de Philadelphie; elle est à l'abandon depuis cinq siècles. Il s'agit d'un point d'eau où les troupeaux des bédouins viennent se désaltérer. On y trouve aussi de belles et vastes ruines...

Djantémir haussa les épaules.

— Le prophète Ezéchiel, poursuivit le Samaritain, a eu dans ses *Oracles contre les Nations* ces paroles prémonitoires :

> *Je ferai de Rabbath un parc à chameaux*
> *Et des villes d'Ammon un bercail à brebis...*

— Les prophètes ont toujours raison ! fit Kalimat en ordonnant à ses compatriotes d'avancer.

*
* *

La bouche ouverte, les Tcherkesses plongèrent dans l'eau fraîche sans même prendre la peine de se déshabiller. Kalimat laissa éclater sa joie. Il s'assit près du nymphée romain construit en ce lieu vers le IIIe siècle et caressa de ses mains calleuses les niches et les fresques

183

qui l'ornaient. L'air ici était pur. Les feuillages des arbres touffus qui longeaient la rivière avaient un doux bruissement. Les plantes agrestes qui enlaçaient les ruines étaient d'un vert éclatant. Il promena son regard sur les vestiges qui émaillaient le site. Un peu plus loin, un amphithéâtre : le Rabbath Ammon évoqué par le Samaritain. Sculpté dans le cœur d'une des nombreuses collines de la région, il avait l'air d'un éventail immense largement déployé. Ou d'un diamant conique taillé à même le roc.

— Venez, fit le guide en lui tapotant l'épaule.

Les deux hommes se dirigèrent vers le théâtre. Des salissures de bêtes, des os décharnés et des carcasses mutilées d'animaux tombés là pour ne jamais plus se relever en jonchaient le sol. *« Un bercail à brebis »*, songea le Tcherkesse en se remémorant les paroles du prophète Ezéchiel.

— Ce monument, expliqua le Samaritain, a probablement été construit dans la deuxième moitié de notre ère par Antonin le Pieux. Il pouvait contenir près de six mille spectateurs et était flanqué d'un odéon où jadis, pendant la saison d'hiver, se déroulaient concerts et récitals.

Kalimat ramassa un morceau de calcaire recouvert de poussière. Il l'essuya, puis renifla la mince poudre grise qui lui avait taché les doigts.

— Ça ne sent pas le sable, remarqua-t-il. Ça sent la cendre. Cette poudre a l'odeur des lieux visités par l'histoire !

Il observa les ruines environnantes. Face à l'amphithéâtre, les restes d'une place à colonnade : colonnes corinthiennes imposantes, dressées comme des bougeoirs ; colonnes décapitées dont il ne subsistait que la base massive et le tambour ; colonnes couchées dont les fûts, accolés bout à bout, ressemblaient bizarrement à des chapelets de saucisses. A quelques pas de là, à moitié enfouis dans le sable, des chapiteaux ornés de feuilles d'acanthe, une bassine cannelée, des troncs de statues dépourvus de membres...

— Voyez, là-haut ! fit le guide en pointant son doigt vers le lointain.

Le Tcherkesse leva les yeux et découvrit, juchée sur un éperon rocheux, une imposante citadelle.

— C'est la *Quala'a*, expliqua le Samaritain. On raconte qu'un passage souterrain la reliait à l'amphithéâtre !

Des enfants circassiens firent irruption dans le site. Emerveillés, ils se mirent à grimper les marches étroites et glissantes des escaliers desservant les gradins de l'auditorium et à chahuter au milieu des blocs de pierre.

— Venez voir ! s'exclama l'un deux en tirant Kalimat par la manche de sa *tcherkesska*.

Le Tcherkesse obéit et le suivit. Le petit garçon se planta au pied des gradins et, plaçant ses mains en porte-voix, poussa un hurlement. Amplifié par l'écho, le cri fut répercuté par l'hémicycle. Kalimat sourit et donna au gamin une tape paternelle sur la joue.

— Voyez ce qui les amuse, confia-t-il au Samaritain. De mon temps, dans le Caucase, le dressage des chevaux et des faucons meublait les loisirs des enfants !

Les exilés envahirent bientôt Rabbath Ammon. Ils commencèrent à déblayer les déchets qui déparaient le monument, à nettoyer les dalles de calcaire défoncées, à désengorger les passages intérieurs débouchant sur les paliers.

— Que font-ils ? questionna le guide en plissant les yeux.

— C'est là que nous habiterons ! murmura Kalimat en caressant sa moustache blanche. C'est dans le creux de ces ruines millénaires, dans les entrailles de ce théâtre romain, que nous allons vivre. Finies les tentes que le vent emporte... Finis les marécages !

Il déploya ses bras comme pour embrasser le paysage.

— C'est là que nous nous ancrerons ! enchaîna-t-il. Ce lieu qui a su résister au temps et aux caprices de l'histoire sera notre port d'attache...

Il s'interrompit et se mordit les lèvres. Non loin de là, un vieux Tcherkesse décrépit, assis en tailleur, fermait les yeux. « Cherche-t-il à chasser les souvenirs qui lui taraudent la mémoire ? S'efforce-t-il, par la méditation, d'exorciser de ce lieu la sournoise malédiction qui pourchasse notre peuple ? » se demanda Kalimat. Le vieillard sanglotait : des larmes coulaient le long de son visage, mouillaient sa barbe. Les deux hommes le virent se déchausser, jeter au loin ses bottes éculées et refermer sa main fripée sur ses orteils ensanglantés.

— C'est de douleur qu'il pleure, dit le Samaritain.

XXXIV

Le Samaritain aida la vieille dame à descendre de son palanquin.

— C'est là, dit-il en montrant Amman du doigt.

Sarah Hamilton portait un chapeau de feutre à bord relevé garni d'un bourdalou. Elle s'en débarrassa et secoua ses cheveux blancs.

— C'est là que vous aviez conduit les Tcherkesses? questionnat-elle d'une voix chevrotante.

Le guide confirma d'un hochement de tête. L'Anglaise sortit de sa sacoche une paire de jumelles qu'elle braqua sur le site. Un cri d'horreur lui échappa :

— C'est affreux, balbutia-t-elle. Ils ont construit leurs habitations au milieu des ruines!

Elle tendit une main tremblotante en direction de la rivière. Des maisonnettes aux murs en clayonnage badigeonnés à la chaux, aux volets de bois, dotées d'un toit en terre laminée, s'adossaient hardiment au nymphée romain!

Elle tourna vers son guide un visage auquel l'excès de fard, la fixité des traits et la bouche entrouverte donnaient l'aspect d'un masque.

— Ils ont un mépris absolu pour les vestiges qui les entourent! marmonna-t-elle.

Elle se tut un moment, réfléchit, puis dit avec indulgence :

— Après tant de catastrophes et de morts, peut-on leur demander de respecter des blocs de pierre ?

Elle rangea ses jumelles dans leur étui. Ses yeux verts rencontrèrent le regard du Samaritain.

— Sont-ils heureux au moins ?

— Je le crois, répondit le guide. A mesure qu'Amman prospère grâce aux nouveaux arrivants, les tribus bédouines de la région, jusque-là hostiles à l'occupation par les pionniers de ce qu'elles considèrent comme leur terre, font de plus en plus de concessions et se gardent de se frotter aux guerriers tcherkesses. Les Circassiens ont d'ailleurs introduit dans le pays les *arabas* et utilisent des techniques révolutionnaires dans le domaine de l'agriculture : batteuses, araseuses... Les bédouins sont impressionnés : ils appellent les Caucasiens des « tueurs de pain » parce qu'ils découpent les galettes avec un couteau !

Sarah Hamilton secoua la tête tout en mordillant la jugulaire en cuir de son chapeau.

— Il y a parmi les exilés des descendants du fameux cheikh Mansour, m'avez-vous dit ?

— C'est exact, confirma le Samaritain. Ils vivent non loin d'Amman, dans le village de Wadi as Sir. Il y a son frère, le vieux Kalimat. Il y a son fils Djantémir et le fils de celui-ci, Moussa, qui vient d'épouser Zakia, une Tcherkesse de Jerash...

— Jerash ?

— C'est la *Yabboq* de la Bible. Elle était désignée à l'époque séleucide sous le nom d'*Antioche au Chrysoroas* — du nom de la rivière dorée qui la traverse. Conquise par Pompée, elle fit partie de la Décapole, puis fut christianisée sous Justinien avant d'être dévastée par de violents séismes. Son dernier occupant fut au XIIe siècle le roi franc de Jérusalem, Baudouin II, qui ne laissa derrière lui que champ de ruines...

— Les Tcherkesses ont redonné vie au site ?

— Tout à fait, répondit le Samaritain. Menés par un certain Amir

Nuh Bey, ils ont occupé la région et ont abondamment cultivé la terre autour de la cité romaine. Mais à Jerash comme à Amman, ils n'ont pas hésité à recourir à la poudre pour abattre les colonnes !

Il se tut, se racla la gorge, puis dit :

— Vous savez, cette région doit beaucoup à vos protégés. Au nord-ouest d'Amman, ils ont fondé un village qu'ils ont baptisé « Naour ». Il correspond au site d'*Abel-Keramin* ou le « pré des vignes », cité mentionnée dans la Bible par Isaïas et les Juges. Auparavant, vers 1880, ils avaient fondé, autour d'une source située à dix kilomètres de Rabbath Ammon, le village de Wadi as Sir dont je vous ai parlé. Avec une solidarité exemplaire, les habitants d'Amman avaient aidé leurs frères de Wadi as Sir à bâtir leurs maisons... A Zarqua, Suweileh et Ruseifa, de nouvelles colonies ont aussi vu le jour. Elles cohabitent avec des colonies d'exilés tchétchènes !

Sarah Hamilton soupira, s'assit sur un bloc de pierre et leva les yeux au ciel : un frais rayon de soleil ourlait d'or les nuages.

— C'est bon de les voir établis dans cette contrée, murmura-t-elle en agitant son éventail.

Un groupe de cavaliers, émergeant d'un rideau de poussière, fit tout à coup son apparition.

— Des bédouins ! glapit l'Anglaise en se redressant d'un bond.

— Non, dit le Samaritain d'une voix rassurante. C'est l'homme que vous cherchiez...

L'escadron encercla les deux voyageurs. Un guerrier barbichu, aux oreilles en feuilles de chou et au ventre rebondi, descendit de son cheval. Il était coiffé d'un *kalpak* gris et portait l'uniforme tcherkesse. Il s'avança en direction de l'Anglaise en tenant par la bride sa monture qui encensait.

— C'est Mirza Pacha Wasfi, chuchota le guide. Un vétéran de la guerre des Balkans auquel le sultan a confié la tâche de veiller à la distribution des terres aux réfugiés...

Le Circassien se planta devant Sarah et croisa les bras.

— J'ai été prévenu de votre arrivée, dit-il d'une voix grave. Bienvenue à Amman !

L'Anglaise fit une courte révérence, puis entraîna le chef tcherkesse à l'écart. Tous deux s'installèrent sous un palmier.

— Je sais avec quel dévouement vous avez servi la cause de mon peuple... Vous avez consacré votre vie à nous défendre ! fit Mirza Pacha.

Sarah Hamilton sortit un mouchoir de sa sacoche, épongea son front sillonné de rides, puis déclara :

— J'ai profité d'un voyage d'agrément en Egypte pour faire un saut à l'est du Jourdain et rencontrer les représentants de la communauté tcherkesse dans cette région du monde. C'est peut-être mon dernier voyage...

Elle toussota, tamponna ses joues enduites de cold-cream avec son mouchoir brodé.

— J'ai tenu à vous informer d'un projet que le sultan compte mettre à exécution dans la région, confessa-t-elle. Le but de cet important projet est, entre autres, de contrecarrer les visées britanniques sur la mer Rouge. Le calife prétend qu'il est uniquement destiné à faciliter aux musulmans l'accomplissement du *Haj* — le pèlerinage dans les lieux sacrés de l'Islam. Ce projet consiste en une ligne de chemin de fer s'étendant verticalement de Damas jusqu'au Hijaz...

Mirza Pacha Wasfi esquissa une moue incrédule.

— Bientôt, continua Sarah Hamilton, Amman sera traversée par cette ligne. Elle occupera alors une place importante sur l'échiquier de la région et éveillera les convoitises. Il n'est pas certain qu'elle demeure longtemps une paisible oasis aux mains des Tcherkesses ! Je suis venue vous mettre en garde : vous ne devez pas devenir des marionnettes dont les grandes puissances tireraient les ficelles. Vous devez demeurer maîtres de votre destin !

Mirza Pacha hocha la tête. Ses yeux vifs fixèrent longuement l'Anglaise.

— Je vous remercie de votre bienveillance, déclara-t-il enfin. Mais il est une chose qui vous échappe, madame : c'est que déjà nous ne sommes pas libres. Les terres que nous occupons nous ont été octroyées par le calife sur la base de 70 à 80 *donoms* pour chaque foyer de six enfants, et de 50 à 60 *donoms* pour les familles moins importantes. Nous ne sommes pas comme les premiers habitants de la planète qui ont pris possession de ce qu'ils ont trouvé. Le sol que vous foulez appartient à l'Empire ottoman. Nous lui sommes redevables... bon gré, mal gré.

Il croisa les mains sous sa nuque et lâcha d'une voix sourde :

— Celui qui doit quelque chose, madame, n'est pas un homme libre !

XXXV

La marche vers le Sud s'avéra lente et pénible. Le convoi des Tchétchènes emprunta la route militaire de Géorgie menant de Vladicaucase à Tiflis, puis le passage d'Alexandropol débouchant sur Kars et Erzeroum. Après un court séjour en Turquie, il poursuivit son avancée en direction de la Syrie.

Plus d'une fois, Zulquarneïn se demanda si le cortège savait où il allait. Le seul réconfort qu'il trouva pendant le voyage fut Kenya, la belle Tchétchène. Entre elle et lui se tissèrent rapidement des liens de complicité. Auprès du Tcherkesse, la jeune fille se sentait en confiance : lors des haltes, elle lui parlait de ses rêves, de ses tourments, lui faisait part de sa nostalgie de la terre qu'elle venait de quitter. Sans forfanterie, Zulquarneïn lui racontait à son tour ses exploits dans les montagnes, sa passion pour les chevaux, la limpidité du Kouban, la bravoure de son père... Blottie contre son épaule, Kenya l'écoutait attentivement et fermait quelquefois les yeux pour mieux imaginer une scène ou mieux se représenter un paysage.

Les parents de la Tchétchène réagirent violemment lorsqu'ils découvrirent que leur fille profitait des pauses pour aller bavarder avec le Tcherkesse : entre les deux peuples, depuis des siècles, existait une certaine animosité qui défendait toute alliance. « Les Tchétchènes sont sournois, ne montrent jamais leur haine », prétendaient les Tcherkesses. Les Tchétchènes, de leur coté, traitaient les Abadzèkhes de « pillards », les Chapsougues d'« irascibles » et les Kabardes de « flagorneurs » !...

— Ils me défendent de te voir, lui annonça enfin Kenya en secouant la tête d'un air contrarié.

Zulquarneïn n'en crut pas ses oreilles.

— Quoi? Nos deux peuples sont dans la mélasse et l'on vient nous parler de convenances? Nous vivons comme des animaux et l'on nous demande d'observer le décorum!

Kenya posa sa main sur la tête du Tcherkesse et fourra ses doigts dans sa chevelure.

— Je me sens capable de les convaincre, murmura-t-elle. Mais...

— Mais quoi?

— Il me faut du temps! Pour l'instant, je dois leur obéir : ils sont déjà assez ennuyés comme ça!

Les deux amis se séparèrent. Chacun retrouva sa place dans le convoi. Loin de la jeune fille, Zulquarneïn ressentit avec plus d'acuité la douleur d'être coupé de ses parents. Où donc étaient-ils? Le croyaient-ils mort? Avaient-ils abandonné l'*aoul*? Les regrets lui taraudaient la conscience. Il s'en voulut d'avoir pris le chemin de l'exil, d'avoir agi comme un enfant en suivant aveuglément la belle Tchétchène. « L'amour d'une femme est-il plus précieux que l'amour d'une terre? se demanda-t-il. Mais à quoi bon se tourmenter de scrupules? Il est trop tard de toute façon. Revenir sur ses pas est impossible. Que faire? Se laisser entraîner par ce troupeau humain qui va où le vent le mène... » Il tortilla sa moustache d'un geste irrité et lâcha un long soupir. « Ah! Fermer les paupières et se réveiller dix ans plus tard ou dix ans plus tôt! Ouvrir les yeux et découvrir avec soulagement que tout ceci n'est qu'un cauchemar! »

Le convoi s'arrêta enfin à Ras al-Ayn, à la frontière syro-irakienne. De nombreux réfugiés tchétchènes occupaient déjà les lieux. L'endroit semblait attrayant : la région était fertile, arrosée par la rivière Khabour. Mais, très vite, les nouveaux arrivants déchantèrent.

— Les épidémies sévissent partout, avertirent les colons. Par cen-

taines, nos frères meurent, victimes de la malaria, de la petite
vérole, du choléra... La tribu des Chammars nous considère comme
des intrus et nous harcèle sans relâche !

— Où aller ? demanda Zulquarneïn, les poings sur les hanches.

Un vieil Ingouche se pencha vers lui et déclara d'une voix
sourde :

— Ce lieu est maudit. Croyez-moi !

— Où aller ? répéta le Tcherkesse.

Le vieillard le dévisagea d'un air mystérieux

— Essayez Membij ! dit-il sur le ton de la confidence.

A 85 kilomètres au nord d'Alep, Membij, ville hittite puis ara-
méenne connue jadis sous le nom de *Hiérapolis* ou « ville du
soleil »... Capitale religieuse des Araméens et réceptacle du temple
du dieu des tempêtes Hadad et de la déesse des eaux Atrakatis, elle
avait été détruite plus d'une fois par les envahisseurs avant d'être
dévastée par la peste au XIVᵉ siècle. Un poète arabe, passant par là
en 1344, avait trouvé le site en ruine : « Les habitants de la ville ont
imité les vers à soie : ils ont pris les tombeaux pour demeure »,
avait-il rapporté, faisant allusion à la sériciculture qui s'y était déve-
loppée. Pendant plus de cinq siècles, Membij avait été laissée à
l'abandon.

Les exilés tchétchènes décidèrent de bivouaquer au milieu des
ruines de cette cité fantôme. Dès l'instant où il foula le sol de Membij, Zulquarneïn se sentit oppressé, saisi d'une sourde inquiétude. Il
eut le sentiment que la caravane troublait le sommeil des esprits qui
dormaient au creux de ces temples centenaires, qu'en pénétrant
dans ce lieu elle violait le sanctuaire des dieux araméens. Il vit sa
main trembler : son corps était parcouru de frissons insurmontables.
Déterminé à quitter l'endroit au plus tôt, il ne prit même pas la
peine de chercher un abri pour passer la nuit et décida de dormir à
la belle étoile. Il s'allongea dans l'herbe et fixa la lune. L'astre était
resplendissant de beauté. « Belle comme la lune, dit-on chez nous »,

murmura-t-il en pensant à Kenya. Une lumière grise baignait les vestiges environnants. Les arbres dessinaient les linéaments noirs de leur squelette sur le sol.

Soudain, un hurlement :

— Les Bani Saïd nous attaquent! Les Bani Saïd nous attaquent!

Les *muhadjirs* se réveillèrent en sursaut. Zulquarneïn se leva d'un bond, tira sa *chachka* de son fourreau et se rua à la rencontre de l'assaillant.

— Il ne manquait plus que ces salopards! siffla-t-il entre ses dents.

Avec une agilité de félin, il se faufila entre les ruines des remparts byzantins, rampa sur les dalles de marbre et parvint en vue de l'ennemi. Il s'accroupit. Sa main se crispa furieusement sur le manche de son sabre. Il inspira une goulée d'air, eut une pensée rapide pour son père et pour Kenya, banda ses muscles et bondit sur les Bani Saïd en poussant un beuglement puissant. Les assaillants n'eurent pas le temps de faire volte-face. Maniant sa *chachka* à la manière d'un fléau d'armes, le Tcherkesse terrassa d'un seul mouvement trois de ses adversaires. Leurs compagnons, éclaboussés de sang, lâchèrent leurs lances en murmurant : « *Allahou akbar!* »

— A moi!

Dans l'immensité de la nuit, un cri avait retenti. Zulquarneïn chassa ses prisonniers à coups de pied, ramassa leurs armes et accourut. Un homme blessé gisait aux pieds d'un Arabe qui se préparait à lui enfoncer une pique dans le dos. Rapide comme l'éclair, le Tcherkesse se débarrassa de son attirail, tira une flèche de son carquois, banda son arc et décocha le trait. La flèche fendit l'air et alla se ficher dans le front du bédouin qui vacilla un moment avant de s'effondrer.

— Zulquarneïn!

Kenya s'était agenouillée près du blessé. Elle lui souleva la tête et la pressa contre sa poitrine.

— Zulquarneïn, viens vite!

Le Tcherkesse tressaillit : le Tchétchène qu'il venait de sauver n'était autre que le père de la jeune fille. Il s'empressa de voler à son secours. L'homme était d'une pâleur extrême. Le sang coulait de son épaule droite; un faible râle montait de sa poitrine.

— La blessure n'est pas profonde, murmura Zulquarneïn en examinant la plaie.

Kenya se blottit contre lui en sanglotant.

— Je n'en peux plus, souffla-t-elle. Tu appelles ça une vie?

Le Tcherkesse la fixa avec tendresse, essuya les larmes qui coulaient le long de son visage et déposa un baiser sur sa joue.

Le lendemain à l'aube, Zulquarneïn quitta le campement. Les mains dans les poches, il s'engagea sur un chemin muletier allant vers le Sud. La crête du disque solaire pointait à l'horizon. « La journée s'annonce chaude », songea-t-il. Un bruit étrange l'arracha à ses pensées. Il se retourna. Des cailloux dévalaient la pente d'une butte. Il leva les yeux pour localiser la source de l'éboulement. La stupeur le paralysa. Kenya était là, debout, qui le suivait du regard. Il baissa la tête et tourna les talons. Il fit quelques pas, se ressaisit et fixa à nouveau la silhouette qui se détachait à contre-jour. Elle avait les bras tendus, les paumes ouvertes, comme pour dire : « Pourquoi? » Le fils de cheikh Mansour se mordit les lèvres. Il leva la main pour faire un signe d'adieu. Mais ses doigts se figèrent. Il baissa le bras : son geste signifiait « Rejoins-moi! ». La Tchétchène ôta son foulard, secoua ses cheveux et dévala la butte en riant. Elle se jeta dans les bras du Tcherkesse.

— Je te suivrai partout! susurra-t-elle.

— Je vais très loin d'ici...

— J'irai aussi loin que tu voudras!

Zulquarneïn fixa intensément sur elle ses yeux bleus.

— Et ton père?

— Sa vie n'est pas en danger. Il a su que tu lui as sauvé la vie : il ne nous en voudra pas!

Le Tcherkesse lui passa le bras autour du cou.

— Viens, dit-il. Nous allons vers le Sud!

XXXVI

Des cônes violacés de volcans éteints, des cratères béants clairsemés sur de hauts plateaux tapissés de coulées basaltiques... Paysage désolé que celui du Golan, ce Golan grisâtre et rugueux, jadis voie habituelle de passage entre l'Egypte et Damas, connu par les Anciens sous le nom de région *Gaulatinide*, qui, au sud-ouest de la Syrie, surplombe toute la Galilée, depuis le lac de Tibériade jusqu'aux sources du Jourdain.

Au même moment où des milliers de *muhadjirs* s'implantaient à Damas, à Alep et dans le nord de la Syrie, Zulquarneïn et Kenya parvinrent en vue de ce lieu à la fois morne et fascinant, et découvrirent avec stupeur qu'il était déjà occupé par des familles tcherkesses.

— Notre présence dans le Golan n'est pas le fruit du hasard, leur expliqua l'un des pionniers. Le sultan souhaite, en nous plaçant dans ce territoire stratégique situé entre le Djebel Druze et les villages du mont Hermon, damer le pion à la turbulente communauté druze établie dans la région. Pour réaliser son plan, il n'a pas lésiné sur les moyens : il a octroyé 1/70 *donom* à chaque famille de trois individus, 2/100 aux familles de 4 à 5 individus et 3/130 aux familles plus nombreuses. Cette générosité n'est pas innocente : le territoire légué est un cadeau empoisonné !

197

— Pourquoi donc? l'interrogea Kenya.

— A cause de l'hostilité du climat et de la terre, d'abord : une température très chaude en été, glaciale en hiver; l'altitude assez élevée du plateau; des précipitations abondantes; un sol ingrat et volcanique... autant de facteurs qui, combinés, font de notre quotidien un enfer perpétuel. A cause de l'hostilité de l'entourage, aussi : depuis des siècles, les monts du Hauran sont occupés par les Druzes dont le nombre s'est sensiblement accru après la répression qui suivit les massacres qu'ils perpétrèrent contre les chrétiens du Liban et qui provoquèrent l'intervention des troupes de Napoléon III. Ces mêmes Druzes occupent aussi l'Hermon, au Nord, où ils voisinent avec les bédouins — les Fadels, les Naïms et les Rouallas —, avec les innombrables tribus kurdes et turkmènes qui écument la région, voire avec des Algériens, établis à l'extrême sud du Golan au lendemain de la conquête de leur pays par la France...

Zulquarneïn éprouva un grand soulagement en retrouvant ses compatriotes. Ceux-ci, groupés autour d'une source en un lieu baptisé « Kuneïtra », l'accueillirent à bras ouverts. Le Tcherkesse s'intégra sans difficulté dans la communauté. Retroussant ses manches, il se mit à l'œuvre et se construisit une maison selon les normes traditionnelles : murs en terre battue et en clayonnage blanchis à la chaux; toiture faite de branchages et de roseaux entrecroisés; à l'intérieur, une grande cheminée à hotte... Avec Kenya, qui lui donna bientôt deux fils, prénommés Omar et Husni, il se consacra à l'agriculture. Le couple arracha à la terre arable la rocaille et les blocs de lave qui l'encombraient, fabriqua du matériel agricole selon les modèles en usage dans le Caucase, et réussit à construire les fameuses *arabas* aux roues pleines et aux hauts panneaux en osier ou en jonc. Cette nouvelle vocation d'agriculteur n'était pas pour déplaire à Zulquarneïn : elle lui permit de gagner l'estime et le respect de ses compatriotes qui, flattés de compter dans leurs rangs un descendant du prestigieux cheikh Mansour, finirent par le considérer comme le chef du village. En un laps de temps très court, Zulquarneïn réussit à transformer la région et à faire de

Kuneïtra la « capitale des Tcherkesses » de Syrie. Le nombre des habitants de la bourgade s'éleva bientôt à 1 500. Alentour, dans un rayon de 20 kilomètres, de nombreux villages à dominance circassienne virent le jour : Mansourah, Soumrane, Hamidyé, Djoueizza...

Les problèmes les plus graves que rencontra Zulquarneïn furent ceux que lui causèrent ses voisins : aux Druzes, qui se considéraient comme les légitimes propriétaires du Golan en vertu du droit du premier occupant et qui multipliaient les razzias sanglantes contre les villages de la région, il décida d'opposer la fermeté. Il prit lui-même le commandement des expéditions punitives menées contre l'adversaire. Mais cette politique s'avéra coûteuse pour les deux camps : la communauté tcherkesse de Mansourah perdit une soixantaine d'hommes lors d'un raid lancé sur le village par le redoutable Farhan Chaalan en riposte aux opérations menées par les Circassiens; six cents cadavres druzes furent ramassés sur le champ de bataille à l'issue d'un affrontement féroce survenu non loin du village de Hina. Le chef tcherkesse choisit alors la voie de la sagesse et demanda l'intervention d'une commission turque, formée de Khusru Pacha, Abdel Rahman Pacha, Mamdouh Pacha et Noury Pacha, qui s'interposa entre les belligérants et finit par ramener le calme dans la région.

XXXVII

— Halte !

A l'est du Jourdain, des bédouins coupèrent tout à coup la route, au niveau de Quweismeh. Un solide gaillard, un keffieh rouge enroulé autour de la tête, sortit du groupe et, désignant du menton les victuailles qui emplissaient la carriole interceptée, lança d'une voix tonitruante :

— Toi, décharge la bouffe !

Le conducteur tressaillit. « J'aurais dû prendre une escorte ! » se dit-il à lui-même. Il serra les poings et raidit son buste.

— Laissez-moi passer !

Les brigands échangèrent un regard surpris : ce frêle Tcherkesse osait donc les narguer !

— Décharge la bouffe ! répéta le bédouin en articulant.

— Je vous en prie, balbutia l'homme à la carriole. Je suis un paisible immigrant, un cultivateur de céréales. Je vais superviser les moissons et ravitailler les faucheurs qui vivent à proximité des labours jusqu'à la fin des récoltes...

Le chef des coupeurs de chemin esquissa un sourire édenté.

— Nous savons qui tu es, grommela-t-il. Nous savons que tu es tcherkesse et que les hommes que tu emploies viennent du quartier Muhajirin. C'est précisément pour cette raison que nous t'arrêtons !

Le Circassien rassembla ses forces et cria d'une voix puissante :
— Arrière !

Perdant patience, l'un des bédouins bondit sur lui, le saisit par le collet de son uniforme et lui planta dans le nombril le canon de son pistolet. D'un geste violent, le Circassien se dégagea, agrippa le poignet de son agresseur et tenta de lui arracher son arme. Un coup de feu partit. Le cultivateur s'écroula, atteint au bras. Croyant le Tcherkesse mort, les bédouins détalèrent, pris de panique. Mais, deux cents mètres plus loin, ils s'arrêtèrent. La vision de leur victime baignant dans son sang les avait en même temps effrayés et excités. Ils se consultèrent du regard, dégainèrent leurs armes et se jetèrent sur les huttes des moissonneurs employés par le cultivateur abattu. Sauvagement, ils défoncèrent ces modestes abris, brutalisèrent les faucheurs, puis prirent en otage une jeune fille et le fils de Moussa, Bilal, qui accompagnait sa grand-mère maternelle dans les champs. Avant de se retirer, ils saccagèrent l'aire et mirent le feu à de nombreuses meules de blé.

— Bat Hina a été blessé par les bédouins ! annonça-t-on à Djantémir. Votre petit-fils est aux mains des Arabes... Ils ont rossé les moissonneurs et enlevé une jeune fille !

Djantémir se redressa d'un bond. « Cette fois, c'est la guerre ! se dit-il. Notre communauté ne peut plus supporter les excès de ces bédouins qui n'ont toujours pas pardonné à mes compatriotes d'avoir apprivoisé leurs terres et d'avoir introduit des techniques nouvelles dans le pays. Ils ont dépassé les bornes : il faut qu'ils paient. Une fois pour toutes ! »

Le fils de cheikh Mansour sortit dans la rue, appela Moussa et rassembla ses hommes. Les Circassiens fourbirent leurs armes, sellèrent leurs chevaux et se regroupèrent à Wadi as Sir. Au sortir du village, le convoi fut arrêté par Zakia. Echevelée, les yeux en larmes, la Circassienne se tenait en travers de la route, les bras en croix, pour barrer le chemin aux guerriers.

201

— Je vous en supplie! hurla-t-elle à pleins poumons. N'y allez pas! S'ils vous voient, ils dépèceront mon fils!

Sans mot dire, Moussa descendit de sa monture, prit sa femme par le coude et la reconduisit chez elle.

Le groupement s'ébranla et se dirigea au triple galop vers le camp bédouin soupçonné d'être à l'origine du raid. Fort de l'expérience acquise dans le Caucase, Djantémir distribua des ordres précis à ses cavaliers avant de les disperser. Le campement fut bientôt pris en tenailles. Les Tcherkesses y pénétrèrent comme une tornade. Les tentes furent piétinées, les moutons égorgés; le bivouac fut complètement saccagé... Dans un désordre indescriptible, les bédouins abandonnèrent le lieu en tirant en l'air pour se donner du courage. Les cavaliers circassiens ouvrirent le feu en prenant garde de bien orienter les tirs pour éviter de toucher les otages. Des dizaines d'hommes et de femmes levèrent les bras au ciel en signe de soumission. Quelques-uns, montés sur des dromadaires, réussirent à déguerpir. Les Tcherkesses les pourchassèrent jusqu'aux limites de Sahab.

Parmi les prisonniers, les assaillants ne trouvèrent ni la jeune fille ni le petit Bilal. Mais Djantémir ne s'avoua pas vaincu. Il mit pied à terre et, avec sa cravache, obligea les captifs à s'aligner.

— Que chacun de vous couche en joue le prisonnier de son choix! ordonna-t-il à ses hommes.

Un cliquetis résonna : les Tcherkesses obéirent et armèrent leurs mousquetons. Un frisson traversa le rang des bédouins. Alors, du groupe, sortit un vieil homme à la barbe blanche et au teint basané. Une fine sueur perlait sur son front.

— Ne nous tuez pas! supplia-t-il dans un arabe à l'accent si marqué qu'il rendait ses propos inintelligibles.

Djantémir saisit le bédouin par le pan de son *abaya*.

— Va trouver tes amis, lui dit-il en grinçant des dents. Nous tien-

drons ce joli monde sous la menace de nos fusils jusqu'à la libération de notre fils et de notre sœur!

Le vieillard se dirigea vers un dromadaire assoupi, pareil à un
immense escargot. Il le réveilla d'un coup de pied. L'animal bara-
qua en blatérant.

— Cet homme n'ira nulle part! dit soudain une voix.

Toutes les têtes se tournèrent en direction du cavalier qui avait
prononcé cet ordre. Il s'agissait de l'un des chefs de la tribu Bani
Sakhr, tribu liée à la communauté circassienne par un pacte de
non-agression et d'assistance. Le trouble-fête descendit de sa monture et alla à la rencontre de Djantémir.

— Vous risquez de provoquer une guerre civile! déclara-t-il en
croisant les bras.

— Vos cousins sont des barbares! rétorqua Djantémir. Nous ne
pouvons plus supporter leurs agissements. Ils n'ont pas encore
compris que jamais nous ne renoncerons à vivre dans ce pays!

Le bédouin secoua la tête et posa sa main sur l'épaule du Tcherkesse.

— Vous avez eu votre revanche. Ils ont certainement reçu le message. Mais il nous faut éviter à tout prix que tout ceci ne dégénère...

— Que proposez-vous?

— D'être le médiateur entre votre camp et le leur...

Djantémir réfléchit longuement à la proposition. Après avoir
consulté ses proches, il finit par donner son agrément.

Une semaine s'écoula, angoissante. Djantémir la passa à réfléchir,
à se poser mille questions : avait-il choisi la bonne solution? Avait-il
bien fait d'accepter de traiter avec l'ennemi? Les Bani Sakhr
étaient-ils dignes de confiance? Et si leur médiation n'était finalement qu'une sorte de diversion pour permettre à l'adversaire de se
ressaisir? Moussa et Zakia connurent des jours éprouvants. Une
seule question, lancinante, les talonnait : « Bilal est-il encore
vivant? »

Au terme de longs et difficiles pourparlers, les efforts des Bani Sakhr finirent par porter leurs fruits : sains et saufs, les otages furent enfin libérés. Un pacte de non-agression fut bientôt signé entre les antagonistes.

— J'espère que ce pacte marquera un tournant dans les relations de notre communauté avec les bédouins, déclara Djantémir, de retour de l'ultime réunion.

Moussa posa Bilal sur ses genoux et le couvrit de baisers.

— En évoquant l'incident, nos frères parlent de *Balquawi Zawa* : « la guerre de Balqa », confia-t-il à son père. C'est sans doute un bien grand mot. Mais une chose est certaine : cette affaire nous a permis de nous faire accepter...

Levant l'index, Djantémir s'empressa de rectifier :

— De nous faire respecter, Moussa. De nous faire respecter !

XXXVIII

— Est-ce bien là la maison de Djantémir?

Le Tcherkesse sursauta et dévisagea avec étonnement la femme qui se tenait dans l'embrasure de la porte. Ses cheveux étaient gris, soigneusement roulés dans un chignon bas. Dans ses yeux noirs admirablement fendus, une tristesse sans nom.

— Entrez! fit Djantémir avec empressement.

L'inconnue obéit. Le Tcherkesse se figea au moment où elle le frôla : le parfum qui se dégageait d'elle était un mélange subtil d'eau de rose et de muguet.

— Est-ce bien la maison de Djantémir? répéta-t-elle.

Le Tcherkesse hocha la tête en signe d'assentiment.

— Où est Djantémir? enchaîna-t-elle.

— C'est moi!

La femme parut surprise.

— Vous? fit-elle en scrutant le visage de son interlocuteur avec une insistance gênante.

— Oui!

Elle fronça les sourcils.

— Vous êtes le fils de cheikh Mansour?

— C'est exact.

— Vous avez des frères et sœurs?

Djantémir se dirigea vers une armoire à l'autre bout de la pièce. Il en sortit une bouteille de sirop qu'il déboucha et emplit deux verres qu'il rapporta vers l'inconnue.

— Oui. J'ai deux frères et une sœur.

— Sont-ils vivants?

Le regard du Tcherkesse se perdit dans le vague.

— Je l'ignore!

— Comment peut-on ignorer si son propre frère est toujours en vie?

Djantémir avala sa salive avec effort, porta son verre à ses lèvres et le vida d'une grande lampée.

— Ce n'est pas facile à expliquer, bredouilla-t-il.

— Où sont-ils?

— L'un doit être en Anatolie, l'autre est sans doute en Syrie. Ma sœur est probablement à Constantinople.

— La vie est l'ennemie de la famille, soupira l'inconnue. Elle sépare ce qui était uni. Je n'aime pas la vie : elle est le contraire du bonheur. La vie est si cruelle que tout moment de bonheur est un instant volé au malheur. Le bonheur... ce n'est peut-être que cela : le malheur évité!

— C'est vrai, fit Djantémir en secouant la tête. On cohabite vingt ans avec un frère ou une sœur et puis, un jour, on ne se reconnaît plus... Le frère devient étranger pour le frère parce que la vie en a décidé ainsi!

— Qu'est devenue ta sœur? interrompit l'étrangère en faisant tourner le verre entre ses doigts.

Le Tcherkesse fit courir sa main le long de son bras velu. Il détourna le regard et toussa dans son poing.

— Je ne sais pas, bafouilla-t-il.

L'inconnue quitta son siège et se déchaussa. Devant les yeux exorbités de son hôte, elle se plaça au centre de la pièce et se mit à virevolter. Pendant un long moment, comme une toupie, elle tournoya sur elle-même à une cadence vertigineuse. Le cœur de Djantémir se mit à battre à tout rompre. Etait-ce possible? Il n'avait connu qu'une seule femme capable de danser de la sorte, il n'avait connu qu'une seule femme ayant d'aussi beaux yeux... Aminat!

Il lâcha un cri et se précipita dans les bras de sa sœur. Ils s'étreignirent longtemps en sanglotant comme des enfants.

— Tu as beaucoup changé! balbutia Aminat.

— Un demi-siècle de séparation, tu te rends compte? murmura Djantémir qui n'en croyait pas ses yeux. J'avais désespéré de te revoir un jour!

Aminat essuya ses larmes du revers de la main.

— Après la déposition du sultan Abdul Hamid, on a libéré tous les eunuques, toutes les esclaves! J'ai eu de la chance... Je me croyais condamnée à mourir esclave. Je ne peux pas te dire ce que j'ai éprouvé en respirant pour la première fois l'air de la liberté!...

Elle s'interrompit brusquement et demanda, soucieuse :

— J'ai vieilli, hein?

— Tu es toujours belle! fit Djantémir en lui lissant les cheveux.

Il marqua une courte pause, puis enchaîna :

— Nous avons tous vieilli, tu sais. Nos parents sont décédés, Kalimat est moribond...

— Il est toujours vivant? s'écria-t-elle, interloquée.

— Oui, dit Djantémir en souriant. Dans quelques mois, il aura cent ans. Mais il va mal...

Il prit sa sœur par la main et l'introduisit dans la pièce avoisinante. Kalimat était là, allongé sur un grand lit de chêne. Sa pâleur troubla Aminat.

— Mon oncle, murmura-t-elle en se penchant sur le moribond.

Kalimat ouvrit à demi les yeux, les écarquilla et fixa longuement le visage de la femme assise à son chevet.

— Suis-je déjà dans l'autre monde? souffla-t-il.

— C'est moi, Aminat! fit la Tcherkesse en se frappant la poitrine.

— Aminat! soupira Kalimat.

Il ferma les paupières comme pour mieux savourer cet ultime moment de bonheur que le destin lui accordait.

— Aminat, je n'ai jamais cessé de penser à toi!

— Où est Ahmet? dit-elle à mi-voix.

Djantémir se mordit les lèvres pour lui signifier de se taire.

— Je ne te quitterai plus! chuchota Aminat en déposant un baiser sonore sur le front blafard de son oncle.

De retour au salon, Djantémir raconta à sa sœur la double tragédie survenue au lendemain de son départ dans la chaloupe du marchand turc. Aminat n'en crut pas ses oreilles : « J'ai vécu, cinquante ans durant, dans l'espoir de revoir mon amour. J'ai expié, cinquante ans durant, le mal que j'ai fait à un homme qui n'était même plus vivant! » se dit-elle en serrant les poings. La tête appuyée contre le mur, elle se mit à pleurer. « J'ai passé cinquante années de mon existence à prier pour retrouver ma liberté et retrouver mon amour, songea-t-elle avec amertume. Me voici libre, mais mon amour n'est plus. Que vaut la liberté sans amour? » Elle appliqua ses mains contre ses oreilles. « Toute ma vie n'a été qu'aspiration à l'amour, un amour impossible parce que vaincu par les convenances, puis par la mort... »

Djantémir enlaça tendrement sa sœur.

— A quoi penses-tu?

— A rien!

— As-tu reçu ma cartouche?

Aminat eut un sourire triste.

— L'infirmière du palais me l'a remise. J'ai été transportée de joie, tu ne peux pas savoir. J'ai tout de suite compris qu'il s'agissait de toi : tu étais le seul à porter une cartouchière en ivoire! C'est d'ailleurs grâce à cette cartouche que j'ai réussi à retrouver ta trace. Je croyais la famille toujours établie dans notre *aoul* du Caucase. Lorsque j'ai lu le mot « Trébizonde » gravé sur la cartouche, j'ai réalisé que vous étiez bien plus proches, j'ai compris que l'exil avait arraché notre peuple à sa terre!

— Comment as-tu su que j'étais à l'est du Jourdain?

— A Trebizonde, on m'a conseillé d'aller voir un médecin, le docteur...

— Barozzi?

— Oui, c'est cela! « Le docteur a des registres recensant tous les *muhadjirs* », m'avait-on assuré. En réalité, il n'a pas eu besoin de ses registres pour me renseigner. « Djantémir est mon frère », m'a-t-il dit. Il m'a informée que tu étais à l'est du Jourdain, probablement à Amman.

Djantémir secoua la tête.

— Ce que Barozzi a fait pour notre peuple, jamais personne ne l'a fait.

— Attends! Il m'a chargée de te remettre quelque chose!

Aminat ouvrit un grand sac et en sortit un châle noir. Elle déplia le billet qui l'accompagnait et lut à voix haute :

> *J'ai appris la mort atroce de votre mère. J'ai retrouvé dans le lazaret son châle noir. Elle l'avait abandonné là pour réchauffer le corps d'un enfant qui mourait de froid. L'enfant a survécu. Je puis donc vous rendre le châle. Conservez-le précieusement en souvenir de cette grande dame que fut votre mère. Amitiés. Barozzi.*

XXXIX

Le jour où Kalimat rendit l'âme, une brume épaisse avait englouti l'est du Jourdain. Le ciel, habituellement clair en ce mois de juin, s'était couvert de nuages plombés, si bas qu'ils avaient plongé la région tout entière dans une obscurité oppressante. Verticale, pesante, acharnée, une grosse pluie s'était abattue sur le désert.

Au même moment, à des lieues de là, à Sarajevo, un terroriste bosniaque assassinait d'un coup de feu l'archiduc François-Ferdinand de Habsbourg.

*
* *

— Notre véritable ennemi n'est ni le Turc ni l'Allemand...

Le silence se fit dans la salle.

— L'ennemi, aujourd'hui, est la voie ferrée du Hijaz.

Le général Allenby, le fougueux héros d'Arras, suivit de son stick le tracé de la ligne ferroviaire marqué au rouge sur la carte dépliée devant lui.

Le commandant en chef des forces britanniques — surnommé *le Taureau* — cligna ses paupières lourdes. Son regard acéré accentuait davantage encore la dureté de ses traits marqués par un menton relevé, de fines lèvres surmontées d'une moustache, un nez droit et d'épais sourcils.

— Je récapitule : les Turcs, déterminés à « libérer l'Egypte du joug anglais » — selon leurs propres termes —, ont entrepris, à l'initiative du général prussien Liman von Sanders, une expédition à travers la Palestine visant le canal de Suez. Ils ont été rejetés sur El-Arich par une contre-attaque anglaise. Notre état-major, soucieux d'écarter toute menace sur le canal, a alors décidé la conquête de la Palestine et de la Syrie. Mon prédécesseur est parvenu jusqu'à Gaza sans réussir à s'y maintenir. Au mois de juin 1916, le chérif de La Mecque, Hussein Ibn Ali, descendant du Prophète et gardien des sanctuaires de l'Islam, a proclamé la révolte arabe contre la domination ottomane. En clair : il a décidé avec ses fils Abdallah, Fayçal, Ali et Zeid de se battre à nos côtés...

Allenby se tut un moment, vida un verre d'eau, puis enchaîna :

— Si le chérif Hussein a pris cette position, c'est parce qu'un échange de lettres entre lui et le haut-commissaire britannique au Caire, Sir Henry McMahon, l'a convaincu de rallier le camp des Alliés en échange de la promesse d'un royaume arabe embrassant les pays situés au sud du 37e parallèle — c'est-à-dire : l'Arabie, la Palestine, la Syrie et l'Irak — et qui serait bâti sur les décombres de l'Empire ottoman...

Le Taureau montra le 37e parallèle sur la carte dépliée devant lui.

— Depuis la reprise des hostilités le 31 octobre 1917, poursuivit-il, nous avons déjà enlevé Gaza et Jérusalem. Les Turcs ont reculé mais ne sont pas encore défaits : ils ont établi une nouvelle ligne de défense pour nous barrer l'accès à la Syrie.

Il se racla la gorge, tordit son stick et déclara :

— De Damas à Médine, les troupes turques sont dépendantes du chemin de fer du Hijaz. Avec les forces chérifiennes basées à Akaba, notre objectif immédiat est de harceler les Turcs et de démanteler la voie ferrée...

— Leurs tunnels et leurs viaducs sont très bien gardés, objecta un officier. Conscients de l'importance de la ligne de chemin de fer, et pour éviter que leurs hommes ne soient isolés, ils réparent les tronçons endommagés avec une rapidité surprenante..

Allenby sourit, comme pour signifier à son interlocuteur qu'il n'ignorait pas ces détails. Soulevant sa casquette d'une main, il essuya son front dégarni de l'autre puis, sortant de la poche de son uniforme un large mouchoir, épongea son cou épais ruisselant de sueur. Il lâcha d'une voix calme :

— Il est un point où toute destruction sera définitive, et donc fatale...

Son doigt traça un cercle autour d'un point situé au centre de la carte.

— Amman.

*
* *

Le vieil homme ôta son chapeau et pénétra au domicile d'Aminat.

— Bonjour, dit-il d'une voix mal assurée.

La Circassienne sursauta et fronça les sourcils.

— Que me voulez-vous ?

Visiblement gêné, l'homme se dandina sur place.

— Excusez-moi. Je m'appelle Dimitri. Je suis de Mâdabâ.

— Prenez place ! fit Aminat en dévisageant cet énergumène trop timide qui tortillait son couvre-chef entre ses doigts.

Dimitri obéit.

— Vous êtes chrétien ? lui demanda-t-elle.

— Oui. Je suis grec-orthodoxe.

— Vous êtes nombreux à Mâdabâ ?

— Oui. Les lieux sont occupés depuis l'année 1880. Pressés par le patriarche latin de Jérusalem et par le consul de France, les autorités ottomanes ont permis à deux mille chrétiens de la tribu des Azeizat de quitter Kerak pour s'installer sur ce site, détruit par les Perses au VIIe siècle. Peu à peu, la communauté chrétienne s'est élargie. Les sœurs du Rosaire s'y sont établies depuis peu...

212

— On y a découvert une importante carte de Palestine, m'a-t-on dit.

— C'est exact, affirma Dimitri. Cette carte est en réalité une immense mosaïque byzantine. Une église grecque-orthodoxe, l'église Saint-Georges, l'abrite actuellement. C'est à ma connaissance l'un des plus anciens plans de Palestine. Il a pour centre Jérusalem et est délimité au nord par Byblos, au sud par Alexandrie, à l'est par Amman et à l'ouest par la Méditerranée.

— Est-elle aussi belle qu'on le dit?

Les yeux du vieil homme s'illuminèrent.

— Elle ressemble à une broderie, murmura-t-il. Elle est superbe avec ses dessins multicolores et ses motifs d'animaux... Elle aurait exigé plus de dix mille heures de travail et nécessité quelque deux millions de tesselles!

Aminat fit une moue admirative.

— Il y a tant de choses à découvrir dans ce pays! soupira-t-elle.

— Il est imprégné d'histoire, renchérit son visiteur. On y croise les prophètes de la Bible, on y retrouve Edomites, Moabites, Ammonites, Byzantins, Croisés...

— Et Tcherkesses! ajouta Aminat en levant l'index.

Dimitri esquissa un sourire et eut un hochement de tête approbateur. Il croisa les jambes. La conversation tomba, laissa la place à un silence pesant. Prenant son courage à deux mains, le vieil homme finit par déclarer d'une voix chevrotante:

— Je sais que la tradition tcherkesse exige des formalités déterminées. Mais comme je ne m'y connais pas trop, j'ai préféré vous aborder directement...

— Dans quel but? interrogea la Circassienne.

Il y eut un long flottement.

— Pour vous demander en mariage, lâcha Dimitri en rougissant.

Aminat partit d'un grand éclat de rire. Un rire saccadé, un peu nerveux. Mais voyant que son interlocuteur ne s'était pas départi de son sérieux, elle ne tarda pas à se ressaisir:

— M'épouser? Vous êtes fou?

— Oui, répondit Dimitri avec hardiesse. Fou de vous! Je vous observe depuis des semaines. J'épie chacun de vos gestes, j'attends chacune de vos sorties...

Il enchaîna sans laisser à Aminat le temps de réagir :

— Je sais que vous avez connu des moments très durs dans votre existence, mais tout cela appartient au passé... Je veux écrire une nouvelle page avec vous...

Flattée, Aminat sourit tristement.

— Mais je suis toute fripée, mon pauvre bonhomme!

— Vous ne m'avez pas regardé! rétorqua-t-il en lissant son crâne dégarni.

Aminat se tut. « Ai-je le droit de refaire ma vie à un âge où la vie décline? se demanda-t-elle. N'est-il pas indécent pour des vieux de connaître l'amour? » Elle qui considérait avoir raté sa vie, elle qui réduisait toute son existence aux années perdues à végéter dans le harem du sultan, se surprit tout à coup à espérer. La perspective d'aimer un inconnu, d'être acceptée par un être qui ne faisait aucun cas du passé douloureux qui la hantait toujours, remplit son âme d'allégresse. Elle aspira à pleins poumons et ferma les yeux. « Qu'importe l'âge, après tout! se dit-elle. Cette vie nouvelle sera pour moi une résurrection, une sorte de réincarnation! »

— Je dois réfléchir, bredouilla-t-elle.

— Je vous en prie, supplia Dimitri. Décidez-vous maintenant. La guerre est aux portes. Vous aurez besoin de protection!

— Que faites-vous dans la vie? interrogea la Circassienne.

— Je suis menuisier.

— Vivez-vous à Mâdabâ?

— Non, à Naour. Au milieu des Tcherkesses, vous ne serez pas dépaysée!

Aminat referma les yeux. « Oser le bonheur au terme d'une vie brisée... Pourquoi pas? Après tout... qui ne risque rien n'a rien! »

Dimitri s'approcha d'elle et lui baisa religieusement la main.

— Votre peuple a connu trois, quatre, cinq vies... Il n'a jamais perdu l'espoir. Ne doit vivre une seule vie que celui qui est déjà comblé.

— J'aime quand le brouillard monte de la terre, voile le paysage et engloutit les vignes. J'aime quand il s'effiloche et se fond dans la nuit. A Naour... nous serons bien !

*
* *

Le général Allenby examina une dernière fois la carte étalée devant lui. Tous les points indiqués sur le plan étaient désormais gravés dans sa mémoire. Son regard s'attarda sur Amman. Il se représenta cette position stratégique située sur le tracé du chemin de fer du Hijaz, avec son viaduc de pierre à dix arches et son long tunnel. « Une percée des lignes adverses peut contribuer à déstabiliser l'ennemi avant l'issue finale, songea-t-il. La destruction du viaduc embarrasserait la garnison turque de Maan et le bataillon prussien qui la soutient, en les isolant de leurs arrières... L'opération est importante, mais risquée. »

Il ramassa une brindille et traça un trait dans le sable : « Le Jourdain », se dit-il. Il dessina une ligne sinueuse : la division Shea, épaulée par l'Imperial Camel Corps et par l'*ANZAC* — la division montée australo-zélandaise —, était sur le point de suivre ce tracé. « Il nous faudra forcer le barrage ottoman sur la rive orientale du Jourdain et jeter des ponts sur le fleuve pour remplacer ceux que l'ennemi a détruits », murmura-t-il. Il appuya son front contre ses poings et poussa un long soupir.

— Vous allez bien, mon général ?

Allenby releva la tête. Il sourit à son aide de camp, puis déclara d'une voix gutturale :

— J'espère simplement que nous n'aurons pas à répéter le verset du prophète Jérémie : « *Qu'iras-tu faire dans les halliers du Jourdain ?* »...

*
* *

Mirza Pacha et Djantémir s'aplatirent contre le sol. L'éclaireur n'avait pas menti : sans crier gare, les troupes britanniques traversaient le Jourdain ! Les Tcherkesses plissèrent les yeux pour mieux observer les positions ennemies : malgré le courant impétueux qui balayait tout sur son passage, des soldats avaient plongé torse nu dans le fleuve avec la ferme détermination d'atteindre la berge opposée. Des quelques chameaux de l'Imperial Camel Corps qui avaient osé s'aventurer dans l'eau, près du gué de Hajla, non loin du lieu où le Précurseur avait baptisé le Christ, n'émergeait que le cou frappé d'un matricule. Leurs cavaliers, affublés de leurs feutres ornés de plumets, se ramassaient sur leur selle, doublement soucieux de ne pas être emportés par les flots et de ne pas être pris dans le viseur de l'ennemi. Barques et radeaux ne résistaient pas aux trombes d'eau et se fracassaient en morceaux...

— Il paraît qu'ils sont là depuis trois jours, murmura Djantémir. Le fleuve a gonflé de sept pieds en une journée. La nature est de notre côté... Comme dans le Caucase !

Mirza Pacha sourit.

— L'effet de surprise ne jouant plus, je me demande s'ils iront loin ! J'ai déjà averti la garnison d'Amman : les défenseurs de la ville sont sur leurs gardes. Ils ont pris d'importantes dispositions défensives ; le tunnel et le viaduc sont protégés ; quatre mille hommes ont été disposés autour de la ville avec quinze canons et un nombre important de Skoda Mountain Howitzer, des mitrailleuses de fabrication autrichienne.

Il se retourna vers ses hommes et, d'un geste de la main, leur ordonna d'attaquer. Aussitôt, des dizaines de cavaliers foncèrent en direction des Britanniques en poussant des cris sauvages. Les tireurs d'élite australiens, postés de l'autre côté du fleuve, armèrent leurs fusils, couchèrent en joue les Tcherkesses et ouvrirent le feu. De nombreux chevaux s'écroulèrent, les quatre fers en l'air. La fusillade dura un quart d'heure. Elle tourna rapidement à l'avantage des Britanniques, équipés d'armes de précision à longue portée.

— Retirez-vous! commanda Mirza Pacha.

Les cavaliers tournèrent bride et se replièrent.

— Nous avons perdu la première manche, fit Djantémir en secouant la tête. Mais nous ne pouvons pas perdre la deuxième!

Avant d'abandonner l'avant-poste qu'il occupait, il jeta un dernier coup d'œil en direction du Jourdain: quatre ponts artificiels enjambaient à présent le fleuve. En file indienne, les cavaliers australiens les traversaient, calmes et fiers comme pour un défilé.

Allenby commençait à grincer des dents: la pluie avait rendu les sentiers glissants; la progression se faisait dans la douleur. Par endroits, les chameaux étaient soutenus par les hommes. « Une misère! grommela-t-il. Vingt-quatre heures ont été nécessaires pour couvrir les seize premiers milles à partir du Jourdain! »

Le 25 mars, en attendant d'être rejointe par la Camel Brigade qui luttait toujours contre le terrain, la cavalerie légère bivouaqua aux alentours d'un camp bédouin, non loin de Naour. Les hommes, fourbus, en profitèrent pour se désaltérer et faire un somme. Le vent violent qui soufflait, les bancs de brouillard qui flottaient au ras du sol, les paquets de pluie qui arrosaient sporadiquement la région rendaient cependant tout repos illusoire. Les guetteurs prirent position autour du camp. Inquiets de ne pas avoir rencontré de soldats turcs depuis l'établissement de la tête de pont, ils restèrent sur le qui-vive.

Tout à coup, au loin, clignotèrent des feux. « Est-ce un convoi ennemi qui s'ébranle? Faut-il sonner l'alarme? » se demandèrent les veilleurs. Ils préférèrent patienter pour éviter toute fausse alerte qui éprouverait inutilement les nerfs de la troupe.

217

De longues minutes s'écoulèrent. Les feux étaient fixes, clignotaient à intervalles réguliers.

— *Signals*... glissa quelqu'un.

Le commandant du groupement planta le trépied de sa longue-vue dans le sol caillouteux et braqua l'objectif sur les lumières qui transperçaient l'obscurité.

— Ils risquent d'avertir toute la contrée de notre présence! maugréa un sapeur.

L'officier hocha la tête.

— Il nous faut aller les cueillir, lâcha-t-il entre ses dents.

Pendant ce temps, le village de Naour faisait le mort. Tous ses habitants, prévenus de l'entrée des Britanniques, s'étaient enfermés chez eux. Aminat et son époux avaient imité leurs voisins: ils avaient éteint les lumières et avaient barricadé la porte d'entrée avec la table de cuisine laborieusement déplacée à deux.

— Ferme les volets! avait ordonné Dimitri.

— Laisse-moi au moins voir à quoi ils ressemblent! avait rétorqué Aminat. Ce n'est pas chaque jour que des Néo-Zélandais traversent le Jourdain!

Dimitri n'avait pas cédé: respectant les consignes, il s'était empressé de verrouiller les persiennes.

Les forces d'Allenby pénétrèrent dans Naour. En traversant les venelles désertes, les soldats eurent le sentiment d'être observés. Derrière les fenêtres blanches qu'enguirlandaient les vrilles des vignes, des ombres se profilaient. Ils pressèrent le pas.

Sans perdre de temps, les éléments du 7e régiment firent mouvement vers le lieu qu'ils avaient repéré. Progressant à travers les vignobles, le groupe parvint au sommet de la colline qui surplombait le village et investit la cabane suspectée. Les responsables des signaux furent pris sur le fait. Ils étaient au nombre de trois.

— Ni Turcs ni Allemands, grommela quelqu'un en dévisageant les coupables.

Le commandant eut un sourire énigmatique.

— *Circassians*, dit-il d'une voix d'oracle.

XL

Malgré les conditions climatiques défavorables, les Britanniques poursuivirent leur lente progression. La communauté tcherkesse apprit le 25 mars au soir la chute d'As Salt, important centre administratif fondé par les Turcs. Mais elle ne s'en émut point : cette ville de 15 000 habitants était condamnée d'avance. Située sur les flancs de plusieurs tells, elle était de ces lieux stratégiques qu'on prend et perd avec facilité, de ces lieux qui ne *peuvent* résister. La forteresse délabrée qui couronnait une de ses collines était témoin de la fragilité de la position : construite par le sultan mamelouk El Malik el Mu'azzam vers 1220, ne fut-elle pas, quatre décennies plus tard, démantelée sans difficulté par les Mongols ?

Dans la nuit du 28 au 29 mars, le général Allenby donna l'ordre à deux bataillons d'infanterie de quitter As Salt pour aller renforcer les troupes britanniques qui, depuis un certain temps, piétinaient autour d'Amman. La victoire était-elle encore à sa portée ? Depuis le début de l'opération, le seul but atteint avait été la destruction de cinq milles de voie ferrée. Le viaduc de pierre et le tunnel, objectifs du raid à l'est du Jourdain, étaient toujours intacts... « L'artillerie adverse nous empêche d'avancer ! » constata-t-il avec dépit. Il ferma les yeux et renversa sa tête en arrière pour mieux rassembler ses esprits. Il demeura un long moment dans cette posture. « L'aviation ! »

se dit-il soudain en frappant sa paume gauche de son poing droit.

— Je suis d'avis que les Tcherkesses se tiennent à l'écart du conflit, fit Mervet en sortant de la cuisine, une assiette entre les mains.

Moussa balaya d'un geste la réflexion de sa mère.

— Si les Ottomans gagnent la guerre, jamais ils ne nous pardonneront d'être restés en retrait! grommela-t-il.

— Et s'ils la perdent?

Le Tcherkesse ne répondit pas.

— Il est temps que ton père se repose, poursuivit Mervet. Il passe ses journées avec Mirza Pacha à surveiller les mouvements des Britanniques. Tu te rends compte, à son âge?

— Je n'ai pas d'autorité sur lui, soupira Moussa en haussant les épaules.

A peine avait-il prononcé cette phrase que son père pénétra dans la pièce. Djantémir n'avait rien perdu de sa superbe : malgré le poids des années et les épreuves endurées, il était toujours aussi fringant.

— Les nouvelles sont bonnes, annonça-t-il. Il paraît que...

Un vrombissement assourdissant couvrit sa voix. D'instinct, les Tcherkesses levèrent les yeux au plafond. Une explosion terrible ébranla la pièce. Ils se jetèrent à plat ventre. Les lanternes roulèrent à terre, les persiennes volèrent en éclats.

— Qu'est-ce que c'est? hurla Mervet en se bouchant les oreilles.

— Des avions! s'écria Djantémir. Ils attaquent Wadi as Sir! Abritez-vous sous la table!

Plusieurs déflagrations secouèrent un moment le village, puis laissèrent la place à un silence de cimetière qui se prolongea. Moussa aida son père à se relever. Le souffle des explosions avait arraché la porte d'entrée. Les deux hommes lancèrent un regard inquiet au-dehors : la fumée se fondait dans les ténèbres; la pluie qui tombait à verse avait une odeur de soufre.

— Hanifa Sh'haltoug est morte! dit une voix. Elle a été foudroyée par une bombe devant sa maison!

Djantémir et Moussa allèrent aux nouvelles. Ils virent des torches aux lumières vacillantes, des ombres courir dans tous les sens, des gravats, et le corps de la vieille Circassienne baignant dans une flaque de sang.

— Les imbéciles, maugréa Djantémir en essuyant son visage ruisselant de pluie. L'état-major leur ordonne de pilonner Amman et ils bombardent Wadi as Sir!

Moussa écarquilla les yeux.

— Tu veux dire qu'ils ont manqué leur cible? balbutia-t-il.

Son père tendit l'index vers le ciel.

— Avec une visibilité pareille, ils manqueraient une vache dans un corridor!

*
* *

Des cataractes de pluie inondaient Amman. Le 30 mars, à l'aube, les artilleurs turcs postés dans la *Quala'a* repérèrent les troupes britanniques et ouvrirent le feu à bout portant. Tir d'enfilade.

Pendant ce temps, une vive agitation secouait Wadi as Sir. L'attaque aérienne de tantôt avait échauffé les esprits. La déroute britannique avait revigoré les villageois les plus frileux. Désireux de gagner l'estime de l'allié turc, de nombreux Tcherkesses décidèrent de faire un coup d'éclat. Un Circassien du village, dénommé Saïd Stamzok, sentit que le moment était venu pour sa communauté de donner aux hommes d'Allenby une bonne leçon. Perché sur la colline que couronnait sa maison, il se mit à galvaniser les siens :

— Les *giaours* sont de retour! Il faut attaquer les Anglais, il faut les tailler en pièces! C'est au nom d'Allah que nous devons nous battre!

Assis en tailleur, son fils Bilal à ses côtés, Moussa écoutait d'une oreille distraite le discours de Stamzok. Mais il ne tarda pas à se lever :

— Pff... un exalté! Qui l'écoutera? fit-il avec une moue dédaigneuse.

Il rentra chez lui. Sa fille Siham était là, en train d'exécuter au milieu du salon des danses qu'Aminat lui avait apprises.

— Je compte ouvrir une école de danse, annonça-t-elle à son père en essuyant du revers de la main les gouttes de sueur qui perlaient sur son front.

Sa mère sortit de la cuisine et lui lança sur le ton de l'ironie :

— Et si tu te trouvais un mari avant d'ouvrir ton école de danse? Moussa leva les bras au ciel.

— Si elle se marie, qui t'aidera dans les travaux de ménage? dit-il en s'esclaffant.

Le Tcherkesse s'allongea sur le sofa du salon et ferma les yeux.

— Tu n'as pas vu Bilal? lui demanda Zakia, un peu inquiète.

— Il écoutait les divagations de Stamzok...

— Les *Wellingtons* se retirent! claironna une voix. Ils vont bientôt traverser le village!

Moussa se réveilla en sursaut. Dehors, le soleil s'était déjà couché. Bilal, lui, n'était toujours pas rentré! Pris de panique, il sortit dans la rue, courut dans tous les sens, appela désespérément son fils.

« Il faut qu'il soit rentré avant l'arrivée de l'ennemi! songea-t-il en serrant les poings. Il le faut absolument! »

Toutes les lumières s'éteignirent. Le quartier se vida. Seul dans la nuit, les bras en avant comme un somnambule, le Tcherkesse erra à l'aveuglette. Arrivé non loin du moulin, il se figea : derrière une murette, il venait d'entr'apercevoir une tignasse blonde qui se cachait.

— Bilal!

La tête émergea de l'ombre.

— Que fais-tu là malheureux? Je te cherche depuis une heure!

Moussa se rua sur l'adolescent et lui empoigna le bras. Brusquement, il s'arrêta : son fils, son propre fils, tenait entre les mains un vieux Remington-Nagant à deux canons juxtaposés ! Il jeta un regard autour de lui. Un peu partout, des fusils dépassaient des fourrés bordant la route Wadi as Sir-Amman. Dans les maisons, des barricades avaient été dressées. Fou de rage, il leva la main pour gifler son fils. Mais son bras se paralysa : le bruit sourd d'un convoi venait de résonner, annonçant l'arrivée des assaillants !

— Baisse la tête ! ordonna Moussa en plaquant son fils contre le sol.

Les Néo-Zélandais s'étaient rapprochés. En file indienne, les cavaliers débouchèrent d'une gorge étroite et s'arrêtèrent à la lisière du village. Soudain, un cri puissant déchira les ténèbres. Une pluie de balles s'abattit aussitôt sur le convoi. Les maquisards survoltés bondirent hors des fourrés en tirant au jugé. Douze *Wellingtons* tombèrent, terrassés. Sans céder à l'affolement, leurs camarades mirent pied à terre et se jetèrent à plat ventre. Attentivement, ils fouillèrent du regard les versants des collines environnantes et les jardins des maisonnettes d'où les tirs avaient été dirigés.

— *Fire !* commanda le chef du détachement.

Le ciel pluvieux de Wadi as Sir s'embrasa : pareilles à des comètes, les balles fendaient l'air en traçant des zébrures lumineuses. Les fusiliers néo-zélandais ne firent pas de quartier : un adolescent tcherkesse qui chargeait maladroitement son arme fut abattu. Un autre, mal caché derrière un arbrisseau, fut descendu d'une balle entre les yeux. Cinq autres maquisards trouvèrent la mort, victimes de leur inexpérience. Couché par-dessus son fils pour mieux le protéger, Moussa se ramassa une balle dans la jambe. Malgré la douleur intense qui lui brûlait le corps, il se mordit les lèvres jusqu'au sang, mais ne poussa aucun gémissement.

A l'aube, le village déserté par les Britanniques compta ses fils assassinés : les Tcherkesses Omar Shalto, Idriss Elias El Hajj Kass, Ibrahim Kouaiji, Negib Ibrahim Abzakh, Hamid el Hajj Ali, Ahmed Shamboulat, Ramadan Ishakat, Saleh Nokara et un Arabe : Hussein el-Amine. Transporté au dispensaire du village, Moussa y reçut les premiers soins.

— Où est Stamzok? demanda-t-il à son père qui avait accouru à son chevet.

— Je ne sais pas, fit Djantémir. Que lui veux-tu?

Moussa se redressa sur ses coudes.

— Je veux lui casser la gueule, dit-il entre ses dents.

XLI

Azraq signifie « bleu ». Bleu comme le ciel d'airain qui enveloppe cette oasis. Bleu... comme l'eau limpide, cristalline, des sources qui colorent cette tranche du désert, à une centaine de kilomètres à l'est d'Amman. Des buffles au pelage noir vif flânent au milieu d'un champ calciné par le soleil. Un oryx frotte ses longues cornes incurvées contre le tronc d'un palmier. Des canards sauvages, des hérons, des flamands se baignent dans un vaste étang. Azraq... escale féerique, envoûtante comme un mirage, sur le chemin du voyageur lassé de la vacuité du paysage désertique. « Ce qui fait la beauté du désert, c'est qu'il cache un puits, quelque part. » En découvrant cet îlot perdu dans un océan aréneux, ce coin où la végétation et l'eau ont échappé au déluge de sable, comment ne pas donner raison au Petit Prince?

Bleu? Bleu comme Qasr el-Azraq, dont les gros blocs de basalte ont des reflets d'azur. Erigé à l'époque romaine et dédié aux empereurs Dioclétien et Maximien, reconstruit au XIIIᵉ siècle par Ezzeddine Aybak ainsi qu'en témoigne une inscription en arabe gravée au-dessus de son portail sud, ce château aux remparts criblés de meurtrières, flanqué en ses quatre coins d'une tour, est plus imposant par sa beauté que par la force qu'il dégage. Car enfin rien, dans ce site, n'évoque les lugubres forteresses de l'époque romaine;

rien, par exemple, ne le rapproche de la sinistre forteresse de Machéronte, érigée par Hérode à quelques lieues de là, en bordure de la mer Morte, théâtre de la décollation de saint Jean-Baptiste...

En ce mois de septembre 1918, une agitation inhabituelle s'était emparée de la vaste cour sablonneuse de Qasr el-Azraq : des contingents hétérogènes — méharistes nord-africains, Egyptiens, Syriens, Palestiniens, Irakiens, bédouins... — aux tenues bigarrées campaient là, au milieu d'un troupeau impressionnant de chameaux. Plus loin, sous l'œil vigilant d'un jeune Circassien, trônaient côte à côte une Vauxhall verte, rutilante, et une jeep Rolls Royce, mangée par la poussière...

Un homme de petite taille, à la silhouette indécise, pénétra dans la citadelle. Ses yeux bleus, ses sourcils blonds juraient avec son accoutrement typiquement arabe : *thob* blanc barré d'une épaisse ceinture verte surmontée d'un poignard en or fabriqué à La Mecque, ample *abaya* brune, keffieh enroulé autour de la tête et cerclé d'un double *agal*... Lawrence. Lawrence d'Arabie !

L'homme rejoignit l'émir Fayçal dans l'une des pièces obscures de ce château transformé en quartier général. Il donna l'accolade à ses compagnons d'armes, salua le commandant du détachement français, le capitaine Rosario Pisani, puis s'assit aux côtés du fils du chérif Hussein.

— L'offensive d'Allenby est imminente, lui glissa-t-il.

Fayçal sursauta et se frotta le visage. Ses yeux boursouflés étaient cernés; la fatigue creusait sa figure oblongue.

— Nous devons soutenir nos efforts, enchaîna Lawrence avec détermination. Nous devons attaquer la voie ferrée du Hijaz au niveau de Deraa et détruire un maximum de fortins et de gares pour couper les communications de l'armée ottomane... Allenby compte beaucoup sur nous.

Sous l'œil protecteur et bienveillant de son garde du corps abyssinien, Fayçal se caressa la barbe.

— Nous devons isoler définitivement l'ennemi, faire sauter ces viaducs qui nous narguent depuis si longtemps! poursuivit Lawrence d'une voix assurée. Nous avons les moyens de réussir...

Fayçal eut un léger hochement de tête. Un silence solennel s'installa, se prolongea. L'inquiétude s'était emparée des deux hommes : malgré leur foi inébranlable dans la cause arabe, ils n'oubliaient pas que leur action n'avait pas toujours été couronnée de succès... A Yarmouk, à Tafileh, n'avaient-ils pas échoué plus d'une fois?

L'émir se ressaisit et appela un de ses officiers qui accourut sur-le-champ.

— A combien est évaluée notre réserve de coton-poudre? lui demanda-t-il, l'air grave.

L'officier bredouilla et quitta précipitamment la pièce pour aller s'enquérir auprès des sapeurs égyptiens chargés de veiller sur le stock d'explosifs. Fayçal l'entendit commander aux gardes de lui ouvrir l'imposant portail monolithe qui donnait sur la cour. Comme pour invoquer Dieu, l'émir leva les yeux au ciel qui apparaissait à travers les nattes de palmes bouchant les trous du plafond défoncé. Ce qui, en fait, semblait crisper l'émir, c'était moins l'inorganisation de ses hommes que la certitude d'être à la veille d'une échéance historique, décisive. Celui qui, selon Lawrence lui-même, avait toujours été « plein de rêves et de capacité à les réaliser », balayant le doute, avait tout à coup le sentiment, la prémonition peut-être, que l'issue était proche, que le royaume arabe indépendant promis par les Anglais était pour demain.

XLII

Le visage d'Allenby s'illumina pour la première fois depuis le début de l'année. Déclenchée le 19 septembre 1918, l'offensive générale lancée contre les Germano-Turcs avait enregistré, dès les premières heures de la campagne, des succès foudroyants entre le Jourdain et la mer : la bataille de Megiddo s'était soldée par une victoire des troupes britanniques ; Nazareth n'avait pas tardé à rendre les armes ; les VIIe et les VIIIe armées turques avaient été enfoncées ! Allenby ne put s'empêcher de sourire en songeant à l'officier prussien Liman von Sanders qui, réveillé en sursaut lors de la chute de Nazareth, s'était enfui en pyjama de l'hôtel Casanova, siège de l'état-major, encerclé par la 13e brigade de cavalerie britannique. Cette fois-ci, il avait toutes les raisons de se montrer optimiste. L'attaque à l'est du Jourdain — la troisième depuis le mois de mars — commençait sous de favorables auspices.

— J'ai entendu des explosions ! s'exclama Mirza Pacha en faisant irruption dans la maison de Djantémir.
— Les positions turques ont bombardé les forces britanniques qui traversaient Wadi as Sir, lui expliqua le fils de cheikh Mansour. Rien de bien grave !

Mirza Pacha se tut un moment et se gratta le front.

— Ce qui est grave, en revanche, c'est la chute d'As Salt et le siège autour d'Amman. A l'heure qu'il est, la cavalerie britannique déferle sur la ville. Mes hommes ont déjà décroché !

— Aux abords de Deraa, ajouta Djantémir, l'armée arabe menée par Lawrence et par l'émir Fayçal harcèle les Turcs et les empêche de se retirer en bon ordre... Ils progressent vers le Nord et vont bientôt atteindre Damas !

Il arpenta la pièce en se tordant les doigts et déclara d'une voix brisée :

— Nous avons présumé de la force des Ottomans ! Nous voilà dans de beaux draps : à présent que la victoire britannique ne fait plus de doute, quel sera le sort réservé aux Tcherkesses ?

Mirza Pacha tortilla nerveusement ses moustaches blanches.

— Je propose de constituer une délégation de civils tcherkesses qui irait au-devant des Britanniques pour les convaincre de ne prendre aucune mesure de rétorsion contre notre communauté !

Djantémir s'immobilisa, réfléchit à la suggestion de son compagnon, puis hocha la tête en signe d'assentiment.

— *You're under arrest !*

Une voix puissante tonna à l'extérieur. L'homme qui avait prononcé ces mots avait un accent fortement marqué. Les deux Tcherkesses sursautèrent.

— Les *Wellingtons* sont là, chuchota Mirza Pacha en empoignant le bras de Djantémir. Ils reviennent se venger !

Ils s'accroupirent et, à quatre pattes, rejoignirent la porte située à l'arrière de la maison. Ils la poussèrent, jetèrent un coup d'œil inquiet dehors, se redressèrent et coururent se cacher dans un taillis.

— Tu crois qu'ils vont massacrer le village ? demanda Djantémir à mi-voix.

— Non ! Je crois qu'ils recherchent Stamzok et ses complices. Ils ont probablement la liste des maquisards qui ont tué des Britanniques en mars dernier.

Le fils de cheikh Mansour frémit.

— Bilal et Moussa étaient parmi eux! fit-il d'un air catastrophé.
Il réfléchit un moment, puis se reprit :

— Ils n'ont jamais tiré sur les Néo-Zélandais! Bilal portait une
arme, mais il ne l'a pas utilisée!

— Un maquisard est celui qui prend le maquis, précisa Mirza
Pacha en lui tapotant l'épaule. Qu'il tire ou ne tire pas ne change
rien à son statut!

Un froissement de feuilles mortes, derrière lui, le fit tressaillir. Il
dégaina son pistolet et se retourna, prêt à faire feu.

— C'est moi! bredouilla Moussa en agitant les bras.

— Où est Bilal? interrogea son père d'une voix inquiète.

— Je l'ai envoyé avec le reste de la famille à Naour. Chez Aminat,
ils seront en sécurité!

— Que se passe-t-il au juste?

— Les Britanniques fouillent le village à la recherche de Saïd
Stamzok et de ceux qui ont pris part au guet-apens du 31 mars!

— L'ont-ils trouvé?

— Il s'est volatilisé, comme d'habitude. Les autres vont payer
pour lui!

— Les autres?

— Ils ont arrêté dix Tcherkesses!

Il ouvrit ses deux mains et se mit à compter en refermant un
doigt à mesure qu'il prononçait un nom :

— Hassan Byouk, Idriss Ghor, Issa Yakub Toghuj, Moussa Hoja-
rat, Mahmoud Hobrak, Issa Nkai, Selim Ramadan Shahaltugh, Youssef Yakub Chess, Ibrahim Karbak, Hbbegh Kader...

— N'ont-ils pas résisté? demanda Mirza Pacha.

— Hassan Byouk a protesté avec véhémence. Il a juré qu'il est le
seul à avoir trempé dans l'affaire, que ses compagnons sont inno-
cents. Les Britanniques n'ont rien voulu savoir. Ils ont embarqué
tout le monde!

— Où les emmènent-ils?

— A Jéricho, je crois.

— Que faire? soupira Djantémir.

— Il faut se faire oublier, répondit son fils. Nous avons intérêt à rester quelque temps à Naour, chez Aminat. Une fois l'orage passé, nous reviendrons!

XLIII

L'émir Fayçal s'enferma dans sa chambre, s'assit derrière son bureau, posa les coudes sur la table et se prit la tête entre les mains. Il revit son entrée avec Lawrence dans Damas libérée, la liesse populaire qui l'accompagna, et le drapeau arabe noir-blanc-rouge-vert hissé sur les bâtiments publics. Depuis ce jour, depuis la signature par les Turcs de l'armistice, plus rien ne s'était déroulé comme prévu : les accords Sykes-Picot, secrètement conclus entre les Britanniques et les Français en 1916 en vue de diviser en zones d'influence les provinces arabes occupées, étaient incompatibles avec les promesses faites par McMahon à son père, le chérif Hussein ; la déclaration Balfour du 2 novembre 1917 promettant aux sionistes la création en Palestine d'un « foyer national » pour le peuple juif brouillait les cartes dans la région... L'émir sortit un large mouchoir de batiste, le plia en quatre et se tamponna le front. « C'est l'impasse ! » maugréa-t-il. La Conférence de la Paix en janvier 1919 avait déçu toutes ses espérances en recommandant les pays libérés de l'Empire ottoman à des Puissances « mandataires » chargées de « les préparer à l'indépendance » ; la conférence de San Remo d'avril 1920 qui avait définitivement confié à la France le Mandat sur la Syrie, et à la Grande-Bretagne le Mandat sur l'Irak et la Palestine — comprenant l'est du Jourdain — n'avait pas tenu compte des aspirations des Arabes...

« Où sont les promesses des Alliés? se demanda-t-il avec rancœur. Confédération arabe, indépendance... ces mots ne veulent rien dire pour eux! Mon entrée triomphale à Damas, ma désignation par un Congrès national syrien comme « roi de la Grande Syrie » peuvent-elles ainsi être balayées par la volonté des Puissances? » Fayçal cogna le bureau de ses deux poings et secoua la tête. Il gênait et il le savait. Le général Gouraud, haut-commissaire de la France au Levant, lui avait déjà intimé l'ordre de céder la place à la Puissance mandataire et de reconnaître inconditionnellement le Mandat français. Il serait sur le point de lui adresser un ultimatum. Devait-il s'opposer à la France? Et si oui, comment? Fayçal fixa un long moment ses mains, posées à plat sur le bureau. « Sur qui compter? songea-t-il. Ecœuré par la duplicité britannique, Lawrence, rentré en Angleterre... Mon père et mon frère Abdallah, en proie à des difficultés avec nos rivaux wahhabites... » Il ferma les yeux; il réfléchissait : « Les Circassiens, les Circassiens sont mon seul recours! »

Mirza Pacha relut une troisième fois le câble que lui avait envoyé l'émir Fayçal. Il était adressé au « vaillant Mirza, chef des tribus tcherkesses ». Le fils du chérif Hussein lui demandait de venir lui prêter main-forte!

Informé du message, Djantémir se montra favorable à l'envoi d'une troupe de guerriers circassiens à Damas.

— C'est une question de diplomatie, déclara-t-il. Présents dans un milieu arabe, nous avons intérêt à ne pas contrarier nos voisins!

— C'est aussi mon avis, fit Mirza Pacha en frottant sa panse comme s'il s'apprêtait à entamer un repas plantureux.

Quatre cents cavaliers tcherkesses équipés d'un matériel léger se rassemblèrent à Amman. Flanqué de Saïd Pacha al-Mufti, un Circassien de 20 ans, Mirza Pacha inspecta une dernière fois ses hommes, puis donna le signal du départ. La troupe s'ébranla en direction du Nord.

A la station de Muzayreb, un notable syrien, reconnaissant le convoi à l'uniforme caucasien de Saïd qui marchait en tête, accourut en gesticulant :

— Allez-vous-en ! Retournez chez vous !

Voyant les cavaliers poursuivre leur chemin, l'homme se mit à hurler :

— Retournez chez vous ! Nous sommes perdus ! Fayçal a perdu !

A ces mots, le visage de Mirza Pacha s'assombrit. Il descendit de sa monture et, saisissant le Syrien par l'épaule, le secoua comme un prunier.

— Que dis-tu ? Que s'est-il passé ?

— Les Français nous ont défaits à Meissaloun ! Notre chef, le ministre de la guerre, Youssef al-Azmeh, est tombé sur le champ de bataille. Dieu ait son âme ! Tout est fini pour nous !

— Gouraud est à Damas ?

— Oui ! On raconte qu'il a même visité le mausolée de celui qui avait écrasé le roi de Jérusalem et qu'il s'est exclamé d'une voix de défi : « Saladin... nous voilà ! »

— Et Fayçal ?

— Il s'est réfugié avec le gouvernement dans la banlieue sud de Damas. Les Français lui ont ordonné de vider les lieux et ont mis à sa disposition un train spécial. Il a pris le chemin de l'exil...

Le Syrien s'interrompit et fixa le chef tcherkesse d'un regard sévère.

— Et vous êtes en retard ! grommela-t-il sur le ton du reproche.

Perdant son sang-froid, Mirza Pacha bouscula le bonhomme qui trébucha et s'abattit de tout son long. Des notables syriens s'interposèrent à l'instant même.

— Il voulait dire qu'il est désormais inutile que vous poursuiviez votre chemin, bredouilla l'un d'eux en haussant les épaules.

— Il voulait dire qu'il est trop tard ! nuança quelqu'un d'une voix pleine d'amertume.

*
* *

Deraa, Haïfa, Port-Saïd, Naples, Rome, Milan, la Suisse, l'Allemagne, la Belgique, l'Angleterre... l'émir Fayçal connut tous les chemins de l'exil. La France lui refusa l'accès de son territoire et reprocha même aux autorités britanniques d'avoir accueilli cet « agitateur » dont le cas « risquait de provoquer un profond malentendu » entre les deux pays.

Fayçal loua une maison à Londres et s'y installa dans l'attente de jours meilleurs. La diplomatie anglaise, loin de se désintéresser du personnage, proposa de l'introniser en Irak en échange de sa renonciation au trône de Syrie.

Pendant son exil, le fils du chérif Hussein apprit avec affliction la proclamation par la France, le 1er septembre 1920, de la formation de l'Etat du « Grand-Liban », ainsi que la division de la région placée sous son Mandat en plusieurs Etats autonomes : Alep, Damas, l'Etat des Alaouites et le Djebel Druze. Quelques mois plus tard, on l'informa que son frère Abdallah marchait sur la Syrie et menaçait d'en chasser les Français pour restituer le trône à la dynastie hachémite. A la tête de deux mille guerriers faiblement équipés, il se trouvait à Maan, à l'est du Jourdain — cette région appelée par certains « Transjordanie » et gérée par les Britanniques qui comptaient l'exclure du champ d'application de la promesse Balfour. Fayçal s'étonna du culot de son frère. « Cette expédition hasardeuse ne risque-t-elle pas de compromettre les pourparlers que j'ai engagés avec Londres ? se demanda-t-il. Abdallah compte-t-il occuper Amman ? Quel accueil lui réserveront alors les Tcherkesses de la ville ? Les Britanniques vont-ils lui barrer la route ? Les troupes françaises vont-elles aller à sa rencontre ? La Syrie est-elle vraiment son objectif ou a-t-il d'autres projets en tête ? »

Incapable de répondre à ces questions, l'émir s'en remit à la volonté d'Allah.

XLIV

De larges yeux bleu pervenche, un nez proéminent et charnu, une figure terreuse aux contours nets dont la dureté était accentuée par une moustache épaisse et des sourcils ombrageux, un front dégagé barré d'une ride soucieuse : l'homme était étendu sur un lit de camp qui trônait au milieu de son bureau. Il avait l'air préoccupé. Non pas tant par cette douleur qui lui taraudait le corps que par les dissensions politiques au sein de son camp, qui risquaient à tout moment de faire basculer le fragile édifice qu'il avait construit au prix de lourds sacrifices...

L'homme se leva péniblement, épousseta son uniforme, fit quelques pas dans la pièce, se dirigea vers la fenêtre, ouvrit les rideaux. Une coulée rousse de lumière l'éblouit. Il ferma ses paupières un moment, puis, écarquillant les yeux, découvrit, pour la première fois de la journée, la ville *élue*, celle que tout le monde désormais appelait « La Mecque » du mouvement politique qu'il dirigeait : Angora. Angora, oasis au milieu du désert. Au cœur de la steppe anatolienne, dominée par une vieille forteresse délabrée juchée sur un piton volcanique — le *Hisar* ou *Kale* —, la bourgade ne comptait, en cette deuxième décennie du xxe siècle, que vingt mille habitants en raison d'un incendie monstre qui l'avait ravagée pendant la guerre. Des ruelles labyrinthiques serpentaient entre des pâtés très denses

236

de maisonnettes rustaudes, construites en pisé. Tout était rocaille et fange. Seuls les vestiges du temple romain d'Auguste, la mosquée Aslanhane, le petit jardin municipal, l'hôtel de ville, la gare, les casernes, l'importante école d'agriculture rehaussaient quelque peu le paysage.

La douleur se faisait plus insistante. L'homme laissa échapper un soupir de lassitude, revint sur ses pas et, sans ôter ses bottes, s'allongea à nouveau sur le lit. Les yeux rivés au plafond, il réfléchit, passa en revue son passé. Il se revit, désinvolte, dans les tavernes libanaises du Chouf... Il se remémora les missions inutiles qu'il accomplissait dans le Hauran où il était chargé de maintenir l'ordre chez les Druzes, et les idées « héroïques » du groupe secret *Vatan* qu'il avait fondé à Damas... Il se souvint de ses folâtreries à Sofia où il avait été nommé attaché militaire, et des vers enfantins qu'il se plaisait alors à réciter en français :

> *La vie est brève*
> *Un peu de rêve*
> *Un peu d'amour*
> *Et puis bonjour*
>
> *La vie est vaine*
> *Un peu de peine*
> *Un peu d'espoir*
> *Et puis bonsoir*

Que le passé semblait léger à côté du présent et de ses tracas ! Depuis le début de la Guerre mondiale, les choses s'étaient précipitées... Une retraite catastrophique de Palestine où Anglais et Australiens avaient failli tailler en pièces la VIIe armée qu'il commandait, l'effritement de l'Empire, le mur d'incompréhension auquel il s'était heurté à Constantinople et puis, à présent, le long chemin jalonné d'embûches menant à l'indépendance...

Un claquement violent retentit soudain. D'un coup de pied,

quelqu'un venait de forcer la porte de la pièce. L'homme ne sursauta pas : les manières du personnage qu'il avait envoyé chercher dans sa Benz décrépite — la seule disponible à Angora ! — ne l'étonnaient plus.

— Kemal !

La voix était rauque, le ton grave.

Mustafa Kemal se redressa sur ses coudes. Face à lui, un géant d'un mètre quatre-vingt-quinze, au corps puissant et élancé, à la figure osseuse barrée d'une forte moustache, qui le dévisageait l'air menaçant. Les deux hommes se regardèrent fixement, sans cligner des paupières. Leurs yeux de félin, clairs mais inquiétants, se lancèrent des éclairs. Mais ni l'un ni l'autre ne perdit son sang-froid. Le duel s'éternisa. Le colosse porta sa main à l'arme qui ornait sa ceinture : un pistolet caucasien, à crosse d'argent, marqué de petites croix gravées au couteau. Le colosse, disait-on, l'encochait à chaque fois qu'il abattait un homme. Derrière lui, dans le hall, un guerrier armé jusqu'aux dents, coiffé d'un fez recouvert d'un capuchon, chaussé de sandales de peau, montait la garde et surveillait l'escalier menant à l'étage.

— Edhem Cerkes... articula Mustafa Kemal d'une voix sèche.

Le colosse s'immobilisa. Ses doigts se figèrent. Non pas qu'il fût troublé d'entendre son ancien compagnon l'appeler par son nom, mais il s'était rendu compte que la main de Kemal, enfouie sous l'oreiller, agrippait la crosse d'une arme. Aussi venait-il de réaliser que la maison était encerclée et que les hommes de son adversaire, postés derrière la fenêtre, le couchaient en joue. Comme pour montrer qu'il avait changé d'avis, il se croisa ostensiblement les bras. Kemal, prudent, garda la main sous l'oreiller. Il appela son ordonnance qui accourut en tremblant, et lui demanda d'apporter du café et des cigares.

— Je réclame le départ d'Ismet, interrompit Edhem le Tcherkesse.

Un silence écrasant accueillit cette requête. Kemal tarda à répondre. Il avait choisi Ismet pour remplacer Ali Fouad Pacha, le compagnon d'Edhem, sur le front occidental. Il ne pouvait pas se rétracter.

— Non, fit-il enfin, d'une voix étrangement calme.

Dehors, l'agitation était à son comble : les hommes de Mustafa Kemal commençaient à perdre patience. Flairant le danger, Edhem chuchota quelques mots à l'oreille de l'énergumène qui l'escortait.

— Considérez... bredouilla-t-il en foudroyant son rival du regard, considérez ma visite comme une visite de courtoisie...

Il claqua des talons et s'éclipsa, flanqué de son garde du corps.

Mustafa Kemal resta là, assis sur son lit de camp. Impassible. Mais au moment où, dehors, démarra l'automobile qui devait ramener le Circassien à sa base, il partit d'un grand éclat de rire. Comme pour se libérer.

*
* *

— Je suis un Circassien comme toi. Mes parents se sont installés à Bandirma au lendemain du grand exil. Je te parle comme si je m'adressais à mon père : nous avons besoin de ton expérience, de ton ascendant sur la communauté tcherkesse d'Anatolie, lui avait simplement dit Edhem en consultant du regard ses deux frères Rechid et Tewfik qui avaient acquiescé d'un signe de tête.

Inactif depuis un certain temps, toujours alerte malgré le poids des années, Bahatir avait tout de suite accepté la proposition du valeureux chef venu le tirer de sa retraite. Il n'ignorait rien du parcours d'Edhem, ce Tcherkesse né en 1886 à Emre dans le *vilayet* de la Brousse, qui avait été l'un des premiers à embrasser la cause des nationalistes et à soutenir Mustafa Kemal. D'une culture rudimentaire, il n'avait certes jamais appartenu à la classe des penseurs du mouvement, mais il avait, indubitablement, joué un rôle primordial sur le terrain, c'est-à-dire : au combat. Doué d'une bravoure légendaire, il était très populaire dans les milieux tcherkesses...

La mission de Bahatir consistait principalement à recruter des volontaires parmi les *muhadjirs* de la Brousse et de Balikesir. Le fils de cheikh Mansour ne faillit pas à sa tâche et usa de son influence auprès des exilés tcherkesses pour rassembler le plus grand nombre possible de guerriers. Il forma une troupe redoutable, mais turbulente : qu'attendre d'un ancien bachi-bouzouk sur le plan de la discipline ?

Les hommes de Bahatir, menés par Edhem, enregistrèrent bientôt des victoires éclatantes, repoussèrent les Grecs et brisèrent en Anatolie l'avance des loyalistes. Leur groupement prit le nom de « *kuwwa-yi seyyare* » ou « Forces Mobiles ». Mais son image ne tarda pas à se ternir : peu à peu, les larcins commis par les soudards laissèrent la place au vol organisé. Edhem ne fit rien pour freiner ces débordements : régnant lui-même en despote sur son « fief » de Kütahya, il multipliait taxations arbitraires, pillages et exécutions sommaires, poussant même l'impudence jusqu'à parader dans les rues d'Angora, au lendemain de la libération de Yozgat, en exhibant le butin et le bétail pris à l'ennemi.

Rapidement, Mustafa Kemal et les chefs de son armée Fewzi et Ismet comprirent qu'« on ne construit pas un Etat avec des bandes », que « la guerre doit être faite avec des armées régulières ». L'Assemblée Nationale souscrivit à cette idée et vota une loi imposant le rattachement de toutes les forces volontaires au ministère de la Défense.

Auréolé de ses multiples victoires, fort de son prestige en Anatolie, gonflé d'un orgueil incommensurable, Edhem refusa de se soumettre.

XLV

— Prenons le train, allons à Eskisehir. Je souhaite mettre un terme à ton conflit avec Ismet. La situation est devenue intolérable!

Le message adressé par Kemal à Edhem, au mois de décembre 1920, était clair. Le Tcherkesse réfléchit longuement à la proposition de son ancien camarade.

— Qu'aurait fait cheikh Mansour à ma place? demanda-t-il à Bahatir.

— Mon père n'a jamais refusé de dialoguer. Je me souviens de notre rencontre avec le grand-duc Michel. Le frère du tsar avait cherché à nous impressionner. Son arrogance avait tout gâché!

— Tu as vu, de tes propres yeux, le grand-duc Michel? s'exclama Edhem.

Bahatir haussa les épaules.

— Mon père a même rencontré le tsar, le tsar en personne, au camp de Kamkheta! Mais les conditions proposées par les Russes étaient inacceptables. Je me souviens... Je me souviens de la réaction de Seteney, ma mère, lorsque mon père avait pris la décision de se rendre au camp!

Il s'interrompit, ferma les paupières comme pour mieux retracer les traits du visage maternel. Il rouvrit les yeux, les leva au ciel. Pareils à des icebergs, des nuages dérivaient vers le nord. Il laissa

241

vaguer son regard. Son esprit s'échappa, flotta dans l'espace, traversa la mer Noire, s'attarda sur des montagnes aux crêtes familières. « Ils vont chez moi », se dit-il avec nostalgie. Il lâcha un soupir. « Si Seteney est là-haut, c'est à bord de ces nuages qu'elle visite notre *aoul*... Quand vient la mort, l'exilé n'est plus en exil ! »

— Quelle fut sa réaction ?

La question d'Edhem arracha Bahatir à ses rêves.

— Lorsque mon père avait décidé de se rendre au camp, reprit-il sur le ton de la confidence, ma mère s'était mise à genoux. « Je t'en supplie, c'est un piège ! » avait-elle répété en sanglotant. Cheikh Mansour était resté de marbre. Pour lui, risquer sa vie pour la paix était aussi noble que mourir sur le champ de bataille... Vous savez, mon père était un homme très fier, très têtu !

— Tous les grands hommes sont têtus, remarqua Edhem.

Il réfléchit un moment, puis demanda d'une voix inquiète :

— Et si c'était un piège ?

Bahatir eut une moue dubitative.

— Que te reproche Mustafa Kemal ? De ne pas rentrer dans le rang ? N'est-ce pas lui qui, en 1911, en Tripolitaine, organisait des bandes d'indigènes indisciplinés contre les Italiens ?

— En Anatolie, renchérit Edhem, les gens me donnent raison : « Mustafa Kemal veut nous faire boutonner nos tuniques, disent-ils. Nous ne le voulons pas : nous préférons l'uniforme d'Edhem ! »

Il se tut un moment. Son front se plissa.

— On me reproche d'avoir essuyé un revers à Gediz. Mais on ne peut pas gagner à tous les coups ! On me reproche de faire partie de l'Armée Verte. On prétend que cette organisation est un nid d'agitateurs bolcheviques... Mais Kemal oublie que sans son assentiment jamais je n'aurais intégré le mouvement !

Bahatir essaya de lire dans les yeux de son interlocuteur une lueur qui l'eût trahi. Mais Edhem paraissait sincère. Il retroussa les manches de sa *tcherkesska* sur ses bras osseux, puis dit d'un ton ferme :

— J'accepte l'invitation. J'irai, la conscience tranquille.

Dans le train qui le menait d'Angora à Eskisehir en même temps que Kemal, Edhem Cerkes se sentit tout à coup envahi par une inquiétude oppressante. Dans ce wagon, il était comme un ours en cage. Ne tenant plus en place, il tournait en rond, jetait des coups d'œil furtifs sur le paysage aride qui défilait, interrogeait du regard le vieux Bahatir, recroquevillé dans un coin du wagon.

— Que se passera-t-il, tout à l'heure, à Eskisehir, lorsque je me retrouverai au milieu des troupes régulières? lui demanda-t-il tout à coup. Qui garantira ma sécurité? N'est-ce pas se précipiter dans la gueule du loup que de poursuivre le voyage?

Bahatir étira ses muscles endoloris par les longs moments passés dans la même position assise. «Depuis l'exil, je n'ai pas rencontré la quiétude, pensa-t-il. L'exilé ne connaît-il donc jamais le repos? Pourchassé à Vidin; enrôlé dans les rangs des bachi-bouzouks; lâché comme un chien sur le champ de bataille, d'abord contre les rebelles, ensuite contre l'armée russe... Et puis, la lutte aux côtés des nationalistes...» Il ouvrit et referma ses énormes poings. «Mon corps a des limites, songea-t-il. Ma vie d'exilé est une vie de mercenaire. On nous appelle les *irréguliers*. C'est vrai. Après l'exode, toute ma vie a été *irrégulière*!...» Il soupira, porta à ses lèvres la bouteille qui traînait à ses côtés et avala une lampée de vin. «Au point où j'en suis...»

Le train s'arrêta dans un long sifflement de freins. «Tout le monde descend!» hurla le mécanicien. Immédiatement, Mustafa Kemal se mit à la recherche de son adversaire.

— Où est-il passé? grommela-t-il en secouant les machinistes.

Flanqué de ses gardes enturbannés et vêtus de noir, il traversa le train de bout en bout, en visita tous les compartiments, mit pied à terre et pénétra dans la gare en pestant.

Rechid, frère et compagnon d'armes d'Edhem, député de Saruhan dans l'Assemblée d'Angora, était là. Visiblement nerveux, il se passa la main dans ses cheveux taillés en brosse, tortilla sa moustache.

— Où est Edhem? demanda Kemal d'une voix irritée.

Un silence pesant lui répondit.

— Où est Edhem ? répéta-t-il entre ses dents.

— Il est allé rejoindre ses hommes, bredouilla Rechid.

Kemal fronça les sourcils en signe d'incompréhension.

— Il a sauté du train ! articula le Tcherkesse.

En se jetant hors du wagon, Edhem avait définitivement quitté le train nationaliste. Saut périlleux que celui qu'il venait d'accomplir : saut dans le vide. Dans l'inconnu.

*
* *

Les événements se précipitèrent. A l'Assemblée, Mustafa Kemal admonesta Rechid et accusa Edhem de ne plus obéir au gouvernement. Mais il refusa de couper les ponts avec les alliés d'autrefois : il demanda un délai pour régler « cette affaire désagréable »... Peine perdue : les délégués qu'il envoya à Edhem revinrent bredouilles et terrorisés. La réponse du Tcherkesse était sans ambiguïté : « J'irai pendre Mustafa Kemal à la porte du Parlement ! »

Edhem ne perdit pas son temps. Il engagea des tractations secrètes avec le sultan Mehmed VI, puis avec les chefs de l'armée grecque. Son hostilité à l'égard du gouvernement d'Angora prit tout à coup des proportions inquiétantes : il se livra à des sabotages ; il renvoya la garnison turque de Kütahya dans ses foyers et se proclama commandant en chef de toutes les forces nationalistes.

— Le pays est las de la guerre. Il faut négocier la paix... Je parle au nom de la nation et des soldats ! déclara-t-il dans un télégramme adressé à l'Assemblée.

La réaction de Kemal ne se fit pas attendre :

— Je vous ai parlé jusqu'ici en camarade. Désormais, j'agirai envers vous en chef de l'Etat.

Rechid fut aussitôt exclu de l'Assemblée. Ismet reçut l'ordre de soumettre les bandes d'irréguliers et d'occuper Kütahya. Avec l'aide des habitants de la bourgade, ravis de se débarrasser de leurs oppresseurs, les forces régulières balayèrent la résistance de leurs adversaires et capturèrent l'état-major d'Edhem. Acculé, le guérillero s'enfuit en direction du sud-ouest. Le 5 janvier 1921, accompagné de ses frères, de Bahatir et de quelque trois cents guerriers, il rejoignit les lignes grecques à Smyrne et passa à l'ennemi, préférant trahir plutôt que se soumettre. Le Tcherkesse se mit à la disposition des Grecs et leur communiqua les informations militaires dont il disposait.

Mettant à profit les renseignements recueillis et les dissensions au sein du camp turc, l'armée hellénique envoya deux divisions à Afyon et s'empara d'un tronçon de la voie ferrée qui traversait la région. Elle fut refoulée le 10 janvier, au lieu-dit Inonü (« La façade de la caverne »), par Ismet et ses troupes. Affectés par cette défaite, les bataillons grecs décidèrent de ne plus bouger jusqu'au printemps.

L'armée de Mustafa Kemal, elle, avait gagné son pari : s'imposer enfin !

XLVI

En ce mois de mars de l'année 1921, une effervescence indescriptible avait envahi Amman. Massés sur les deux bords de la route menant au bourg, des dizaines de Circassiens étaient là. Ils étaient venus de partout : de Wadi as Sir, de Naour, de Jerash, de Suweileh, de Zarqa... La nuit avait été agitée : les notables tcherkesses l'avaient passée à examiner la situation et à définir la position à adopter pour faire face aux développements nouveaux que connaissait la région.

— Il va bientôt être midi, remarqua Bilal en levant les yeux vers le soleil.

— Il est en retard, fit son camarade.

— Je me demande...

— Chut !

Moussa s'avança, le buste droit, le menton fier. Les deux adolescents se levèrent respectueusement et baissèrent la tête.

— Le train de Maan s'est arrêté à Ziza, annonça-t-il d'une voix grave. Il a dû y passer la nuit. Il sera là bientôt. Je compte sur vous pour l'ovationner...

— Je ne comprends pas, fit Bilal. Depuis quand les Hachémites sont-ils nos amis ?

Son père le foudroya du regard et le rappela à l'ordre.

246

Soudain, des cris.

— Il est arrivé! Il est arrivé!

Un nuage de sable venait de voiler l'horizon.

— Abdallah! Abdallah! Abdallah!

Une foule en délire amassée le long de la route menant à Amman se mit à scander le nom de l'émir. Abdallah fit son apparition. Il était vêtu de l'uniforme de maréchal — rang auquel l'avait promu son père avant son départ. Sur sa vareuse barrée obliquement d'une écharpe, une médaille et une large étoile. Les notables tcherkesses avec, à leur tête, Djantémir et le maire d'Amman firent cercle autour de lui. Mirza Pacha était là, reconnaissable à son nez proéminent et à son uniforme.

— Je vous demande loyauté et obédience! déclara Abdallah.

Des acclamations accueillirent les mots de l'émir.

Moussa pénétra dans la résidence de l'émir Abdallah et se prosterna. Coiffé d'un keffieh blanc cerclé d'un double *agal* doré, le fils du chérif Hussein était assis en tailleur au milieu des coussins. Il avait le teint cuivré, les joues rondes, les sourcils épais, une barbiche bien taillée qui masquait ses lèvres épaisses, et des yeux sans éclat sous des paupières fripées. Devant lui, sur une table basse, était posé un grand plat de *mensef*. Abdallah plongeait trois doigts dans le riz, le pétrissait, introduisait dans sa bouche la boulette ainsi formée et l'avalait d'un seul coup. De part et d'autre de la table, immobiles, deux guerriers tcherkesses portant l'uniforme traditionnel.

— Entrez, entrez! fit l'émir.

Moussa s'approcha et s'assit sur ses jambes repliées.

— Vous devez être fatigué, murmura le Tcherkesse.

Abdallah fit la moue.

— Las, mais satisfait, rectifia-t-il. Dites-moi, que pensent les Circassiens de moi?

Moussa posa sa main droite sur son cœur et déclara d'un ton solennel :

— Vous savez la loyauté de notre communauté à votre égard !

L'émir sourit et désigna du menton ses deux gardes du corps.

— Personne n'en doute ! s'esclaffa-t-il. Ce n'est pas par amour du folklore que j'ai décidé de recruter ma garde personnelle parmi les guerriers circassiens de la région !

Il s'interrompit, se cura une dent, puis déclara d'une voix pénétrée :

— Vous êtes les seuls à avoir vraiment gagné ma confiance ! Les bédouins sont indomptables, ingouvernables ; les nationalistes syriens lorgnent toujours du côté de Damas... Vous êtes mes plus fidèles sujets ! Lorsque la tribu Adwan, vexée d'être exclue du pouvoir, s'est révoltée et a encerclé ma résidence, je n'ai dû mon salut qu'à vos hommes et à ceux de Mirza Pacha !

Il secoua la tête.

— Je n'oublie jamais mes amis, poursuivit-il. Je me souviendrai toujours de ceux qui m'ont sauvé la vie...

Il prit un morceau de pain, le rompit et le fourra dans sa bouche.

— Répondez à ma question, reprit-il. Que pense la communauté tcherkesse de l'émir Abdallah ?

Moussa réfléchit un court instant, puis dit d'un ton assuré :

— Mes compatriotes considèrent que l'Emirat de Transjordanie est leur patrie d'adoption. Cet ensemble de deux cents villages qui forme l'Emirat et que dirige un gouvernement central est pour eux une garantie de stabilité dans cette région agitée du monde. Mais il y a certaines choses qui leur échappent...

L'émir essuya ses mains et tendit l'oreille.

— J'ai confiance en vous, Moussa. Parlez !

— Mes compatriotes ne comprennent toujours pas pourquoi les Britanniques ne se sont pas opposés à votre entrée à Amman !

Abdallah lança à son interlocuteur un regard malicieux.

— Ils auraient souhaité pouvoir le faire ! Mais comment ? Lancer une campagne coûteuse pour me barrer la route ? Autoriser les Français à venir me déloger ? Incapables de me briser, ils ont accepté le fait accompli !

— Dans le pays, poursuivit le Tcherkesse, certains doutent de la sincérité de votre désir de libérer la Syrie! Pourquoi avez-vous renoncé à votre projet initial? Pourquoi avoir accepté la Transjordanie au lieu de réclamer la Syrie?

L'émir parut agacé par cette question. Son regard se durcit; ses pupilles se dilatèrent. Contenant son exaspération, il déclara:

— Lorsque j'ai rencontré à Jérusalem le haut-commissaire Sir Herbert Samuel, le secrétaire d'Etat aux Colonies au Foreign Office, Winston Churchill, et son conseiller pour les affaires arabes, Lawrence, on m'a proposé de gouverner la Transjordanie sous la protection du haut-commissariat britannique en Palestine en échange de l'abandon de l'offensive contre la Syrie et de la renonciation au trône d'Irak — qui m'était destiné à l'origine — au profit de mon frère Fayçal auquel il serait demandé d'abandonner ses prétentions sur la Syrie. Les autorités britanniques ont ainsi estimé qu'elles honoraient leurs engagements envers ma famille à laquelle elles avaient promis un royaume arabe!

L'émir avait prononcé cette dernière phrase avec une intonation grave et narquoise à la fois.

— N'ont-ils pas assuré que dans un délai de six mois les Hachémites reprendraient en main la Syrie?

Abdallah passa ses doigts dans sa barbiche.

— Ils n'ont pas *assuré*. Ils ont simplement *espéré*: nuance!

Ses traits se détendirent. Il se tut, médita un moment, puis déclara en souriant:

— Que vos compatriotes se rassurent: tant que les Hachémites seront au pouvoir, ils ne seront jamais inquiétés!

Moussa eut un geste évasif.

— Je suis né dans le Caucase, dit-il à voix basse, comme pour lui seul. Mais je n'en ai aucun souvenir: j'étais haut comme trois pommes lorsque mes parents ont fui l'invasion du tsar. Je vis à l'est du Jourdain depuis une trentaine d'années. Entre ma vraie patrie et ma patrie d'adoption, mon cœur balance. Je m'habille comme un Tcherkesse, je chante les chansons de mon pays, j'ai les cheveux blonds et les yeux bleus de mes ancêtres. Mais je vis au milieu des bédouins, j'ai appris à parler l'arabe, ma femme est d'ici et mon fils est né à Amman. D'où sommes-nous? A quelle civilisation appartenons-nous?

— Il vous faudra choisir un jour, dit l'émir.

Moussa respira profondément.

— Ce n'est pas une question de choix, fit-il. Peut-on renier ses origines? Qu'on le veuille ou pas, elles se lisent dans la prunelle de nos yeux, sur la blancheur de notre peau. Prenez l'exemple d'Amman. Lorsque mon peuple s'y est établi, il n'y avait rien. Lorsqu'il a creusé le sol, il a découvert une ville d'une richesse inépuisable : chaque pierre avait une histoire! Nul ne peut se renier tout à fait!

Abdallah croisa les bras sur sa poitrine. Un sourire espiègle illumina son visage.

— Si vous pouviez, aujourd'hui même, retrouver votre village natal du Caucase, intact, tel que vous l'aviez abandonné avant le grand exil, quitteriez-vous la Transjordanie?

Moussa ne répondit pas.

Livre Troisième

Avoir fait de ces anciens clients de la monarchie hamidienne les soldats les plus sûrs que nous ayons trouvés en Syrie est non seulement un succès militaire et politique, mais aussi un succès moral dont la France a le droit d'être fière et que les Français ont le devoir de ne pas ignorer.

Général Clement-Grandcourt,
Au Levant.

XLVII

Au nord de Damas, entre l'Oronte et l'Euphrate, dominée par une majestueuse citadelle... Alep.

Au milieu des steppes quasi désertiques, comme soudainement émergée du sable, la ville surprend l'œil du voyageur.

Alep — fondée, dit-on, par Abraham qui aurait campé là lors de sa migration entre Ur et Harrân —, c'est, avec ses multiples caravansérails, un havre pour les hommes et leurs bêtes; c'est plus de douze kilomètres de dédales labyrinthiques qui serpentent à travers de pittoresques souks couverts (souk des tarbouches, souk du drap, souk des cordes, souk des... boîtes vides !) où s'échangent les produits de tout l'Orient; c'est un nombre incalculable de mosquées — la plus importante, la Grande Mosquée, abriterait le tombeau de Zacharie, père de saint Jean-Baptiste ! — dont les minarets, tantôt trapus, tantôt sveltes, fusent inexorablement vers le ciel; c'est surtout *une ville de pierre* : force, noblesse et pérennité se dégagent en effet de ses blocs grisâtres et des pavés qui revêtent ses venelles...

En pénétrant dans la ville, on songe tout de suite au mot du poète : « *J'ai parcouru le monde, Orient et Occident; mes regards ont vu tous les horizons. Nulle part je n'ai trouvé ville aussi hospitalière qu'Alep.* » Et l'on s'étonne. Car, après tout, ces maisons aux portails étroits, cloutés de fer, ces quartiers qui, le soir venu, ferment jalousement leur porte pour se protéger des aventuriers et des maraudeurs, témoignent bien encore de la méfiance des habitants de la ville — dont les ancêtres ont dû subir tous les envahisseurs de la région — et n'ont, de prime abord, rien de bien avenant. Le charme d'Alep est ailleurs! Observée des casernes, de la porte de Bab el-Hadid, de la terrasse d'Akabé ou du minaret de la citadelle, la ville change tour à tour d'aspect. Comme si, à chaque fois, un kaléidoscope magique modulait différemment les formes et les couleurs de l'ensemble; comme si, à chaque fois, la ville se déshabillait pour enfiler une parure nouvelle. Et puis... la citadelle médiévale, perchée sur sa « colline ailée » — tell ovale mi-naturel mi-artificiel, immense avec ses cinq cents mètres de long et ses quatre cents mètres de large —, flanquée de bastions rectangulaires, a quelque chose d'à la fois lugubre et fascinant. Dans Alep, où que l'on aille, l'on se sent, immanquablement, placé sous la surveillance de ce monstre magnifique. Comme au Caucase, l'Elbrouz...

Août 1925. Un bureau sobre, aux murs nus, meublé d'une table de conférence et de trois fauteuils. Deux hommes, deux officiers français, se faisaient face. Le premier, le commandant Mortier, était le chef du Service de Renseignements de la région d'Alep. Le second, Philibert Collet, avait connu un parcours étonnant : fils d'un colon français d'Algérie, il était né le 12 décembre 1896 à Sidi Bel Abbes et s'était engagé assez tôt dans l'armée. Blessé à Chaulnes, pendant la bataille de la Somme, puis à Saint-Maur et à Longpont, il avait participé à l'offensive finale de septembre 1918 et obtenu la Croix de guerre. Promu lieutenant en 1920, il avait été envoyé au Levant où il avait été nommé officier de renseignements à Alep.

— Il faut, mon commandant, que ce projet soit accepté... dit Collet d'une voix déterminée en regardant Mortier dans les yeux. Les choses vont très mal en Syrie, vous le savez mieux que moi... Les choses ne peuvent plus continuer ainsi. Nous avons été ridiculisés, humiliés... Il y va de l'honneur de la France!

Le jeune officier passa en revue les événements survenus dernièrement au Levant : tout avait commencé par la faute du capitaine Gabriel Carbillet, un officier français en poste au Djebel Druze — cette partie du Hauran située au sud de la Syrie, aux confins de la Transjordanie, et peuplée d'environ cinquante mille âmes, dont la France avait reconnu l'indépendance le 5 avril 1921 —, qui, à la mort du gouverneur druze Sélim Pacha al-Attrache, avait occupé par intérim le poste vacant, avant d'être titularisé, quelque temps plus tard... Carbillet s'était attaché à moderniser le pays. Mais ses réformes s'étaient accompagnées d'une dictature ombrageuse et exigeante qui avait fini par exaspérer la population druze et par inciter celle-ci à réclamer un autre chef. Profitant du départ en congé de Carbillet, un groupe de trente-huit personnalités, représentant dix-sept des plus grandes familles druzes du Djebel, s'était rendu à Beyrouth et avait demandé à être reçu par le haut-commissaire, le général Sarrail. Celui-ci, méprisant, avait fait attendre la délégation dans l'antichambre, puis avait envoyé son ordonnance signifier aux visiteurs qu'il n'était pas question qu'ils fussent reçus. Les Druzes avaient quitté Beyrouth ulcérés. Attisé par le dédain affiché par les autorités françaises, le mouvement de protestation s'était alors amplifié.

Collet ferma les yeux. Rien n'avait échappé à sa mémoire : le 3 juillet, à l'occasion d'une fête locale à Soueïda, capitale du Djebel Druze, un proche collaborateur de Carbillet s'était fait molester par la foule. Ce grave incident n'avait été circonscrit que grâce à l'intervention des chefs religieux de la communauté druze et l'acceptation par la ville de Soueïda de payer une amende de 200 napoléons. Le 11 juillet, Carbillet avait annoncé son retour. Le jour même, le haut-commissaire avait ordonné la « mise en résidence obligée » de cinq éminents cheikhs de la famille al-Attrache, accusés de fomenter les troubles dans le pays. Ces mesures provocatrices avaient mis le feu aux poudres. Le 17 juillet, deux avions français qui survolaient le Djebel Druze avaient essuyé des coups de feu. L'un des appareils s'était posé en catastrophe à Imtane, à quelques kilomètres de la frontière palestinienne. Ses pilotes, encerclés par les villageois en armes, n'avaient dû leur salut qu'à l'intervention d'un très jeune chef druze de la famille al-Attrache, Ali Bey, qui les avait pris sous sa protection. Le 20, une colonne commandée par le capitaine Normand avait été massacrée par 700 guerriers druzes au sud-est de Soueïda. Quelques jours plus tard, une colonne menée par le général Michaud avait été décimée par les Druzes à Mezraa : 650 soldats et 28 officiers étaient restés sur le champ de bataille. Survenue après le massacre de la colonne Normand, la déroute de la colonne Michaud avait ouvert les yeux de la presse française sur la vulnérabilité de la Puissance mandataire au Levant et avait suscité des débats passionnés à l'Assemblée nationale. Depuis la survenance de ces tragiques événements, les Syriens hostiles à la présence française au Levant s'employaient à récupérer l'insurrection du Djebel et à donner au mouvement des Druzes une coloration nationale. Le redoutable chef druze, Soltan Pacha al-Attrache, sensible aux idées nationalistes, réclamait lui-même à présent l'indépendance complète de la Syrie! La révolte, changeant de visage, semblait entrer dans une phase nouvelle : jusque-là druze, elle tendait à devenir syrienne...

Le commandant Mortier quitta son siège et dit avec un haussement d'épaules :

— Je sais bien que la situation est devenue intolérable. Nous sommes trop statiques, trop lents, trop mous...

— Il faut répondre à la promptitude par la promptitude, reprit Collet. Une fois son forfait commis, l'ennemi s'envole impunément dans la nature. Qui irait le pourchasser?

Il marqua une pause, lissa sa moustache, puis poursuivit :

— Il n'y a que mes Tcherkesses pour les mater, croyez-moi! Ces hommes sont incomparables pour la guerre qu'il nous faut mener ici. Dès que l'ennemi est signalé, que ce soit marécages, forêts ou pics escarpés, les Tcherkesses chargent au galop. Rien ne les arrête, ni coups de fusil, ni mitrailleuses. Ils cherchent le corps à corps, le combat où l'on tire à bout portant, où l'on frappe à coups de couteau et de crosse. Et quand ils en sont venus là, rien ne leur résiste...

— Je crois en votre projet, coupa Mortier en arpentant la pièce. Il est inadmissible que les 80 cavaliers tcherkesses que vous commandez passent leur temps à Alep à lever les taxes ! Leur rôle est ailleurs.

— Je compte sur vous, mon commandant, répéta Collet en ouvrant grand les yeux pour donner plus de force à son propos. Il faudra convaincre le haut-commissaire !

— J'en parlerai à Beyrouth, je leur...

— Il ne suffit pas d'« en parler », interrompit le lieutenant. L'heure n'est plus aux discours. Mon projet *doit* passer. Vous devez le défendre... A tout prix !

Le commandant Mortier hocha la tête et, d'un pas résolu, revint vers son siège.

— Vous avez raison, fit-il, se rasseyant.

Il ouvrit son porte-lettres, trempa sa plume dans l'encrier posé devant lui sur la table, puis déclara :

— Je souhaite être informé de tous les éléments susceptibles d'étoffer le projet. Je veux tout savoir ! Je prendrai note...

Le lieutenant Collet renversa la tête sur le dossier de son fauteuil et ferma les yeux :

— L'idée a germé au mois de juin de l'année 1922. Dans les régions du nord de la Syrie, un redoutable chef de bande multipliait les actes de brigandage. Il avait groupé autour de lui une centaine de bandits et une soixantaine de guerriers venus de Turquie. Un détachement formé d'une dizaine d'officiers français et de 160 gendarmes musulmans autochtones se porta au début du mois de juillet sur Idlib pour mettre un terme à ces débordements. En ma qualité d'officier de renseignements, je me joignis au détachement, à la tête de quelques partisans, dans le but d'orienter les recherches de la troupe. Paralysées par le manque d'esprit offensif des gendarmes, les opérations traînèrent en longueur. Le contact fut enfin pris le 10 juillet avec la bande, installée à six kilomètres au nordouest de Eriha, sur un piton connu sous le nom de Tell Bahrit. Le commandant du détachement hésitant à engager le combat, je pris la décision d'attaquer le tell avec mes partisans. De tout le détachement, un peloton, un seul, participa spontanément à l'offensive. Mais l'accrochage ne se produisit pas : craignant l'abordage, l'ennemi évacua la position et s'enfuit à la faveur de la nuit sans demander son reste. Séduit par le courage du peloton qui m'avait épaulé, je demandai aux cavaliers qui le composaient : « Qui êtes-vous donc, vous qui ignorez le danger ? » Ils me répondirent qu'ils étaient tcherkesses...

Collet marqua une pause pour allumer une cigarette et donner à Mortier le temps de tout noter. Il enchaîna :

— Tcherkesses... Ce nom ne m'était pas étranger : j'avais eu connaissance de ces cavaliers intrépides, commandés par Toufic Bey et Osman Bey, et de leurs actes de bravoure en 1921 au sein de la colonne Debieuvre dans la région de l'Euphrate. Je savais aussi qu'à cette époque-là, un officier français avait proposé — mais sans succès — la création d'escadrons tcherkesses. Après l'affaire du tell, je refis à l'état-major la même proposition. Bien que timide, sa réponse fut positive : il consentit à mettre à ma disposition un peloton formé de Tcherkesses. A la fin du mois de juillet 1922, l'effectif de cette formation atteignit le nombre de 150 cavaliers. On lui donna le nom de 1er escadron de Gendarmerie Mobile. Cet escadron prit une part active dans de nombreuses opérations de police aux quatre coins du pays. En 1924 intervint le fameux combat de Hadjilar. A cette époque-là, mes hommes participaient aux opérations de la colonne Desclaux dans les régions de Letchi et de Hadjilar. Le 25 avril 1924, mon escadron réussit, après un combat très violent, à s'emparer tout seul du village de Kara Keflis occupé par des rebelles. Cet exploit nous valut les félicitations du général Billotte...

Collet s'interrompit. Il se racla la gorge, puis posa sur ses genoux une serviette en cuir dont il sortit un papier jaune, soigneusement plié.

— Tenez...

Le commandant Mortier prit la feuille, la déplia et lut :

Ordre général n° 78

Le général Billotte Commandant la 2ᵉ Division du Levant cite :
A l'ordre de la Division,
1ᵉʳ Escadron de Gendarmerie Mobile Syrienne
Le 1ᵉʳ Escadron de Gendarmerie Mobile sous la conduite de son chef et organisateur le lieutenant Collet du Service de Renseignements et de ses officiers les lieutenants Toufic Bey et Osman Bey a fait preuve, au cours de toutes les missions de confiance pénibles et périlleuses qui lui ont été confiées, d'une endurance et d'un dévouement exemplaires...

En avril 1924, dans la région d'Hadjilar, a collaboré efficacement avec son énergie et son esprit de sacrifice habituels à réprimer le rébellion des habitants de cette région et à rétablir l'ordre.

Au cours de ces opérations de désarmement, a récupéré plus de 3 000 fusils de guerre avec plus de 80 000 cartouches.

En toute occasion, s'est montré une troupe auxiliaire de premier ordre, d'un attachement parfait à l'officier français qui le commande.

Fait au Quartier Général à Alep.
Le 22 novembre 1924
signé : Billotte.

Mortier émit un sifflement d'admiration.

— Je garde ce papier, dit-il. Il me sera précieux...

L'ordonnance fit tout à coup irruption dans la pièce et glissa quelques mots à l'oreille du commandant.

— J'en ai pour quelques minutes, marmonna Mortier en se retirant.

— Je vous en prie !

Collet se leva et se dirigea vers la fenêtre. Le ciel était d'une grande pureté, le soleil radieux. Un vent léger courait dans les palmiers.

— Elle aimera sûrement ce pays, murmura-t-il en songeant à Anne Henderson, l'Irlandaise de dix-sept ans qu'il projetait d'épouser.

Des bruits de sabots martelant les pavés l'arrachèrent à sa rêverie : ses cavaliers tcherkesses, recrutés parmi les 35 000 émigrés circassiens établis en Syrie — à Kuneïtra, dans les environs d'Alep, de Homs, Hama et Damas, et dans le nord du pays —, défilaient dans la cour, en rang par deux, accoutrés de leur uniforme caucasien : malgré la chaleur, ils semblaient bien supporter le *kalpak* et l'uniforme noir à double cartouchière.

— Quelle noblesse ! songea Collet en contemplant la fière allure, la taille mince et l'élégance de ses hommes.

Un cavalier aux yeux pers et aux cheveux châtains, portant des moustaches à la gauloise, paradait en avant de la troupe en brandissant un étendard. Fils aîné de Zulquarneïn, Omar avait, sur l'insistance de son père, intégré l'Armée du Levant dès la fin de ses études scolaires. Ses nombreuses qualités avaient rapidement convaincu le lieutenant Collet de lui confier le drapeau vert du groupement — un drapeau étoilé sur lequel était brodé, en lettres d'or, le mot *Hadjilar*, nom de la première bataille importante remportée par l'escadron.

Le commandant Mortier regagna sa place et se mit à bourrer sa pipe.

— Est-il vrai que les Tcherkesses vous ont donné le titre d'« Emir » ? demanda-t-il d'une voix amusée.

Collet rougit et baissa le menton. Son supérieur esquissa un sourire. « Cet homme que l'état-major a baptisé *Collet des Tcherkesses* est un personnage à part, se dit-il. Jamais dans son discours le moindre sentiment de supériorité à l'égard des Tcherkesses ! » Il fronça les sourcils et dévisagea son interlocuteur avec attention : à force de côtoyer ses hommes, le lieutenant avait fini par leur ressembler. Avec sa moustache coupée court, son nez hardi, son front volontaire, sa bouche impérieuse et ses grands yeux clairs... n'avait-il pas l'air d'un Circassien ?

— Les Tcherkesses m'aiment bien, c'est vrai, admit Collet. L'armée cristallise les aspirations d'une fraction importante des exilés tcherkesses et de leurs descendants. Elle réconcilie les jeunes avec leur passé; elle leur redonne le goût de la combativité, de l'ardeur, du courage, le goût de... l'honneur! L'armée est pour eux un exutoire, n'en déplaise aux nationalistes syriens qui nous accusent de manipuler les minorités du pays dans le but d'ébranler l'édifice national syrien!

Le commandant pointa sur le lieutenant le tuyau de sa pipe.

— J'ai cru comprendre que certains notables circassiens comptaient sur vous pour obtenir en Syrie une région tcherkesse autonome... Dans le Golan, par exemple!

— Il est encore trop tôt pour en débattre, fit l'*Emir* en croisant les bras sur sa poitrine.

Mortier hocha la tête d'un air incrédule, tira sur son brûle-gueule, puis, s'approchant du lieutenant, lui donna une tape amicale dans le dos.

— Allez, ne vous en faites pas! Je vous transmettrai le plus rapidement possible la réponse du général... J'espère du fond du cœur que votre proposition sera acceptée!

— Une dernière chose! dit Collet avant de prendre congé. Ce que je réclame, c'est le renforcement de l'escadron qui existe déjà ou la création de nouveaux escadrons. Il ne faut surtout pas renouveler l'expérience malheureuse de l'année dernière tentée par le général Billotte, qui consistait à former quatre escadrons de gendarmerie mobile à partir de trois pelotons de mon propre escadron... Une catastrophe!

— Ne vous en faites pas, tout ira pour le mieux! fit Mortier sur un ton rassurant.

Collet se leva, claqua des talons et se dirigea vers la porte. Avant d'en franchir le seuil, il se retourna vers son supérieur :

— L'humiliation sera lavée! dit-il avec force.

XLVIII

Journal d'Omar

Samedi 5 septembre 1925

Les événements se précipitent en Syrie. En quoi me concernent-ils, moi, Omar, petit-fils de cheikh Mansour, fils de Zulquarneïn, Caucasien vivant au milieu des Arabes ? Je ne saurais le dire. Tout ce que je sais, c'est que je fais désormais partie d'une famille : l'armée. Cette famille est tellement possessive qu'elle emprisonne ceux qui portent son nom et accapare ceux qui l'embrassent.

Je viens d'apprendre que le haut-commissaire, le général Sarrail, a finalement ordonné l'ouverture des crédits nécessaires à l'entretien d'un escadron tcherkesse de 150 hommes. Il était temps : la situation se dégrade jour après jour. Des centaines de cavaliers marchant sur Damas ont été dispersés par l'aviation française le 24 août dernier. La garnison de la capitale se prépare à une attaque des guerriers druzes. Elle barre les routes avec des barbelés et évacue les familles des officiers. Les rumeurs les plus folles circulent : pour des raisons qui m'échappent, les Anglais fourniraient des armes aux Druzes à partir de la Transjordanie. Certains attestent avoir aperçu

des experts britanniques dans le Djebel! Les proscriptions se multiplient: des dizaines de notables syriens sont arrêtés par la maré-
chaussée. Dans le but de contribuer à restaurer la paix, l'état-major
français a chargé le lieutenant Collet d'entrer en contact avec les
chefs druzes. A Kalaat Haïdar, Katana, Kafr Houar, Ayn al-Achra,
Hayna et Arna, l'*Emir* des Tcherkesses a rencontré de nombreux
cheikhs, mais n'a pas réussi à calmer les esprits.

Dimanche 20 septembre 1925

La semaine passée a été riche en bouleversements: le 14, l'état-
major a annoncé la désignation, comme adjoint au haut-commissaire, du général Gamelin, figure légendaire de la Grande Guerre.
Gamelin, nommé commandant en chef de l'Armée française du
Levant, ne semble avoir qu'une seule idée en tête: rétablir le prestige de la France dans la région en matant l'insurrection druze au
plus tôt, c'est-à-dire: avant l'hiver. Le 17, à Musseïfré, dans le Hauran, un bataillon de la Légion étrangère a réussi à repousser les
assauts de cinq mille cavaliers surexcités. L'assaillant, défait pour la
première fois depuis le début des hostilités, a abandonné 800 tués
ou blessés. Les keffiehs des victimes couvrent toujours le champ de
bataille: «On eût dit un immense tapis blanc!» a rapporté un
témoin.

Mardi 22 septembre 1925

Rassemblement est fait à Musseïfré des troupes de la Puissance
mandataire. Le général Gamelin a décidé de marcher sur Soueïda,
encerclée par les Druzes et soumise à un bombardement inter-
mittent de l'artillerie adverse. Notre escadron, l'escadron de cavalerie tcherkesse, est chargé de former l'avant-garde de cette «colonne
de dégagement».

Mercredi 23 septembre 1925

9 h 30. Notre escadron passe à l'offensive. Avec une grande mobilité, une patrouille de pointe se porte sur Tell Hadid, à six kilomètres de Soueïda. La colline qui surplombe la citadelle assiégée est étonnamment déserte. Les hommes de Soltan al-Attrache, en nous voyant planter l'étendard de l'escadron sur le tell, se reprennent. Sans hésiter, deux cents Druzes, armés de longs fusils, ceints de cartouchières, coiffés de keffiehs blancs cerclés de *agals* noirs, prennent d'assaut la colline. Nous nous replions en catastrophe sur Asleha où, bientôt, le gros de l'escadron nous rejoint.

14 h 30. La contre-attaque se prépare. Appuyée par les chars de combat et par l'artillerie, la colonne Gamelin marche sur Tell Hadid. Mais le terrain n'est pas pour faciliter les manœuvres. A quelques mètres de la colline, les chars s'immobilisent : impossible d'aller plus loin. Les cavaliers, lancés à l'avant-garde de la colonne, se figent, indécis. Mes membres sont paralysés. Ma main se crispe sur la hampe de l'étendard. Le lieutenant Collet décide d'intervenir : il sait que tout flottement peut être fatal, que l'ennemi peut profiter du moindre moment d'inattention. Tenant d'une main la bride de son cheval et son képi, de l'autre son stick, l'*Emir* escalade la colline d'une traite en rugissant d'une voix terrible.

— *Ilari! Ilari!* En avant! hurle-t-il à pleins poumons, reprenant le célèbre cri de guerre turc adopté par mes compatriotes.

Galvanisés, nous nous ruons au galop à la suite de notre chef et occupons Tell Hadid. Décontenancés par la vigueur de l'offensive, les Druzes refluent sur Soueïda, pourchassés par nos cavaliers qui réussissent à abattre sept fuyards à l'est de la colline.

La nuit tombe. L'avant-garde campe en vue du village de Soueïda, perché sur une croupe entre deux vallons abrupts ; le gros de la colonne bivouaque au pied de Tell Hadid. Mais le sommeil ne vient pas : nous pensons sans arrêt aux heures décisives que nous allons vivre.

Jeudi 24 septembre 1925

Un brouillard épais engloutit la région. La colonne Gamelin se remet en branle. L'ennemi est là : ses francs-tireurs harcèlent le flanc gauche qui riposte à coups d'obus.

9 heures. Notre escadron, qui progressait méthodiquement à l'avant du gros de la troupe, s'arrête tout à coup. Soueïda se profile à l'horizon. Une longue minute s'écoule. Le silence est absolu. Les fusils et les canons se taisent. Tout le monde retient son souffle. Que va-t-il se passer ? Le cheval de Collet piaffe, comme pour prendre le départ d'une course. Le signal est donné ! Nous nous élançons, debout sur nos étriers, le corps penché en avant, en poussant des cris sauvages... La chevauchée est impressionnante : une ligne noire qui se rapproche, une vague sombre qui déferle... Malgré les balles qui pleuvent de partout, nous abordons Soueïda au terme d'une course effrénée. Nous traversons le village en ouragan et occupons la citadelle à 10 heures. Les officiers français qui observent le spectacle à la jumelle en restent cois.

Il est midi. Soueïda, délivrée, accueille le gros de la colonne Gamelin. Les soldats découvrent avec curiosité ce lieu, anciennement appelé *Dionysias* à cause de ses vignes, aujourd'hui baptisé « la petite noire » en raison des plaques sombres de scories volcaniques qui tapissent son sol.

— Nous n'avons que quatre blessés, annonce un de nos cavaliers en faisant halte près d'une rue-escalier grouillante de monde. Les gars se sont surpassés !

Debout au milieu d'un groupe de chevaux couverts d'écume, Collet soupire, époussette son képi.

— Votre attaque a été sublime ! fait un officier français en donnant à l'*Emir* une tape amicale dans le dos. Ça nous change des schémas tactiques compliqués ! Quoi de plus simple, de plus efficace, que de foncer, tête baissée, sans se poser de questions !

Il s'interrompt pour allumer une cigarette.

— Dites-moi, lieutenant, à quoi avez-vous songé pendant la charge?

— A un volcan, répond simplement Collet en désignant du menton le paysage qui l'entoure.

L'autre a un sourire approbateur.

— Le grondement du volcan, le jaillissement des lapilli, la coulée de lave emportant tout sur son passage... C'est en effet à cela que nous avons assisté!

Collet secoue la tête.

— L'état-major voulait de la mobilité? Le voilà servi!

Mercredi 7 octobre 1925

Après deux jours de campement à Ressas, la colonne lève le bivouac. L'objectif de Gamelin n'est plus un secret pour personne : ayant une conception quelque peu théâtrale de l'honneur, le général tient à fouler le sol de Mezraa où la colonne Michaud avait été décimée. Pour marquer le point. Pour laver l'opprobre.

— Depuis le 2 août, nos morts pourrissent là-bas, au soleil... Ne méritent-ils pas une sépulture digne de leur vaillance et de leur sacrifice? répète-t-il autour de lui.

Pour parvenir à Mezraa, il faut passer par Kenaker, Aslaha et Taalé. La colonne s'ébranle, précédée par notre escadron.

Jeudi 8 octobre 1925

La colonne atteint enfin le champ de bataille de Mezraa. Deux mois se sont écoulés depuis la tragédie. La scène est toujours la même, le décor est demeuré intact. Partout, des corps momifiés par le soleil, des voitures couchées les roues en l'air, des automitrailleuses calcinées, des carcasses de camions carbonisés... Les Français, bien que bouleversés à la vue de ce spectacle désolant, n'en cachent pas moins leur satisfaction d'être là : peu importe qu'ils aient perdu 40 des leurs en chemin pour venir inhumer 50 cadavres ! La victoire ici n'est pas militaire : elle ne se mesure pas en morts, blessés, prisonniers ou conquêtes. Laver l'honneur bafoué : la victoire est là, et elle suffit.

Dimanche 11 octobre 1925

Notre escadron est embarqué à Ezraa et transporté par train jusqu'à Damas. Nous n'ignorons pas que nous avons encore du pain sur la planche : les rumeurs qui circulent font état de violents incidents dans la capitale et ses alentours. La Ghouta tend à devenir, pour l'ennemi, un dangereux repaire... Vaste oasis oblongue d'environ 25 kilomètres de long sur 15 de large, région de grande fertilité arrosée par les méandres des multiples bras du Barada, l'antique *Chrysorrhoas* ou Fleuve d'Or des Grecs, quadrillée par mille canaux d'irrigation, la Ghouta est en effet imprenable, avec son immense verger d'abricotiers, de figuiers, d'oliviers, de noyers et de myrtes, coupé de fourrés, de murettes en boue séchée, de haies touffues, compartimenté par des myriades de cours d'eau infranchissables en dehors de ponts rares et étroits. Aujourd'hui, hélas, cet « étui de verdure » qui sert d'écrin à Damas et qui a connu la conversion de Saul, le saint Paul des chrétiens, ressemble moins à un paradis qu'à un immense traquenard : ce territoire de la Ghouta, parsemé de villages, de hameaux, de fermes et de moulins entourés d'une végétation exubérante, a désormais quelque chose de terrifiant. Certaines zones, le Zor par exemple, constituent un impénétrable maquis où la vue ne peut aller au-delà d'une dizaine de mètres, où les points de repère sont inexistants.

Pareille jungle se prête naturellement à la guerre des partisans et rend ardue la tâche des troupes régulières : l'action de l'aviation y est limitée, l'artillerie y est aveugle, les chars y sont handicapés et peuvent à peine se mouvoir dans les dédales étroits de l'endroit...

L'infanterie ne peut y évoluer et utiliser tout son potentiel ; les cavaliers se retrouvent, le plus souvent, acculés à combattre à pied faute de pouvoir bien manœuvrer. Plus de mille rebelles, estiment les observateurs, seraient enfouis là, sous la végétation, bien armés, renforcés par un nombre important de villageois. Ils auraient commencé à mettre sur pied une organisation défensive rendant difficile tout mouvement de l'adversaire : routes coupées, ponts détruits, mines antichars enterrées, tranchées et murs crénelés aux lisières des villages... Ils disposeraient même d'un réseau téléphonique complet ! Si, dans ces conditions, une intervention de la Puissance mandataire s'annonce délicate, personne, au sein de l'état-major, ne semble douter de son inéluctabilité et, surtout, de sa nécessité.

Lundi 12 octobre 1925

Le lieutenant Collet fait un premier bilan de la campagne qui s'achève. Notre escadron ne l'a pas déçu : missions de reconnaissance et de renseignements, raids, combats engagés sur des terrains impraticables, harcèlement des cavaliers ennemis dans leur retraite, désarmement des suspects... Nous avons été partout présents. Notre allant, notre courage, notre sens de l'utilisation du terrain, la résistance de nos chevaux... autant de qualités qui n'ont pas échappé à l'attention de l'état-major.

Au cours du voyage de retour à Damas, le général Gamelin a, paraît-il, fait part à l'*Emir* de son souhait de créer de nouvelles unités tcherkesses.

— Ne croyez-vous pas que ce soit une bonne idée ? lui a-t-il demandé.

Collet a hoché la tête. Et n'a pu s'empêcher de sourire.

Mercredi 14 octobre 1925

De passage hier à Kuneïtra avec un groupe de cavaliers, je suis allé embrasser ma femme. Sa grossesse se passe sans complications. Mais son ventre rebondi l'empêche de se mouvoir. Elle est toujours très entourée : les voisines se relaient pour lui tenir compagnie; mon frère Husni veille sur elle.

— C'est pour bientôt? lui ai-je demandé.

— Et toi, ton retour, c'est pour bientôt? a-t-elle rétorqué d'une voix amère.

— Tu ne peux pas m'en vouloir, Bahia! Je me bats pour que l'enfant qui va naître puisse vivre convenablement...

— Penses-tu qu'il vivra convenablement avec un père éclopé ou enterré six pieds sous terre?

J'ai lu dans les yeux de ma femme une tristesse infinie, une tristesse mêlée d'inquiétude. J'ai jugé sage de ne pas m'appesantir sur la question.

— Quel prénom as-tu choisi pour l'enfant? ai-je murmuré en l'étreignant sur mon cœur.

— Kayssar, si c'est un garçon; Zeina, si c'est une fille!

Mercredi 21 octobre 1925

La révolte fait toujours rage à Damas. Les incidents qui éclatent aux quatre coins de la capitale ne sont pas le fait de « brigands » isolés mais de bandes organisées, dirigées par les leaders nationalistes du Parti du Peuple, dont le docteur Abdel Rahman Chahbandar, continuateurs du vieux plan chérifien d'une Syrie unifiée qui aurait Damas pour capitale. Ayant réussi à récupérer le mouvement déclenché durant l'été, ces derniers forment désormais, avec Soltan al-Attrache, un Conseil National de la Révolution doté d'une « Gendarmerie Nationale » et d'un « Tribunal Révolutionnaire ».

Druzes et Syriens multiplient les agressions : le dimanche 18, dans le quartier de Chaghour, des agitateurs ont attaqué le palais Azm, petite merveille d'architecture datant du XVIIIe siècle, devenue la résidence du haut-commissaire pendant ses séjours à Damas, et ont mis le feu au poste sénégalais chargé de la sécurité du bâtiment.

— Dommage que le haut-commissaire ne soit pas chez lui ! Nous étions venus l'enlever ! auraient-ils clamé à la cantonade.

L'état-major a aussitôt opté pour l'escalade : pendant trois jours, l'aviation et les chars d'assaut ont pris pour cible Meidan et Chaghour où, selon le commandement militaire, « habite la partie la plus pauvre et la plus turbulente de la population damascène ». Les notables des quartiers sinistrés ont fini par demander la proclamation d'un cessez-le-feu. L'état-major a accepté cette requête contre la promesse de la livraison de 3 000 fusils et le paiement d'une « réparation » de 100 000 livres-or.

Damas... celle dont on a pu dire qu'elle est « le grain de beauté du monde », « le calice au milieu des fleurs », ou « un halo de lune sur la terre »... Damas est aujourd'hui une ville sinistrée. Le bilan est désastreux : 1 500 tués et blessés, 300 maisons détruites, des souks entiers dévastés. L'état-major accuse les rebelles :

— Ce sont les « bandits » qui ont transformé les rues en champ de bataille !

Le général Gamelin, lui, n'y va pas par quatre chemins :

— Nous avons voulu *frapper* les esprits !

Lundi 2 novembre 1925

Notre escadron est incorporé dans une nouvelle colonne, commandée par le capitaine Moreau, qui a pour mission de rétablir le calme dans la région de l'Hermon.

La troupe se rassemble à Ain Bordj. L'avant-garde tcherkesse cantonne à 1 500 mètres de là, à Kalaat Djendal, village de neuf cents habitants bâti sur une gorge profonde.

Une demi-heure avant minuit, nous sommes surpris dans notre sommeil par des centaines de guerriers druzes surgis on ne sait d'où. Trois sentinelles sont poignardées avant d'avoir pu sonner l'alarme. La quatrième, blessée, réussit à tirer un coup de feu en l'air...

Dans l'obscurité rendue plus dense encore par les nuées qui masquent la lune, les Druzes jaillissent de partout, investissent les maisons de la bourgade. Mes compagnons, réveillés en sursaut, n'ont pas le temps de prendre leurs mousquetons ou de se mettre en selle. Ils doivent se défendre à mains nues ou à l'arme blanche : des combats acharnés, au corps à corps, s'engagent. Rompus à ce genre d'exercices, nous nous tirons finalement bien d'affaire. La peur aidant, je me défends avec fougue : jamais, je crois, je n'avais vu la mort d'aussi près !

L'assaillant ne recule devant rien : il met le feu aux maisons où nous nous sommes retranchés. Pour ne pas périr carbonisés, nous créons des diversions qui nous permettent d'évacuer nos gîtes enflammés.

La bataille fait rage. Déterminés à vendre chèrement notre peau, nous résistons pied à pied. Le poste de commandement du lieutenant Collet essuie, de minuit à 5 heures du matin, six attaques successives. Les rebelles recourent aux grands moyens et lancent des grenades en direction du cantonnement. La fin de notre escadron semble proche. Seul un miracle peut encore sauver la légende !

Le soleil s'est levé. Il est déjà 10 heures. Les crêtes au nord du village se garnissent de silhouettes brunes. Ce sont les hommes du capitaine Moreau ! Alertés par deux gendarmes qui ont réussi à s'échapper du village encerclé, ils ont quitté Aïn Bordj en toute hâte pour porter secours à leur avant-garde... Le lieutenant Collet, profitant de la confusion générale, tente une sortie. Au grand galop, il s'échappe du village en compagnie d'une demi-douzaine de Circassiens, après avoir mis le feu au P.C. — pour incinérer les cadavres et éviter que ceux-ci ne soient mutilés par l'ennemi. Le groupe d'élite d'Osman Bey, escrimant avec bravoure, fraie un chemin au gros de l'escadron qui décampe. Les Druzes, enfin remis de leur surprise, nous pourchassent et nous noient sous une pluie de balles. Le lieutenant Osman Bey est atteint. Désarçonné, il roule à terre. Se redressant vaillamment, il intercepte un cheval qui s'enfuit, l'enfourche et rattrape ses hommes. Nous finissons par distancer l'ennemi qui nous poursuit, et atteignons Aïn Bordj à 11 h 30. Complètement fourbu, je m'effondre. Autour de moi, mes compagnons s'écroulent, les bras en croix : sur leur visage, des traces de sang ; et dans leurs yeux, un regard d'effroi.

Mardi 3 novembre 1925

Collet, voyant l'effectif de notre escadron s'amenuiser au fil des batailles, se remémore les paroles de Gamelin : il faut créer de nouveaux escadrons. L'*Emir* se met à l'œuvre : il décrète la création de trois escadrons, d'une équipe de liaison et d'une garde personnelle, la *Karalga*. Mon travail d'aide de camp devenant accaparant, je dois céder l'étendard du groupement au valeureux Hadji Bey, un grand ami de mon père. Le mois de novembre sera consacré à la restructuration. Quatre cents hommes seront recrutés dans les régions de Kuneïtra et de Homs, puis entraînés et équipés... Redoutable force que celle qui se prépare !

Samedi 7 novembre 1925

L'ordre général n° 367 du haut-commissaire Sarrail — qui va incessamment être remplacé à son poste par le baron Henri de Jouvenel, un civil, sénateur de la Corrèze et ancien ministre — est venu récompenser gradés et cavaliers de notre escadron :

Les exilés du Caucase

Ordre général n° 367

Le général Commandant en Chef de l'Armée du Levant cite
A l'ordre de l'Armée

avec Croix de guerre
Escadron Tcherkesse

Sous le commandement du lieutenant Collet a pris part à toutes les opérations dans le Djebel Druze en septembre et octobre 1925 et a donné constamment l'exemple d'une troupe hardie et bien en main. Opérant à l'extrême avant-garde et souvent isolé, a pris constamment l'ascendant sur l'ennemi et l'a bousculé grâce à l'admirable esprit d'entreprise et l'audace réfléchie de son chef.

Le 24 septembre, a pénétré d'un tel élan dans Soueïda encore occupé par l'ennemi, traversant le village en trombe et établissant avant l'arrivée de la colonne la liaison avec la citadelle.

Escadron remarquable par sa mobilité et ses aptitudes manœuvrières. Rend constamment les plus grands services dans les opérations contre les bandes de la région de Damas.

Dans la nuit du 2 au 3 novembre, bivouaquant à Kalaat Djendal, a été attaqué par des forces ennemies près de 10 fois supérieures. A repoussé tous leurs assauts leur infligeant des pertes considérables.

Signé : Sarrail.

J'irai porter la nouvelle à mon père : la fierté illuminera ses yeux.

XLIX

Le loup qui dormait aux pieds du Tcherkesse dressa les oreilles et lâcha un faible gémissement. Ali, fils de Botach, porta à sa bouche la flûte de Pan qu'il tenait à pleines mains et fit courir ses lèvres le long de cet instrument composé de roseaux étagés de façon décroissante. Une lente mélopée s'éleva bientôt et s'épancha dans la nature. Le timbre de cette musique était d'une tristesse infinie ; on eût dit une prière, une plainte sortant des entrailles de la terre. Des larmes jaillirent des yeux du musicien, roulèrent sur son visage rougi par le froid. Le loup s'ébroua : jamais auparavant il n'avait vu son maître pleurer.

Ali reposa la flûte. Les notes flottèrent un long moment au-dessus des cimes enneigées, puis, tout à coup, laissèrent la place à un silence glacial.

— Pourquoi t'arrêtes-tu ?

Le Tcherkesse se retourna. Sa femme, Salima, et son petit garçon, Amin, se tenaient derrière lui. Il essuya ses larmes avec la manche de sa *tcherkesska* et esquissa un sourire gêné.

— Cela fait plus de trente ans que je joue chaque jour le même morceau ! bredouilla-t-il en haussant les épaules.

— Pourtant, tu as toujours aimé cette musique ! observa son épouse. Tu disais qu'elle porte en elle toute la détresse de nos ancêtres exilés et qu'en la jouant ici, au cœur même du Caucase, tu transmets aux montagnes un message des Montagnards !

Ali lâcha un long soupir. Il s'accroupit près du loup et lui flatta le cou.

— Tu as raison : j'aime cette musique, murmura-t-il. Je ne saurais m'en passer !

— Alors ?

— Alors, regarde !

Il sortit de sa poche le *Lenin Nur*, le déchiffonna et l'étala sur la neige. Son épouse se pencha sur le journal et lut à haute voix :

Agitation en Syrie où l'armée française a déjà essuyé de nombreux revers. Pour venir à bout des brigands, l'état-major français a fait appel à des mercenaires recrutés au sein de la communauté circassienne du pays. Commandés par un officier français, ils accomplissent les tâches les plus ingrates. L'épreuve de force risque de s'éterniser. L'issue en est incertaine...

Elle regarda son époux d'un air incrédule.

— Ils se battent pour la France en...

— ... en Syrie ! acheva Ali en enfonçant son *kalpak* jusqu'aux oreilles.

— Ta famille est là-bas ?

— Dans l'*aoul*, on assure que Zulquarneïn, le cousin de mon père, est établi en Syrie et que Djantémir, son frère, vit à l'est du Jourdain.

La Circassienne s'assit par terre et noua ses bras autour de ses jambes repliées.

— Jamais plus ils ne rentreront, souffla-t-elle en secouant ses cheveux. Au lieu de passer leur vie à rêver d'un retour hypothétique, ils ont refait leur vie !

Ali hocha la tête avec mécontentement.

— Tu crois qu'on « refait sa vie » comme on recoud un bouton tombé d'une tunique !

Il marqua un temps, puis dit avec force :

— Si leur conscience s'est endormie, il est de mon devoir de la réveiller! Nart, mon grand-père, avait refusé l'exil pour préparer le terrain à un retour prochain des exilés. Il disait toujours à mon père : « Il y a ceux qui partent, et ceux qui doivent rester. Pour qu'un exilé rentre au bercail, encore faut-il que ce bercail existe! Je reste pour faire en sorte que notre bercail demeure. » Ses efforts ont-ils donc été vains?

— Que vas-tu faire?

— Je vais écrire aux cousins de mon père; j'espère qu'ils sont toujours en vie : je vais essayer d'entrer en contact avec leurs descendants pour leur dire qu'ils se trompent de combat. Le bolchevisme, c'est vrai, n'a pas tenu ses promesses : il a étouffé l'Union nord-caucasienne que nous avions créée au lendemain de la Révolution; il a bouleversé toute la région en scindant notre pays en deux *oblasts* distincts... Mais en dépit de tout, la Circassie demeure l'alpha et l'oméga. C'est au Caucase qu'ils appartiennent, tu comprends? Les années ont passé, une nouvelle génération a vu le jour, c'est vrai. Mais le flambeau, où est-il donc, pourquoi ont-ils renoncé à lutter pour une Circassie indépendante? L'Union soviétique n'est pas mieux disposée à notre égard que le régime tsariste!

— Calme-toi, fit Salima. Et mets-toi à leur place! Ils ont atteint le point de non-retour.

Ali se redressa de toute sa taille et fixa sa femme avec des yeux sévères. Le vent s'était levé. Chargé de grésil, il s'engouffrait dans les défilés en émettant un sifflement strident. Une poudre lactescente, soulevée par son souffle, courait dans la plaine.

— Je ne crois pas au définitif, lâcha le Tcherkesse. Même la mort n'est pas définitive pour celui qui a la foi. Que dire alors de l'absence — absence de la femme aimée ou de la patrie vénérée! L'histoire montre bien qu'il n'est pas d'exil définitif pour celui qui croit!

Le loup frotta son museau contre la cheville de son maître.

— Rentrons, dit Ali en rangeant sa flûte. Il se fait tard.

L

Journal d'Omar

Lundi 1ᵉʳ mars 1926

— Un messager vous réclame ! m'annonce-t-on.

Je sursaute. Que s'est-il passé? Je pense d'instinct à Zulquarneïn. Je suis obsédé par la mort. J'ai peur qu'elle n'emporte mon père. Mon père ne mérite pas de mourir. Pour moi, la mort n'a pas de pouvoir sur ceux qui ont la conscience tranquille. Cheikh Mansour, lui, a expié ses erreurs en allant au-devant de la camarde. Zulquarneïn ne mérite pas d'être puni. La vie devrait s'accrocher à lui, le défendre, lui interdire de basculer de l'autre côté, l'empêcher de plonger dans le néant!

Pieds nus, je sors en courant. L'obscur couloir menant à la cour de la caserne me paraît interminable...

— Je viens de Kuneïtra, me dit simplement le courrier en me remettant un papier plié en quatre.

Je le regarde avec attention. Son visage ne trahit aucune expression : il ne sait probablement rien.

D'une main fébrile, je déplie la lettre. Je tremble de tout mon corps; ma vue se brouille.

— *Taum!*

J'explose de joie : « Des jumeaux! » Ma femme vient de donner le jour à un garçon et à une fille! Mon bonheur est à son comble. Je pince la joue adipeuse du messager.

— Tu as vu mes enfants?

— Non, bredouille-t-il. Mais votre épouse attend une réponse!

Je sors mon calepin et griffonne ces mots : « Embrasse Kayssar et Zeina pour moi. Tu es ma vie. »

Jeudi 25 mars 1926

Sur la route menant à Kuneïtra, à Katana, centre administratif de l'Hermon-Nord, notre groupement est assailli à l'aube par un millier de rebelles. Notre cantonnement, autour de l'église catholique, est subitement soumis à une violente fusillade. L'épisode sanglant de Kalaat Djendal va-t-il se répéter?

Nos escadrons se battent farouchement de maison à maison et réussissent à repousser l'assaillant. Déterminés à nous anéantir, les rebelles n'hésitent pas à mettre le feu au village... Soudain, à l'horizon, apparaissent des points obscurs : c'est l'aviation de Damas qui accourt à notre secours! Sans aucune crainte des balles, les aviateurs volent à basse altitude et déversent sur les assaillants des chapelets de bombes. Dix-sept fois, ils feront le va-et-vient entre Katana et leur base de Damas. Profitant de la situation, nous exécutons alors une brillante contre-offensive. Les assaillants battent en retraite. Ils se dispersent par petits groupes, les uns vers Saassaa, les autres vers Kalaat Haïdar.

Après une marche de plus de 110 kilomètres, notre groupement arrive à Kuneïtra à 2 heures du matin.

Prévenue de mon arrivée, Bahia m'attend à l'entrée du village.

— Viens! s'écrie-t-elle en me tirant par la manche de ma *tcherkesska.*

Elle me conduit à la chambre des jumeaux. Kayssar et Zeina dorment d'un sommeil profond dans le même berceau. Une pureté infinie se dégage de la face de mes enfants. La gorge nouée, je contemple ces anges endormis.

— Comme ils nous ressemblent!

J'enlace ma femme et enfouis mon visage dans ses cheveux.

— Ils ont tes yeux et ma bouche, murmure-t-elle d'une voix attendrie.

Je me rends au chevet de mon père, dans la pièce contiguë. Zulquarnein ne dort pas. Il me prend la main, la serre contre son cœur et me regarde avec tendresse. Il a encore vieilli. Son visage est sillonné de rides profondes. Comment freiner cette vieillesse qui le ronge? Je me sens impuissant. Sur un champ de bataille, il m'est arrivé de sauver la vie de l'un ou l'autre de mes compagnons. Ici, je suis désarmé. Mon père est pareil à une bougie qui se consume et dont on ne peut éteindre la flamme. A son âge, le temps ne passe plus inaperçu : il garde des traces, un peu comme un assassin qui laisse ses empreintes sur le lieu du crime.

Zulquarnein est toujours lucide : il se tient au courant de tout ce qui se passe dans le pays.

— On a condamné à mort, par contumace, le docteur Chahbandar, marmotte-t-il. Il doit être à Soueïda, chez Soltan al-Attrache!

Je m'agenouille près de sa couchette.

— Il faut oublier tout ça! dis-je en lui caressant le front.

— Je ne veux pas perdre le contact avec la réalité, chuchote-t-il d'une voix étouffée. Je ne veux pas perdre pied!

Vendredi 7 mai 1926

Le docteur Chahbandar, qui a quitté le Djebel pour Damas,

excite à nouveau les rebelles qu'on croyait apaisés. L'état-major prend très au sérieux le retour de « celui qui sème sur ses pas le désordre et la mort ».

Mes compatriotes procèdent au nettoyage du quartier Meïdan qui sert encore de refuge et d'arsenal aux rebelles. Sous la direction du colonel Clément-Grandcourt, deux de nos escadrons encerclent le quartier, alors que les rebelles, munis de grenades, se retranchent dans les maisons. A bout de patience, l'état-major n'hésite pas à employer les grands moyens : les nids de résistance sont sauvagement détruits par les chars d'assaut ! Cinq heures et demie durant, Meïdan est soumis à un pilonnage intensif. A la fin de la journée, le bilan est lourd : plus de 50 rebelles ont été abattus. La population civile n'a pas été épargnée : 300 personnes ont péri, touchées par les bombardements aveugles ou écrasées sous les chenilles des chars.

Jeudi 27 mai 1926

J'ai été réveillé à l'aube par le messager de Kuneïtra. A sa mine affligée, j'ai tout de suite compris. Zulquarneïn a perdu pied : il s'est noyé dans le néant. Son âme, pure comme les neiges de l'Elbrouz, est partie à la rencontre d'Allah.

Zulquarneïn... Lorsqu'on évoque la mort d'un homme, on parle de « disparition ». A ton propos, il ne faudra jamais employer ce mot-là. Tu es toujours présent. Ma mémoire ne pourra pas me trahir : tu vivras par elle. Tu vivras, Zulquarneïn, parce que le Bien ne meurt jamais, parce que mon cœur est gonflé d'un demi-siècle d'amour, parce que je porterai avec fierté le magnifique flambeau que tu m'as transmis, parce que ce que tu as construit de tes propres mains, avec ténacité et droiture, est suffisamment solide pour résister à tout !

Qu'importe la mort, tant qu'elle n'a de règne que sur les apparences, tant qu'elle ne triomphera ni de ma foi ni de mon amour !

Vendredi 28 mai 1926

Les funérailles de mon père ont été grandioses. Du Nord au Sud ont afflué des centaines de Tcherkesses pour lui rendre un ultime hommage. L'oncle Djantémir et mon cousin Moussa sont venus spécialement d'Amman. Malgré la présence de Collet et de plusieurs officiers français, de nombreux habitants de Kuneïtra hostiles à la Puissance mandataire ont tenu à assister à la cérémonie... Le corps de Zulquarneïn a été déposé dans une fosse située à proximité de la mosquée. Point de cercueil car rien ne doit éloigner le corps de la terre à laquelle l'homme appartient et à laquelle il doit revenir.

— *Tham dienet ahaliyas*, a dit le cheikh.

— *Tham sabir kiziriet, tlagem jenetir kirryet*, a répété l'assistance.

Je me suis penché vers l'*Emir* pour lui traduire ces paroles :

— Que Dieu nous accorde la patience, et au défunt le paradis...

Samedi 29 mai 1926

Le lieutenant Collet a profité de son passage à Kuneïtra pour inspecter le 16e escadron, présent sur place depuis le début du mois d'avril pour protéger la population contre les Druzes. Il apprend par un informateur tcherkesse la présence dans l'Hermon-Sud de deux bandes commandées par Ahmed Maryoud, un ancien officier turc envoyé d'Irak au Djebel. Il décide de surprendre ce dernier dans le village de Djebat el-Khachab, et demande à ses lieutenants de rassembler leurs hommes à Saassaa.

Lundi 31 mai 1926

A 4 heures du matin, notre groupement se réunit à Khan Arnabé. Au galop, nous fonçons vers Djebat el-Khachab où a été repérée la bande adverse. Au nord-est du village, des murettes assez hautes nous barrent le passage. Pris sous le feu ennemi, nous hésitons à franchir ces obstacles. Nos montures renâclent et encensent en signe d'énervement. Collet est furieux. Il cingle son cheval — un coursier impétueux, au pelage blanc vif et à la crinière flottante — qui se cabre et agite ses pattes de devant. Impressionnant de force et de majesté, l'animal se dresse de toute sa taille et fend l'air de ses sabots. Les muscles de sa croupe saillent et se tendent comme des cordes. L'*Emir* ôte son képi et le lance par-dessus les murettes.

— Allez mes braves! Allez le ramasser! hurle-t-il en franchissant le barrage.

Remontés, nous suivons notre chef sans plus nous poser de questions.

Le village finit par tomber. Après un violent combat, les rebelles sont défaits. Ils laissent une quarantaine de morts sur le champ de bataille, dont Ahmed Maryoud — abattu d'un coup de revolver par l'adjudant Chaumont — et son frère Mahmoud, 18 ans. De nombreux fusils, une mitrailleuse Hotchkiss, une grande quantité de munitions, une trentaine de chevaux sont saisis. Nous n'avons qu'un regret: le redoutable émir Izzeddine, qui bivouaquait dans l'école du village, a réussi à prendre la fuite. Ce jeune chef de bande risque encore de nous donner du fil à retordre!

Le corps d'Ahmed Maryoud est soigneusement enveloppé par nos combattants: demain, il sera exposé à Damas, sur la place El-Marjé, devant le bureau de poste. Pour l'exemple.

Mardi 1ᵉʳ juin 1926

Au moment de quitter le village de Djebat el-Khachab, j'aperçois une jeune fille, toute de noir vêtue, recueillie près d'un cadavre. Intrigué, je descends de ma monture et m'approche d'elle. Je l'interroge en arabe:

— *Chou biki?*

La jeune fille sursaute et me regarde d'un air terrorisé. Ses yeux noirs bordés de longs cils et marqués au kohol sont inondés de larmes. A ma vue, elle essuie ses pleurs du bout de ses cheveux d'ébène, des cheveux lisses si longs qu'ils lui arrivent jusqu'au jarret.

— *Rouh!* hurle-t-elle d'une voix haineuse.

Je recule d'un pas et observe le corps allongé près d'elle : c'est celui du jeune Mahmoud Maryoud. Cette fille, cette Syrienne qui sanglote, pleure son amoureux. Qui peut consoler une femme qui vient de perdre l'homme qu'elle aime ?

La jeune fille me foudroie du regard comme pour me signifier de vider les lieux, de ne pas violer l'ultime moment d'intimité qu'elle partage avec son amant. Dans le sanctuaire de sa douleur, je suis un intrus. Tout à coup, sans crier gare, elle s'accroupit, referme ses doigts sur la crosse d'un pistolet gisant près du cadavre et braque l'arme sur moi. Mes membres se figent. La Syrienne fronce les sourcils et appuie sur la détente. Un déclic lui répond : le barillet est vide. Je me jette sur elle, la plaque contre le sol et la désarme. Un officier français qui passait par là me voit assis à califourchon sur le dos de la jeune fille, se rue sur moi, me bouscule et m'arrache le pistolet des mains.

— Vous n'avez pas honte ? me lance-t-il d'une voix furieuse. N'était-ce votre bravoure sur le champ de bataille, je vous aurais mis aux fers !

Il aide la jeune fille à se relever et lui époussette la robe. Elle essuie du revers de la main le mince filet de sang qui coule de sa bouche et considère l'officier avec gratitude.

— Quel est ton nom, ma brave ? demande le Français.

La Syrienne secoue sa longue crinière. Ses cheveux flottent un bref moment dans l'air, puis retombent sur son visage.

— *Chou ismik ?* articule l'officier en arabe.

— Rana, dit-elle en s'éloignant.

LI

La Ford stoppa dans un épais nuage de poussière dont émergea bientôt l'*Emir*.

— Je vous attendais ! lui dit quelqu'un.

Le lieutenant Collet s'arrêta, ôta son képi et dévisagea son interlocuteur avec étonnement. C'était donc lui ! L'homme avait une carrure de déménageur. Bien que ses traits ne fussent pas très fins — il avait le menton carré, le nez proéminent et les lèvres charnues —, il avait une beauté que ses doux yeux couleur gris-bleu mettaient en valeur. Ses cheveux bruns étaient ébouriffés et trois plis parallèles lui barraient le front.

L'*Emir* avait déjà lu *L'Equipage*, le deuxième livre de Joseph Kessel, mais il ne savait rien de l'itinéraire de cet auteur qu'il croyait plus âgé et qu'il ne s'attendait pas à voir aujourd'hui, en baroudeur, au cœur même de la Syrie.

— Bonjour, monsieur Kessel, bredouilla Philibert Collet.

— Vous pouvez m'appeler « Jef », répliqua l'écrivain en haussant les épaules.

— Mon épouse irlandaise m'appelle « Bobby », dit l'officier en souriant.

La glace était rompue. Les deux hommes se donnèrent l'accolade.

— Vous êtes là depuis longtemps?

— C'est *Le Journal* qui m'envoie dans la région, expliqua Kessel en inclinant la tête sur son épaule. Le *Champollion* m'a déposé en Palestine où j'ai rencontré l'émir Abdallah et un certain nombre de sionistes.

— Les Anglais de Palestine et de Transjordanie nous causent du tort, déclara Collet, l'air songeur. Il font montre d'une trop grande complaisance à l'égard des rebelles. On les soupçonne même de soutenir les Druzes, leurs alliés de toujours, en armes et en subsides!

Les mains dans les poches, les deux hommes firent quelques pas ensemble en discutant.

— Qu'avez-vous déjà visité au Liban et en Syrie? demanda tout à coup l'*Emir.*

— Oh, pas grand-chose! Depuis que monsieur de Jouvenel m'a délivré les sauf-conduits nécessaires, j'ai visité les bas-fonds de la ville de Beyrouth en compagnie d'un officier de police. J'ai découvert la Ghouta et j'ai logé dans un blockhaus du quartier Meïdan. J'y ai rencontré un charmant caporal, un certain Jacques Zimmerman, avec qui j'ai sympathisé : il rêve de devenir journaliste! Après Damas, je compte visiter Palmyre, Deir-ez-Zor et l'Euphrate...

Il s'interrompit et plissa les yeux.

— Saviez-vous que monsieur de Jouvenel est l'époux de la romancière Colette?

— Non!

— Et savez-vous ce qu'il dit à votre propos?

— Non plus!

Kessel leva l'index et récita d'une voix enjouée :

— «A très bien réussi... Sans doute parce qu'il n'est que lieutenant! »

L'*Emir* éclata de rire.

— Venez, dit-il. Nous allons faire un tour!

L'officier et le reporter montèrent à bord de la Ford bringuebalante qui démarra aussitôt et s'élança sur les routes menant à la

Ghouta, escortée par douze cavaliers vêtus de l'uniforme circassien. Kessel profita du voyage pour noter sur un carnet ses premières impressions :

> *J'ai enfin vu « l'officier Tabou ». Je m'attendais à rencontrer un centaure, et j'ai découvert un timide dont il est impossible de tirer un mot sur lui-même. On m'a beaucoup parlé de lui... Quand on écoute son histoire, on croirait entendre une chanson de geste. D'Alep à la côte, du Djebel Druze au Djebel Zahvié, de Damas à Beyrouth, nul n'est plus célèbre, nul n'est plus craint et aimé que lui.*

— *Ilari!*

Un long cri fusa tout à coup. Joseph Kessel releva la tête et jeta un regard inquiet autour de lui. Il vit le cavalier tcherkesse qui cheminait à proximité de la portière gauche de la Ford enfoncer ses talons dans les flancs de son cheval et partir au galop. Sa cape se déployait comme des ailes.

— Que se passe-t-il?

— Baissez-vous! ordonna Collet. Les Druzes attaquent notre convoi!

Des coups de feu retentirent. Jef entendit des hurlements et des jurons. Cédant à la curiosité, il risqua un coup d'œil furtif au-dehors : les Tcherkesses avaient foncé dans un fourré de broussailles pour débucher les rebelles.

— Baissez-vous, bon sang! gueula l'officier.

Une balle frappa la vitre avant de la voiture. Joseph Kessel se ramassa sur son siège. Son cœur se mit à battre à tout rompre.

— Fonce, Saïd, fonce!

Le chauffeur de Collet — un jeune Druze de 18 ans — écrasa le champignon et fila à tombeau ouvert en direction du poste français le plus proche. Dix minutes plus tard, il s'arrêta.

— Nous l'avons échappé belle! dit-il dans un français approximatif.

Collet et Kessel mirent pied à terre et s'épongèrent le front.

— Regardez! fit le reporter en montrant du doigt le pare-brise.

Le lieutenant appuya ses poings contre le capot fumant de la voiture et examina en souriant le point d'impact : la balle avait étoilé la vitre.

— C'est la dixième fois que je change de pare-brise ! lâcha-t-il d'un ton goguenard.

Un martèlement de sabots résonna soudain : sa mission accomplie, l'escorte s'en venait rejoindre son chef. Joseph Kessel compta les cavaliers : ils étaient douze. Il poussa un soupir de soulagement.

— Venez boire un verre, Jef, proposa Collet.

— Allez-y, je vous suis !

Kessel sortit son carnet et nota d'une écriture serrée :

> *Collet commande les escadrons tcherkesses, les meilleures troupes peut-être que la France ait en terre syrienne, car elles sont les mieux adaptées au pays et professent un mépris de la mort absolu. Ces cavaliers du Caucase, formés par les Turcs à combattre les rebelles, n'ont d'amour que pour la guerre... Ces hommes farouches, ces hommes d'Asie, ont trouvé leur chef et leur animateur dans un garçon réservé qui les fanatise par son courage.*

L'air songeur, il se gratta l'oreille, puis écrivit :

> *Ces escadrons infatigables battent chaque haie, dépistent et mettent en déroute les bandes. On saura un jour l'effort épuisant qu'ils ont fourni contre un ennemi beaucoup plus nombreux...*

— Vous venez, Jef ?

— J'arrive !

Kessel accourut et s'attabla en face de l'*Emir*.

— Puisque vous êtes un ancien de l'aviation, fit Collet en lui offrant une pinte de vin, je vais vous débrouiller une place à bord d'un zinc militaire. Vu du ciel, le désert est fantastique !

LII

Journal d'Omar

Jeudi 1ᵉʳ juillet 1926

Promu capitaine le 25 juin, l'*Emir* vient de décider de porter à huit le nombre d'escadrons au sein du groupement tcherkesse. Que de chemin parcouru depuis neuf mois, depuis le moment où notre unique escadron enlevait Soueïda ou luttait pour sa survie à Kalaat Djendal !

Dimanche 18 juillet 1926

Une opération d'envergure se prépare contre les rebelles retranchés dans la Ghouta.

Sept de nos escadrons sont appelés à participer au combat. Les officiers français qui nous commandent ne cachent pas leur inquiétude : l'organisation défensive mise en place par l'adversaire ne peut être démantelée par improvisation ; or, ils ignorent tout du dispositif adopté par l'état-major ! A la réflexion, ils finissent par réaliser que le secret entourant le schéma tactique est le gage de réussite de l'opération.

Au soir, le groupe comprend enfin ce que l'état-major attend de lui : encercler l'ennemi de manière hermétique de l'extérieur, puis resserrer l'étreinte de manière continue en brisant au passage toutes les résistances. Mes compatriotes se scindent en deux formations : cinq escadrons sont placés sous les ordres de Collet; le sixième est commandé par le lieutenant Herchin. Le dispositif adopté comprend cinq colonnes convergentes classées de A à E. Collet est intégré dans la colonne B, Herchin dans la colonne E.

Rien n'a été laissé au hasard. L'état-major distribue aux troupes des feuilles d'instructions et de renseignements, qui divisent la Ghouta en villages « amis », « suspects » et « ennemis ». Aussi, dans le but d'éviter que les soldats français ne nous confondent avec les rebelles, une « note secrète » est-elle venue mettre les choses au point :

Etat-Major 3ᵉ bureau
Nᵒ 2597/3.S.

Objet : Mesures à prendre pour éviter toute méprise.

Les commandants des colonnes A-B-C-D-E sont instamment priés, afin d'éviter toute méprise, de rappeler aux unités sous leurs ordres la tenue des Escadrons Tcherkesses qui participent aux opérations, soit :

— Bonnet noir — kalpak — ou mouchoirs noirs roulés autour de la tête pour quelques-uns d'entre eux, très peu nombreux.
— Tunique et culotte kaki.
— Bottes noires ou rouges.
— Collier à cartouches.
— Capote kaki.

Signé : Le commandant provisoire
des Troupes de la Région de Damas

Lundi 19 juillet 1926

Les colonnes prennent position aux lisières de la Ghouta. L'encerclement est complet, l'ennemi pris par surprise. La mise en place du dispositif est accompli, mais deux de ses axes se heurtent à des résistances farouches. Le lieutenant Herchin et ses hommes, rencontrant une vive opposition aux abords de Barzé, foncent à bride abattue sur le village, y font irruption, mettent pied à terre et l'enlèvent après un violent combat de rues. Quatre guerriers tcherkesses tombent au champ d'honneur. Les blessés, au nombre de sept, sont immédiatement évacués dans des camionnettes sanitaires vers l'Hôpital Henri de Verbizier de la rue Salahié à Damas. Mon détachement, commandé par Collet lui-même, rencontre moins de difficultés dans son engagement à Deir al-Hajar.

Mardi 20 juillet 1926

L'étau se resserre. L'opération de rupture des résistances ennemies s'opère progressivement. Les colonnes D (Sud-Ouest), E (Nord) et A (Nord-Est) ne rencontrent pas d'opposition. Mais la colonne C (Sud) piétine : sa cavalerie souffre terriblement sur un terrain accidenté. Quant à la colonne B, qui s'engage dans la zone la plus touffue de la Ghouta, celle du Zor, maquis impénétrable de peupliers et de saules, elle se heurte à une résistance acharnée. Le groupe de Collet réussit néanmoins l'exploit de s'emparer de la ferme Bala, quartier général des rebelles, après un violent combat qui lui coûte une trentaine de guerriers. La colonne en question se divise en deux groupes : l'un comprenant le détachement de l'*Emir*, l'autre commandé par le lieutenant-colonel Ving. L'erreur est grossière : les liaisons entre les deux formations sont bientôt coupées !

10 h 30. Les dernières nouvelles en provenance du groupe Ving indiquent que les hommes du lieutenant-colonel sont à la lisière

de Kafer Batna et qu'un feu violent provenant d'adversaires invisibles a freiné leur avancée...

13 heures, et pas la moindre nouvelle du second groupe. Tous les agents de liaison sont pris, tués ou brûlés vifs. Le pire est à craindre !

Mercredi 21 juillet 1926

Le crépitement lointain des armes indique au groupe Massiet que les combats font rage du côté du groupe Ving toujours introuvable. Collet est loin de se douter que le lieutenant-colonel a été abattu, qu'au sud-est de Kafer Batna le groupe résiste désespérément aux assauts lancés par les rebelles, et que les soldats qui occupaient le minaret du village en ont été délogés par un incendie allumé par l'adversaire.

La nuit se dissipe. Grâce à des informations transmises par des avions de reconnaissance, la position du groupe Ving est enfin localisée. Le groupe de l'*Emir* se porte au secours du détachement encerclé. Sans tergiverser, nos cinq escadrons et une compagnie de Tirailleurs Marocains se dirigent vers l'endroit repéré. Nous chargeons à la baïonnette et fonçons vers le village où nous réussissons à dégager les défenseurs. Collet découvre avec affliction le corps de Ving, chef de cavalerie hors pair, titulaire de 13 citations et de 21 campagnes, avec lequel, depuis 1920, il avait connu bien des victoires...

Samedi 23 octobre 1926

Rentré à Damas après une opération de nettoyage dans l'Anti-Liban, notre groupement apprend qu'une bande de rebelles, commandée par l'émir Izzeddine, se trouve dans le Zor. Collet prend immédiatement la décision d'intervenir et, à la tête de quatre de nos escadrons, se porte sans tarder sur cette région.

Déployé sur le terrain difficile de la Ghouta dès le matin, nous sommes pris sous le feu des mitrailleuses ennemies. Le capitaine Refic Bey est tué d'une balle en pleine tête en chargeant sur une Hotchkiss.

— *Ilari!*

Un cri sauvage retentit dans les vergers. Aussitôt, nous nous ruons au combat, tête baissée, sans considérer le danger qui nous menace. En quelques minutes, de nombreux soldats tombent dans notre groupement. Nous parvenons à prendre trois mitrailleuses à l'ennemi; Hadji Bey en saisit une à lui tout seul, après avoir abattu ses sept servants.

A midi, les insurgés battent en retraite. La poursuite commence, mais est rendue difficile par la végétation dense qui couvre les lieux. Le capitaine Osman Bey, le plus ancien des cavaliers tcherkesses, le plus brave aussi, sur lequel Collet a toujours compté pour la formation de ses escadrons, tombe, revolver au poing, terrassé par une balle tirée à quelques mètres de lui. Le lieutenant Herchin abat lui-même le tueur du héros.

Au soir, sur le terrain, nous dénombrons chez l'ennemi une soixantaine de tués dont une demi-douzaine d'anciens officiers turcs ou fayçaliens, et des chefs de bande dangereux. Une importante quantité d'armes est saisie.

Collet a le visage ravagé par la douleur:

— Osman Bey était le plus courageux soldat que j'aie connu, déclare-t-il. Cet homme-là avait de l'airain à la place des os. C'est avec lui que tout a commencé, grâce à lui que tout a été possible. Aujourd'hui, ce n'est pas un officier que je perds, mais un complice et un ami.

Lundi 25 octobre 1926

Dans la région de Saassaa, la défaite de l'adversaire est consommée. Malgré la victoire, la tristesse envahit notre groupement : de nombreux guerriers sont tombés au cours des trois dernières journées. Parmi les victimes, le capitaine Osman Bey, le capitaine Refic Bey, ainsi que le jeune Druze, Saïd, le chauffeur de Collet, réputé pour son insouciance et son dévouement à son chef et qui, à force de voir sa Ford criblée d'impacts, avait fini par se croire invulnérable...

Jeudi 19 mai 1927

Au niveau de Dreidje, au sud-ouest de Mnire, nos observateurs parviennent enfin à localiser la bande de l'insaisissable émir Izzeddine. Nous passons à l'attaque. La rencontre est des plus violentes. Les Druzes, dos au mur, trouvent refuge dans une grotte et se défendent avec l'énergie du désespoir. Les Français sortent les grenades et arrosent le repaire des insurgés. C'est le carnage. L'émir Izzeddine, grièvement blessé, parvient, par un effort surhumain, à vider son chargeur sur Hadji Bey, porte-étendard et héros légendaire de notre groupement. C'est le dernier geste d'Izzeddine : le chef de la bande est piétiné en même temps que ses deux lieutenants par une horde de Tcherkesses écumants de rage. Il n'avait que vingt-six printemps.

Nous regagnons notre base, tout couverts de poussière, les traits creusés par la fatigue. La victoire a un goût amer.

Le capitaine Collet se recueille devant la dépouille de Hadji Bey.

— C'était un brave parmi les braves, murmure-t-il en fixant sa figure de brique qui n'a pas pâli et ses yeux clairs qui se sont figés. Jadis, emprisonné par les Ottomans, il avait brûlé la cervelle à cinq officiers turcs avant de prendre la poudre d'escampette ! Lors de la mort d'Osman Bey, il avait, pour se venger, massacré la moitié de la bande qui nous attaquait !

— Il avait, en bon musulman, tenu à faire le pèlerinage de La Mecque, fait un sous-officier d'une voix pleine de déférence.

293

— Dans tous les villages où l'on s'arrêtait, il jouait avec les enfants... se souvient l'infirmier du groupement.

Le héros est enroulé dans le drapeau tcherkesse à sept étoiles. Il est porté sur un brancard, comme un blessé. Nul ne parvient à se figurer sa mort... J'ai du mal à m'expliquer comment diable ce fougueux guerrier a pu nous fausser compagnie lors de l'ultime bataille!

Mercredi 1er juin 1927

L'infirmier du groupement vient de m'apprendre que Hadji Bey est le 302e guerrier circassien mort en Syrie depuis 1925. Au total, mille victimes tombées au champ d'honneur pour la France!

Notre victoire sur les rebelles est sans appel: la révolte a vécu; Soltan al-Attrache, le docteur Chahbandar et leurs acolytes sont en fuite et sont allés se réfugier à Azrak. Des pressions sont exercées sur les autorités transjordaniennes et anglaises pour qu'elles refoulent les exilés vers l'Arabie Saoudite ou l'Egypte. Sur l'étendard vert de notre groupement figurent, cousus en fil d'or, les noms de toutes les batailles décisives remportées par les Tcherkesses au Levant:

Hadjilar	*Djebat el-Khachab*
Djebel Druze	*Ghouta*
Kalaat Djendal	*Maaraba*
Mejdel Chems	*Anti-Liban*
Katana	*Dreidje*

Au cours de l'insurrection, notre groupement a obtenu 6 citations à l'ordre de l'Armée et 857 citations individuelles accordées aux cadres et aux cavaliers... L'histoire, demain, se souviendra-t-elle de nous? Sortirons-nous un jour de l'anonymat pour cesser d'être des «soldats inconnus»? On n'est héros que dans la mesure où l'on est connu. Un guerrier qui meurt héroïquement dans une bataille sans survivants... à quoi bon? C'est le témoignage qui fait le héros. Qui témoignera pour nous?

LIII

— Edhem Cerkes est parmi nous! annonça le maire de Wadi as Sir d'une voix enjouée. Il vient de s'installer dans la plus haute maison du village!

— Il n'y a pas de quoi être fier, objecta Djantémir. Cet homme n'est rien d'autre qu'un obscur agitateur! Vous verrez, il passera son temps à ourdir des complots contre Atatürk. Et qui paiera les pots cassés? Les pauvres habitants de notre village!

Le maire ne répondit pas. Il hocha la tête avec scepticisme.

— Quand est-il arrivé? demanda Djantémir.

— Hier matin. Il est accompagné d'un vieux Tcherkesse...

— Son père?

— Non! Son père se nommait Psevu Ali Bey. Il n'est probablement plus de ce monde!

— Que comptez-vous faire? L'accueillir à bras ouverts?

— Nous devrions au moins envoyer une délégation lui souhaiter la bienvenue! proposa le maire en époussetant son *kalpak*.

Une députation de quatre personnes se forma et se dirigea vers la demeure d'Edhem. Le groupe gravit avec peine une colline caillouteuse, puis suivit un sentier sinueux avant de faire halte devant une maison construite selon le modèle circassien. Assis sur un banc disposé sous un pampre au milieu de la cour, un vieil homme somnolait, le menton posé sur ses deux mains croisées sur le pommeau de sa canne. Ses traits trahissaient une fatigue infinie. Les rides sillonnaient son visage étique envahi par une épaisse barbe blanche; chaque ligne gravée sur son front racontait une histoire. Ses paupières fripées paraissaient lourdes; les pattes-d'oie au coin de ses yeux clos se prolongeaient jusqu'à atteindre ses tempes.

— Qui est-ce? glissa Moussa au maire du village.

— C'est le vieux Tcherkesse qui suit Edhem comme son ombre!

Djantémir dévisagea le vieillard en fronçant les sourcils. Il éprouva une certaine sympathie à l'égard de cet homme qui, comme lui sans doute, avait dû connaître dans sa vie des épreuves difficiles.

— Vous venez? dit le maire en ajustant sa *tcherkesska*.

— C'est moi qui viens vers vous! s'exclama Edhem Cerkes en sortant à la rencontre des habitants de Wadi as Sir.

Les membres de la délégation se figèrent. C'était donc là l'homme qui, des années durant, avait suscité les polémiques les plus vives! Ils le regardèrent avec attention: il avait des yeux transparents, semblables à deux billes de verre. Il devait avoir la quarantaine, mais sa figure pâle, creusée par la maladie, le vieillissait considérablement.

— Prenez place! dit-il d'une voix sourde.

Les Tcherkesses de Wadi as Sir s'assirent sur le banc, à côté du vieillard. Celui-ci ronronna, mâchouilla un bout de phrase sous sa barbe, mais ne se réveilla pas: il avait l'air d'un cadavre empaillé, d'une momie, d'un sphinx.

Un aboiement retentit soudain.

— Couché, Gri! ordonna Edhem.

Le chien du rebelle accourut en frétillant de la queue et se vautra dans le sable, non loin de son maître.

— Nous sommes très heureux de votre venue, commença le maire.

Il toussa dans son poing, puis reprit:

— Nous sommes très heureux de votre venue, mais très inquiets aussi... Nous savons qu'en 1923 les autorités turques ont banni

150 personnes et déporté des centaines de paysans établis au sud de la mer de Marmara vers l'Anatolie centrale, simplement parce que ces gens-là collaboraient avec vous. On vous accuse même d'être à l'origine d'un attentat manqué contre Mustafa Kemal...

Edhem Cerkes parut à la fois surpris et déçu par ces paroles. Ses yeux limpides lancèrent un éclair.

— Les Turcs veulent dompter la minorité tcherkesse, voilà tout. Je suis un bon prétexte pour justifier les mesures vexatoires qu'ils souhaitent prendre à l'encontre de mes congénères. Pour briser une communauté, on prend pour alibi l'action de l'un de ses représentants : le schéma est classique !

— Vous n'êtes pas un saint, non plus ! objecta Moussa d'un ton inquisiteur.

Edhem Cerkes ne répliqua pas. Il posa sa main sur sa gorge et murmura d'une voix étouffée :

— Après avoir quitté l'armée grecque, en raison de la dégradation de mon état de santé, je me suis fait soigner à l'Hôpital Hollandais de Smyrne, à Athènes, puis à Berlin. Je ne suis plus en âge de jouer les desperados !

Djantémir eut un sourire. Le rival d'Atatürk ne semblait pas sincère. Il paraissait habité par cette énergie malfaisante qui ranime les vieux lions endormis dès que le gibier point.

— Les desperados n'ont pas d'âge, lâcha le fils de cheikh Mansour.

A ces mots, le vieillard sursauta, ouvrit les yeux et, d'un air surpris, considéra le groupe qui l'entourait.

— On étouffe dans ce bled ! maugréa-t-il en déboutonnant sa *tcherkessha*.

Un sourire se dessina sur les lèvres de Djantémir. Mais, se figeant, il se transforma en rictus : l'homme avait un buste d'acier. Malgré son âge avancé, les muscles de son torse glabre étaient toujours fermes. Le fils de cheikh Mansour plongea son regard dans celui de ce personnage à la musculature phénoménale. L'espace d'un moment, il resta paralysé, incapable de prononcer le moindre mot.

297

— Bahatir, murmura-t-il soudain.

Le vieillard eut un haut-le-corps et écarquilla les yeux. Il y eut sur son visage un éclair de bonheur.

— Ne me reconnais-tu pas? demanda Djantémir en posant les mains sur les épaules de son frère.

— Ce n'est pas vrai... Je rêve... Ce n'est pas vrai!

— C'est moi, Djantémir!

Les deux hommes se jetèrent l'un dans les bras de l'autre et s'étreignirent un long moment. Les délégués de Wadi as Sir assistèrent bouche bée à ce spectacle inattendu : qui donc était ce personnage? D'où connaissait-il Djantémir? Pourquoi tant d'effusions?

— C'est mon frère! annonça Djantémir d'une voix étranglée par l'émotion.

Muet de stupeur, Moussa se frappa le front.

— Ça alors! balbutia Bahatir en grimaçant pour refouler ses larmes.

— Te rencontrer après tant d'années! Incroyable...

— La mort a peut-être voulu nous accorder un sursis pour permettre cette rencontre!

— La vie est imprévisible... fit Djantémir en levant les bras au ciel.

Edhem Cerkes et deux des membres de la délégation se retirèrent par pudeur. Moussa s'avança en tendant la main :

— Je suis votre neveu, mon oncle!

Bahatir eut un sourire. Il se pencha vers l'homme qui lui faisait face et l'embrassa.

— Je vois que la descendance de cheikh Mansour a pris la relève, dit-il avec satisfaction.

— A propos! J'ai récemment reçu une lettre d'Ali, le fils de Nart. La famille est toujours présente sur le territoire des ancêtres!

— Que te raconte-t-il?

Djantémir haussa les épaules.

— Chez eux, la situation est toujours précaire...

Il s'interrompit, chercha ses mots, puis déclara :

— Ce qui m'a déplu dans son courrier, c'est ce ton moralisateur qu'il a adopté. Il est facile de faire la morale quand on n'a pas souffert! Certes, celui qui n'a pas cédé à la tentation de l'exil peut être fier d'avoir résisté. Mais cela l'autorise-t-il à condamner ceux qui ont été acculés à partir? Où était-il lorsque les obus pleuvaient sur nos positions, lorsque le Russe brûlait nos *aouls*, lorsque nous n'avions pour riposter aux shrapnells que les cailloux et l'énergie du désespoir?

Les trois Tcherkesses s'assirent côte à côte. Bahatir s'empressa de raconter à son frère les aventures qu'il avait vécues depuis leur séparation sur la plage de la mer Noire.

— Pourquoi accompagnes-tu ce rebelle? interrogea Djantémir.

— Je n'avais plus de famille. Cet homme m'a redonné goût à la vie en me demandant de lui recruter des guerriers. Je me croyais inutile : il m'a convaincu que j'étais encore capable de donner. Je lui suis redevable, tu comprends?

— Mais c'est un agitateur, chuchota Djantémir en regardant autour de lui. Tu crois qu'il va enfin se ranger?

Le visage de Bahatir s'éclaira d'un sourire.

— Non, répondit-il d'un ton goguenard.

Il réfléchit un moment, puis enchaîna d'une voix éraillée :

— Edhem est l'un des plus grands guerriers de tous les temps. Mais du héros qu'il aurait pu être, il ne restera, plus tard, que le vague souvenir d'un insoumis...

— Viens, coupa Djantémir. Ta vraie famille t'attend!

Bahatir se leva docilement, prit sa canne, laissa passer son frère aîné devant lui et lui emboîta le pas.

LIV

— *Lundi,*
Repos.
— *Mardi,*
Tir au but à 200 mètres.
— *Mercredi,*
Revue d'habillement.
— *Jeudi,*
Revue de harnachement.
— *Vendredi,*
Revue d'armes.
— *Samedi,*
Revue de chevaux.
— *Dimanche,*
Parade.

Omar parcourut avec indifférence le journal de marche du groupement tcherkesse qu'il tenait quotidiennement, depuis plusieurs années, sur un cahier d'écolier. Il le repoussa et contempla les cahiers multicolores éparpillés sur la table. Chacun d'eux renfermait une époque, contenait la mémoire des batailles menées par les Circassiens au Levant. Omar les connaissait par cœur : il y avait là le cahier bleu, portant la marque *l'Universel* et illustré par une photo de la rue Azizié à Alep; le cahier rouge, orné d'une image de Vercingétorix brandissant son glaive; le cahier vert dont la couverture représentait saint Georges terrassant le dragon; ou encore le cahier jaune, agrémenté d'une impressionnante table de multiplication allant de 1x1=1 à 10x20 = 200. Ses yeux se posèrent à nouveau sur le journal de marche ouvert devant lui. « R.A.S » revenait incessamment : les journées du groupement étaient creuses; rien ne venait meubler l'ennui des guerriers.

Omar pensa à Collet. « C'est grâce à lui, se dit-il, que le groupement n'a pas été dissous. » Depuis la fin des hostilités, l'*Emir* insistait sur la nécessité de maintenir la cavalerie tcherkesse au sein de l'Armée du Levant, proposant même de faire venir des Circassiens de Grèce et de Turquie pour renforcer les effectifs existants. Il s'était également fait l'écho des revendications de la communauté tcherkesse dans le pays, réclamant la reconnaissance des droits de la minorité circassienne et sa représentation au sein de l'Assemblée nationale syrienne, le développement de l'instruction publique dans les villages tcherkesses, ainsi que l'autorisation d'enseigner la langue tcherkesse dans certaines écoles. Omar soutenait le combat de ceux qui souhaitaient donner à Kuneïtra un statut autonome. Mais les nationalistes, favorables à l'intégration de la communauté tcherkesse dans la nation syrienne, veillaient au grain !

La porte de la pièce s'ouvrit brusquement. Omar se retourna et, découvrant à qui il avait affaire, se leva et se mit au garde-à-vous. C'était l'*Emira*, l'épouse irlandaise du capitaine. Sans être vraiment belle, Anne Collet possédait un charme troublant. Elle avait le visage ovale, le front très large, des cheveux bouclés couleur de jais, un nez assez fin qui se dilatait au niveau des narines, une bouche aux lèvres bien dessinées et de grands yeux sombres d'où jaillissait un regard de braise. Omar respectait cette femme courageuse qui avait tenu à suivre son mari dans le bourbier levantin. Mais il y avait en elle un côté aventureux, voire fantaisiste, qui lui déplaisait.

— Vous êtes là? demanda-t-elle.

301

— Oui, *Emira*!

— Le capitaine vous attend dans son bureau!

— J'arrive tout de suite, bredouilla Omar en rangeant hâtivement ses cahiers.

L'*Emira* laissa la porte ouverte et tourna les talons. Le Tcherkesse la rattrapa.

— *Emira!*

— Oui?

— Comment va Ronald?

Anne Collet lâcha un long soupir.

— Très mal! Les nuits blanches se succèdent; la fièvre ne le quitte pas. Un bébé de 12 mois n'a pas l'immunité suffisante pour se défendre! Cette épidémie de choléra qui décime le pays n'épargnera personne!

Omar se mordit les lèvres.

— Je sais de quoi vous parlez, murmura-t-il d'une voix triste. Kayssar est également souffrant. Nous allons, je crois, le transporter à l'hôpital militaire...

— L'été de cette année 1937 me semble maudit! fit l'*Emira*.

Le Tcherkesse se tut un moment, puis dit sur le ton de la confidence :

— Avez-vous entendu parler de Chamil?

— Et comment! Les guerriers de mon mari voulaient donner le nom de Chamil à mon enfant!

Un sourire se dessina sur ses lèvres.

— Tes compagnons ont considéré que mon fils avait du sang tcherkesse dans les veines, poursuivit-elle. Lorsque le capitaine leur a dit que le nouveau-né s'appellerait « Ronald », grande a été leur déception! Finalement, pour se consoler, ils lui ont donné le titre d'émir... comme son père!

Omar secoua la tête.

— A sa naissance, dit-il, Chamil avait été prénommé Ali. Atteint d'une maladie incurable, il avait été soigné par les guérisseurs du Caucase qui, suivant la tradition, lui avaient changé son prénom

pour exorciser le mal et l'avaient appelé comme son oncle maternel : Chamil — dérivé de Samou-yl, équivalent arabe de Samuel :
« celui qui sait tout »...

Anne Collet fronça ses fins sourcils.

— Qu'en pensez-vous ? fit le Tcherkesse d'une voix grave.

L'Irlandaise lui tapota la joue.

— *Wake up*, Omar ! fit-elle en souriant.

*

* *

Omar et Bahia traversèrent à grandes enjambées le couloir et
poussèrent la porte de la chambre 105. Le capitaine Collet et son
épouse étaient là, blêmes. Un médecin, les mains enfouies dans les
larges poches de sa blouse blanche, contemplait avec consternation
le bébé couché sur le lit d'hôpital, un bébé aux cheveux d'or, aux
joues si creuses qu'elles semblaient collées à son petit crâne. Un
prêtre se tenait près de la fenêtre, les bras croisés sur sa soutane.

— Priez pour lui ! lui souffla Anne Collet.

— On ne prie pas pour les bébés, répondit calmement le prêtre.
Les enfants vont tout droit au paradis...

L'Irlandaise s'approcha du lit, prit entre ses mains l'ours en
peluche qui dormait à côté de son enfant et s'agenouilla un
moment. En se relevant, elle vit les deux Tcherkesses debout près
de la porte. Elle s'avança vers eux, salua Omar, puis fixa Bahia de
ses yeux rougis. Elle devina tout de suite qu'elle aussi avait perdu
son enfant. Les deux femmes restèrent un long moment, immobiles,
à se regarder en silence. L'Irlandaise et la Caucasienne se compre-
naient. Elles se voyaient pour la première fois, mais la douleur, en
les unissant, leur donnait l'impression d'être sœurs.

La porte de la chambre s'ouvrit largement. Quatre vigoureux
Tcherkesses pénétrèrent dans la pièce et présentèrent leurs condo-
léances. Ils portaient un petit cercueil blanc.

— Nous l'enterrerons demain au cimetière militaire. Près
d'Osman Bey et de Hadji Bey, il n'aura rien à craindre !

LV

Au quartier général d'Ezraa, à 90 kilomètres de la capitale syrienne, les invités du couple Collet trinquaient et riaient à gorge déployée.

— Vous verrez, déclara un lieutenant en posant son verre, le maréchal Pétain ne nous décevra pas!

— Moi, je ne mets pas en doute le patriotisme du général Dentz! Depuis qu'il occupe les fonctions de haut-commissaire et de commandant supérieur des troupes du Levant, il se comporte correctement...

Anne Collet, très élégante dans son tailleur de tweed assorti avec le turban dernier cri qui lui couvrait le chef, sentit le sang lui monter à la tête.

— Quel patriotisme? explosa-t-elle. N'est-ce pas lui qui, il y a moins d'un an, a livré Paris aux Nazis?

— Il se comporte correctement, mon œil! renchérit un sergent à la face rubiconde. Demain, vous verrez les Boches défiler dans les rues de Damas! Vous...

— C'est inconcevable! coupa le lieutenant. La seule préoccupation des autorités françaises au Liban et en Syrie, c'est de conserver les territoires placés sous leur Mandat et d'éviter que le départ massif de nos soldats, rappelés en Europe, ne fragilise les positions de la France sur l'échiquier du Moyen-Orient!

Collet sortit une Craven de son étui à cigarettes, l'alluma et expira une longue bouffée.

— Le général Dentz se dit disposé à se défendre contre *toute* agression, fût-elle allemande, venant du Nord, ou britannique, venant du Sud ou de l'Est, déclara-t-il d'une voix calme. Jusqu'à preuve du contraire, il n'est pas permis de mettre en doute ses paroles!

— Les Alliés ne sont pas de cet avis, mon colonel. Ils considèrent Dentz comme un officier très conformiste, un officier disposé à appliquer telles quelles les consignes que lui donnerait Darlan!

— Les Alliés, les Alliés...

Tout essoufflé, ruisselant de sueur, un officier fit tout à coup irruption dans la salle.

— Je vais à Soueïda, déclara-t-il d'une voix saccadée. Mais j'ai tenu à m'arrêter à Ezraa pour vous avertir...

Anne Collet se leva si brusquement que sa chaise se renversa.

— Parle donc! s'écria-t-elle d'une voix alarmée.

— J'ai vu... J'ai vu des avions allemands, des Messerschmitt, des Condor, des Heinkel, camouflés aux couleurs irakiennes... Ils atterrissent en Syrie pour se ravitailler. Ils transportent du matériel militaire destiné aux rebelles irakiens soutenus par les Nazis!

Le silence se fit dans la salle et se prolongea un bon moment. Puis, soudain, au même instant, tout le monde éclata de rire. L'officier s'épongea le front et foudroya l'assistance du regard.

— Vous ne me croyez pas, hein? articula-t-il. Je vous dis que Dentz a reçu de Vichy l'ordre d'accueillir et de ravitailler les appareils de la Luftwaffe!

Le sergent au visage congestionné leva sa bouteille de vin et s'exclama d'un ton goguenard:

— Monsieur a pris une cuite et vient s'éclater avec nous. Bienvenue au club, vieux!

*
* *

Anne s'allongea sur son lit en grimaçant et se mit à masser sa jambe. Cette foulure lui brûlait le corps tout entier! « Bobby ne devrait plus tarder, songea-t-elle. A son retour, il s'occupera de moi! » Un bruit de bottes résonna dans la maison. « Il suffit que je pense à lui pour qu'il apparaisse! » fit-elle en souriant.

L'*Emir* poussa la porte de la chambre et s'immobilisa.

— Ma décision est prise! dit-il entre ses dents.

Anne se redressa sur ses coudes. Jamais elle n'avait vu son mari dans un état pareil : mal rasé, les yeux cernés, l'uniforme mal boutonné...

— Quelle décision?

Le colonel ne répondit pas. Il fit quelques pas dans la pièce, puis s'affala dans un fauteuil. Ses bras cordés de muscles tombèrent lourdement sur les accoudoirs.

— Dire que j'ai reconstitué mon groupement pour mieux servir le maréchal! Dire que j'ai créé des escadrons de partisans tcherkesses pour renforcer la présence militaire de la France en Syrie! Dire que j'ai demandé à mes anciens guerriers de reprendre du service!

— Que se passe-t-il? Tu étais bien en tournée d'inspection? demanda son épouse.

— Non, je n'étais pas en tournée d'inspection! répliqua-t-il d'un ton bourru.

Il ôta ses bottes et les lança à l'autre bout de la pièce.

— Où diable es-tu allé?

— Je suis allé voir le général Dentz. Il a admis la présence d'avions allemands sur les aérodromes syriens!

Il se prit la tête entre les mains. Comme pour se voiler la face.

— Je les ai vus... de mes propres yeux... J'ai également appris que, sur ordre des Nazis, Dentz avait envoyé aux Irakiens un train de vingt-six wagons chargés d'armes appartenant à l'armée française du Levant!

— Tu as vu les avions? articula Anne, incrédule.

Collet secoua la tête. Il explosa :

— Des Messerschmitt, tu entends, des Messerschmitt allemands en Syrie!

*
* *

— Puisque c'est un garçon, tu devrais l'appeler Zulquarneïn comme notre père, proposa Husni en caressant le front du nouveau-né, un front rougeaud, soyeux comme le pétale d'une rose.

— Nous le prénommerons Kayssar, décréta Omar. Pour conjurer le sort et remplacer dans le cœur de Zeina le souvenir de son frère disparu.

— Tu ne t'es jamais remis du décès de ton fils... soupira Husni.

Son frère secoua la tête.

— Tout est excusable en ce monde hors les fléaux. La terre qui s'ouvre, les épidémies qui déciment un pays entier... Comment justifier tout cela? Longtemps, j'ai cru en un Dieu justicier. J'ai même considéré la mort comme un châtiment, en partant du principe que Dieu est la vie et que tout ce qui va contre la vie est contre Dieu et donc n'est pas admis par Dieu. Mais que Dieu tolère les morts collectives, accepte les fléaux, là, je ne comprends plus, ça me dépasse...

— Allah souffre peut-être comme nous! protesta Husni. Pourquoi le rendre responsable de tout ce qui nous dépasse?

Il marqua une pause, puis enchaîna d'une voix basse et sourde :

— Ton engagement dans les troupes de Collet après une retraite de dix ans est à mon avis une fuite en avant. Tu es incapable de mettre de l'ordre dans tes idées, alors tu vas à la guerre, là où toute méditation est défendue! C'est une sorte de dérobade...

Omar fit la moue.

— Tout combattant est lâche parce qu'il fuit toujours quelque chose en allant au combat. Ton raisonnement est facile! Non. La vérité est que j'en ai eu marre de cultiver mon potager. En ce monde, il y a ceux qui, comme toi, cultivent leur jardin et trouvent le bonheur dans l'anonymat et la satisfaction du travail bien fait. Et il y a ceux qui, portés par leur ambition, embrassent une carrière militaire ou politique pour se faire remarquer, pour devenir « quelqu'un ». Je ne veux pas être respecté parce que mon grand-père était un héros. Je *veux* être un héros. Je veux que mon fils et ma fille sachent et voient que leur père est « quelqu'un »...

— Mais tu as déjà fait tes preuves! dit Husni en haussant les épaules.

— Un héros qui se repose est un héros qu'on oublie.

— Tu ne crois donc qu'aux martyrs?

— Non! Mais quiconque quitte un poste ou une situation se retrouve toujours seul et retombe dans l'anonymat. A quoi bon avoir lutté? Etre un héros n'est rien. Le rester est difficile.

*
* *

Le soleil en déclinant embrasait l'horizon. Des rayons obliques divergeaient de l'astre et, à la manière d'un projecteur, balayaient le désert. Le colonel Collet mit pied à terre et s'adossa à la portière de sa jeep. Le pont de voie ferrée était là, devant lui. Il contempla un moment le paysage féerique qui s'offrait à ses yeux et posa entre ses lèvres une Craven. Son garde du corps tcherkesse sortit un briquet et alluma la cigarette. Soudain, une voiture noire venant d'Amman apparut au loin. D'une chiquenaude, Collet projeta sa cigarette et l'écrasa du pied. « Voilà Catroux », se dit-il en rajustant son uniforme fripé. La voiture s'arrêta dans un crissement de pneus. Le général Catroux en descendit et se dirigea tout de suite vers l'*Emir*. Ses traits étaient tirés et accentuaient la maigreur de son visage osseux. Les deux officiers s'étreignirent pendant un long moment, puis firent quelques pas ensemble en discutant.

— J'ai bien reçu votre message, dit Catroux. Je n'ai pas hésité une seule seconde! J'ai besoin d'être mieux renseigné sur la situation des Vichystes. Et puis, je n'ignore pas que vous avez connaissance du plan de défense de Dentz!

Collet secoua la tête.

— Nous voulons tenter, pour le salut de la Patrie, de forcer la volonté défaillante des Français de Syrie... poursuivit Catroux. Nous sommes impatients d'intervenir : nous pensons qu'il faut profiter du flottement qui règne chez les Vichystes depuis l'annonce de l'arrivée des avions allemands dans la région!

— Avez-vous les moyens d'envahir la Syrie?

— Le général de Gaulle pense que la réussite de la marche sur Damas est une question d'heures. D'après lui, « il faut pousser sur Damas, même avec un seul bataillon en camions. L'effet psychologique fera le reste »...

L'*Emir* ne put réprimer un sourire.

— L'effet psychologique! Jamais Dentz ne se laissera faire. En cas de marche des Français Libres sur Damas ou sur Beyrouth, les forces de Vichy n'hésiteront pas à faire parler la poudre. La Marine et l'aviation sont toujours fidèles au maréchal Pétain... Et puis, rares sont les unités qui feront défection pour passer dans le rang des Gaullistes!

Catroux eut un sursaut d'étonnement. Lui qui croyait que la partie était gagnée d'avance!

— Je ne veux plus, je ne peux plus, servir sous des chefs qui déshonorent le drapeau français, murmura Collet. Dans la nuit du 22 au 23, je compte traverser la frontière syro-jordanienne pour rallier votre camp. J'entraînerai avec moi le plus grand nombre possible de guerriers tcherkesses...

— Le général de Gaulle a pour vous une grande estime, fit Catroux en posant ses mains sur les épaules de l'*Emir*. « Collet est un officier d'une grande valeur et d'une bravoure légendaire », m'a-t-il dit lorsque je lui ai fait part de la teneur de votre message...

Collet haussa les épaules.

— Qu'allez-vous faire?

Le général Catroux caressa sa moustache et déclara d'un air soucieux :

— Il me faut renoncer à aller seul à Damas. Je ne puis me passer des forces britanniques. Il s'agit maintenant de convaincre le général Wavell... J'espère aussi que Churchill et Eden comprendront la nécessité de lancer une offensive en Syrie !

— Après l'attaque allemande aéroportée sur la Crète, la menace qui pèse sur Chypre, l'interventionnisme des Nazis en Irak et l'arrivée des avions de la Luftwaffe en Syrie... il est impensable qu'ils ne vous suivent pas !

LV

Le 21 mai 1941, le colonel Collet rassembla ses troupes au Q.G. d'Ezraa et leur demanda de plier bagage. Cette agitation n'échappa pas à l'attention de Dentz qui adressa à l'*Emir* un ordre de mission le sommant de « retourner sur-le-champ à Damas avec l'effectif entier ». Vers dix heures, l'aide de camp du colonel débarqua chez Anne Collet :

— Votre mari vous demande de ranger vos affaires... Vous devez le conduire à Damas où l'état-major le réclame d'urgence.

A dix-huit heures, tous les effets du couple étaient emballés. L'*Emira* s'installa au volant de sa voiture et posa son chien Pudgy sur ses genoux. De longs moments s'écoulèrent, angoissants. Où donc était passé l'*Emir*? L'avait-on arrêté? Mille questions traversèrent l'esprit de l'Irlandaise. Elle essuya son visage du revers de la main : il était inondé de sueur. Etait-ce l'effet de la chaleur ou de la peur?

Soudain, un cri.

— Me voici!

L'*Emir* arriva tout essoufflé, ouvrit précipitamment la portière de la voiture et prit place aux côtés de son épouse.

— En avant! Et puis à droite! tonna-t-il.

Anne Collet démarra en trombe, sans réfléchir. Cent mètres plus loin, elle se frappa le front : « Damas n'est pas à droite... Damas est à gauche. La droite mène à Jérusalem ! »

Par des chemins de traverse, le couple se dirigea vers la Terre Sainte. La route était criblée de fondrières, la voiture constamment ballottée. Tout en admirant le courage de sa femme, le colonel s'en voulut d'avoir renoncé à conduire depuis un grave accident subi alors qu'il était encore lieutenant.

La nuit ne tarda pas à tomber sur le pays.

— N'allume pas tes phares, conseilla l'*Emir*. Nous risquerions d'être repérés !

Les deux « déserteurs » arrivèrent bientôt en vue du poste frontalier de Deraa, tenu par les Vichystes. Un frisson s'empara d'Anne Collet. Que faire ? Passer le plus normalement du monde ou... foncer ? Prenant son courage à deux mains, l'*Emira* appuya de toutes ses forces sur l'accélérateur et colla sa paume sur l'avertisseur. Le klaxon assourdissant, amplifié par l'écho, déchira les ténèbres. « Que se passe-t-il ? Pourquoi cette voiture est-elle si pressée ? » pensa le garde-frontière. Au passage de la voiture, il discerna un uniforme. D'instinct, il claqua des talons. « Présentez, armes ! », ordonna-t-il à ses compagnons. La barrière fut hissée ; on laissa passer la voiture du couple.

— C'est bien la première fois qu'on rend les honneurs à un officier qui déserte ! murmura l'*Emir* en souriant.

Soudain, des coups de feu éclatèrent à l'arrière. Réalisant leur bévue, les sentinelles tiraient au jugé en direction de la voiture qui se sauvait. Une balle effleura l'*Emir* qui grimaça de douleur, mais ne dit mot pour ne pas alarmer son épouse.

Anne Collet alluma les phares pour balayer l'obscurité et ouvrir le passage menant à la délivrance.

— Plus vite ! Les Tcherkesses nous attendent à vingt kilomètres de là !

L'*Emira* rejeta ses cheveux en arrière.

— Nous voilà comme eux : exilés volontaires !

Le couple atteignit enfin le village de Nessib.

— Ils sont là! s'exclama Anne, en montrant du doigt quelque deux cents cavaliers groupés à l'entrée de la bourgade.

Collet se dressa sur son siège malgré sa blessure, et adressa à la troupe le salut militaire. La sueur perlait sur son visage et la douleur lui brûlait le corps. Mais qu'importe! A cet instant précis, rien n'était plus important que ces hommes qui l'avaient suivi, à l'aveuglette, simplement parce qu'il le leur avait demandé.

« La Syrie tout entière peut être contre nous: tant que les Tcherkesses seront avec nous, rien ne pourra nous arriver! » songea l'*Emira* en redémarrant.

La voiture repartit, escortée par les cavaliers circassiens. La scène avait quelque chose de féerique: au milieu du désert, sous une pluie d'étoiles, deux cents Caucasiens en costume traditionnel galopaient en direction de Jérusalem...

En chemin, les Tcherkesses se séparèrent du couple pour retourner à la frontière et attendre les autres escadrons.

— Nous devons faire vite! marmonna Collet en serrant les poings. Il faut avertir les lignes anglaises que nous avons déserté plus tôt que prévu. Autrement, les Britanniques risqueraient de faire feu sur mes hommes!

L'*Emira* écrasa complètement l'accélérateur. Mais la route crevassée et la nuit épaisse n'étaient pas pour lui faciliter la tâche. Des nuages de poussière enveloppaient la voiture et rendaient nulle la visibilité. Plus d'une fois, le colonel dut mettre pied à terre pour essuyer le pare-brise ou orienter la conductrice.

— Ecoute! dit soudain l'Irlandaise.

L'officier prêta l'oreille: non loin de là, des chacals poussaient leur cri sinistre; des loups hurlaient de faim. Pour se donner du courage, pour lutter contre le sommeil surtout, Anne se mit à chanter en dodelinant de la tête.

— Plus bas! ironisa son mari. On t'entendrait à Damas!

« Damas... », pensa-t-elle, tout à coup saisie d'une indicible sensation de tristesse. Damas et ses vergers, ses roses, ses abricotiers, ses oliviers... Damas où dormait son enfant d'un sommeil éternel!

— Encore quinze milles et nous sommes sauvés! annonça le colonel en consultant sa carte.

— *Alhamdulillah!* Dieu soit loué! soupira sa femme, à bout de forces.

La voiture parvint au village de Mafrak, en Transjordanie. L'*Emir* et son épouse furent reçus par une famille tcherkesse qui mit sa demeure à leur disposition. Le colonel se jeta sur le téléphone. De trois heures à cinq heures du matin, il occupa la ligne : il entra en contact avec Jérusalem, avec Le Caire, avertit les autorités britanniques de l'arrivée imminente de ses hommes, demanda aux postes frontaliers de faciliter le ralliement des déserteurs...

A l'aube du 22 mai 1941 commencèrent à affluer, dans le désordre, les escadrons tcherkesses qui avaient réussi à passer la frontière. Certains hommes du groupement arrivèrent complètement exténués : surpris par les gardes-frontières, ils avaient dû, pour parvenir à se frayer un passage, livrer de terribles combats. D'autres manquaient à l'appel : ainsi, le lieutenant de Sentis, commandant le 38e escadron de partisans tcherkesses, accroché vers cinq heures par deux sections de Tirailleurs Sénégalais. Blessé avec quatre de ses cavaliers, il avait été fait prisonnier par les Vichystes...

Collet, anxieux, passa en revue les effectifs à mesure de leur arrivée et s'efforça de réorganiser le groupement.

— Le roi Abdallah de Jordanie est en route, lui annonça-t-on. Il tient à féliciter les Tcherkesses pour leur courage et leur loyauté.

— On vient d'appeler du Caire, lui glissa son aide de camp. Le général de Gaulle veut vous voir!

L'*Emir*, très sollicité, éprouva la nécessité de s'expliquer sur les raisons de sa défection et prononça une brève déclaration :

Français, Officiers, Sous-Officiers, Soldats de l'Armée du Levant;

Tous, au lendemain de l'Armistice, nous étions décidés à défendre farouchement le Levant.

Nos chefs l'ont maintes fois proclamé depuis. Dentz en a pris l'engagement solennel dès son arrivée et nous avait convaincus de sa décision.

Or, le 12 mai, quoiqu'on ait voulu le dissimuler longtemps, des avions allemands se posaient sur nos aérodromes et se ravitaillaient en essence et en munitions.

Les jours suivants, des trains français conduisirent vers Tell-Kotchek les armes de nos dépôts dont les Allemands faisaient don au gouvernement de Bagdad en lutte avec l'Angleterre.

On nous a dit, devant notre émoi, qu'il ne s'agissait que d'atterrissages forcés, comme si ce grossier mensonge pouvait apaiser nos consciences. On accusait par contre l'Angleterre d'actes d'hostilité flagrante et injustifiée.

L'honneur nous commande de ne rien entreprendre contre nos anciens alliés, nous disait le maréchal Pétain le 8 mai. Pensait-il le 12 mai que vous aviez l'oubli si facile ou faisait-on si peu de cas de votre honneur?

Le 23 mai à treize heures, en Syrie, Radio Levant diffusa la nouvelle de la défection :

Sous prétexte d'un exercice, le lieutenant-colonel Collet, commandant des groupements tcherkesses, a fait effectuer un mouvement à ses escadrons pour les entraîner de l'autre côté de la frontière et rallier les forces britanniques de Transjordanie. Lorsqu'elle s'est aperçue qu'elle franchissait la frontière, la majeure partie des effectifs s'est refusée à déserter et est rentrée en territoire syrien. Un escadron qui suivait le lieutenant-colonel Collet a été encerclé par des troupes chargées de la surveillance de la frontière. L'officier qui le commandait a été fait prisonnier.

Radio Jérusalem a annoncé qu'un général français à la tête de son régiment était passé en dissidence. Il s'agit sans doute du lieutenant-colonel Collet. Celui-ci, qui était encore chef de bataillon voici quelques jours, a vraisemblablement demandé des étoiles de général pour prix de sa trahison.

Le général Dentz — qui, dans ses ordres du jour et à la radio, s'acharnait sur Collet considéré comme un traître, « un rebelle stipendié par l'étranger » — fit ses comptes. Le groupement tcherkesse avait été sérieusement ébranlé : 352 guerriers, 20 officiers français, 16 officiers autochtones et un nombre non négligeable de sous-officiers avaient déserté ! Si ce n'était pas assez pour Collet, c'était déjà beaucoup pour Vichy !

*
* *

Omar se prit la tête entre les mains et retint son souffle.

— Ton choix est fait, n'y pense plus ! murmura Bahia en lui caressant le dos.

— Tous mes compagnons, le chef que j'admire... tous ont décampé, et moi, je suis là !

— Il est trop tard de toute façon !

— Je sais, admit Omar. Et c'est précisément ce qui me chagrine. Savoir qu'il est trop tard, que je ne peux plus revenir sur mes pas...

Bahia se tut, s'éloigna et alla s'enfermer dans sa chambre. Omar l'entendit sangloter. « Entre abandonner mon chef et abandonner ma famille, j'ai choisi la première solution. Entre l'honneur et l'amour, j'ai choisi l'amour. Qui peut me le reprocher ? » raisonna-t-il. Il repoussa sa chaise, se leva et rejoignit son épouse. Etendue sur son lit, elle avait enfoui son visage dans l'oreiller et pleurait à chaudes larmes.

— Pardonne-moi, Bahia !

— Tu ne peux plus vivre comme les autres guerriers, fit-elle d'une voix sourde. Tu as des responsabilités, des enfants à nourrir, une femme à aimer ! Tu es aussi égoïste qu'un marin...

Elle renifla et enchaîna :

— Et encore ! Un marin quitte sa famille par amour de la mer. Toi, tu nous quittes par amour de la guerre !

Omar s'allongea près de son épouse et se blottit contre elle.

— Pardonne-moi, mon amour! chuchota-t-il en lui lissant les cheveux. Je ne regretterai plus jamais mon acte, je te le promets!

Bahia déposa un long baiser sur le front de son époux. Elle dit d'une voix tremblotante :

— Les Vichystes vont venir te chercher, n'est-ce pas?

*
* *

Le général Dentz décréta la dissolution de certains escadrons tcherkesses et la réorganisation de la troupe dont il confia le commandement au chef d'escadron Robert Simon, chef d'état-major du commandant de la cavalerie du Levant, puis au chef d'escadrons Gaillard-Bournazel et au capitaine de la Chauvelais.

Au même moment, du côté des Français Libres, Collet entreprit la création d'un groupement tcherkesse fort de trois escadrons. Dans une lettre envoyée du Caire le 30 mai 1941, le général de Gaulle fit part au général Wavell de sa satisfaction de voir réorganisé le groupement de l'*Emir*.

> *J'ai vu les éléments amenés de Syrie par Collet. Il a formé deux escadrons à cheval et un escadron porté sur camionnettes. Le tout bien armé, équipé et encadré. J'ai rattaché ces éléments à la division Legentilhomme. Pour ce qui concerne cette division, je dois répéter que la question des moyens de transport est tout à fait capitale, matériellement et moralement. En outre, je vous rappelle que Legentilhomme n'a qu'une seule batterie. Pour l'opération envisagée, il lui faudrait l'appui d'au moins une batterie britannique. Je vous la demande.*
>
> *Toutes les troupes de Legentilhomme sont en excellent état et souhaitent marcher au plus tôt.*

La reconstitution par Collet de ses troupes ne rencontra pas d'obstacles. De nombreux cavaliers, venus du Liban et de Transjordanie, vinrent gonfler les rangs des combattants. Un matin, en

317

consultant la liste des volontaires, Collet s'arrêta sur un nom qui ne lui était pas tout à fait étranger. Il s'empressa de convoquer l'individu concerné. L'homme se présenta devant lui, claqua des talons en faisant le salut militaire. Il était grand de taille. L'éclat de ses yeux étonnamment bleus sous l'arc de ses sourcils blonds irradiait son visage hâlé.

— Vous êtes tcherkesse, n'est-ce pas? interrogea Collet, les bras croisés sur sa poitrine.

— Oui, mon colonel, répondit l'autre, un peu surpris.

— Quel est le nom de votre père?

— Moussa, mon colonel.

— Comment s'appelait votre grand-père?

— Cheikh Mansour, mon colonel.

L'*Emir* quitta son siège et fit quelques pas dans la pièce.

— Connaissez-vous un certain Omar, fils de Zulquarneïn?

Le visage du guerrier s'illumina.

— Omar est le cousin de mon père, mon colonel, dit-il d'une voix claire.

Collet tressaillit : ainsi donc, si ce que de Gaulle avait pudiquement appelé « l'opération envisagée » venait à se réaliser, ce ne seraient pas seulement les Français — Gaullistes et Vichystes — qui s'entre-tueraient, mais aussi les Tcherkesses — et avec eux les Sénégalais et les Légionnaires — présents dans l'un et l'autre camp!

LVI

Moshé Dayan cheminait, un fusil sur l'épaule, le long de la frontière palestino-syrienne. Un sourire plissait ses lèvres : à 26 ans, il ne pouvait qu'être fier de commander le groupe d'éclaireurs qui lui emboîtait le pas. Depuis qu'en mai 1941 des unités spéciales de la Haganah avaient été organisées en Palestine pour protéger les colonies juives contre d'éventuelles attaques arabes et pour soutenir l'armée britannique basée dans la région, il s'était fait remarquer par son zèle : lorsqu'on lui avait demandé de trouver une dizaine de guides et de saboteurs qui seraient susceptibles d'aider les hommes du général « Jumbo » Wilson à envahir la Syrie, il en avait proposé trente !

A la tête de six éclaireurs — cinq Arabes et un Circassien — et d'une poignée d'Australiens, il atteignit enfin, au terme d'une longue marche, l'objectif qu'on lui avait fixé. Il se remémora les paroles de l'officier anglais : « Il faut neutraliser à tout prix les sentinelles qui gardent le pont ! » Il braqua ses jumelles sur l'endroit : rien ! Le pont était à l'abandon.

— *Shit !* lâcha un Australien en crachant.

— Tout ce chemin pour ça ! grommela Bilal en se passant les doigts dans ses cheveux blonds.

Rachid Taher, le guide arabe du groupe, mit sa main en visière, scruta un moment l'horizon, puis proposa :

— Il existe dans la région un poste de contrôle vichyste. Si nous l'attaquions ?

— Excellente idée ! s'exclama Moshé Dayan avec enthousiasme. Où se trouve-t-il au juste ?

— A quelques kilomètres de là. Demain, à l'aube, nous y serons !

Le dimanche 8 juin, à cinq heures du matin, le groupe arriva en vue de la position française. C'était une vieille bâtisse érigée au milieu d'une orangeraie.

A croupetons, Moshé Dayan étudia longtemps la configuration des lieux.

— *Go !* s'écria-t-il soudain en prenant son élan.

Le groupe monta à l'assaut de la position en courant d'arbre en arbre. La panique s'empara des défenseurs qui somnolaient encore à cette heure-ci de la journée.

— Putain, les gars ! On nous attaque ! brailla quelqu'un.

— Réveillez-vous ! gueula son compagnon.

Sur la terrasse de la maison, les Vichystes s'empressèrent de mettre en batterie une mitrailleuse et commencèrent à arroser le terrain. Survoltés, les assaillants poursuivirent leur course effrénée dans le verger. Moshé Dayan fut le premier à arriver au bas du bâtiment. Il décrocha la grenade qui était suspendue à son ceinturon, la dégoupilla et, avec un geste de discobole, la lança en direction du toit. Avec des yeux agrandis par l'horreur, les hommes de Dentz virent un objet, gros comme une pomme de pin, fendre l'air au-dessus de leurs têtes, s'abattre, puis rouler sur la plate-forme.

— Bordel de merde, une grenade !

Une explosion terrible secoua l'édifice tout entier. Immédiatement, les assaillants achevèrent les blessés, prirent possession de la mitrailleuse et grimpèrent jusqu'au toit. Emerveillé comme un enfant devant son jouet, Moshé Dayan s'agenouilla près de l'arme, en ajusta le bipied, puis soupesa les bandes de cartouches qui la traversaient de part en part.

— Mécanisme français, murmura-t-il.

Il fronça les sourcils et se mit à chercher le moyen de la faire fonctionner. Découvrant après quelques minutes comment la charger, il posa ses mains sur l'affût et ouvrit le feu. Le tacatac, pareil au bruit d'une machine à coudre, retentit, puis se prolongea. Sur le champ de bataille, les rôles s'étaient inversés : les Vichystes, tapis derrière les orangers, essayaient à leur tour d'occuper le poste qu'ils avaient perdu. Tous leurs tirs se concentrèrent sur le toit. Pris pour cible par les fusiliers adverses, Moshé Dayan serra les dents et continua de balayer le terrain. Il sentit ses bras vibrer comme ceux d'un ouvrier maniant un marteau-piqueur.

— Il n'y a pas de protection sur ce maudit toit ! cria-t-il à ses compagnons.

Il lâcha la mitrailleuse et saisit les jumelles qu'il portait en sautoir pour localiser les positions ennemies. Un choc violent le projeta à terre.

— A moi !

Une balle avait pulvérisé les jumelles et blessé le jeune homme à l'œil.

— Vite, la trousse médicale ! hurla Bilal.

Rachid Taher ôta son keffieh, le roula en boule et l'appliqua sur le visage de son chef. Comme une éponge, le tissu blanc à carreaux but le sang du blessé. Sa couleur vira au rouge vif.

— *Don't worry, man ! You'll be OK !* fit un Australien en caressant le front du Juif.

— Je ne vois plus rien... Je ne vois plus rien... Les salauds...

Un avion de la Royal Air Force apparut dans le ciel. Son vrombissement n'échappa pas à l'attention de Dayan.

— Qu'est-ce que c'est ? balbutia-t-il en grimaçant sous l'effet de la douleur.

Bilal, qui lui tenait la tête entre ses mains, esquissa un sourire.

— C'est l'opération *Exporter*, dit le Tcherkesse en frissonnant.

C'est la grande offensive alliée au Levant qui vient de commencer...
Les Anglais et les Gaullistes attaquent!

*
* *

Omar traversa la chaussée, se pencha et ramassa le papier que
l'avion venait de lâcher. Depuis l'aube, des appareils militaires arbo-
rant ostensiblement la Croix de Lorraine survolaient les principales
villes du Liban et de la Syrie en lançant des tracts. Il déplia la
feuille. Il s'agissait d'un appel adressé aux Libanais et aux Syriens
par le général Catroux, le commandant en chef des Forces Françaises Libres au Proche-Orient. Le Tcherkesse le lut avec attention :

> *Syriens et Libanais, vous jugerez, par cette déclaration, que si les
> forces françaises libres et les forces britanniques franchissent vos fron-
> tières, ce n'est pas pour opprimer votre liberté; c'est pour empêcher que
> le Levant devienne contre les Britanniques et contre nous une base
> offensive de l'ennemi...*

Omar se gratta le front. Il songea à son ancien chef et à ses
compatriotes qui avaient déserté. Où étaient-ils? Participaient-ils à
l'offensive qui venait d'être déclenchée? Il poursuivit sa lecture :

> *Soldats, un ordre infamant vous prescrit de barrer la route à nos
> forces. Comprenez bien ce qu'on exige de vous! On exige que vous,
> Français, vous battiez au profit de l'Allemagne, que vous fassiez un
> rempart de vos corps aux aviateurs ennemis installés à Rayak, à Alep,
> à Palmyre et que vous sacrifiiez vos vies pour donner la victoire à
> Hitler.*
> *Car c'est bien l'ignominie qu'on vous impose sous le prétexte, hypo-
> crite et menteur, de vous faire défendre la Syrie...*
> *Je vous prescris de vous joindre à mes forces et aux forces alliées.
> J'interdis toute résistance... Suivez-moi. Je vous conduirai sur les che-
> mins de l'honneur et si je vous demande d'y mourir, vous tomberez,
> glorieusement, pour la France, et non, misérablement, pour ses enne-
> mis. Vive la France!*

Il froissa le papier et s'accota à un mur. « Je dois rejoindre les Gaullistes, se dit-il. Ma place est dans leur camp ! » Il ferma les yeux, revit Bahia, son fils, sa fille. Les regrets l'assaillirent de nouveau : devait-il rester avec sa femme et ses enfants, mais trahir ses convictions ; ou bien suivre sa conscience au prix de l'abandon de sa famille ?

Pensif, les mains enfoncées dans les poches de sa tunique, il chemina un moment dans les rues de Beyrouth. Il faisait beau ce jour-là. Il longea la rue de Damas, passa à côté de l'Hôtel-Dieu de France, contourna la Faculté de médecine et ses murs orangés. Les crieurs de journaux quadrillaient la capitale, faisaient une navette incessante entre le siège de *L'Orient* et les quartiers populaires pour rassasier une foule avide d'informations, inquiète sur le sort qui serait réservé à leur ville en cas d'attaque des Alliés. « Oseront-ils tirer sur nous ? » Cette question revenait sur toutes les lèvres, occupait les esprits. Le Tcherkesse s'arrêta près de l'Ecole française de droit. Deux étudiants, assis sur la plus haute marche d'un escalier, discutaient à haute voix :

— Il paraît que Winston Churchill ignore si les troupes de Vichy se défendront avec opiniâtreté ! fit le premier. A-t-on idée de lancer une opération de cette envergure sans en mesurer les risques ?

Le second remonta ses lunettes sur son nez et déclara d'une voix assurée :

— Qu'il se mette en tête ceci : les hommes de Dentz oseront ! Aux dernières nouvelles, à Kuneïtra, à Marjeyoun et sur le Litani, les Alliés sont reçus à coups de fusil !

— Combien sont-ils ?

— Vingt mille, peut-être. Ils ont en face d'eux trente mille Vichystes. L'offensive se fait sur trois axes : la route côtière Haïfa-Beyrouth, la vallée de la Békaa et le Golan !

— Iront-ils loin, à ton avis ?

Le jeune homme croisa les bras. Omar se rapprocha de lui et, anxieux, tendit l'oreille.

— Si Winston Churchill ne le sait pas, comment puis-je le savoir ? bredouilla le Libanais en haussant les épaules.

LVII

Ayant intégré le groupement de l'*Emir*, Bilal assista au début de l'offensive alliée au Levant. Les forces de Legentilhomme, comprenant les hommes de Collet et celles du brigadier Lloyd — le commandant de la 5ᵉ brigade indienne —, se dirigèrent vers le Golan avec la ferme intention de briser la défense adverse, puis de pousser vers Damas.

— Trois lignes défensives nous barrent le chemin, expliqua Collet à ses cavaliers : la première, au niveau des hauteurs du Golan ; la deuxième ayant pour axe Kuneïtra-Cheikh Meskine-Ezraa ; la troisième, tracée autour de la capitale syrienne, ayant pour jalons Saassaa, Kissoué, Nahr el-Aouaj et le Djebel Maani. Forcer la première est un jeu d'enfant. Briser la deuxième est moins évident : les Australiens et les Indiens fonceront en direction de Cheikh Meskine ; les hommes de Legentilhomme attaqueront Ezraa ; et vous...

L'*Emir* se tut, s'éclaircit la gorge et ajouta :

— ... Vous prendrez d'assaut le flanc ouest de Kuneïtra !

Ces mots eurent sur les quatre escadrons du groupement l'effet d'une bombe. Kuneïtra... la capitale des Tcherkesses... attaquée par ses propres fils !

— Mais... commença Bilal.

— Il n'y a pas de « mais », coupa Collet. Dans cette guerre, on ne doit pas se poser de questions. Je défends à quiconque d'entre vous de raisonner : c'est aussi simple que ça.

Il y avait dans les intonations de l'officier quelque chose de menaçant qui fit frémir les Tcherkesses. Jamais Collet ne leur avait parlé sur ce ton. Peut-être dissimulait-il sous le masque de la colère l'embarras qu'il éprouvait à la pensée de devoir tirer sur ceux qui, hier encore, étaient ses compagnons d'armes...

Les hommes de l'*Emir* poursuivirent leur chemin. Arrivés en vue de Kuneïtra, les cavaliers s'alignèrent et, au signal de Collet, partirent au galop à l'assaut de la ville.

— Feu! ordonna l'*Emir* à ses artilleurs qui venaient de mettre en batterie l'unique canon antichar du groupement, une pièce de construction artisanale qui menaçait à tout moment de s'effriter.

Au coup de semonce tiré par les Tcherkesses, les défenseurs de Kuneïtra ripostèrent avec violence. Une pluie d'obus s'abattit sur les cavaliers lancés à toute bride dans la plaine. Bilal comprit rapidement que le combat était inégal. « Nous ne sommes plus au temps de Soltan al-Attrache! » maugréa-t-il. La même pensée traversa l'esprit de Collet qui, sans tarder, demanda aux Australiens et aux Indiens de venir à la rescousse de son groupement. Les Royal Fusiliers de la 5ᵉ brigade indienne se portèrent au secours des Tcherkesses et, à l'issue d'un combat acharné, occupèrent Kuneïtra.

Retardé dans « la capitale des Tcherkesses » par ses camarades occupés à désembourber un camion, Bilal profita de ce court répit pour aller à la recherche du domicile d'Omar. Pour seule information, il n'avait que le prénom de son parent et la certitude que celui-ci avait une maison dans le bourg. Il se renseigna auprès d'un vieillard sorti inspecter son épicerie dès la fin du combat. Trouvant enfin la demeure d'Omar, Bilal tambourina à sa porte avec vigueur. Après un long moment, une voix féminine s'éleva de l'intérieur :

— Qui êtes-vous?

— Je suis Bilal, le fils de Moussa. Mon groupement s'est arrêté un moment à Kuneïtra. J'ai pensé que...

Il s'interrompit, chercha ses mots. Un silence pesant s'installa. Il toussota pour faire comprendre à son interlocutrice invisible qu'il était toujours là.

— Allez-vous-en! hurla Bahia de toutes ses forces.

Bilal esquissa un mouvement de recul. Pourquoi cette agressivité? Pourquoi tant d'hostilité à son égard? Il secoua la tête avec tristesse et revint sur ses pas.

L'épicier était toujours là, en train de dégager l'entrée de son magasin obstruée par les gravats. Devant son étalage, un cheval était couché, les quatre fers en l'air.

— Savez-vous où se trouve Omar? lui demanda Bilal.

Le vieillard dévisagea le Tcherkesse avec insistance. Il avait le dos voûté; ses mains étaient agitées par un tremblement sénile. Il cracha, puis tendit le bras vers l'horizon.

— Omar est parti, lâcha-t-il. Omar est dans l'autre camp.

*
* *

— Les plus solides remparts sont toujours les derniers, observa Collet en consultant la carte dépliée sur ses genoux.

— Après notre victoire sur les Sénégalais loyalistes et l'occupation des collines de Kalaat Hassan et de Jaroudiyé, Damas n'est plus invulnérable, déclara Bilal en s'accroupissant près de son supérieur.

L'*Emir* sortit un paquet de cigarettes de sa poche. Le trouvant vide, il l'écrasa et le lança rageusement par-dessus son épaule.

— L'étape suivante va me rappeler bien des souvenirs, murmura-t-il. Il y a vingt ans, avec mes guerriers tcherkesses, j'avais réussi à mater les rebelles de la Ghouta!

— La Ghouta?

— C'est notre prochain objectif. Nous devons forcer le passage enjambant la rivière de Nahr el-Aouaj, dans la région de Nejah, pour déboucher sur la Ghouta de Damas et prendre à revers le village stratégique de Kissoué!

— Avons-nous des canons dans la région? s'enquit le Tcherkesse.

— L'état-major a mis à notre disposition des blindés!

Le 15 juin, le groupement de Collet commença son avancée dans la Ghouta. Les chars Hotchkiss 1939, destinés à soutenir la cavalerie, s'ébranlèrent dans un fracas métallique. Mais ils se révélèrent rapidement incapables de manœuvrer dans l'impitoyable verger ceinturant Damas. Les Vichystes, épaulés par un escadron tcherkesse « loyaliste », prirent pour cible les assaillants et, en moins d'un quart d'heure, mirent cinq chars hors de combat. Avec le soutien d'un escadron de Spahis Marocains, Bilal et ses compagnons s'infiltrèrent avec beaucoup de mordant dans les positions adverses et débouchèrent dans les vergers à l'ouest de Nejah. Mais ils n'allèrent pas plus loin : les renforts vichystes affluant sur la zone des combats, une contre-attaque fut lancée par les hommes de Dentz, qui bouta les Tcherkesses hors du village. Légèrement blessé, Bilal prit ses jambes à son cou. En se retirant, il compta les chars et les automitrailleuses détruits par l'adversaire : 22 sur 29!

*
* *

— Alors, Omar, prêt?

— Fin prêt, mon capitaine!

Le Tcherkesse sourit au capitaine de la Chauvelais et frappa du plat de la main la crosse de son mousqueton. Son moral, tombé au plus bas à l'issue des revers essuyés par les Vichystes dans les premiers jours de l'offensive, s'était raffermi depuis qu'on lui avait fait part de la volonté du général Dentz d'exploiter le flottement dans le rang des Alliés pour amorcer une contre-attaque générale visant à reconquérir les positions perdues.

— Comment se comportent nos hommes? reprit l'officier français.

Omar fit la moue.

— Les Alliés ont surpris notre groupement en pleine période de restructuration. Depuis le départ...

— La désertion! rectifia La Chauvelais.

— Depuis le *départ* de Collet, poursuivit Omar en faisant mine de ne pas avoir entendu l'objection de son supérieur, certains escadrons étaient en cours de dissolution ou de réorganisation. D'où la pagaille que nous rencontrons aujourd'hui au sein de notre groupement!

— On dit que certains Tcherkesses abandonnent délibérément leurs unités, avant même d'avoir combattu. L'état-major déplore la défaillance imminente de nombreux cavaliers. Avez-vous une explication à ce manque de coopération de la part de vos congénères?

Omar haussa les épaules.

— On ne va jamais la fleur au fusil pour tuer son frère... C'est la seule explication que je connaisse!

Le détachement vichyste de Le Couteulx se regroupa à Khan Arembé où il passa la nuit du 15 au 16 juin. Le lendemain à l'aube, Omar accompagna les officiers dans leur tournée.

— Quelle sera notre prochaine cible? demanda-t-il à La Chauvelais.

Le capitaine ne répondit pas. Il tendit au Tcherkesse une paire de jumelles. Omar leva les sourcils et prit l'instrument qu'il colla à ses yeux. La vision était floue : il ne vit rien d'autre qu'une énorme tache verte.

— Ajustez-les! conseilla La Chauvelais.

Le Tcherkesse obtempéra. Un cri lui échappa. Comme surgie d'un brouillard, « la capitale des Tcherkesses », blottie dans son nid de verdure, s'offrit à ses yeux effarés.

— Les chars fonceront par le terrain plat, expliqua l'officier français. Ils attaqueront les lisières nord-est, sud et sud-ouest du village. La compagnie sénégalaise passera par la route de Banias, impraticable pour les blindés.

— Et les Tcherkesses? s'enquit Omar.

— Dans un premier temps, ils seront maintenus en réserve. Nous savons très bien que vos familles habitent le village !

L'attaque fut déclenchée à 4 h 30. Les chars foncèrent sur la route de Cheikh Meskine, mais leur avancée fut freinée vers huit heures par le violent barrage de feu que leur opposa le 1er bataillon du Royal Own Fusiliers qui défendait Kuneïtra.

Vers midi, Le Couteulx convoqua La Chauvelais :

— C'est au tour des Tcherkesses...

— Leur mission ?

— Déborder l'objectif par l'est. Le plus rapidement possible...

— Nous ferons de notre mieux !

Les ordres furent distribués. Omar ne les discuta pas, mais pria secrètement pour que Bahia, ses enfants et Husni, son frère, fussent en sécurité.

La marée noire de cavaliers circassiens en uniforme déferla bientôt sur le champ de bataille. Au grand galop, hurlant à pleins poumons, les guerriers chargèrent à corps perdu derrière La Chauvelais qui se détachait du groupe. Les défenseurs de Kuneïtra virent avec une stupeur émerveillée venir vers eux ces cavaliers survoltés, et frissonnèrent à l'idée d'être engloutis par ces vagues mugissantes. Comment arrêter la course endiablée de l'assaillant ? Tous les feux se concentrèrent sur le chef de l'escadron qui, grisé par la vitesse, donnait de l'éperon et progressait très en avant de ses hommes. La mitraille l'enveloppa. Le cheval, touché, se cabra et désarçonna son cavalier qui, atteint au cœur, roula dans la poussière, puis s'immobilisa. Galvanisés par la mort héroïque de leur chef, les Tcherkesses accélérèrent leur allure et atteignirent rapidement l'objectif.

Au terme de huit heures d'un combat de rues acharné, mené par une chaleur étouffante, un drapeau blanc fut finalement hissé par les défenseurs : le colonel Orr, commandant le bataillon de Kuneïtra, qui avait reçu du brigadier Lloyd l'ordre de tenir « jusqu'au dernier homme ou la dernière cartouche », demanda à se rendre avec ses 550 soldats. Eclatante victoire pour Le Couteulx, mais très chèrement payée ! Le capitaine de la Chauvelais, le chef d'escadrons Gaillard-Bournazel — le remplaçant de Collet au commandement du groupement tcherkesse, tué au moment où il sortait de son automitrailleuse —, et des dizaines de combattants, de cavaliers circassiens... tous, « morts pour la France » !

*
* *

Omar trouva Bahia et les enfants cachés dans un coin de la cuisine. Des plâtras jonchaient le sol. La maison tout entière était plongée dans l'obscurité : des panneaux avaient été disposés contre les fenêtres pour protéger l'intérieur des éclats d'obus. Couchés sur des matelas crasseux, Kayssar et Zeina dormaient à poings fermés : terrorisés, ils avaient attendu la trêve pour succomber au sommeil.

— Omar !

Le Tcherkesse ouvrit les bras, enlaça sa femme et, la soulevant, appuya son front contre sa poitrine. Bahia croisa ses jambes autour des hanches de son mari, rejeta ses cheveux en arrière et ferma les yeux.

— Tu m'as manqué... Tu m'as manqué, tu ne peux pas savoir ! soupira-t-elle.

— Je deviens fou sans toi, souffla-t-il en la serrant encore plus fort.

Bahia se dégagea et s'empressa de débarrasser son mari du mousqueton qu'il portait en bandoulière. Omar fit quelques pas dans la pièce. Des débris de verre crissèrent sous la semelle de ses bottes à éperons.

— Oh, non ! Pas ça ! s'écria-t-il soudain.

Le portrait de Zulquarneïn qui, d'ordinaire, ornait le mur du salon gisait au milieu des décombres. Il s'agenouilla, ramassa le cadre, posa ses lèvres sur la photo, puis, se relevant, raccrocha le portrait de son père.

— La guerre n'épargne même pas les absents, cracha-t-il.

330

— Calme-toi! susurra Bahia en lui prenant la main.

— Attaquer soi-même son propre village, tu te rends compte? maugréa Omar. Tu appelles ça une guerre?

Il s'attabla et versa un peu de thé dans une tasse ébréchée.

— Où est Husni?

— Il est sorti chercher du pain. Il a été formidable avec nous!

Bahia s'assit près de son mari et, avec le pouce et l'index, se mit à lui masser la nuque.

— Bilal est venu... Il se bat aux côtés des Anglais! déclara-t-elle après un moment d'hésitation.

Omar reposa brutalement sa tasse, fronça les sourcils et questionna d'une voix cassée :

— Il... il est venu ici?

— Il a frappé à notre porte, mais j'ai refusé de lui ouvrir.

Omar croisa les bras et baissa la tête, comme pour mieux se concentrer.

— J'ai bien fait, n'est-ce pas? demanda Bahia avec inquiétude.

Le Tcherkesse eut un haussement d'épaules qui ne signifiait ni oui ni non. Dehors, le clairon sonnait le boute-selle. Omar se leva, ramassa son mousqueton, embrassa sa femme et ses enfants, et sortit en pestant.

LVIII

Omar contempla le lever du soleil avec une sorte d'extase. Le disque solaire se détachait sur un ciel sans nuages. « Je jette l'éponge », se dit-il en serrant les poings.

Le 17 juin, la victoire avait changé de camp. Renforcés par des troupes fraîches envoyées d'Irak et d'Egypte, les Alliés avaient repris le dessus en Syrie. Aux dernières nouvelles, le bataillon des Queen's avait réussi à reprendre Kuneïtra. Le Tcherkesse soupira. Il avait refusé de déserter pour demeurer aux côtés de sa famille. Ironiquement, cette guerre l'avait éloigné de sa femme et de ses enfants ! « Pauvre capitale des Tcherkesses, pensa-t-il. En l'espace de quarante-huit heures, tour à tour enlevée par les Alliés, prise d'assaut vingt-quatre heures durant, occupée par les Vichystes, deux fois prise pour cible par la Royal Air Force, bombardée par l'artillerie anglo-gaulliste, puis enfin reconquise par les Alliés ! » Il songea avec tristesse à ses compatriotes, engagés dans cette guerre inutile. « Il faut qu'une guerre ait un sens pour que la mort de ceux qui y participent en ait un », murmura-t-il. Malgré les efforts déployés par l'état-major pour les reconstituer, les escadrons circassiens « loyalistes » s'étaient dispersés ou avaient purement et simplement refusé de poursuivre le combat.

Il se dirigea vers son cheval, l'enfourcha et prit la direction de Kuneïtra. Sur la route du Sud, il fut intercepté par un soldat sénégalais qui lui ordonna de descendre de sa monture.

— Où tu vas comme ça?

— Je déserte.

Il venait, pour la première fois, de prononcer le verbe « déserter ». Il y avait dans ce mot une puissance qui l'enhardit : « déserter » signifiait tout à la fois la révolte et la liberté. Cette sale guerre le révoltait; l'armée l'emprisonnait. La désertion était sa seule issue! Le Sénégalais épaula son fusil, le braqua en direction du cavalier, bornoya et tira la culasse en arrière d'un coup sec.

— Je compte jusqu'à trois... dit-il en haussant le ton pour donner plus de force à ses paroles.

— Tu peux compter jusqu'à mille! Rien ni personne ne m'empêchera de déserter!

Le soldat considéra le Tcherkesse avec surprise. Lui aussi en avait assez de cette guerre absurde. Il avait vu, de ses propres yeux, des Sénégalais égorgés par des Sénégalais, des Spahis gaullistes poignardés par des Spahis vichystes... Un sentiment de honte s'empara de lui. Il abaissa le canon de son fusil.

— Jette-le! dit Omar d'une voix grave.

Le Sénégalais n'hésita pas : il lança au loin son arme et commença à déboutonner son uniforme.

Omar poursuivit son chemin et finit par atteindre son patelin. Kuncïtra était en ruine. Une fumée épaisse enveloppait ses maisons; les décombres obstruaient les rues. Le sol était jonché de casques, de douilles et de caisses de munitions éventrées. Le Tcherkesse mit pied à terre, attacha la bride de son cheval au seul poteau qui avait survécu au désastre, puis s'élança en direction de sa maison. Essoufflé, couvert de poussière et ruisselant de sueur, il poussa la porte branlante de sa demeure.

— Papa! s'exclama Zeina en ouvrant les bras.

Elle se précipita vers son père et se blottit contre lui en riant.

— La guerre est finie? lui demanda-t-elle.

— Ce genre de guerre ne connaît pas de fin, lui répondit-il.

— Qui gagnera la guerre? reprit-elle en le regardant dans les yeux.

— Dans ce genre de guerre, il n'y a jamais de gagnant!

*
* *

— Damas!

Bilal ouvrit grand les yeux pour mieux admirer la capitale syrienne. La victoire n'était plus qu'une question d'heures. Le 19 juin au soir, les Australiens étaient parvenus jusqu'aux abords de la ville. Le 20, ils s'étaient emparés du fort Gouraud, au sud de Mezzé, et avaient réussi à couper la route Damas-Beyrouth. Avec les guerriers tcherkesses, ils s'étaient alors glissés le long des canaux d'irrigation de la Ghouta et avaient traversé Tell Meskine et Karata avant d'occuper Bab-Charki et Jeramana.

— *Ilari!*

Le cri de Collet retentit tout à coup dans le camp. Bilal sursauta et jeta un regard en direction de l'*Emir*: comme jadis Lawrence et Fayçal, le groupement tcherkesse allait faire son entrée triomphale dans Damas! D'instinct, il porta sa main à son visage, envahi par une barbe naissante. « L'*Emir* aurait dû nous prévenir! tempêta-t-il. J'aurais souhaité me faire beau avant de vivre ce moment historique! »

Le 21 juin, à seize heures, une longue file de cavaliers hâves et épuisés foula le sol de la capitale syrienne. Escorté par un détachement de gardes circassiens, Collet pénétra le premier dans Damas. A ses côtés, le général Legentilhomme, le bras gauche en écharpe depuis sa blessure lors d'une attaque aérienne sur Sanamein. Une foule considérable s'était massée des deux côtés de la route défoncée pour assister à l'entrée des vainqueurs. Les deux officiers français se rendirent au quartier général de Dentz et y reçurent les membres du gouvernement syrien et les représentants de la municipalité de Damas venus exprimer aux vainqueurs leur « satisfaction de voir les Français Libres leur apporter la liberté ». Collet, nommé représentant de la France Combattante à Damas, prit immédiatement les mesures nécessaires pour ravitailler la capitale en blé, l'approvisionnement disponible ne suffisant que pour quarante-huit heures. Il confia à ses guerriers la mission de défendre le secteur est de la ville contre toute attaque surprise.

*
* *

Il n'y a pas — il n'y a plus — de quartier dans Beyrouth, d'immeuble dans un quartier, de chambre dans un immeuble qui soient moins exposés que d'autres. Les risques maintenant sont partout les mêmes. Ne déménager que pour mettre entre le ciel et vous un plus grand nombre de planchers et de plafonds. Dans la pratique et jusqu'ici, une bombe n'a jamais traversé plus de trois épaisseurs superposées de pièces.

Concluez.

Une épaisseur de quelques centimètres de bois ou de coton n'offre pas à cinquante kilos d'acier une résistance très efficace. Avis à ceux qui, pris de peur, se cachent sous leur table ou sous leur lit.

De s'énerver ne protège nullement du danger. Si le tapage nocturne vous empêche de dormir, mettez-vous du coton dans les oreilles et prenez un somnifère. Deux précautions valent mieux qu'une. Maintenant, si votre maison s'écroule, il y aura toujours une chance que vous vous réveilliez.

Anne Collet éclata de rire en se penchant sur le journal libanais que son époux venait de lui envoyer. Qui était l'auteur de ces consignes idiotes? Prenait-on les Beyrouthins pour des enfants?

Elle parcourut le quotidien avec curiosité. Dans leurs articles, les journalistes se montraient circonspects. La presse libanaise n'ignorait pas que la majeure partie de la population éprouvait de la sympathie pour les Alliés. Mais depuis que Dentz s'était établi à Beyrouth, elle ne pouvait qu'adopter un profil bas...

L'*Emira* s'attarda sur la première page du journal. On y rapportait le bombardement de la capitale libanaise, les 28 et 29 juin, par les appareils de la Royal Air Force. Elle s'en étonna : le président libanais Alfred Naccache ayant déclaré Beyrouth ville ouverte dès le 12 juin, l'acharnement des Britanniques n'était-il pas injustifié? Elle poursuivit sa lecture et trouva réponse à sa question : les avions visaient la Résidence des Pins, le nouveau quartier général de Dentz! « La fin est proche », pensa l'épouse de l'*Emir*. Elle but à petites gorgées la tasse de thé posée devant elle. « Dix mille morts ou blessés dans cette lutte impie... songea-t-elle. Quel horrible gaspillage!... »

Elle rejeta ses cheveux en arrière. « Le Liban et la Syrie libérés? Oui, mais à quel prix! »

LIX

Beyrouth, vendredi 25 juillet 1941, à midi. Partout, des drapeaux frappés de la Croix de Lorraine. Massée sur les trottoirs, agglutinée aux balcons et aux fenêtres, une foule considérable... Soudain, dans le ciel, surgit une escadrille portant les couleurs françaises. Au même moment, arrivée par la route de Saïda, une voiture fit son apparition, précédée par une formation de gendarmes libanais et encadrée d'estafettes d'honneur, de motocyclistes de la Légion et de fusiliers marins.

— De Gaulle! De Gaulle! hurlèrent les badauds.

Arrivé à la place des Canons, le général de Gaulle ordonna au convoi de s'arrêter et mit pied à terre pour saluer le drapeau libanais. La population en délire rompit le cordon de police et happa littéralement le Général qui ne put repartir qu'un bon moment après ce bain de foule impromptu.

Accompagné de Catroux, nommé « Délégué général plénipotentiaire et commandant en chef de la France Libre au Levant », le chef de la France Combattante se rendit au Grand Sérail où il rencontra les chefs militaires et les hauts fonctionnaires de la Délégation générale. Dans l'après-midi, le Général reçut au Grand Sérail les membres du gouvernement libanais, les autorités religieuses du pays, le corps consulaire et de nombreux officiers français.

Après Beyrouth, Damas. Le 28 juillet, de Gaulle, accueilli à la frontière libano-syrienne par le général de division Legentilhomme — toujours blessé au bras — et par le colonel Collet, fut reçu officiellement dans la capitale syrienne. La population ne se montra pas moins enthousiaste qu'ailleurs : les édifices étaient pavoisés de portraits du Général, de calicots, de drapeaux syriens et tricolores; les usines et les commerces avaient fermé leurs portes pour permettre aux ouvriers d'assister au spectacle! Devant un arc de triomphe fleuri, rehaussé d'inscriptions à la gloire de la France Libre, de Gaulle descendit de voiture tandis que la fanfare entonnait *la Marseillaise* et que les batteries du fort Gouraud tiraient une salve de vingt et un coups de canon. Le chef de la France Combattante inspecta à pied des détachements des différentes unités des F.F.L. disposés en rangées impeccables sur la large esplanade longeant la rivière Barada.

Le cortège officiel parvint enfin jusqu'à la tribune d'honneur où se tenaient tous les membres du gouvernement syrien flanqués du corps consulaire. Khaled Bey el-Azm, chef du gouvernement syrien, s'avança et, au milieu des ovations de la foule, serra avec ferveur la main du Général. Commença alors le défilé militaire, véritable rétrospective des Forces Françaises Libres, depuis les vétérans, présents dès les premières heures de la guerre, jusqu'aux volontaires, engagés à la veille de la dernière bataille. De Gaulle, Catroux, Legentilhomme et Collet, visiblement émus, passèrent en revue, pendant plus d'une demi-heure, les unités que saluaient bruyamment les vivats de la population : d'abord le bataillon d'infanterie de marine qui se battit en Libye, puis les Légionnaires de Narvik et d'Erythrée, suivis des Tirailleurs Sénégalais et des Spahis Marocains... Soudain, le silence. Silence de déférence et d'admiration. Les Tcherkesses... Les clairons sonnant la charge brisèrent le recueillement de la foule. Impressionnants de majesté et de puissance, quatre escadrons tcherkesses défilèrent au galop. Posté non loin de l'esplanade, Husni chercha Bilal des yeux. Il était certainement là, mais comment le reconnaître? Pourquoi ne s'était-il plus manifesté? Gardait-il rancune à Bahia? La « trahison » d'Omar les avait-elle séparés à jamais? Des applaudissements crépitèrent. La foule se sentit littéralement transportée. Dans le temps, vers un autre âge; dans l'espace, vers un féerique ailleurs. L'*Emir*, lui, dissimula mal un sourire.

Poursuivant sa tournée, de Gaulle entra le 10 août à Alep, en compagnie de Catroux et de Collet. Escorté par un escadron de cavaliers tcherkesses, il traversa les faubourgs de la ville au milieu d'une tempête d'acclamations. Lancées des balcons et des fenêtres, les fleurs et les poignées de riz noyèrent le cortège. « Chaleureuse approbation », interpréta Catroux. La garnison des Français Libres défila sous les applaudissements : le bataillon des Tirailleurs, les gendarmes syriens, les scouts, et la cavalerie tcherkesse. « Les Anglais comprendront », songea Collet pour qui le plébiscite de la population autochtone avait une portée politique dans cette région livrée aux manœuvres de certains agents britanniques.

*
* *

Husni pénétra dans le bureau de l'aide de camp du général de Larminat, l'adjoint de Catroux au Levant, et claqua des talons. L'officier releva la tête et, pendant un long moment, considéra le Tcherkesse avec une attention soutenue.

— Depuis que le général de Gaulle a quitté le Levant pour la Grande-Bretagne, déclara-t-il enfin, nos informateurs font état de complots ourdis contre nous par ceux qui...

Il s'interrompit, chercha ses mots.

— ... par ceux qui s'accommodent mal de la présence des Forces Françaises Libres dans la région.

Husni fronça les sourcils. De qui voulait-il parler? Des Vichystes, des Druzes, des nationalistes syriens, des agents britanniques... ou de tous ceux-là à la fois? L'officier alluma une cigarette.

— Le général de Larminat a pu mesurer, lors du passage du

général de Gaulle au Levant, la valeur des gardes tcherkesses. Il a décidé, le 17 octobre dernier, la création d'un peloton d'escorte chargé de la sécurité des officiers supérieurs...

Il croisa ses mains sur une pile de documents posée devant lui, puis enchaîna :

— Vous n'êtes pas sans savoir que les 38 officiers et cavaliers destinés à former ce peloton doivent être recrutés à Kuneïtra. Selon la note de service n° 2050/BTS émanant du commandement en chef, ce personnel « devra être choisi avec le plus grand soin, particulièrement en ce qui concerne la prestance, la tenue et la conduite ». J'ai devant moi le dossier de candidature que vous avez présenté, et celui de votre frère... comment s'appelle-t-il déjà?

— Omar!

L'officier acquiesça. Pendant un moment, il observa le bout de sa cigarette.

— Le cas de votre frère est délicat, poursuivit-il. Son refus de suivre les troupes de Collet, sa participation aux combats aux côtés des Vichystes le rendent suspect aux yeux de l'état-major. Je vous le dis tout de suite : il n'a aucune chance!

Husni se gratta la nuque, et déclara d'une voix mal assurée :

— Il a la volonté de se racheter. C'est dans ce but qu'il...

L'officier balaya l'observation d'un geste vague.

— Pour ce qui vous concerne, vous n'êtes plus très jeune, c'est vrai. Mais les sélectionneurs ont été séduits par votre tempérament, et les examens médicaux ont été concluants!

Un sourire radieux étira les lèvres du Tcherkesse.

*

* *

Mardi 11 août 1942. L'avion tournoya un moment au-dessus de Beyrouth, puis se posa sur l'aérodrome de Bir Hassan. La porte du cockpit s'ouvrit. Un homme très grand de taille, vêtu d'un uniforme kaki, coiffé d'un képi à deux étoiles garni de feuilles de chêne dorées, fit son apparition.

340

— De Gaulle! De Gaulle est de retour! balbutia le radariste en se ruant hors du poste de contrôle.

Le chef de la France Libre foula le sol libanais et, flanqué du général Catroux, passa immédiatement en revue un détachement d'honneur des Forces Françaises du Levant. Après avoir salué les principaux collaborateurs de Catroux, de Gaulle prit place dans la voiture officielle qui s'ébranla aussitôt, escortée d'une suite de cabriolets, de side-cars et de pittoresques cavaliers tcherkesses en tenue blanche d'apparat. Quelques kilomètres plus loin, le cortège s'arrêta à la place des Canons, devant le Petit Sérail où se trouvait le chef de l'Etat libanais Alfred Naccache. Les cavaliers tcherkesses ceinturèrent immédiatement l'esplanade pour éviter les débordements. Le Général balaya la place du regard : *Savoy Hôtel, Al Joumhour, Le Jour, Docteur Kiryakos...* les enseignes garnissaient les immeubles environnants. Les Libanais, par dizaines, se bousculaient sur les balcons de charmantes maisons aux tuiles orangées. L'estafier accourut, et, d'un geste vif malgré l'encombrant sabre qu'il portait à la ceinture, ouvrit la portière de la voiture. Le Général mit pied à terre. Le colonel Naufal, commandant des Forces Libanaises, s'avança vers lui et lui serra la main. Des clameurs s'élevèrent. Au premier rang de la foule, les enfants agitèrent leurs petits drapeaux. Le directeur du protocole, Georges Haïmari — un bonhomme trapu, à la tête dégarnie, au nez surmonté de besicles, au costume d'une blancheur éclatante — s'avança à son tour et salua. Le colonel Naufal présenta au Général la compagnie qui rendait les honneurs. Les soldats étaient impeccables : baïonnettes et casques brillaient avec éclat. Accompagné de Catroux, de Gaulle se rendit chez le président de la République libanaise. Avec ce dernier et en présence du président du Conseil, Sami Solh, il passa en revue les questions politiques, économiques et sociales intéressant le Liban.

Résidence des Pins. Le Général y arriva dans un cabriolet noir. En file indienne, les cavaliers tcherkesses, disposés de part et d'autre du véhicule, assuraient avec deux motards la sécurité du chef de la

France Combattante. Sitôt la voiture arrêtée, l'escorte se regroupa et s'aligna pour présenter les armes. De Gaulle mit pied à terre, confia sa serviette à l'estafier et inspecta les cavaliers. Il adressa quelques mots à Husni, le commandant de l'escorte, puis se retourna pour admirer la Résidence, toujours aussi coquette avec son pourtour de conifères, ses arcades, sa façade stylisée et ses bacs à fleurs trônant sur leur piédestal. Flanqué de Catroux, le Général se dirigea vers l'entrée. Le président Naccache était là, tout de blanc vêtu. Les trois hommes gravirent les neuf marches de l'escalier, s'attardèrent sur le perron et contemplèrent un moment la forêt alentour. Les pins parasols, semblables à d'immenses champignons, exhalaient une senteur résineuse. Le cricri des cigales brisait le silence du lieu. Mais leur sérénade était plus lénifiante que le silence même. Le Général se retourna et, avant de franchir le seuil de la Résidence, observa avec satisfaction la plaque apposée à l'entrée — cette plaque commémorant la proclamation du Grand-Liban par le général Gouraud.

Pendant son séjour au Liban, de Gaulle ne connut pas le repos : le 12 août, inspection des troupes et visite du centre d'accueil créé par Mme Catroux à Sofar ; le 13, réception ; le 14, réunions de travail... Le 15, il se rendit à l'église Saint-Louis des Capucins où il assista, en compagnie de Catroux, à la messe de l'Assomption marquée par un sermon patriotique du délégué apostolique, monseigneur Rémy Leprêtre. L'après-midi, les deux officiers se rendirent à Bkerké, chez le Patriarche maronite, monseigneur Arida. Dans tous les villages qu'ils traversèrent, ils eurent droit à un accueil enthousiaste. Sur le chemin du retour, le Général arrêta le convoi, mit pied à terre et se dirigea vers une éminence qu'il avait repérée. Debout au bord du précipice, il scruta l'horizon. Les montagnes du Metn et du Kesrouan étaient tapissées de verdure. Des rochers aux formes sculpturales se dressaient çà et là, témoins de l'opiniâtreté d'une région à la foi inébranlable. Des dizaines de maisons aux toitures recouvertes de tuiles couleur brique émergeaient de la brume recouvrant la bourgade qu'il surplombait. Du lieu où il se trouvait, il pouvait voir la mer. Elle semblait à un jet de pierre de là, donnait l'impression de ne former avec le ciel qu'un seul et même plan. Le Général ôta son képi.

Le 16 août, à sept heures du matin, de Gaulle prit la route pour la Syrie. A son arrivée à la frontière, il fut accueilli par Collet — promu général de brigade —, par le ministre syrien des Affaires étrangères, puis par le président de la République syrienne le cheikh Tajeddine el Hassani avec lequel il fit son entrée à Damas, « vibrante d'un enthousiasme qu'elle ne montrait que rarement ». Pour escorter les deux personnalités, Husni et ses compagnons avaient revêtu une large cape blanche par-dessus le traditionnel uniforme à double cartouchière. Assis côte à côte devant une rangée de prélats, de Gaulle, le président syrien, Catroux et Collet assistèrent à un défilé des Forces Françaises de Damas. La revue fut brève, mais impressionnante. Après les canons, les Tirailleurs, les méharistes — enturbannés et majestueusement perchés sur leurs chameaux —, vint le tour des Tcherkesses. Précédés du porte-étendard, vêtus de leur tunique noire, le menton rivé vers l'estrade officielle, ils traversèrent la cour au galop, en rang serré. Les trois officiers se levèrent comme un seul homme. L'*Emir* serra à le rompre le pommeau de son stick.

Le soir, la colonie française convia de Gaulle à une réception à la Résidence de Djisr. Le Général, flanqué de Collet et de ses gardes circassiens, y assista en compagnie du président Tajeddine qui, pour la circonstance, avait abandonné son légendaire tarbouche.

Husni profita de ce court répit pour se rendre au quartier Granger où étaient cantonnés les cavaliers tcherkesses. Il aborda un planton occupé à balayer la cour et demanda à rencontrer le sergent Bilal.

— Dites-lui que c'est Husni, le cousin de son père.

Le planton disparut un moment, puis revint, la tête basse. Il reprit son balai et recommença à nettoyer la cour.

— Il est absent? interrogea Husni.

— Non, fit l'autre en levant les yeux pour lui lancer un regard soupçonneux.

— Qu'est-ce qu'il a dit?

— Que son père n'a pas de cousin!

La journée du lundi, les trois officiers la consacrèrent à la visite de l'hôpital militaire de Verbizier où étaient soignés des rescapés de Bir-Hakeim, et d'un cimetière où avaient été enterrées les victimes de la guerre fratricide. Après une visite à Soueïda, et des tournées d'inspection à Palmyre et Deir-ez-Zor, le chef de la France Libre prit l'avion pour Alep. Le 18, en fin d'après-midi, le *Verdun* atterrit à Nérab. Le Général referma le *Retour du Tchad* de Gide qu'il lisait pendant le vol, puis, sortant de la carlingue, descendit précautionneusement les degrés de l'échelle adossée à l'avion. Après une courte revue militaire devant les hangars, de Gaulle, Catroux et Collet se dirigèrent dans une voiture décapotable vers le centre de la ville, escortés par deux files de cavaliers tcherkesses conduites par Husni.

Il faisait chaud ce jour-là. A la demande de son frère, Omar avait fait le déplacement jusqu'à Alep pour voir le Général. Rapidement, il fut happé par une foule en délire. Jamais le Tcherkesse n'avait vu pareil spectacle : des tapis pendaient aux balcons, des inscriptions à la gloire de la France Libre garnissaient les rues; des calicots étaient brandis à bout de bras. Il promena son regard sur les toits : les Syriens se bousculaient pour entr'apercevoir le « Libérateur ». Il sortit son mouchoir et se tamponna le front. Un peu plus loin, sous un arc de triomphe, une banderole avait été déployée. Omar se hissa sur la pointe des pieds et essaya de déchiffrer les mots qui y étaient inscrits. « Bienvenue au général de... » Sa tête se mit à tourner, sa vue se brouilla... La banderole lui parut démesurément grande, l'arc de triomphe doubla de volume... Il cligna des yeux : le vertige faisait danser les maisons autour de lui. Il s'épongea le visage. Les chahuts autour de lui l'assourdissaient... Le soleil tapait fort... Sa chemise collait à sa poitrine... Des gouttes de sueur dégoulinaient le long de son dos...

— De l'air ! hurla-t-il, suffoquant.

La foule agitait keffiehs, bonnets, fichus. Les grappes humaines l'écrasaient... Il dilata ses narines et aspira profondément : une odeur intolérable de transpiration l'étourdit... Ses paupières s'alourdirent... Il se frotta les yeux pour ne pas s'évanouir... Lorsqu'il les rouvrit, une vision étrange lui apparut : il vit son frère, perché sur son cheval, la voiture du général de Gaulle et, à quelques mètres de lui, la figure d'une femme. Une femme aux cheveux d'ébène, longs... si longs qu'ils lui tombaient au jarret... « Rana ! » pensa-t-il d'instinct. Il se mordit les lèvres, rassembla ses forces, plongea au milieu d'un groupe de badauds et parvint à deux pas de la Syrienne. Son cœur fit un bond dans sa poitrine. La main de Rana était crispée sur la crosse d'un revolver ! Au moment où la jeune fille levait le bras pour viser le chef de la France Libre, Omar poussa un rugissement terrible et projeta un adolescent qui lui barrait le passage en direction de celle qui, seize ans plus tôt, avait failli lui ravir la vie. Perdant l'équilibre, le garçon s'abattit sur Rana et l'entraîna dans sa chute. Comme des quilles, cinq à six curieux tombèrent à la renverse, provoquant une bousculade indescriptible. Omar profita de la confusion pour ramasser le revolver qui avait glissé des mains de la Syrienne et regarda autour de lui. La voiture du Général était déjà loin. Le Tcherkesse soupira, comme s'il venait d'être soulagé d'un grand poids.

— Jamais un représentant de la France — pas même Gouraud, lors de ses débuts prestigieux au Liban — n'avait été l'objet de l'acclamation unanime qui retentit à votre passage, glissa Catroux à de Gaulle, assis à ses côtés sur la banquette arrière. Jamais encore on n'avait vu le peuple syrien se presser dans cette atmosphère de fête et d'enthousiasme autour d'un officier français !

*
* *

Après avoir assisté au banquet organisé par le président de la municipalité d'Alep en son honneur, de Gaulle se rendit à Hama, Homs, Tartous, Banyas, Djéblé et Lattaquieh.

Le 2 septembre, accompagné de Catroux, il se rendit au Liban-Sud. Husni n'en crut pas ses yeux lorsqu'il pénétra dans Saïda : partout, des drapeaux français étaient brandis par la foule ; sur les poteaux électriques, des cocardes tricolores avaient été enroulées ; la fanfare jouait inlassablement *la Marseillaise*. Les curieux, saisis d'une émotion insurmontable, ovationnaient le chef de la France Libre. Le Tcherkesse n'avait jamais connu pareille frénésie ! Sur la vaste plage de sable blanc, clairsemée de tentes, les troupes s'alignèrent bientôt. Il y avait là les fusiliers marins, les fantassins, les cavaliers tcherkesses, sabre au clair, et, à l'arrière-plan, des dizaines d'embarcations qui sillonnaient la mer, toutes voiles déployées.

Accompagné de Catroux, de Gaulle passa en revue les forces de la France Combattante. Une ride soucieuse barrait le front du Général. Les relations franco-anglaises dans la région avaient atteint un point critique ; les ingérences des représentants britanniques dans les relations de la France Libre avec les Etats du Levant sous Mandat français, ainsi que dans les affaires intérieures du Liban et de la Syrie, étaient devenues intolérables. L'échange de télégrammes qu'il avait eu à ce sujet avec Winston Churchill présageait une confrontation houleuse lors de sa future réunion avec le Premier ministre britannique. Lorsqu'il parvint au bout de la route asphaltée bordant la plage, de Gaulle se détendit. Ce vent doux qui lui caressait le visage, ces effluves de sel et d'algue exhalés par la grande bleue, ce sable chaud qui scintillait au soleil... Et là, juchés sur leurs chevaux, les exilés tcherkesses, si beaux dans leur uniforme caucasien, si beaux que

346

nul ne pouvait se lasser de les admirer. Eux qui avaient tant enduré, tant souffert, se dressaient, stoïques, inébranlables.

Le général de Gaulle inspira profondément : « A côté de ce qu'ils ont connu, tout paraît si facile ! »

LX

Etendu sur son lit d'hôpital, Collet, promu général le 12 août 1941, rongeait son frein. Depuis que ses ennuis de santé avaient commencé, il se sentait devenir un autre homme : plus agressif, plus vulnérable. Pour faire taire sa douleur, il lui fallait être patient. Mais pour être patient, encore fallait-il que la douleur se dissipât! Pris dans ce cercle vicieux, il étouffait dans cet hôpital militaire de Beyrouth où sa femme avait tenu à le transporter.

Des clameurs montèrent tout à coup de l'extérieur. Péniblement, l'*Emir* se leva et, pieds nus, se dirigea vers la fenêtre. Les grilles de l'hôpital étaient prises d'assaut par des dizaines de Tcherkesses venus lui témoigner leur sympathie. Collet eut un sourire triste et revint vers son lit.

— Comment va-t-on aujourd'hui?

Anne Collet était entrée dans la pièce. Ses bras étaient chargés de présents envoyés au général par les familles de ses guerriers : il y avait là un *kindjal* ciselé, un fusil caucasien damasquiné, un plat de *pasta*, une bouteille de *bouza*, des fromages, des fleurs... l'Irlandaise ployait sous le poids de ces objets hétéroclites.

— Ça va, fit l'*Emir* en se passant la main dans les cheveux.

Il se tut un moment, puis lâcha d'une voix rauque :

— Je vais quitter le Levant!

Anne sursauta, posa tous les cadeaux sur une table, et s'assit près de son époux.

— Est-ce possible?

— Oui! J'en ai marre des tergiversations de la France Libre concernant l'entérinement de l'indépendance de la Syrie et du Liban promise par Catroux! Et puis... les mensonges et les machinations du général Spears et des agents britanniques présents dans la région commencent à m'agacer sérieusement!

En prononçant ces mots, Collet avait haussé le ton. Son visage s'empourpra.

— Calme-toi Bobby!

— Je ne conçois pas que la France oublie en 1943 les promesses qu'elle a faites en 1941. Je me refuse à demeurer le silencieux témoin de ce qui n'est rien de moins qu'un crime. Je refuse de rester là pour voir la mission Spears opérer contre la France dans l'intérêt de la Grande-Bretagne!

Il se tut un moment, puis ajouta à mi-voix:

— Je vais demander à être muté au Maroc.

— Tu abandonnerais la Syrie à son sort? répliqua l'*Emira*. Et les Tcherkesses? Tu sais bien que sans ta présence, ils perdront la garantie d'une reconnaissance par...

— A mes yeux, coupa l'*Emir*, la mission des Tcherkesses est terminée. Il faut une fin à tout. On ne peut pas passer toute sa vie, toute son histoire, à guerroyer!

Il se leva, fit quelques pas dans la chambre, s'approcha de la table sur laquelle trônaient les présents. Il prit le journal qui s'y trouvait et le déplia. Il eut un haut-le-corps. Sa vue se brouilla, ses yeux se révulsèrent. Il tomba à la renverse, comme une masse.

— Bobby!

Anne se leva d'un bond et se pencha vers le corps de son mari, étendu tout de son long au milieu de la pièce. Elle jeta un rapide coup d'œil sur la page du journal qu'il tenait toujours entre ses doigts:

349

Vichy prive le général Collet de la nationalité française et le condamne à mort.

*
* *

Le 30 août 1943, Collet apprit que sa requête avait été acceptée, qu'il était nommé au Maroc commandant de la subdivision de Meknès. En guise d'adieu au Levant, il organisa avec son épouse une réception à laquelle il convia tous les amis, civils et militaires.

Le jour du départ, les cavaliers circassiens, désormais commandés par le chef d'escadrons Maurice de Jolinière, escortèrent pour la dernière fois la voiture de l'*Emir*. Arrivé aux portes de Damas, le convoi s'arrêta. Collet était bouleversé. Son cœur battait à tout rompre; il sentit ses os se glacer. Il fit ses adieux à ses hommes, les salua un à un.

— C'est là que nos destins se séparent... leur dit-il d'une voix étranglée. Vous avez fait honneur à vos ancêtres. L'histoire ne vous oubliera pas.

Brandissant son stick vers le ciel, il lança un cri puissant:

— *Ilari!*

— *Ilari!* répondirent en chœur les cavaliers.

L'automobile s'ébranla. Les Circassiens demeurèrent sur place, comme pétrifiés.

— Il est parti? demanda le plus jeune des guerriers, l'air incrédule.

— Il est là pour toujours! lui répondit une voix.

La voiture s'éloigna en cahotant.

— Ne vous retournez pas! conseilla l'*Emira*.

*
* *

Le 4 mars 1945, Collet — à qui le général de Gaulle avait confié le commandement de la région de Toulouse — inaugura la réouverture de l'université de la ville, fermée depuis l'arrivée des Allemands. De retour chez lui, il s'effondra. Pendant six longues semaines, il connut la pire des agonies. De Gaulle, alarmé, envoya de la capitale un spécialiste et fit chercher au Maroc le médecin qui avait soigné Collet lors de son séjour à Meknès. Peine perdue.

Pendant ce temps, en Syrie, la révolte grondait. Avide d'indépendance, le peuple s'était soulevé contre les Français et réclamait leur départ. La fièvre insurrectionnelle avait gagné Alep, puis Damas.

Dans cette Syrie en désordre, la triste nouvelle courut tout à coup, du Nord au Sud, de Membij jusqu'au Hauran :

— L'*Emir* est mort! L'*Emir* est mort!

Collet s'était éteint. Le dimanche 15 avril 1945, à Toulouse, il avait rendu l'âme sous les yeux de son épouse. Les Tcherkesses n'en revinrent pas. L'*Emir*, celui que la camarde fuyait, celui qui ignorait la peur et narguait le danger... mort? Les guerriers circassiens ayant servi sous ses ordres ressassèrent leurs souvenirs : ils le revirent chargeant malgré la mitraille... Ils le revirent inspectant ses troupes... Ils revirent son salut, son regard empreint de fierté et de tendresse... Et ils secouèrent tristement la tête : ils n'ignoraient pas qu'en Syrie, les nationalistes s'attacheraient à flétrir son image; que dans les manuels d'histoire, on salirait son nom, comme autrefois Radio Vichy; que les Français étaient sur le point de s'en aller; que, bientôt, les Troupes Spéciales dont ils faisaient partie seraient transférées aux gouvernements syrien et libanais. Ils savaient qu'ils auraient à payer, longtemps peut-être, le prix de leur attachement à cet homme d'exception qui avait su les comprendre et les soutenir, et qu'on les accuserait sans cesse de « collaborationnisme » avec « l'Impérialiste français » pour avoir combattu sous les ordres de l'*Emir*.

En apprenant le décès de leur chef, les Tcherkesses de Collet apprirent en même temps une terrible vérité : qu'il n'y a pas d'immortalité.

Omar et Husni éprouvèrent une peine immense à l'annonce de la nouvelle. La souffrance d'Omar était attisée par le remords : il ne s'était jamais pardonné d'avoir « trahi » Collet. Lui, son propre aide de camp, n'aurait-il pas dû le suivre jusqu'au bout ?

Les deux frères prirent un taxi pour Beyrouth et se rendirent à l'église Saint-Louis des Capucins pour assister à la messe célébrée à la mémoire de leur chef disparu. Vêtus de l'uniforme tcherkesse sur lequel ils avaient pris soin d'épingler leurs décorations, ils s'installèrent côte à côte sur le banc situé près du confessionnal.

Ego sum resurrectio et vita : qui credit in me, etiam si mortus fuerit, viviet : et omnis qui vivit et credit in me, non morietur in aeternum.

Que voulaient dire ces paroles ? Les Tcherkesses ne s'en souciaient guère : ils pensaient à l'*Emir*, c'était là leur façon de prier. Omar se remémora l'enterrement de Zulquarneïn. Collet avait tenu à y assister. Lorsque le cheikh avait prononcé les formules sacramentelles, il lui avait demandé de traduire ses paroles.

L'officiant prononça une oraison funèbre et évoqua d'une voix émue la bravoure et la droiture du défunt, « mort à l'âge de 48 ans ».

Un officier français prit ensuite la parole et se mit à énumérer les distinctions reçues par Collet de son vivant : Grand Officier de la Légion d'Honneur, Croix de Guerre avec Palmes, Compagnon de l'Ordre de la Libération, Grand Cordon des Omeyades, Grand Officier du Ouissam Alaouite...

Omar promena son regard sur l'assemblée. Anne Collet n'était pas là. Avait-elle rejoint sa famille en Irlande ?

— Husni, regarde ! s'exclama-t-il soudain en donnant à son frère un coup de coude.

— Quoi?

Omar désigna du menton un Tcherkesse en uniforme, assis à l'autre bout de leur banc. Husni ne comprit pas. Il plissa les yeux pour mieux dévisager l'inconnu. Il était blond. Ses prunelles étaient d'un bleu intense... Bilal?

L'homme tourna la tête en direction des deux frères. Dans son regard se lisaient la tristesse et la honte.

— Fallait-il la mort de l'*Emir* pour nous réunir?

LXI

Ma chère Zeina,

J'ai enfin trouvé un moyen sûr pour t'envoyer cette lettre ! Si je t'écris ces quelques mots après une si longue absence, c'est pour te dire que je ne t'oublie pas et que la flamme du souvenir brille toujours dans ma mémoire.

Nous n'avons pas encore eu l'occasion de nous rencontrer, c'est vrai. Mais le même sang coule dans nos veines et nous avons le même passé — celui que vécurent Nart, mon arrière-grand-père, et cheikh Mansour, le tien !

Depuis notre dernière correspondance, bien des choses se sont passées dans le pays. La souffrance et l'exil ont encore été notre lot. Tu as certainement suivi le déroulement de l'opération Edelweiss lancée par Hitler en juillet 42 pour conquérir les champs de pétrole à Maïkop, Grozny et Bakou. Peut-être aussi as-tu vu dans les journaux l'image intolérable des soldats allemands plantant le drapeau à croix gammée sur l'Elbrouz. Le 10 septembre de cette année-là, la Ire armée blindée prit possession de ma ville alors que la XVIIe armée occupait Ekatérinodar, aujourd'hui baptisée « Krasnodar ». L'occupant essaya tout de suite de semer la confusion dans les esprits : après avoir établi le contact avec des activistes nord-caucasiens réfugiés en Europe, il imagina des slogans fallacieux destinés à nous convertir à la cause nazie, *du genre : « Vive l'unité du Caucase libre sous la protection du Grand Empire allemand d'Adolf Hitler ! » Les Nazis se gardèrent d'introduire dans le Caucase le travail forcé, imposé en Russie centrale ou ailleurs. Le maréchal von Kleist demanda même à ses hommes de traiter la population en « amie » et de laisser faire les Caucasiens désireux de dissoudre les kolkhozes ou de rouvrir les lieux de culte. De nombreux Montagnards épris d'indépendance, séduits par ces initiatives, rallièrent sans hésiter le camp des Allemands. Dans la Région autonome des Karatchaïs et des Tcherkesses, un « Comité national karatchaï » fut même créé sous l'égide de l'occupant qui mit à la disposition des Nazis un escadron de cavaliers volontaires. A la Libération, le Parti ne vit que cela : il oublia tristement que des centaines de Montagnards avaient pris les armes contre l'ennemi et que plus de 9 000 civils avaient été massacrés par l'envahisseur ! Nos voisins, dans la République socialiste soviétique autonome des Kabardes et des Balkares, connurent à peu près le même sort : lorsque à l'automne 1942 cette République fut envahie par les Allemands, une administration locale fut créée avec la bénédiction de l'occupant qui entreprit, pour gagner la sympathie du peuple, d'ouvrir mosquées et églises, et d'abolir la propriété soviétique. Un audacieux projet de fusion entre les peuples karatchaï et balkare fut même avancé ! Bien des Montagnards, cependant, s'opposèrent à l'ennemi : les victimes au sein de la Résistance furent innombrables. A la Libération pourtant, tout le monde fut indistinctement puni !...*

J'eus la sagesse, à l'époque, de ne pas m'impliquer. Malgré mon tempérament de « fonceur », je sus rester au-dessus de la mêlée : je pressentais, au plus profond de moi-même, que le « Grand Empire allemand » ne tarderait pas à s'écrouler comme un château de cartes...

C'est en 1943 que commença vraiment le calvaire de nos compatriotes : l'armée soviétique, victorieuse, déferla sur le Caucase et, sans discernement, fit payer la facture aux populations autochtones. On déporta près d'un million d'habitants, accusés de « collaborationnisme », en Asie centrale, au Kazakhstan et en Sibérie. Des milliers de Caucasiens furent sauvagement exécutés, d'autres moururent de faim et de froid en terre d'exil. De nombreux Montagnards tombés aux mains des Alliés et internés en Europe subirent d'ailleurs le même sort, notamment dans les camps d'Oberdrauburg en

Autriche. Parmi les déportés : Tchétchènes, Ingouches, Karatchaïs et Bal-kares. Les Tcherkesses ne furent certes pas épargnés, mais l'armée soviétique ne les frappa pas aussi aveuglément qu'elle frappa leurs voisins : dans ma propre région, la région autonome des Adyguéens, près de 4 000 personnes reçurent même des décorations !

Le pouvoir soviétique s'acharna sur les peuples du Caucase avec une sau-vagerie inouïe : toute la population karatchaï fut boutée hors de ses terres et déportée dans des wagons de marchandises vers des « zones de peuplement spéciales » ; on supprima la Région autonome des Karatchaïs et on garda le seul nom de Région autonome des Tcherkesses. Le 8 mars 1944, les Balkares furent chargés à leur tour dans des camions et expédiés au Kazakhstan et en Kirghizie. Leur territoire prit alors le nom de R.S.S.A. kabardienne...

Ceux qui, au lendemain de la guerre, s'exilèrent en Europe, ne connurent pas un sort plus heureux. Ils se heurtèrent à un mur : le rapatriement forcé de tous les ressortissants soviétiques « imposé » aux Alliés par Staline à la conférence de Yalta. Nombre de nos frères furent ainsi contraints de rentrer au pays. Accusés d'« intelligences avec l'ennemi », ils furent froidement exé-cutés. Parmi eux : Nourbey Bedanoqua, Nanu Hajimoqua, Dolat Tara-kich...

Douze années se sont écoulées depuis la mort de Staline. Les choses commencent à évoluer de manière satisfaisante : les Nord-Caucasiens déportés ont enfin obtenu l'autorisation de retrouver leurs terres ; la R.A. de Karat-chaï-Tcherkesse et la R.S.S.A. de Kabardino-Balkarie ont également été réta-blies. La situation se normalise peu à peu. Mais les conditions de vie demeurent pénibles. Je ne songe toujours pas à prendre femme : je n'ai pas les moyens de nourrir une autre bouche que la mienne ! Mais, dans le fond, je n'ai pas à me plaindre : lorsque je me lève le matin et que je respire l'air de mon pays, je me sens l'homme le plus libre de la planète. Et je ris comme un enfant.

Ton dévoué cousin,
Amin.

LXII

27 octobre 1968

Cher Amin,

Je t'envoie cette lettre de la ville de Paterson, dans le New Jersey. J'imagine ta surprise lorsque tu liras ces mots. Mais que veux-tu! Il était écrit quelque part que nous aurions perpétuellement l'exil pour destin. La sournoise malédiction, encore et toujours. L'exil qui nous pourchasse, qui nous débusque partout où nous essayons de trouver refuge. En choisissant l'exil, nos ancêtres ne se doutaient-ils pas qu'ils porteraient l'exil comme une croix jusqu'à la fin des temps ? Ne savaient-ils pas que l'exil n'est pas remède mais poison ?

Te raconter pourquoi et comment je suis parvenue jusqu'ici va ressusciter en moi des souvenirs douloureux. Mais je te dois bien une explication !

Tout a commencé un lundi, le lundi 5 juin de l'année passée. A l'aube de ce jour funeste fut déclenchée la guerre israélo-arabe qui, en l'espace de six jours, bouleversa toute la physionomie du Moyen-Orient.
Après les quatre premiers jours du conflit, grisé par ses victoires contre l'Egypte et la Jordanie, Israël se tourna vers le front Nord, vers le Golan qui,

357

comme tu le sais peut-être, domine la vallée de la Galilée et commande la route de Damas.

Le vendredi 9 juin, à 8 heures du matin, le mot d'ordre fut donné aux régiments israéliens : « Coup de massue ». Sur décision du ministre de la Défense, le général Moshé Dayan, et du commandant en chef de l'armée, Yitzhak Rabin, le général David Elazar, commandant de la région Nord, passa à l'offensive : l'aviation israélienne bombarda les positions syriennes... A la fin du cinquième jour, après un combat sanglant, les hauteurs du Golan furent conquises par les deux brigades d'élite Golani et Barak. La Syrie se ressaisit et infligea à l'assaillant de lourdes pertes. Mais il était déjà trop tard.

La ville de Kuneïtra où je vivais paisiblement au milieu de quelque 37 000 habitants — des Tcherkesses et des Druzes pour la plupart — fut occupée le 10, à 14 h 30, par les unités de Tsahal. Les soldats israéliens la trouvèrent déserte : la ville avait été évacuée en catastrophe. Pour ce qui me concerne, je n'avais emporté dans ma fuite que mes papiers, une chemise de nuit, trois robes et une mallette contenant des souvenirs de famille !

Je me retrouvai, avec les habitants de Kuneïtra, à Damas. Nous y reçûmes l'assistance du gouvernement et d'associations caritatives basées en Syrie et en Jordanie. Près de mille Tcherkesses se retrouvèrent casés dans une dizaine d'écoles du quartier Muhajirin. En même temps que de nombreuses familles, je fus logée par les autorités syriennes dans un hôpital en construction à el-Tal, à 30 kilomètres au nord-est de la capitale. Les plus démunis reçurent l'assistance de la Société Circassienne de Bienfaisance qui mit à leur disposition de petites unités résidentielles construites à la hâte à Marj as-Sultan grâce à la générosité des habitants du village.

Malgré le soutien des Syriens, les conditions de mon séjour à Damas furent lamentables. Je finis par entrer en contact avec la Fondation Tolstoï qui accepta de me prendre en charge et proposa de m'envoyer en Amérique avec une poignée de déplacés « privilégiés ». Désemparée, j'acceptai l'offre sans hésiter. Après une courte escale en Allemagne, je débarquai aux Etats-Unis où je rejoignis bientôt la communauté tcherkesse du pays, établie dans l'Etat du New Jersey.

Voilà. Tu sais tout à présent. Ici, à dire vrai, je végète. Je repars de zéro, je dois tout reconstruire comme jadis le frère de mon grand-père à Amman, ou mon grand-père dans le Golan. Kipling, un poète et romancier anglais qui a obtenu le prix Nobel, a écrit dans un célèbre poème intitulé If *que « si tu peux voir détruire l'ouvrage de ta vie et sans dire un seul mot te mettre à rebâtir... tu seras un homme, mon fils ». Tous les Tcherkesses sont donc des hommes.*

Quelquefois, je m'interroge : avons-nous notre place dans le Nouveau Monde ? Quels enfants notre communauté des Etats-Unis va-t-elle nous donner ? La nouvelle génération pourra-t-elle continuer à vénérer nos traditions et à parler notre langue ? Poser la question, c'est déjà douter.

Depuis le décès de mes parents, je me sens seule. Kayssar me manque énormément. Il m'a écrit de Beyrouth où il vit depuis qu'il a épousé une Libanaise. Il est bibliothécaire. Il élève aussi des pigeons. Je lui ai expédié la mallette contenant les souvenirs de famille. Je sais qu'il en fera bon usage. Les deux autres survivants de notre famille émiettée sont Siham et Bilal, les descendants de Moussa. Siham vit toujours à Wadi as Sir. Elle enseigne la danse et dirige, au sein de la Société Circassienne de Bienfaisance d'Amman, une troupe folklorique tcherkesse qui a déjà fait le tour du monde. Elle réalise, en quelque sorte, le rêve brisé d'Aminat qui avait recouvré sa liberté trop tard — lorsqu'elle ne pouvait plus vraiment danser ! Son frère, Bilal, est à la retraite. Il habite une petite maison, à dix minutes de Damas. Il ne s'est pas marié : trop occupé à faire la guerre, il a oublié de vivre.

J'ai devant moi des revues que m'envoie la Société Circassienne de Bienfaisance d'Amman : partout, des photos du Caucase, des clichés de l'Elbrouz. J'ai besoin de ces photos. Elles me donnent le sentiment de ne pas être apatride... Au fond, toi et moi sommes malheureux. Mais toi, tu as ta terre. Moi... je n'ai rien !

Fidèlement tienne !
Zeina.

Epilogue

*L'armée russe s'est emparée de Grozny, symbole de
l'indépendance tchétchène. Les combats s'étendent au
reste du pays.*

Ce n'est pas d'une dépêche adressée par le prince Bariatinski au tsar
Alexandre II qu'il s'agit, mais du titre d'un journal du soir que je parcours, ce jeudi 19 janvier 1995. Des photos illustrent l'article : une
colonne de tanks, immobilisée au milieu d'un désert de neige. Des soldats russes, imberbes, assis sur les tourelles, scrutent l'horizon avec des
yeux inquiets. Des ambulanciers ramènent du front des dizaines de
cadavres. Drôle de victoire... Un cliché, pris dans l'autre camp, représente un guerrier tchétchène affublé de sa *tcherkesska,* coiffé de son *kalpak,* armé d'un *kindjal,* agenouillé près de son cheval, au centre d'une
place jonchée de gravats, éclaboussée de sang. Rien n'a changé. Le
Caucase n'a pas pris une ride. L'ombre de cheikh Mansour plane toujours sur ses montagnes; l'esprit de l'imam Chamil veille de nouveau
sur ses enfants. «La dernière fois, ça a duré un siècle», confie une
vieille Tcherkesse à l'auteur du reportage. Rien n'a changé. Hier, le
tsar, Staline, Hitler. Aujourd'hui, Eltsine. Hier, la route des Indes,
l'accès à la mer Noire; aujourd'hui, le pétrole. Le monde assiste au
spectacle. «Imbécile indifférence», avait écrit Marx à Engels dans une
lettre datée du 7 juin 1864. «Imbécile indifférence», aurait-il écrit à
l'aube du XXIe siècle.

Je songe à Kayssar. Comment évoquer le Caucase sans penser à lui? Depuis mon dernier passage à Beyrouth, je ne l'ai plus revu. Au Liban, le canon s'est tu. L'occupation demeure, certes. Mais le « processus de paix » est désormais en marche. Alors, on réglemente. Pour donner aux citoyens l'illusion que la souveraineté nationale existe encore, pour convaincre les sceptiques que la guerre de quinze ans n'a été qu'un cauchemar et que l'heure du réveil a sonné. On réglemente n'importe comment, n'importe où. On plante des panneaux signalétiques, on multiplie les barrages, on lève des taxes et des impôts, on interdit les klaxons intempestifs, on traque les chiens errants, on s'approprie le centre-ville, on incarcère les perturbateurs...

Même les pigeons... Même les pigeons n'ont plus le droit d'être libres dans le pays des cèdres : récemment, j'ai appris que la police libanaise avait menacé de poursuites pénales les éleveurs de pigeons présents dans le périmètre de l'Aéroport International de Beyrouth. « Ces pratiques constituent un danger réel pour l'aviation à cause de la manie qu'ont les pigeons de s'engouffrer dans les réacteurs des avions », a précisé la gendarmerie.

L'image de Kayssar me revient. Où est-il? Respectera-t-il les directives de la police? Sans ses pigeons, que deviendra le Tcherkesse?

Kayssar. Kayssar... En prononçant son prénom, je viens de réaliser qu'en arabe « *Kayssar* » signifie — un peu comme en allemand du reste — « César » : empereur. Régnant sur le monde des airs, perché sur son toit, Kayssar ne prend-il pas sa revanche sur le destin en jouant avec celui des oiseaux? Lorsqu'il lâche ses pigeons au loin, et qu'il les observe avec satisfaction rentrer au bercail, ne croit-il pas récrire l'histoire de ses ancêtres? Et en manipulant son armée de détrousseurs ne perpétue-t-il pas doublement la tradition des Circassiens, à la fois dresseurs de faucons et pillards?

Les Tcherkesses avaient autrefois pour empire les montagnes, les rivières, les troupeaux et la neige de Circassie. De quel empire disposent-ils à présent, sinon de celui du passé, des souvenirs fous et de l'espoir? L'espoir de retrouver un jour leur patrie terrestre — celle qui, pour eux, se confond avec la patrie des Cieux.

REMERCIEMENTS

Mes remerciements vont en premier lieu à la Fondation Hachette et aux membres du jury 1990 de la Bourse de la Fondation Hachette : Hector Bianciotti, Henri Coulonges, Pierre Hebey, Jacques Lacarrière, Nicole Lattès, Pierre Leroy et Erik Orsenna.

Je tiens à remercier l'éminent professeur Kemal H. Karpat, de l'Université du Wisconsin (Etats-Unis), dont les études scientifiques sur l'exode des Circassiens demeurent de précieuses références, et l'éminent linguiste Ricks Smeets, de la Rijks Universiteit de Leyde (Pays-Bas), pour leurs conseils, ainsi que Yasin Celikkiran, en Turquie, qui m'a été d'un très grand secours.

Je remercie tous mes correspondants dans le Caucase et en Jordanie, en particulier : Jihad Nour Aldin Sh'haltoug, Jenset Shami qui a été d'une grande diponibilité et m'a fourni d'importants documents, Seteney Shami, professeur à l'Université de Yarmouk (Jordanie) et spécialiste des questions tcherkesses, Samir Qordan, le docteur Sami Hussein Khawaja, Ahmed Abdel Razzak Hakuz, Hilmi al Hajj Moussa, Mohamed Said Aoumet, Idriss Shapsough et Amer Doukhane.

Je remercie chaleureusement Catherine Michaud, Philippe Cardinal et Marc Lavergne, ainsi que Charles, Nabil et Rolla, pour leur coopération ; le professeur Ghassan Salameh pour ses recommandations ; Michel Davet et Vahé Davidian pour leur concours fraternel ; Hadi Bassil, Nasri Messarra et Georges Féghali pour leur apport technique ; Hugues Malbert et Nagi Naaman pour leur soutien...

Mes pensées vont enfin au regretté Paul Tannous. Si « la vie est un exil », c'est donc qu'il a retrouvé sa patrie céleste !

Annexes

Arbre généalogique de la famille de cheikh Mansour

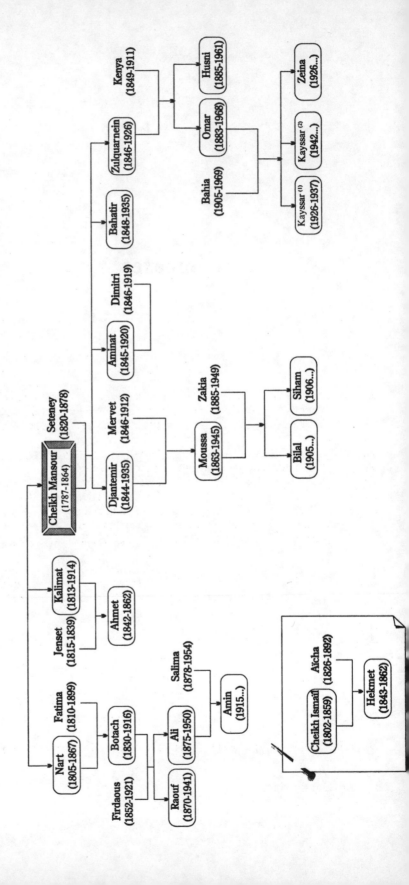

Liste des personnages

Abdallah : fils du chérif Hussein. Emir, puis roi de Transjordanie (1941) devenue en 1949 royaume hachémite de Jordanie. Assassiné en 1951. Son petit-fils Hussein lui succède en 1952. Frère de l'émir Fayçal.

Ahmet : fils unique de Kalimat et de Jenset, amant d'Aminat.

Aïcha : épouse de cheikh Ismaïl et mère de Hekmet.

Alexandre II (Nikolaievitch) : tsar de Russie (1855-1881).

Ali : fils de Botach, petit-fils de Nart, époux de Salima et père d'Amin.

Allenby Edmund Henry (maréchal) : officier britannique. Participe à la bataille d'Arras en 1917, puis est nommé commandant en chef des forces britanniques en Palestine (1917-1918). Haut-commissaire au Caire (1919-1925).

Amin : fils d'Ali et de Salima, petit-fils de Botach, arrière-petit-fils de Nart.

Aminat : fille de cheikh Mansour et de Seteney, sœur de Djantémir, Bahatir et Zulquarneïn. Epouse de Hekmet, puis de Dimitri. Amante d'Ahmet.

Andrzej : déserteur polonais de l'armée du tsar.

Attrache (al-) Soltan : chef druze. Leader du mouvement de révolte contre la Puissance mandataire en Syrie.

Bahatir : fils de cheikh Mansour et de Seteney. Frère de Djantémir, Zulquarneïn et Aminat.

Bahia : épouse d'Omar, mère de Kayssar (1), de Zeina et de Kayssar (2).

Bariatinski Alexandre Ivanovitch (prince) : officier dans l'armée du tsar. Commandant en chef du corps spécial au Caucase.

Barizatoul (général) : officier dans l'armée du tsar.

Barozzi (docteur) : médecin. Délégué du Conseil de Santé de Constantinople.

Bell James Stanislas (capitaine) : officier et aventurier britannique.

Bilal : fils de Moussa et de Zakia, petit-fils de Djantémir, frère de Siham. Maquisard en Transjordanie. Éclaireur dans le groupe de Moshé Dayan. Guerrier au sein du groupement tcherkesse de Legentilhomme.

Botach : fils unique de Nart et de Fatima. Epoux de Firdaous, père d'Ali et de Raouf.

Carbillet Gabriel (capitaine) : officier français. Gouverneur du Djebel Druze.

Catroux Georges (général) : officier français. Gouverneur général de l'Indochine (1939-1940). Se rallie à de Gaulle en 1940. Délégué général de la France Libre en Syrie et au Liban (1941), puis gouverneur général de l'Algérie (1943-1944) et ambassadeur de France en URSS (1945-1948).

Chahbandar Abdel Rahman (docteur) : médecin. Nationaliste syrien. Participe à la révolte contre les Français en Syrie.

Chamil (imam) : imam du Daghestan. Chef de la résistance contre le tsar dans le Caucase.

Chauvelais (de la) : officier français au sein du groupement tcherkesse dans l'armée de Dentz.

Churchill Winston : homme politique britannique. Secrétaire aux Colonies (1921-1922). Premier ministre de 1940 à 1945 et de 1951 à 1955.

Clément-Grandcourt (général) : officier français engagé dans la révolte druze.

Collet Anne (née Henderson) : épouse irlandaise de Philibert Collet.

Collet Philibert : officier français. Commandant du groupement tcherkesse au Levant. Epoux d'Anne Henderson.

Couteulx (Le) : officier français au sein du groupement tcherkesse dans l'armée de Dentz.

Dayan Moshé (général) : officier et homme politique israélien. Membre de la Haganah. Ministre de la Défense (1967-1974), puis ministre des Affaires étrangères (1977-1979).

Dentz Henri-Fernand (général) : officier français. Gouverneur militaire de

Paris (1940). Haut-commissaire et commandant supérieur des troupes vichystes du Levant (décembre 1940-juillet 1941). Condamné à mort en 1945.

Dimitri : menuisier chrétien vivant à Mâdabâ. Second mari d'Aminat.

Djantémir : fils de cheikh Mansour et de Seteney. Frère de Bahatir, Zulquarneïn et Aminat. Epoux de Mervet et père de Moussa.

Djemal Eddin : fils de l'imam Chamil. Pris en otage par les Russes.

Edhem (Edhem Cerkes) : compagnon d'armes de Mustafa Kemal. Commandant des Forces Mobiles et des irréguliers tcherkesses.

Emin Mohamed : *naïb* de l'imam Chamil. Intrigant.

Fatima : épouse de Nart et mère de Botach.

Fayçal : fils du chérif Hussein et frère de l'émir Abdallah. Commandant de la révolte arabe contre l'Empire ottoman (1916-1918). Roi de Syrie en 1920 détrôné par les Français, puis roi d'Irak (1921-1933) avec l'appui de la Grande-Bretagne.

Firdaous : épouse de Botach et mère d'Ali et de Raouf.

Freitag (général) : officier dans l'armée du tsar.

Gamelin Maurice (général) : officier français. Collaborateur de Joffre (1913-1915). Commandant en chef des forces alliées (1939-1940).

Gaulle Charles de (général) : homme d'État et officier français. Membre de l'état-major français à Beyrouth (1929-1931). Chef des Forces Françaises Libres. Président de la République française (1959-1969).

Gladstone William : homme politique britannique. Chef du parti libéral à partir de 1868. Trois fois Premier ministre.

Gouraud Henri (général) : officier français. Haut-commissaire en Syrie (1919-1923). Gouverneur militaire de Paris (1923-1937).

Grabbe (général) : officier dans l'armée du tsar.

Habib Pacha : fonctionnaire au sein du Conseil de Santé de Constantinople.

Hadji Bey : guerrier et porte-étendard au sein du groupement tcherkesse de Collet.

Hamilton Sarah : journaliste et aventurière anglaise.

Hassani Tajeddine el- : magistrat. Président de la République syrienne (1941-1943).

Hekmet : fils de cheikh Ismaïl et de Aïcha. Epoux d'Aminat et rival d'Ahmet.

Herchin : officier français au sein du groupement tcherkesse.

Husni : fils de Zulquarneïn et de Kenya. Frère d'Omar. Commandant de l'escorte du général de Gaulle.

Hussein Ibn Ali : chérif de La Mecque et roi du Hijaz. Instigateur du mouvement nationaliste panarabe soutenu par la Grande-Bretagne. Père de Fayçal et de Abdallah. Renversé par Ibn Saoud en 1924.

Ismaïl (cheikh) : chef tcherkesse. Epoux de Aïcha et père de Hekmet.

Ismaïl Bey : assistant tcherkesse du docteur Barozzi.

Ismet (dit Ismet Inonü) : collaborateur de Mustafa Kemal. Victorieux des Grecs à Inonü. Premier ministre et président de la République turque.

Izzeddine (émir) : rebelle engagé dans la révolte druze contre les Français.

Jenset : épouse de Kalimat. Mère d'Ahmet.

Jouvenel Henry de : haut-commissaire de France au Levant (1925-1926). Sénateur de Corrèze, rédacteur en chef du *Matin*, ancien ministre de l'Instruction publique dans le gouvernement Poincaré. Epoux de la romancière Colette.

Juliusz : ancien séminariste polonais. Déserteur de l'armée du tsar.

Kalimat : frère de cheikh Mansour et de Nart. Epoux de Jenset. Père d'Ahmet. Précepteur de Hekmet.

Kayssar (1) : premier fils d'Omar et de Bahia. Frère jumeau de Zeina.

Kayssar (2) : second fils d'Omar et de Bahia. Bibliothécaire et voleur de pigeons. Frère de Zeina.

Kemal Mustafa (dit Kemal Atatürk) : commandant de la VIIe armée en Palestine. Leader du mouvement de libération nationale. Renverse le sultan (1922) et instaure un Etat national turc (1923). Président de la République turque.

Kenya : épouse tchétchène de Zulquarneïn, mère d'Omar et de Husni.

Kessel Joseph : journaliste et romancier français. Auteur, entre autres, de *L'Equipage*, *En Syrie* et *Le Lion*.

Larminat René de (général) : officier français. Chef d'état-major des troupes du Levant.

Lawrence Thomas Edward : orientaliste et agent politique anglais. Participe à la révolte arabe (1915-1918).

Legentilhomme (général) : officier français. Chef de la Division Légère Française Libre qui combat en Syrie aux côtés des Britanniques.

Liman von Sanders Otto (général) : officier prussien, commandant du groupe d'armées ottoman chargé de la défense de la Palestine.

Lloyd (brigadier) : officier dans l'armée britannique. Commandant de la 5ᵉ brigade indienne.

Mansour (cheikh) : chef tcherkesse. Epoux de Setency, frère de Nart et de Kalimat, père de Djantémir, Bahatir, Zulquarneïn et Aminat.

Maryoud Ahmed : ancien officier turc envoyé d'Irak au Djebel Druze. Participe au mouvement insurrectionnel contre les Français.

Maryoud Mahmoud : jeune rebelle engagé dans la révolte druze. Frère d'Ahmed.

Mervet : épouse de Djantémir. Mère de Moussa.

Michel (Nikolaievitch) : grand-duc. Frère du tsar Alexandre II. Successeur de Bariatinski dans le Caucase.

Mirza Pacha Wasfi : chef de la communauté tcherkesse en Jordanie.

Moreau (capitaine) : officier français engagé dans la bataille contre les Druzes.

Mortier (commandant) : officier français. Chef du service de renseignements de la région d'Alep.

Moussa : fils de Djantémir et de Mervet. Epoux de Zakia, père de Bilal et de Siham.

Mufti Saïd Pacha el- : guerrier tcherkesse, devenu chef du cabinet jordanien.

Naccache Alfred : président de la République libanaise (1941).

Nart : frère de cheikh Mansour et de Kalimat, époux de Fatima et père de Botach.

Omar : fils de Zulquarneïn et de Kenya. Frère de Husni. Epoux de Bahia et père de Kayssar (1), Zeina et Kayssar (2). Guerrier dans le groupement tcherkesse de Collet, puis dans l'armée de Dentz.

Osman Bey : guerrier tcherkesse au sein du groupement de Collet.

Palmerston Henry Temple : homme politique britannique. Ministre des Affaires étrangères, puis Premier ministre (1855-1865).

Rana : amie syrienne de Mahmoud Maryoud.
Raouf : fils de Botach et de Firdaous. Frère d'Ali.
Rechid : frère et compagnon d'armes d'Edhem Cerkes. Député de Saruhan dans l'Assemblée d'Angora.

Salima : épouse d'Ali et mère d'Amin.
Sarrail (général) : haut-commissaire de France au Levant (janvier 1925-novembre 1925).
Seteney : épouse de cheikh Mansour, mère de Djantémir, Bahatir, Aminat et Zulquarneïn.
Siham : fille de Moussa et de Zakia, sœur de Bilal.
Stamzok Saïd : agitateur tcherkesse résidant à Wadi as Sir.

Tewfik : frère et compagnon d'armes d'Edhem Cerkes. Commandant avec Edhem des Forces Mobiles.
Toufic Bey : officier tcherkesse dans le groupement de Collet.

Urquhart David : aventurier et diplomate écossais. Premier secrétaire à l'ambassade de Grande-Bretagne à Constantinople. Fondateur de l'hebdomadaire *Portfolio*, puis de *Free Press*.
Ushurma Mansour (cheikh) : leader tchétchène de la résistance contre les Russes dans le Caucase.

Ving (lieutenant-colonel) : chef de cavalerie. Participe au nettoyage de la Ghouta (1926).
Voronzov Mikhaïl Semionovitch (comte) : officier russe. Ancien des cam-

pagnes napoléoniennes. Vice-roi de la Russie du sud et *namestnik* du Caucase.

Wavell Archibald (maréchal) : officier britannique. Commandant en chef au Moyen-Orient (1939). Vice-roi des Indes (1934-1946).
Wilson Henry Maitland (maréchal) : officier britannique. Commandant des troupes britanniques qui pénétrèrent en Syrie (1941).
Wœstyne Ivan de : ancien capitaine d'artillerie. Rédacteur au *Figaro*. Auteur, entre autres, de *Voyage au pays des Bachi-Bouzouks* (Paris, 1876).

Yermolov Aleksei Petrovich (général) : officier dans l'armée du tsar, vétéran des campagnes napoléoniennes. Commandant en chef de l'armée du Sud.
Yevdokimov (général) : officier dans l'armée du tsar.

Zakia : épouse de Moussa, mère de Bilal et de Siham.
Zeina : fille d'Omar et de Bahia, sœur jumelle de Kayssar (1), sœur de Kayssar (2).
Zulquarneïn : fils de cheikh Mansour et de Seteney, frère de Djantémir, de Bahatir et d'Aminat. Epoux de Kenya et père d'Omar et de Husni.

Glossaire

Abadzèkhes (tribu des) : tribu tcherkesse établie sur le revers septentrional de la chaîne du Caucase, dans les vallées de la Belaïa, de la Laba, de la Psische, du Psécoupse, de l'Unabat et du Soup, cours d'eau affluents du Kouban. Ils étaient 140 000 au moment de la guerre du Caucase.

Abaya : chape orientale en laine ou en poil de chameau.

Abkhazes : peuple du Caucase occidental, établi au sud de la Circassie.

Adat : coutumes tcherkesses.

Adygué : nom que se donnent les Circassiens.

Adygué Khabza : code coutumier circassien; ensemble de règles sociales et morales non écrites que le Tcherkesse est obligé d'observer en toutes circonstances. Ces règles ont été amendées pour la dernière fois par le sage tcherkesse Kazan Yaqua Gibagha à l'époque de Pierre le Grand.

Agal : cordon cerclant un keffieh.

Amanat : otage.

Aoul : village caucasien. Il porte en général le nom de la rivière qui le côtoie.

Araba : charrette carrée à deux roues, traînée par une paire de bœufs.

Atalik (littéralement : paternité) : précepteur, père adoptif.

Bachi-bouzouk : (littéralement : mauvaise tête) mercenaire dans l'armée ottomane.

Béslineïs (tribu des) [littéralement : « qui vit dans la grande forêt »] : tribu tcherkesse vivant dans le bassin du Kouban. Elle comptait 7 500 âmes au moment de la guerre du Caucase.

375

Bjedoukhs (tribu des) : tribu tcherkesse vivant sur les bords de la Psische et du Psécoupse. 30 000 âmes au moment de la guerre du Caucase.

Bountchouk : hampe de lance sommée d'un pommeau d'où pend une queue de cheval.

Bourka : grand manteau de feutre dépourvu de manches et fixé au cou au moyen d'une agrafe (appelé également *djako* par les Tcherkesses).

Bouza : mixture de millet fermenté et de miel.

Caza : circonscription.

Chachka : grand sabre caucasien sans garde.

Chakobza : jargon secret utilisé par les Tcherkesses pendant leurs expéditions.

Chapsougues (tribu des) [littéralement : éleveurs de chevaux] : tribu tcherkesse établie dans la vallée de l'Abine, et sur le littoral de la mer Noire entre les rivières Djibougha et Chakhé, et le long de la rivière Afips. 160 000 âmes au moment de la guerre du Caucase.

Chari'at (ou *charia*) : loi islamique.

Comitadjis : mot turc désignant les membres des comités révolutionnaires en Roumélie.

Cosaques (littéralement : homme libre) : communautés de guerriers installées par les Etats russes et polonais pour surveiller les frontières méridionales. Utilisés par l'armée russe comme cavaliers et comme colons.

Daghestanais : habitant du Daghestan (le « pays des montagnes »). Territoire du Caucase du Nord baigné à l'est par la mer Caspienne et bordé au nord par la Kouma.

Donom : unité de mesure de superficie valant 999 m² (ou 10 ares).

Ezéroukaïs (tribu des) : tribu tcherkesse comptant 10 000 âmes au moment de la guerre du Caucase.

Ghazaouat : guerre sainte contre l'infidèle chrétien.

Giaour : infidèle chrétien.

Ingouche : habitant de l'Ingouchie, territoire situé à l'ouest de la Tchétchénie.

Jihad (ou *djihad*) : guerre sainte menée pour défendre et propager l'islam.

Kabarde : branche orientale des Tcherkesses vivant dans la Circassie de l'Est, formée de la Grande-Kabardah (située sur la rive gauche du haut Terek jusque vers le haut cours du Kouban) et la Petite Kabardah (sur la rive droite du haut Terek, entre Naltchik et Mozdok).
Kalpak (ou *papakh*) : toque épaisse en astrakan.
Kalym : droit de fiançailles.
Kama : terme tcherkesse désignant un *kindjal.*
Kanly : « vendetta » dans le Caucase.
Karacena : cuirasse polonaise à plaques écaillées.
Katcherma : bateau turc.
Khanum : épouse d'un *khan.*
Kindjal : dague caucasienne.
Koumiss : lait de jument fermenté.

Lezguien : peuple du Daghestan vivant dans un pays de hautes montagnes autour de la vallée du Samour.

Madrassa : établissement d'enseignement religieux.
Mensef : plat bédouin à base de viande et de riz.
Mokhoches (tribu des) : tribu tcherkesse établie sur le Farse et le Pséphire. Estimés à 3 350 âmes au moment de la guerre du Caucase.
Muhadjirs : immigrants (nom collectif donné par les Turcs aux réfugiés du Caucase).
Muride : disciple du muridisme, doctrine ascétique proche du soufisme et fortement imprégnée des enseignements de Naqchbandi, fondateur de la confrérie portant son nom. Cette doctrine est devenue le fondement idéologique d'un mouvement de résistance nationale et religieuse dans le Caucase.

Nagaïka : fouet caucasien.
Naïb : émissaire de Chamil.
Namestnik : vice-roi nommé par le tsar.
Natoukhaïs (tribu des) : tribu tcherkesse établie près de l'estuaire du Kouban, à l'est d'Anapa, au nord-ouest de Novorossisk et dans la presqu'île de Taman. Ils étaient au nombre de 60 000 au moment de la guerre du Caucase.

Nikoakoa : troubadour, barde tcherkesse.

Oubykhs (tribu des) : tribu tcherkesse établie au nord de Sotchi, tout le long du littoral de la mer Noire. Ils étaient 25 000 au moment de la guerre du Caucase. La langue oubykh, chère à Georges Dumézil, est aujourd'hui une langue morte.

Palach : sabre à longue lame droite utilisé par la cavalerie polonaise.
Pasta : pâte épaisse à base de millet cuit à l'eau (plat tcherkesse).

Saklia : maison traditionnelle tcherkesse.
Stanitza : village ou colonie cosaque.
Szyszak : casque polonais recouvert d'écailles métalliques.

Tamata : diétine, assemblée populaire formée principalement de vieux sages.
Tcherkesska : tunique sans col (appelée également *tsé* par les Tcherkesses) garnie sur chaque côté de la poitrine d'une dizaine d'étuis à cartouches en bois, en ivoire, en os ou en argent.
Tchétchène : peuple caucasien vivant dans la partie centrale du Caucase du Nord.
Tell : tertre.
Thob : robe blanche généralement portée sous l'*abaya*.

Vali : gouverneur de province.
Verste : mesure itinéraire utilisée par les Russes (1 067 mètres).
Vilayet : province.

Zaptiyé : gendarme.

CARTES

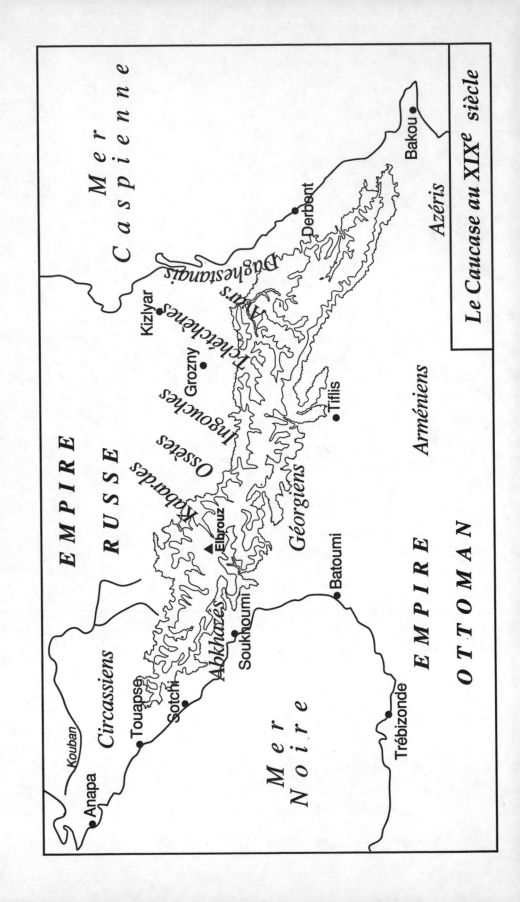

Le Caucase au XIXᵉ siècle

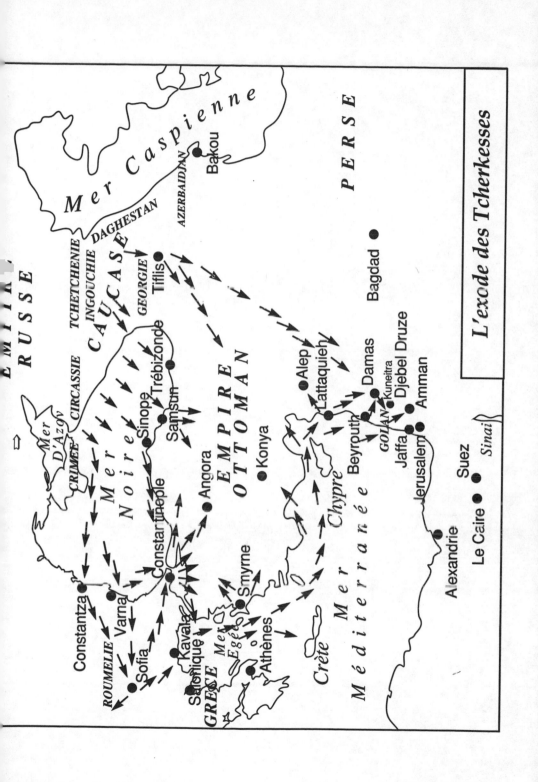

L'exode des Tcherkesses

TABLE

Cet ouvrage a été réalisé par la
SOCIÉTÉ NOUVELLE FIRMIN-DIDOT
Mesnil-sur-l'Estrée
pour le compte des Éditions Grasset
en avril 1995

Imprimé en France
Dépôt légal : avril 1995
N° d'édition : 9736 - N° d'impression : 30696
ISBN : 2-246-50121-0